한솔문학

The Global Korean Literature Magazine

제5호

2021.6

한솔문학사

권두덕담

기획특집 I

기획특집 II

국내 초대작가

미주 초대작가

〈한솔 추천 작가〉를 공모합니다.

〈한솔문학〉은 지난 4호 (2020년 12월 발행)부터 〈한솔 추천 작가 공모전〉을 기획하였습니다. 우선은 시와 수필 스마트 소설 부문만으로 한정하고, 관심 있는 모든 분들의 참여를 기대하였습니다. 따라서 이 기획에 호응하여 이번 한솔문학 5호에 세 분의 응모자가 추천되셔서 〈기획 특집 2〉로 선보입니다.

앞으로도 이 기획은 이어질 것이고, 공모된 작품의 심사는 1차 예비 심사를 거쳐 2차로 관련 부문의 권위 있는 본심 작가분들께 위촉하여 최종 심사를 합니다. 선정된 작가분들은 이어지는 〈한솔문학〉 지에 2회의 추천작을 게재하고 '등단 작가'로 인정하고 국내외를 망라한 기성 작가의 자격을 드립니다. 많은 참여 부탁드립니다

작품 보내실 곳은 매년 3월 20일, 9월 20일까지
hansolmunhak@gmail.com 〈한솔문학 편집부〉 앞으로 보내시면 됩니다.
(종목은 시 3편 / 수필 2편 / 스마트 소설 2편 〈A4, 11p, 2장 이내〉에 한함).

한솔문학 편집부

문의 : hansolmunhak@gmail.com 혹은 ysson0609@naver.com

〈미주한국문인협회〉

2021년 1월 28일, 미주문협 줌 신년회. 비대면으로 약 70여 명의 회원이 참석했다.

2021년, 문협 회장단 신년 첫 모임

미주한국소설가협회와 재미한인문학아카데미 회원들의 합동 비대면 줌 미팅

매주 약 30여 명의 전 미주 회원들은 줌 미팅으로 문학 교류를 나누고 있다.

〈달라스한인문학회〉

서경희 회원의 세 번째 에세이집 출판기념회

〈재미시인협회〉

2021년 신년하례식, 회원들간 비대면 줌 미팅이 일상화 되고 있다.

〈워싱턴 문인회〉

작년 버지니아 페어팩스의 Burke Lake Park 에서 열린 '윤동주 문학2020 출판 기념회' 겸 다섯 회원의 저서 "합동 출판기념회", 고 최연홍 시인이 함께 했다.

〈워싱턴 윤동주문학회〉

2021년 2월, 윤동주문학회원들의 줌 미팅 월례회

윤동주문학 창간호

미동부문인협회의 〈뉴욕문학〉
제30집 표지

해외기획시선 016

부르지 못한 노래… 허재비도 잠 깨우고

손용상 운문집

손용상 작가의 두 번 째 운문집 출간을 진심으로 축하합니다. 정말 기쁘고 반가운 일입니다. 이 책을 읽으며 문득 떠오른 것은 자크 프레베르였습니다. 피 묻은 열쇠를 들고 나서는 멋쟁이 옥지기. 아직 시간이 남아 있다면, 피를 묻혀 가면서까지 가둔 사랑을 풀어주기 위해 나서는 사람. 가두고 싶지는 않았지만 어쩔 수 없이 갇힐 수밖에 없었던 사랑을 풀어주기 위해 나서는 시인에게서 나는 손용상님을 떠올립니다. 시인은 어디에 사랑을 가두었을까?

- 이윤홍(시인·소설가) 추천사 중에서

나는 '소설가 손용상'과 함께했던 순간들이 좋습니다. 그의 몸짓과 열정은 오래오래 기억하게 될 것입니다. 그가 원하든 원하지 않든'손용상' 그 이름 석 자는 한국 문학사에, 미주 문학인의 산 역사가 되었습니다. 그리고 그의 열정은 세대를 이어가며 회자할 것입니다. 선생님은 천상 글쟁이입니다. 안에 쟁여 있는 글 씨앗을 모두 파종하지 않고는 죽지못할 것입니다. 혼백마저도 자유롭고 싶은 선생님께 산문이든 운문이든 다 풀어놓는 그 날까지 부디 건강이 함께해줬으면 좋겠습니다.

- 김미희(시인) 추천사 중에서

ISBN 979-11-6243-189-4 (03810)

값 10,000원 | 130*205 | 174페이지

시산맥
THE POEM MOUNTAINS

소설학림 김호운의 소설쓰기 트레이닝

김호운 글

값18,000 / 2020년 6월 19일 발행

'작가의 시선'으로 소설을 쓰려면 먼저 작가가 되어야 한다. 바꾸어 말하면, 소설을 쓰기 위해 소설 쓰기를 배우는 게 아니라, 작가가 되기 위해 소설 쓰기 공부를 한다. 앞말과 뒷말의 의미는 다르다. 앞말은 소설 쓰는 게 목적이고, 뒷말은 작가가 되는 게 목적이다. 작가가 되지 못하면 소설을 쓸 수 없다. 그런데 소설 쓰는 데만 정신을 쏟기 때문에 작가가 되는 길이 더 험난할 수밖에 없다. 작가로 등단하기까지 쓰는 수많은 습작 작품들은 소설을 이해하고 작가가 되는 길을 찾는 공부다. 오직 소설 완성을 위해 시선을 집중하고 습작하게 되면 작가가 되는 길이 잘 보이지 않는다. 그래서 '작가 몸만들기'가 필요하다. 신인 응모 작품을 심사할 때 소설이 되었는지를 먼저 검토하지만, 당선을 결정 짓는 건 응모자가 소설가로서의 역량을 갖추었는지를 살펴보는 일이다. 작가가 되어 쓴 작품과 작가가 되지 못한 채 쓴 작품은 다르다.

'작가 몸만들기'는 어려운 일이 아니다. 소설을 이해하면 '작가 몸만들기'도 '작가의 시선'도 함께 이루어진다. 작가는 소설 속에 사람이 사는 '작은 세상' 하나를 만든다. 따라서 소설을 이해하는 일은, 우리가 사는 세상과 그곳에 사는 사람을 이해하는 일이기도 하다. 이 길을 발견하면 누구나 소설을 쓸 수 있다.

소설을 쓰기 위해 공부하는 모든 분께, 이 책이 그 길을 찾는 나침반이 되길 희망한다.

—작가의 말

1978년 『월간문학』 신인상에 단편소설 「유리벽 저편」 당선 등단.
계몽사 단행본사업본부장, 도서출판 책읽는사람들 대표, 월간 『책읽는사람들』 발행인, 문화체육관광부 문학진흥정책위원, 국립한국문학관 건립운영소위원회 위원 역임. 현재 (사)한국소설가협회 이사장. 국립한국문학관 자문위원, (사)한국문인협회 부이사장. 한국소설문학상, 한국문학백년상, 녹색문학상, 시선-올해최고작품상 소설부문 수상, 문화체육부장관 표창.
장편소설 『소설 표해록漂海錄』 『바이칼, 단군의 태양을 품다』 외 다수, 소설집 『그림 속에서 튀어나온 청소부』 『스웨덴 숲속에서 온 달라헤스트』 외 다수, 사진 에세이집 『연꽃, 미소』 외 다수의 콩트집 발간. 꽁트집 『궁합이 맞습니다』(전2권) 『바람잡힌 남편』 『재미없는 세상 재미있는 사람들』 〈궁합이 맞습니다〉 SBS 수목 드라마로 방영.
사진 에세이집 『연꽃, 미소』

도서출판도화 05724 서울시 송파구 중대로34길 9-3 TEL 02) 3012-1030

〈글벗동인〉 소설작품집

『다섯 나무 숲』

참여작가

장소현

시인, 극작가, 미술평론가

곽설리

시인, 소설가

김영강

소설가

정해정

동화작가, 소설가

조성환

시조시인, 수필가

더불어 가는 글길

함께 인문학 공부를 하던 소설가들이 중심이 되어, 그 중에서 우선 형편이 되는 이들이 글쓰기를 시작했습니다. 〈글벗동인〉이라는 그럴듯한 이름도 지었습니다.

그런데 모임을 시작하고 보니 모두들 신바람이 났는지, 생각보다 성과가 좋았습니다. 약 반년가량의 짧은 기간 동안에 각자가 3편 이상의 단편소설을 완성한 겁니다. 우리 스스로도 놀랄 지경이었죠.

그렇게 얻은 열매 16편을 모은 것이 이 동인지입니다. 지은이들의 개성도 잘 살아 있고, 내용도 매우 다양합니다.

문학적 성과를 운운할 마음은 조금도 없습니다. 그보다는 이만큼 쓴 것이 스스로 대견하다는 겸손한 기쁨이 한결 큽니다. 앞으로도 서로 격려하고 자극하면서 이렇게 부지런히 쓰고 싶다는 생각뿐입니다. 그러다 보면 언젠가는 알찬 열매를 거두는 보람도 있겠지요. 그렇게 믿습니다.

- 머리글 중에서

장편역사소설 "독도"

- 전자책으로도 전 세계에 독도를 알리고 있습니다

소설가 박계상

미주 소설가 박계상 씨가 쓴 장편소설 '독도'가 화제다. 한국소설가협회가 발행한 이 책은 독도가 대한민국의 영토란 사실을 소설로써 일본과 영어권에 알렸기 때문. 박 작가는 LA에서 미주한국소설가협회 회장을 역임하고 은퇴 후 이 소설을 구상하고 집필했다

장편소설 '독도'는 박 작가가 삼국사기를 살펴보다가 우연히 동해 바다 망망대해에 떠 있는 '우산국'에 관심을 갖게 되면서 태동됐다. 박 씨는 "역사적으로 보면 우산국은 신라국이 아닌 제3국 소유의 섬이자 해상 독립 국가였는데 서기 512년 6월 신라 장수 이사부가 지증왕으로부터 우산국을 점령해 신라국으로 합병하라는 왕명에 따라 전쟁 끝에 우산국을 신라국으로 흡수시켰다"고 설명했다.

지난 2013년 한국 소설 창작 선으로 출간된 '독도'는 지난해 11월 490쪽이 넘는 분량을 영어와 일본어로 번역, 온라인 서점 아마존(Amazon)에서도 전자책으로 판매되기 시작했다.

박계상 씨는 "영어와 일본어로 전자책(e-book)을 출시한 지 두 달 만에 일본판 아마존에서 판매 호조를 보이고 있다"며 "독도의 역사를 제대로 알리고 싶어 오랫동안 고심에 고심을 하다가 펴낸 소설이 일본 사람들에게 큰 관심을 불러일으켜 기쁘다"고 밝혔다.

- 〈미주한국일보〉

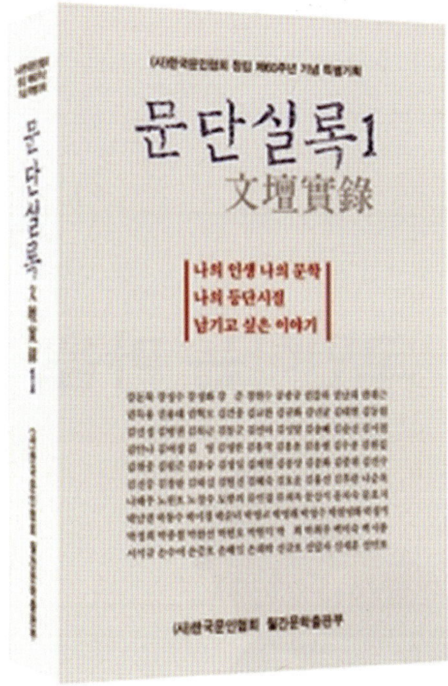

한국문인협회 "문단실록" 발간

한국문단사에 기록 필요해

소설가 / 의사가 새롭게 쓴

뇌. 신경–정신–심리–인문–문학 개요
Synopsis of Neuro–Psychiatric Humanity

생각하는 뇌, 고민하는 마음, 문학의 창조

"Thoughtful Brain,
Agonizing Mind,
Literary Creation."

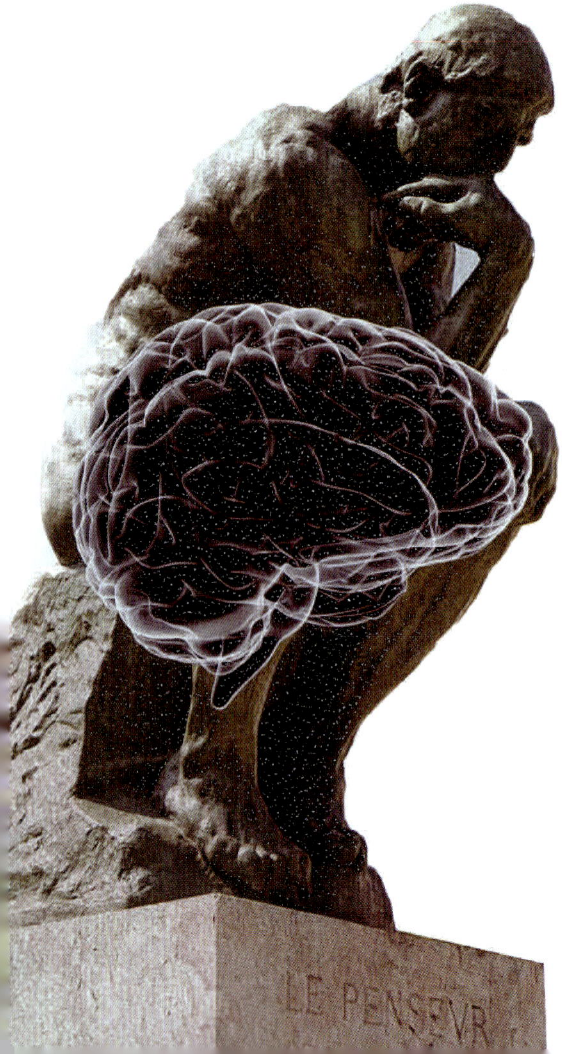

제1저자 : 연 규 호

제2저자 : 이 윤 홍

도서출판 규장

시, 그리고 고마운 인연들

현대시학 기획시선 7

햇살 기지개

윤석산 시집

132면 · 값 10,000원

그 누구도 문학을 하면서 열병 한번 안 알아본 사람 어디 없겠는가. 아직 나이가 스물이 되지 못하던 어린 시절, 글을 쓴다는 명분 하나로 열병 아닌 열병을 앓기도 하였다.
시를 쓴다는 그 이름 하나로 이내 친구가 되고, 평생을 함께 살아간다는 것, 어찌 보면 미련하기도 하고, 어찌 보면 신선하기도 하다. 시로 인연을 맺어 평생을 살아갔으니, 그 시연詩緣이 참으로 깊지 않는가. 소중하게 부여받은 한 생애, 스스로 선택한 길. 우리 앞에 놓여 있으므로 오늘도 간다.
— 윤석산의 「산문」 중에서

시산맥감성기획시선 021

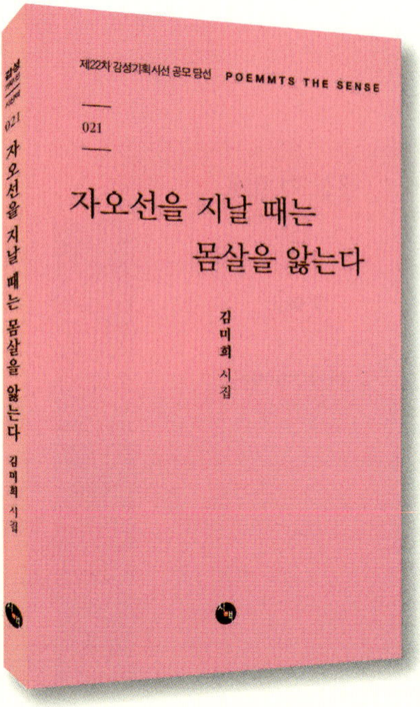

김미희 시집

자오선을 지날 때는 몸살을 앓는다

딱 내 취향이었다. 태연하게 써서 울림 깊은 김미희 시인의 작품으로 행복했다. 수다도 군더더기도 없는 간명 정갈한 작품의 울림, 서늘하게 스미고 젖어 울렸다. 아무렇지도 않은 듯, 할 말 다 하는 작품들, 현재의 시류와 다른 듯 아닌 듯, 읽을수록 태연할 수 없는 슬픔을 태연하게 쓴 일상이었다. 일상보다 더 진솔한 삶이 무엇이던가? – 비 오는 오후, 밥 먹었니? 엄마와 딸 사이의 이 태연한 한 마디 이상의 무슨 군말이 필요하랴. 자식들 비 맞을까 평생 우산이던 어머니는 부러진 우산살 찢겨 구겨진 낡은 우산이었다. 아흔 해의 주름살과 은이빨 반짝이는 통화였다. 김미희 시인의 작품은 모두 비틀어 소란스런 제목도 주제도 문장구조도 아니었다. 태연하다. 그래서 더욱 쓰리고 아렸다. 외국 시와 안 비슷해서 더욱 좋았다. 문운대성 빌어 마지않으며 진심으로 축하한다.

– 유안진(대한민국예술원 문학분과 회원, 한국시인협회 고문)

최정임 첫 에세이집

책 읽는 여자

최정임 지음

150*220 | 314쪽 | 15,000원 | 시산맥 | 2020년 05월 25일 펴냄

최정임

부산에서 태어남. 문학 독학. 《에피포드문학》 시 등단. 《해외문학》 수필 등단. 《미주가톨릭문학》 시 등단. 달라스문학 회원. 뉴스코리아 북 칼럼니스트. 1988년 이민 텍사스 거주. junglim1205@gmail.com

우리 춤에 '비나리'라는 춤사위가 있다. 삶의 아픔을 위무하고 평안한 삶을 기원하는 춤사위다. 나에게는 문학이 비나리이자 삶의 위무이었다.

'세종의 여자'란 별명이 나를 대신하듯 먼 길 걸어온 이민자로 모국어에 샛길을 내며 살아왔다. 그 샛길에는 햇빛과 바람, 천둥 번개도 지나가고 무리를 이룬 아름다운 들꽃들이 피고 있었다. 그렇게 애쓰며 사는 동안 생의 온기로 다가온 문학, 글쓰기가 이민 31년의 부끄러운 이력이 되었다.

우리들 삶의 하루하루는 언제나 미지의 길로 나섬이며, 마음 쓰며 건너온 그 하루의 끝에서 비로소 포근한 잠을 청하듯, 내게도 글을 모아 책을 내는 일은 낯선 길을 조심스레 더듬어 온 오랜 여정의 한 순간에서 잠시 숨을 돌리는 일이 될 것이다.

- 저자의 말 중에서

책, 생의 버팀목 그 눈부신…

최정임 수필가가 그동안 써놓은 수필 중 55편을 보내왔다. 어떤 글은 놀람으로 다가왔다. 어떤 글은 감동으로 그리고 또 다른 어떤 글은 참으로 바보처럼 미욱한 미련둥이로 다가와, 그 글을 읽고 난 후 가슴이 아파오는 것을 느끼기도 했다.

최정임 수필가에 대해서는 두 가지만 언급하려 한다.

최정임 수필가는 엄청난 독서광이다. 만권의 책을 읽은 분이다. 독서량이 이렇듯 많은 분이니 그분의 수필이 어떠한지는 미루어 짐작하실 수 있으리라 생각한다.

최정임 수필가의 삶 속에는 굴곡진 곳이 많다.

누구는 그 뭉친 삶의 굴곡을 평생 대못으로 가슴에 박고 사는 이들도 있지만 최정임 수필가는 그 굴곡의 덩어리를 밤하늘의 아름다운 별들처럼 진술하고 아름다운 문장으로 바꾸어 놓았다. 삶의 고비마다 빛나고 있는 생의 보석들을 통해 우리는 그분의 삶을 만나보아야만 한다.

- 작품평 중에서

이윤홍 시인. 현 미주가톨릭문인협회 회장

이민의 풍경을 그린 소설집

박혜자

2009년 재외동포 문학상
2010년 〈미주중앙일보〉 중앙신인문학상
지역신문 KTN 칼럼니스트
hyejapak@gmail.com

아픔을 체득한 사람들에게는 우리가 가볍게 흘려들은 것들도 꽃을 떠나는 나비들의 뒤태처럼 오랜 환상통이 느껴진다. 이국의 하늘에서 비에 젖은 밑바닥을 살아가는 존재들의 삶을 찬찬히 들여다본 박혜자의 이번 단편소설에서 한편으로는 통증을 바라보는 따뜻한 시선이 느껴질 것이고, 또 한편으로는 치밀하게 짜인 스토리의 전개를 독자가 마음껏 나누어 가질 수 있을 것이다.

미래와 현재를 꿈꾸면서도 통증으로 오는 과거를 담담하게 그려나가는 작가의 솜씨를 읽으라고 권하고 싶다.

문정영(시산맥사 대표, 시인)

| 포토에세이 |

가슴에 찍혀... 지워지지 않는 전쟁의 아픔

[홍대표 PAUL HONG, 6.25 참전 국가유공자]

'이 세상 어느 누가 죽음을 두려워하지 않겠는가.

이 세상 어느 누가 전쟁을 달가워하겠는가.

6.25는 결코 누구한테도 잊힌 전쟁이 아니다.

전쟁의 아픈 상처를 잊을 수 있는 사람은 없다.'

……

0817709.

죽어서도 잊지 못할 홍대표 씨의 군번이다.

20세의 청년은 국가의 부름을 받고 논산훈련소에 입소했다.

그때만 해도 내 나라 내 조국 땅에서 내 민족끼리 총부리를 겨누는

동족상잔의 비극이 일어날 줄은 꿈에도 상상하지 못했다.

산야는 찢기고, 아이들은 부모를 잃었다.

강산은 피로 물들었고, 산천초목이 포화 속에 잠겼다.

역사의 아픔은 그의 가슴 속에 고스란히 각인 되어

지울 수 없는, 잊을 수 없는 '나의 아픔'이 되었다.

70년의 세월이 지난 지금, 홍대표 씨는 사진을 찍는다.

아픔으로 찍어 가슴에 상처로 남은 전쟁의 사진이 아닌

달라스 한국 노인들의 어눌한 삶을 사진에 담고

6.25 참전 국가 유공자회의 표정을 카메라로 남기고 있다.

그의 사진에는 사회로부터 소외되는 한인들뿐 아니라

역사의 뒤안길로 사라지는 미국의 노병들도 담는다.

그의 사진 속에는 주인공이 없다. 오늘은 존재하지만,

내일 사라질 노인들의 퀭한 눈빛만 있을 뿐이다.

매년 소리 소문없이 사라지는 영웅들의 주름진 굴곡을

반쯤 잠겨진 눈으로 한 장 한 장 담고 있다.

사진 · 글 : 김선하 (사진작가, 한솔문학 주간)

한솔문학

| 권두덕담 |

미주에서 뿌리내리는 정통 문예지 〈한솔문학〉

김준철 (미주한국문인협회 회장)

| 권두덕담 |

미주에서 뿌리내리는 정통 문예지 〈한솔문학〉

김준철 (미주한국문인협회 회장)

한솔문학 5호 발간을 축하드립니다.

'타향과 본향을 잇는 징검다리' 역할을 할 문예지가 생겼다는 소식을 들은 게 엊그제 같은데 벌써 5호라니 놀랍고 반갑습니다. 무엇보다도 편집의 다양성과 내용의 풍부함 그리고 해외 작가와 한국 작가들의 작품을 폭넓게 담고 있어 눈여겨보게 되는 문예지이기 때문입니다. 이렇게 여기까지 온 것은 만드는 분들의 열정과 그 열정을 고스란히 표현한 문예지와 그 모두를 이해하고 응원하는 미국과 한국의 작가들 덕분이라고 생각됩니다.

사실 뿌리를 먼 곳에 두고 글을 쓴다는 것은 참으로 외롭고 고단한 작업입니다. 더욱이 작품을 실을 지면을 찾기 어려울 때, 작가는 절망하고 쓰러지게 됩니다. 처음 한솔문학의 소식을 접하며 반가워했던 것도 그런 이유입니다. 다양성 있는 형태의 지면을 만들어 냄으로 미주 안에서 작가들이 작품을 실을 수 있는 그릇이 많아진다는 것에서 큰 의미가 있다고 생각됩니다. 또한, 문인으로 글을 쓴다는 것은 누군가에게 자신의 글이 읽힌다고 말해도 좋을 것입니다. 그런 점에서 보다 많은 루트로 작가의 글이 노출되어야 하는 것이기에 그 역시 감사한 일이라 할 수 있겠습니다.

이에 이제 한솔문학도 쓰는 이들뿐 아니라 읽는 이들에게도 눈을 돌리고 그들을 담아내는 문예지로, 독자가 더욱 필요로 하는 문예지로 오래 미주에 뿌리내려 주시길 부탁드립니다. 어려운 시기에도 고통스러운 작업을 마다하지 않고 준비하신 한솔문학에 감사와 응원을 보냅니다.

김준철

미주한국문인협회 회장. 월간 문화예술전문지 〈쿨투라〉 미주지사장.
〈시대문학〉 시 부문 신인상, 〈쿨투라〉 미술평론 신인상 수상.
시집 『꽃의 깃털은 눈이 부시다』 『바람은 새의 기억을 읽는다』
전자시집 『달고 쓰고 맵고 짠』 junckim@gmail.com

한솔문학

기획특집 I

정신주의 지평 연 고 조정권 시인

고 조정권 시인을 회고하며

– 尹 錫 山 (시인, 한양대 명예교수)

조정권 (趙鼎權, 1949년 2월 – 2017년 11월)

조정권은 서울에서 태어나 양정고와 중앙대 영어교육과를 졸업했다. 1969년 박목월의 추천으로 〈현대시학〉 창간 신인 시인으로 등단했다. 1987년부터 1991년까지 30편의 연작시 「산정묘지」를 발표했다. 이 시들은 당대의 평론가들로부터 "동양적 정관(靜觀)과 노장적·불교적 무위자연(無爲自然)의 세계를 담아냄으로써 정신주의 시의 정점을 이뤘다"는 평가를 받았다.

〈김수영문학상〉(1987), 〈소월시문학상〉(1992), 〈현대시문학상〉(1994), 〈목월문학상〉(2011) 〈녹원문학상〉, 〈한국시인협회상〉 등을 수상했고, 주요시집으로 「시편」(1982), 「허심송」(1985), 「하늘이불」(1987), 「바람과 파도」(1988), 「얼음들의 거주지」(1991), 「산정묘지」(1991), 「신성한 숲」(1994), 「떠도는 몸들」(2005), 「고요로의 초대」(2011) 등이 있다.

고 조정권 시인을 회고하며

- 尹 錫 山 (시인, 한양대 명예교수)

윤석산 (시인, 한양대 명예교수)

1

조정권을 처음 만난 것은 고등학교 2학년 가을이다. 고등학교를 처음 입학해서 1학년 때는 그저 무심히 지냈다. 그러다 2학년이 되었는데, 같은 반에 문예반 활동을 하는 학생이 있었다. 이 학생의 안내로 문예반에 들어갔고, 또 이 학생의 안내로 서울 시내 남녀학생들이 모여서 시도 발표하고 독서토론도 하는 '향우(向友)'라는 서클에 들어갔다.

향우에는 서울, 경동, 용산, 양정, 중동 등의 남학교와 이화, 숙명, 동덕, 배화, 진명 등의 여학교 학생들이 한 학교에서 두 명씩 참가를 하고 있었다. 대부분이 그 학교의 문예반 활동을 하는 학생들이었다. 문예반 선배들이 자신의 후배를 두 사람씩 천거해서 향우회의 멤버로 입회를 시켰고 하여, 벌써 이렇듯 여러 대를 이어온 서클이었다.

이런 모임이 당시에는 서울 시내에 몇 곳이 있었는데, 이 모임들은 대체로 고등학교 1학년 때 시작하여 고등학교 2학년까지 활동을 하다가, 고3이 되면 입시 준비를 해야 하기 때문에 물러나는 그런 형태였다. 나는 고등학교 2학년 2학기에 참가를 했으니, 끝물에 잠시 들어간 셈이다. 나를 안내한 친구 역시 경동고등학교에서 두 사람이 참가를 해야 하는데, 한 학생이 그만두는 바람에 나를 참가하도록 했으니, 남의 빈자리 땜빵이나 하면서 어렵사리 향우회의 멤버가 된 셈이다.

조정권은 그 당시 서울역 뒤 만리동 고개에 있던 양정고등학교를 다녔고, 같은 학교 친구와 함께 서클에 참여를 하고 있었다. 말수가 적고, 무슨 말을 하려면 조금은 뜸을 들였다가 노래를 하듯이, 조금의 톤을 살리며 이야기를 시작하는, 그런 타입의 학생이었다. 그런가 하면, 걸을 때에도 뒤꿈치를 조금씩 슬쩍슬쩍 들며 걸었다. 마치 춤추듯이. 이와 같은 조정권의 모습을 호감을 지닌 사람은 멋있다고 말을 하고, 조정권을 못마땅하게 생각하는 사람은 공연히 폼 잡느냐고 그런다고 말을 하곤 했다. 여하튼 조정권은 조금은 폼을 잡을 줄 아는, 그래서 때로는 멋있게 행동하고 말하는 것이 무엇인 줄을 아는 학생이었다.

조정권은 이때 성균관대학교 고교생 백일장에서 「풀잎」이라는 시로 차상을 받았다. 그의 첫 시집인 『비를 바라보는 일곱 가지 마음의 형태』에도 이 작품이 실렸다. 비록 고등학교 2학년 때 쓴 작품이지만 그가 그만큼 아끼는 작품이었던 모양이다. 또 고려원에서 낸 시집 『풀잎 속 푸른 힘』 역시 이 작품의 한 구절에서 빌려온 제목이기도 하다. 이렇듯 고등학생 시절 조정권은 이미 좋은 시인이 될, 그러한 자질을 지니고 있었다고 하겠다.

고등학교 3학년 때인가로 기억된다. 자신의 고등학교 선배가 시를 쓰는 사람이 있다고 하며, 그 집에 놀러가지고 했다. 우리는 그때 어쩌면 시에 목말라 있었기 때문에, 그 거리의 멀고 가까움을 따지지 않고 갈 수 있는 기회가 되면, 찾아가서 만나고 이야기를 듣곤 했다.

신현정과 나는 조정권을 따라 오류동인가, 아주 먼 곳을 가는 버스를 탔다. 서울 외곽을 지나 경기도 어디쯤의 시골 마을에서 버스를 내려 우리는 시를 쓴다는 조정권의 선배가 사는 집으로 갔다. 그분이 이건청 선생이다.

그때 이건청 선생은 대학을 막 졸업하고 집에서 학생들을 지도하고 있었다. 우리가 들어가자, 하던 일을 잠시 멈추고 우리를 인근의 제과점으로 데리고 갔다. 그렇게 세 사람의 고등학생은 이건청 선생과 처음 인사를 했다. 조정권은 자신의 고등학교 선배인 이건청 선생을 때때로 찾아가 만나며 문학을, 시를 이야기하며 문학적인 의지처와 비슷하게 삼지 않았나 생각이 된다.

[좌로부터 이건청, 윤석산, 이명수, 고 조정권 시인 / 이건청 시인 댁에서]

2

우리가 막 시단에 나올 즈음에 박목월 선생님이 『심상』을 창간하였다. 심상사는 종로 2가 뒷골목인 관철동이라는 곳에 있었다. 그런 이유 등으로 우리는 자주 관철동 인근 감자탕 집에서 만나 술을 마셨다. 조정권은 술을 참으로 좋아했고, 또 많이 마셨다.

어느 토요일이었다. 그때는 6일 근무제라 토요일은 반공일이라고 하여 모든 사람들이 좋아하던 요일이었다. 그래서 매주 토요일 저녁이면 우리들은 만나 술을 마셨는데, 그날은 내가 집에 일이 있어 못 나갔다. 저녁 10시 가까이 되어서 집으로 전화가 왔다. 술에 취한 목소리로 조정권은 왜 오늘 나오지 않았느냐고 주정 비슷하게 말을 했다. 그러면서 지금 내가 사는 연희동 근처에 왔으니 나오라는 것이었다.

전화를 받고 나가니 조정권과 이명수가 술이 취해서 걸어오고 있었다. 그 당시 연희동이 한창 개발이 되고 있던 때라 개천 등이 아직 복개가 되지를 않았고, 그래서 작은 시내가 흐르고, 이 내를 건너다니는 다리가 있었다. 술이 취한 조정권은 다리로 건너서 오는 것을 거부하고 뛰어서 개천을 넘겠다고 했다. 술기운에 낸 과용이다. 아니나 다를까, 개천을 뛰어넘지 못하고 그만 개천에 빠져 버리고 말았다. 이후 별명이 조개천이 되었다. 조정권의 모습과는 어울리지 않는 별명이지만, 그는 술을 마시면 이렇듯 자신의 일상과는 다른, 일상을 뛰어넘는 행동을 가끔 하곤 했다.

[생전의 조정권 시인 / 연합]

조정권은 등단 직후부터 시단으로부터 많은 관심을 받았다. 그리고 줄기차게 시적 관심과 함께 시를 계속 쓰고 발표하는 시인이 되었다. 직장도 김수근 선생이 운영하던 공간사에서 문예진흥원(오늘의 문화예술위원회) 등으로, 예술 활동과 깊은 연관이 있는 곳에서 일을 하였다. 그래서 그런가, 다른 시인들과는 노는 물이 달랐다면 다른 사람이었다. 조정권은 그래서 그런가, 노는 것도 때로는 깍쟁이 같이 보일 때가 많았다. 서울 출신답게 그는 어느 의미에서 서울깍쟁이였다.

조정권은 사람을 늘 오만하게 대하는 것으로 그 특징을 삼았다. 그 오만함이 나는 결코 싸구려가 아니다, 라는 자기 식의 표시이기도 했다. 문학 모임도 가려서 참석을 했다. 어찌 보면 갈 곳과 안 갈 곳이 정해져 있는 사람 같았다. 만나는 사람도 가려 만나는 듯했다. 그래서 친한 사람은 무척 친한데, 그 외의 사람에게는 때로는 무시하는 듯한 태도를 취하곤 했다. 그러므로 그 오만함이 정말로 필요하고 긴요한 사람들을 주변으로 끌어 모으는 힘이 되지 않았는가 생각이 된다.

조정권을 생각하면 신현정을 생각하지 않을 수가 없다. 우리 셋은 비록 서로 다른 고등학교에 다녔어도, 고등학교 시절부터 시를 쓴다는 이름으로 만난 친구이기 때문이다. 조정권과 신현정은 서로 친하면서 조금은 서로 다른 성향의 사람이었기 때문에 때로는 부딪치기도 했다. 조정권에 비하여 신현정은 털털했다. 그 모습부터가 그렇다. 그런 모습과 함께 신현정은 문학 모임은 어디라도 참석을 했다. 연말 모임, 야유회, 시상식 등, 가리지 않고 시인들이 모이는 장소는 거의 참석을 했다. 이런 행동 자체가 조정권과는 사뭇 다르다.

신현정은 문학 모임에 그냥 참석만을 하는 것이 아니었다. 집에서 열심히 문학잡지나 시집 등을 읽는다, 그리고는 그 문학 모임을 가는 것이 다름 아닌 시를 잘 쓰는 사람을 만나기 위하여 참석하는 듯했다. 모임에서 만나는 사람들에게 "야, 너 이번 이 작품 참 좋더라, 이런 부분이 좋더라." 하고 시에 관한 이야기를 하였다. 시단 모임에서 참으로 바람직한 이야기이다. 이야기를 들은 사람은 자신의 작품 이야기를 해주니 기분이 좋고, 그래서 모임은 유익해지고, 신현정은 바로 이러한 모습으로 사람들과 사귀어 나갔다.

이에 비하여 조정권은 남의 작품 이야기하는 것을 극도로 아꼈다. 우리들과도 그랬다. 그러나 그런 줄로만 알았는데, 꼭 그렇지는 않은 듯했다. 젊고 잘나가는 시인이나 평론가들과는 자주 만나 문학을 이야기하는 듯했다. 어느 날인가 대학로 근처에서 술이 조금은 된 조정권을 우연히 만났다. 젊은 평론가 한 사람과 동행을 하고 있었다. 나도 일행이 있었지만, 우리는 서로 다 아는 사이들이었다. 그래서 우리 네 사람은 합석을 하였다.

술이 조금 된 조정권이 말을 하기 시작했다. 그 말 중에 젊은 시인이나 평론가들을 만나야 한다는 그런 의중이 담겨 있었다. 조정권의 표현을 빌리면, "대가리에서 베어링이 빵빵 도는 친구들을 만나야 무슨 들을 이야기가 있다."는 것이다. 나이가 들어 머리도 잘 돌아가지 않는 사람들은 그저 그렇다는 이야기이다. 이렇듯 조정권은 문학에 있어 매우 적극적인 사람이었다. 이러한 적극성이 그로 하여금 좋은 시를 쓰게 했고, 좋은 시인으로 남게 한 저력이 아니었나 생각이 든다.

3

조정권은 『현대시학』으로 등단하였다. 전봉건 선생이 시잡지를 창간하였고, 박목월 선생이 추천을 해주었다. 『현대시학』 최초의 추천자가 조정권이었다. 1970년으로 기억된다.

이후 좋은 작품을 많이 썼다. 특히 첫 시집의 표제가 된 시인 「비를 바라보는 일곱 가지 마음의 형태」를 발표하고는 많은 평론가나 시인들로부터 관심의 대상이 되었다. 이후 조정권은 「백지」 등의 시를 발표하다가, 「산정묘지」 연작을 발표하면서 시단의 주목을 받기 시작하였다. 이 당시 조정권은 평론가인 최동호 교수를 만나고 있었다. 최동호 교수는 조정권과는 양정고등학교 1년 선후배 사이였다.

최동호 교수의 증언에 의하면 둘은 거의 매일 만나 조정권이 써온 산정묘지를 읽고 토론하고, 또 고치고 하였다고 한다. 마치 에즈라 파운드와 엘리엇이 서로 쓴 작품을 고쳐주고 토론을 한, 그러한 시사(詩史)의

한 대목과도 같이. 그만큼이나 둘은 치열하게 작품에 관하여 자신을 소진시켰던 것이다.

그런가 하면 그 당시 최동호 교수의 장인 되는 김달진 시인을 최동호의 집에서 함께 뵈며, 조정권은 김달진 옹의 정신세계에 깊이 매료되었었다. 「허심송」 등의 작품이 김달진 옹에게 받은 정신적 감화의 산출인 것으로 생각된다. 특히 「산정묘지」 등이 추구하는 일컫는바 정신주의 등도 김달진 옹과의 관계를 전혀 무시할 수는 없다고 생각된다.

4

조정권이 작고하기 얼마 전이었다. 이메일이 한 통 조정권으로부터 왔다. 이메일 내용은 이랬다. 그간 수술을 하고 집에만 있는데, 한번 만나고 싶다는 이야기였다. 내가 나이 50대 중반에 큰 병으로 어려움을 겪었고, 큰 수술로 사경을 헤맬 때, 자신이 한 번도 병원을 찾아보지 못해 내내 미안하다는 말도 함께 있었다. 마음만 있고 몸이 바빠 차일피일하다가는 그만 병문안의 기회를 놓친 것이라고 나는 이해하고 있었는데, 그 사실이 10년이 더 지나도록 못내 마음에 걸렸던 모양이다.

전화를 하고 어느 일요일 전철을 타고 조정권이 사는 석계역 근처로 갔다. 길가 버스 정거장 근처에 흰 바지를 입은 조정권이 서서 기다리고 있었다. 조정권은 많이 수척해 있었다. 이런 모습의 조정권을 보는 순간, 젊은 시절 서예가 김양동 선생이 조정권을 위해 써준 글귀인 '시수(詩瘦)'라는 문구가 생각이 났다. '시(詩)'라는 예술은 어쩐지 말랐다는 뜻의 '수(瘦)'와 잘 어울린다. 시란 어느 의미에서 풍요함에서 나오지 않는다. 그러한 의미를 지닌 그 글귀를 조정권은 많이 좋아했던 모양이다. 그래서 늘 그의 집 거실에 걸어 두었다.

많이 여윈 그의 모습은 이제 정말 '시수(詩瘦)'를 보여주고 있는 것은 아닌가 싶었다. 잠시 나는 이런 엉뚱한 생각을 할 정도로 그는 많이 수척해 있었다. 나를 만나자 마자 그는 바로 옆에 있는 횟집으로 들어갔다. 소주를 시키고 우리는 이내 술을 마시며 이야기를 했다. '술', 조금도 두려운 것이 아니었다. 오히려 더 필요한 존재였는지도 모른다.

그다음 일요일에는 이명수와 함께 조정권에게 갔다. 조정권은 더 많이 술을 마셨다. 2차로 인근 호프집에 들어가 맥주를 마시고, 집에까지 우리와 함께 들어가 고량주를 또 마셨다. 거의 인사불성이 되어서 우리는 마치 젊은이들 마냥 떠들며 술을 마셨다. 시를 계속 써야 하고, 또 계속 발표를 해야 한다고 조정권은 기염을 토했다. 우리가 비록 나이기 들었어도 그 정신은 아직 반짝인다. 그러니 이 정신의 산물인 시를 쓰지 않을 수 없다는 것이었다.

오래지 않아 조정권이 다시 병원에 입원을 했다는 소식이 전해졌다. 전화를 해보니, 복수가 찬다고 했다. 그리고는 이내 부음이 날아왔다. 살림은 하인이 하는 것이고, 우리는 우리의 일을 하면 된다는 말을 혼잣말같이 종종 중얼거리던 조정권. 시도, 술도, 그 무엇도 실은 그를 이야기하기에는 적합하지 않다. 어쩌면 그는 그 이상의 무엇을 찾아 헤매며 한 생애를 살아갔는지도 모른다.

그러므로 늘 오만한 모습으로 세상을 바라보며. 그러나 그의 오만함 뒤에는 그의 헛헛함이 자리하고 있었을 것이다. 아무리 달려도 채워지지 않는 헛헛함을 감추기 위하여 그는 짐짓 오만함으로 위장을 했었는지도 모른다. 다음은 그가 남긴 작품들이다.

윤석산
1974년 〈경향신문〉 신춘문예 시 부문 당선
시집 『절개지』 『햇살 기지개』 등 다수. 현재 한양대학교 명예교수

조정권
유고집
1 시 삶이라는 책
2 산문 청빙
청빙
조정권 유고집 2
산문
삶이라는 책
조정권 유고집 1
시
파란
삶이라는 책 | 조정권 | (주)함께하는출판그룹파란 | 138×210 | 234쪽 | 2018년 11월 8일 발간 | 정가 15,000원
청빙 | 조정권 | (주)함께하는출판그룹파란 | 138×210 | 257쪽 | 2018년 11월 8일 발간 | 정가 15,000원
(10387) 경기도 고양시 일산서구 중앙로 1455 대우시티프라자 B1 202호 T. 031-919-4288 F. 031-919-4287·0504-441-3439 E-mail bookparan2015@hanmail.net
파란

고요로의 초대

잔디는 그냥 밟고 마당으로 들어오세요 열쇠는 현관문 손잡이 위쪽
담쟁이넝쿨로 덮인 돌벽 틈새를 더듬어 보시구요 키를 꽂기 전 조그맣게 노크하셔야 합니다
적막이 옷매무새라도 고치고 마중 나올 수 있게
대접할 만한 건 없지만 벽난로 옆을 보면
오랫동안 사용하지 않은 장작이 보일 거예요 그 옆에는
낡았지만 아주 오래된 흔들의자
찬장에는 옛 그리스 문양이 새겨진 그릇들
달빛과 모기와 먼지들이 소찬을 벌인 지도 오래되었답니다
방마다 문을, 커튼을, 창을 활짝 열어젖히고
쉬세요 쉬세요 쉬세요 이 집에서는 바람에 날려 온 가랑잎도 손님이랍니다
많은 집에 초대를 해 봤지만 나는
문간에 서 있는 나를
하인下人처럼 정중하게 마중 나가는 것이다
안녕하세요 안으로 들어오십시오
그 무거운 머리는 이리 주시고요
그 헐벗은 두 손도

백지 4

가령 내가 마당에서 빗자루질이나 하며 살고 있다고 하세.

자네는 내가 마당에 어질러진 나뭇잎이나 잡동사니를 쓸며 마음의 어디를 쓰다듬고 산다고는 생각지 말아 주게.

내가 마당에서 빗자루질을 하는 이유는

빗자루질을 함으로써 드러나는 마당의 살결이 목적이 아니라

빗자루질이 지나간 길 위에 빗자루질을 끊임없이 반복하면서

나의 행위 위에 나의 체중과 호흡을 스며들게 하기 위해서라네.

빗자루질에 마음을 싣다 보면

나도 모르게 내가 내 마음을 쓰다듬고 있음을 느끼네만

내가 빗자루질 위에 빗자루질을 계속하는 이유는

빗자루질 위에 빗자루질을 반복함으로써 그 속에 나의 행위가 스며들고

텅 빈 내가 행위 속에 담겨 마당으로 배어들게 하기 위해서라네.

자네는 이러한 사고가 지나치게 폐쇄적이라고 하겠지.

그러나 나는 오히려 자네들의 합리적 목적적인 사고에서 어떤 폐쇄성을 느끼네.

나는 나의 시가 이 세상의 모든 시들과 더불어 시가 되지 못함을 아네.

시가 되지 못함을 알면서도 이 짓을 되풀이하는

현실은 끊임없는 발육이요 작용이네.

내가 마당에서 빗자루질을 반복하는 이유는

어떤 목적이 있어서가 아니라 행위를 되풀이하면서

목적을 벗어나는 순간의 나를 시간 속에 스며들게 하기 위해서라네.

……

시간 속에 시간을 중첩시키며 시간을 무명화하는
대체로 이러한 생각들이 요즈음 내가 마당에서 빗자루질을 하며 얻는 것이라네.
가슴에 불꽃을 문 자
그 불꽃 때문에 더 어두워지고
가슴에 불꽃을 묻어버린 자
그 어둠 때문에 더 황폐해지나니…
나는 스스로에 버림받고 버림받으며
시의 발밑에다 죄나 지으며 죽어가겠네.
영혼은 우리가 먹고 마신 살 때문에 다시 목말라 오고
〈구원? 그것은 빈 주전자
알면서도 가까이 입 대고 마신.〉

山頂墓地 1

겨울 산을 오르면서 나는 본다.
가장 높은 것들은 가장 추운 곳에서
얼음처럼 빛나고,
얼어붙은 폭포의 단호한 침묵.
가장 높은 정신은
가장 추운 곳에서 살아 움직이며
허옇게 얼어터진 계곡과 계곡 사이
바위와 바위의 결빙을 노래한다.
간밤의 눈이 다 녹아버린 이른 아침,
山頂은
얼음을 그대로 뒤집어쓴 채
빛을 받들고 있다.
만일 내 영혼이 天上의 누각을 꿈꾸어 왔다면
나는 신이 거주하는 저 天上의 一角을 그리워하리.
가장 높은 정신은 가장 추운 곳을 향하는 법.
저 아래 흐르는 것은 이제부터 결빙하는 것이 아니라
차라리 침묵하는 것.
움직이는 것들도 이제부터는 멈추는 것이 아니라
침묵의 노래가 되어 침묵의 同列에 서는 것.
그러나 한번 잠든 정신은
누군가 지팡이로 후려치지 않는 한

……

깊은 휴식에서 헤어나지 못하리.
하나의 형상 역시
누군가 막대기로 후려치지 않는 한
다른 형상을 취하지 못하리.
육신이란 누더기에 지나지 않는 것.
헛된 휴식과 잠 속에서의 방황의 나날들.
나의 영혼이 이 침묵 속에서
손뼉 소리를 크게 내지 못한다면
어느 형상도 다시 꿈꾸지 않으리.
지금은 결빙하는 계절, 밤이 되면
물과 물이 서로 끌어당기며
결빙의 노래를 내 발밑에서 들려주리.
여름 내내
제 스스로의 힘에 도취하여
계곡을 울리며 폭포를 타고 내려오는
물줄기들은 얼어붙어 있다.
계곡과 계곡 사이 잔뜩 엎드려 있는
얼음덩어리들은
제 스스로의 힘에 도취해 있다.
결빙의 바람이여,
내 핏줄 속으로

……

회오리치라.
나의 발끝에서 머리끝까지
나의 전신을
관통하라.
점령하라.
도취하게 하라.
山頂의 새들은
마른 나무 꼭대기 위에서
날개를 접은 채 도취의 시간을 꿈꾸고
열매들은 마른 씨앗 몇 개로 남아
껍데기 속에서 도취하고 있다.
여름 내내 빗방울과 입 맞추던
뿌리는 얼어붙은 바위 옆에서
흙을 물어뜯으며 제 이빨에 도취하고
바위는 우둔스런 제 무게에 도취하여
스스로 기쁨에 떨고 있다.

보라, 바위는 스스로의 무거운 등짐에
스스로 도취하고 있다.
허나 하늘은 허공에 바쳐진 무수한 가슴.
무수한 가슴들이 消去된 허공으로

무수한 손목들이 촛불을 바치면서
빛의 축복이 쌓인 裸木의 계단을 오르지 않았는가.
정결한 씨앗을 품은 불꽃을
天上의 계단마다 하나씩 바치며
나의 눈은 도취의 시간을 꿈꾸지 않았는가.
나의 시간은 오히려 눈부신 성숙의 무게로 인해
침잠하며 하강하지 않았는가.
밤이여 이제 출동명령을 내리라.
좀 더 가까이 좀 더 가까이
나의 핏줄을 나의 뼈를
점령하라, 압도하라,
관통하라.

한때는 눈비의 형상으로 내게 오던 나날의 어둠.
한때는 바람의 형상으로 내게 오던 나날의 어둠.
그리고 다시 한때는 물과 불의 형상으로 오던 나날의 어둠.
그 어둠 속에서 헛된 휴식과 오랜 기다림
지치고 지친 자의 불면의 밤을
내 나날의 인력으로 맞이하지 않았던가.
어둠은 존재의 處所에 뿌려진 生木의 향기
나의 영혼은 그 향기 속에 얼마나 적셔두길 갈망해 왔던가.

……

내 영혼이 내 자신의 축복을 주는 휘황한 白夜를
내 얼마나 꿈꾸어 왔던가.
육신이란 바람에 굴러가는 한 누더기에 지나지 않는다.
영혼이 그 위를 지그시 내려누르지 않는다면

근성根性

배추를 뽑아 보면서 안쓰럽게 버티다가
뽑혀져 나온 뿌리들을 살펴보면서
나는 여지껏 뿌리들이 흙 속에서 악착스럽게 힘을 주고 있었다는 생각이 든다.
나는 뿌리는 결국 제 몸통을 따라올 수밖에 없다는 생각이 든다.
배추를 뽑아 보면서 이렇게 많은 배추들이 제각기
제 뿌리를 데리고 나옴을 볼 때
뿌리들이 모두 떠난 흙의 肅然함은 어디서 오는 걸까
배추는 뽑히더라도 뿌리는 악착스리우리만큼 흙의 血을 몰고 나온다.

부러지거나 끊어진 배추 뿌리에 묻어 있는 피
이놈들은 어둠 속에서도 흙의 肉을 물어뜯고 있었나 보다
이놈들은 흙 속에서 버티다가 버티다가
독하게 下半身을 잘라 버린 것이라는 생각이 든다.
나는 뽑혀지는 것은 절대로 뿌리가 아니라는 생각이 든다.
뽑혀지더라도 흙 속에는 아직도 뽑혀지지 않은
그 무엇이 악착스럽게 붙어 있다.
흙의 肉을 이빨로 물어뜯은 채.

독락당獨樂堂

독락당獨樂堂 대월루對月樓는
벼랑꼭대기에 있지만
옛부터 그리로 오르는 길이 없다.
누굴까, 저 까마득한 벼랑 끝에 은거하며
내려오는 길을 부숴버린 이.

기획특집 Ⅱ

〈한솔 추천 작가 공모전〉 선정 작가 발표

지난 2020년 12월 발행된 <한솔문학> 제4호에 공고했던 <한솔 추천 작가 공모전 (시<디카시>와 수필 스마트 소설<꽁트> 부문에 한정)에서 국내외를 포함, 많은 분이 응모해주셨습니다. 그중 다음의 세 분이 1차 추천되어 발표합니다. 작품 선정과 심사과정, 심사위원과 작품 평에 대한 것은 다음 2차 추천 심사가 끝난 후 발표할 예정입니다(한솔문학 제6호 지면).

시 부문 : 김석호 (한국 강원)
별빛 가설 외 1편 (강원도 원주시)
그림이 있는 詩心(디카시) : 이해미 (일본 교토)
봄비 내리는 오후 외 1편
수필(꽁트)부문 : 오윤미 (캐나다 토론토)
이 말이 하고 싶었어. 엄마, 잘 가! 외 1편

2차 심사는 이번의 추천 작가들이 추가로 별도 보내준 다른 작품들과 종합하여 외부 권위자에 의해 최종 심사하고, 이 추천 작업이 완료되면 해당 작가분들은 앞으로 국내외를 망라한 '기성 작가'의 자격을 받게 되며, 향후 <한솔문학>지의 고정 작가로도 활동하게 됩니다. 그리고 이 <한솔문학 추천 작가 공모전>은 꾸준히 이어질 것임을 다시 한번 밝혀둡니다 (광고 참조). 관심 있는 국내외 많은 분들의 응모를 바랍니다.

김석호

이해미

오윤미

〈한솔문학 5호 추천 작가 공모 / 국내 시 부문〉

별빛 가설

김 석 호

나는 지금 어둔 밤 별빛의 가설(假設)에 귀 기울인다

갑갑한 코로나 가짜 뉴스에 세상은 더욱 뒤숭숭하다
확실한 것은 이렇게 사는 지금 바로 여기 이 모습이다
정확히 절실하게 보고 듣고 만지고 맛보고 냄새 맡고 느끼는
당장 이 순간만이 진실한 것이다
만일 1초라도 이 순간이 지나면 점점 과거 역사로 멀리 사라지고
아무리 생생한 체험도 '그랬을 거야'라는 증명할 수 없는 가설이 된다
그러면 전혀 체험 못 한 미래의 것들은 더욱 전혀 증명할 수 없는
'그럴 것이야'라는 가설이 된다
그런데 바로 이 가설을 증명하는 줄기찬 노력으로
지금 우리가 사는 세상이 된 것이다

지금은 가설의 논쟁이 더욱 극렬하다
속임수가 고단수인 세상에서 진짜 같은 가짜, 가짜 같은 진짜가 대립하는 현장
긴 수련의 역사로 빛나는 진실을 확실히 분별하려고
더욱 정교한 현미경, 더욱 깊이 멀리 탐색하는 망원경이 끊임없이 작

동한다

지금 당장 여기라는 현장은
까마득한 최초 현장의 정체와 분명히 체험한 것이
깊이 묻혀버린 과거를 밝히는 가설과
전혀 모르는 미래를 속 시원히 알아내는 가설을
증명하는 논쟁의 장(場)이다

별빛 길 찾는 낙타 나그네

김 석 호

바닷가 잔물결 그 조약돌
숱한 사연 끝에 거기까지 갔겠지
유년의 그 많은 별들이 어디로 사라졌는가

점점 휘황찬란한 밤의 네온사인 불야성
경찰서, 병원, 아파트, 교회, 법원, 빌딩이 더 거대하고
산속 절까지 도시로 내려오니 더욱 현란하다

아직도 여전히 정처 없는 나그네
낙타 타고 시나이산 새벽 밤길 오른다
무수한 별빛이 좌르르 쏟아지는 별빛 길 찾아
훠이훠이 허공 길 오른다

한국교원대학교 대학원 졸업, 1999년 한국교단문학 등단
한국시인협회, 한국가톨릭문인회 회원
시집 『바람꽃 피는 초원』 『나무새의 날개』

〈한솔문학 5호 추천 작가 공모 / 그림이 함께하는 詩心〉

봄비 내리는 오후

이 해 미

#海美(umi)
#수채화 아크릴

풀잎. 꽃잎. 우산 끝에도
이슬방울이 맺힌다

나는 너에게 비를 피하게 하고
꽃향기 퍼지는 정원에서 봄의 소리를 듣는다

고흐는
별이 터지는 소리를 듣고
나는
꽃봉오리가 터지는 소리를 듣는다

……

만개 벚 꽃

이 해 미

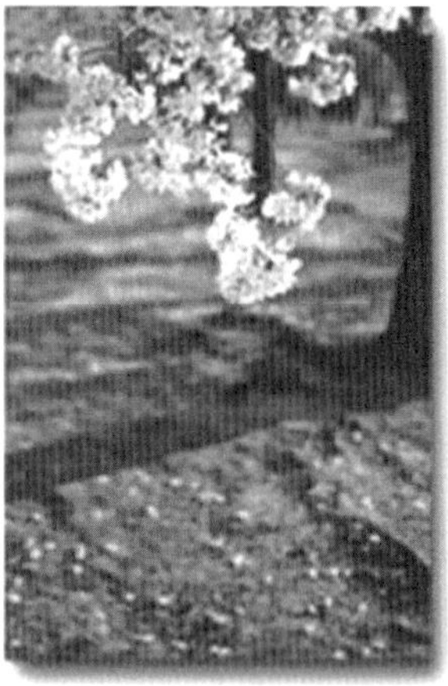

#海美
#photobyumi
#모든 관계자에게 평화를 …

꽃을 보면 나무를 알고
나무를 보면 숲을 안다
그 숲의 빛과 그림자가
하나의 존재라는 걸 안다
사랑은 공유함으로 넉넉해지고
다가갈수록 익어가는 동사

趣味 : 写真 絵画
대구 출신, 일본 교토 거주, JGA Japan Golf Instructor

〈한솔문학 5호 추천 작가 공모 / 꽁트 수필 부문〉

이 말을 하고 싶었어. 엄마, 잘 가!

오 윤 미

기차는 아직 오지 않았다 새벽의 대합실 차갑고 딱딱한 콘크리트 바닥 위. 기다란 나무 벤치 위에 어머니는 웅크리고 누워 있었다. 초겨울 매서운 바람이 천장 아래 있는 작은 창문을 흔들고, 승객들이 입구를 열고 닫을 때마다 안으로 후르르 쏠려 들어왔다. 역사 가운데 튼튼한 쇠로 만든 난로 안에는 마른 장작이 타닥타닥 타고 있었지만 추위를 완전이 막아주지는 못했다. 환기통이 작동 안 되는지 쾌쾌한 연기가 새어나와 질식할 듯 품어내고 있었다. 그녀는 가방 안에서 담요를 꺼내 어머니를 덮어 주었지만 짧은 담요가 충분치 않았다. 어머니의 메마른 발목이 담요 밖으로 삐져나왔다. 그녀는 외투를 벗어 발목 위로 겹쳐 덮었다.

마음이 아렸다 이 모든 상황이 그녀의 탓인 것 같아 자책감과 죄의식으로 잠든 엄마의 등을 계속 어루만졌다. 손에 느껴지는 어머니의 부서질 듯한 앙상한 뼈마디 마디가 손바닥에 느껴질 때마다 절망적이고 체념적인 슬픔이 밀려 올라왔다. 이 납덩어리처럼 무거운 시간은 참 더디게도 흐르고 있다. 기차가 오려면 한 시간이나 남았다. 자꾸만 시계를 보고 있었지만 시계 바늘은 계속 한 자리에서 움찍하지 않은 것처럼 보인다. 한 뭉치 신문지를 모아 차가운 모퉁이 콘크리트 바닥에 깔고 그 위에 주저앉았다. 며칠간의 긴장으로 졸립고 무거워진 머리를 벽에 기댔다. 지난

6개월의 일들이 떠올랐다.

원치 않는 지금의 상황의 시작은 여섯 달 전 어느 저녁이었다. 습관처럼 반복되는 다툼, 엄마와 신경전을 벌이고 결국 화를 참지 못해 씩씩거리고 밖으로 튀어나와 대문 밖 어둔 모퉁이에 서 있는데 동생이 뒤따라왔다. 한쪽으로 몰고 가더니 귓속말로 속삭였다.

"언니! 잘 들어. 이제 제발 그만하라고. 이럴 날도 얼마 안 남았어. 엄마 위암 3기말 이래. 병원에선 가망 없다고 수술도 못 해준대. 4개월 이상 살기 힘들다고 해,"

그 순간 마치 커다란 망치로 한 대 얻어맞은 듯 몸의 감각이 얼어붙었다. 머릿속이 텅 빈 공허함으로 비워지고 가슴에선 뭔가가 쿵~하고 끝도 없이 뭔가가 깊이 떨어졌다. 동생의 말이 뭘 의미하는지 한참 후에야 깨달았다.

어머니는 이 사실을 몰랐다. 식구들은 아무 말도 하지 않기로 결심했다. 집 안에 어둠처럼 차가운 죽음의 그림자가 드리워졌다. 엄마만 여전히 정상적으로 살고 있었다. 가족들은 각기 나름대로 이별 연습을 했다. 그녀는 더 이상 엄마에게 반항하지 않았고 여동생은 암에 좋다는 영지버섯을 정성껏 끓여 아침저녁으로 한 컵씩 드렸다.

의대생 남동생은 공부하는 거 외에 모든 활동을 접고 어머니와의 얼마 남지 않은 시간을 함께했다. 쇼핑도 하고 외식도 했다. 소중한 아들의 갑작스러운 효도에 조금 놀랐지만 영문도 모르고 무척 행복해했다. 하지만 끝까지 비밀로 하는 건 불가능했다, 살이 빠져 날씬해졌다고 좋아하는 어머니에게 아버지는 딱 맞는 예쁜 분홍색 원피스를 사주었고, 어머니는 기뻐했지만 그 옷조차 헐렁해져 갈 무렵 자신의 삶이 끝을 향해 치닫고 있음을 본능적으로 알아 버렸다. 분노와 두려움의 과정을 힘겹게 거쳐 체념할 때쯤 몸은 많이 쇠약해졌다. 어느 날 어머니는 기도원으로 가겠다고 혼자 정리할 시간이 필요하다고 고집을 부렸다. 할 수 없이 동생이 바래다주고 돌아왔다. 하지만 며칠이 지나자 그녀는 초조해졌다. 멀리서라도 지켜보며 어머니의 무사함을 확인해야했다. 또 하나 어머니와 해결해야 할 중요한 일이 있었다. 어머니와의 화해였다. 아무리 노력해도 가까워지지 않는 어머니와의 냉담한 관계는 그녀의 삶을 힘겹게 했었다. 이번 기회에 화해하지 않으면 영원히 그녀에게 무거운 짐으로 남을 것이라는 걸 알았다,

기도원에서 어머니는 마음의 안정을 찾은 듯 편안해 보였다. 친구도 생겨 둘이 항상 함께 다녔다. 기도하고 가끔은 소리 내어 웃기도 하는 모습을 보니 점점 앞에 나서기가 힘들었다. 둘 사이의 팽팽한 긴장감이 어머니의 모처럼의 평온을 깨는 것이 두려웠다. 어머니의 모습은 그 어느 때보다 평안하고 행복했다. 그러다 화장실에서 우연히 마주쳤다. 놀란 어머니는 충격을 받은 듯했다, 얼음처럼 차가운 얼굴로 냉담하게 그녀를 바라봤다.

"얘! 왔으면 먼저 연락을 해야지 넌 이곳에 와서도 혼자 다니니?" 했다. 멀지 않은 곳에서 지켜보고 있었다고, 엄마 혼자 시간을 방해하지 않고 다만 함께 동행하고 싶었다고 설명을 했지만 섭섭한 엄마에게 소용이 없었다. "넌 항상 그런 식이야,"라며 화를 냈다. 대꾸하지 않고 아무 말 없이 어머니 곁으로 짐을 옮겨 놓았다. 한번 토라지면 서로 말도 안 하는 사이였기에 침묵하고 저녁을 지냈다. 며칠 금식으로 허기져 잠도 오지 않아 누워있는데, 어머니는 기도원에서 사귄 비슷한 처지의 친구와 이야기를 나누었다. 내가 죽어가도 저 녀석들은 아무 감정이 없어! 어떻게 이곳에 와서 저 혼자 돌아다닐 수 있어… 하면서. 감추어둔 마음의 상처를 내일이면 엄마의 존재조차 잊어버릴 타인에게 고백하고 훌쩍이며 눈물을

닦았다. 인생은 참 외로운 거라니까… 나에게 죽을병이란 말도 안 하고 수술을 권하지도 않고… 밤새 엄마의 눈물과 탄식은 끝이 없었다.

엄마에게 저렇게 약한 구석이 있었나? 새로운 친구는 그동안 매일 듣는 말인지, 알맹이 없이 졸린 목소리로 말했다. 인생은 그런 거여요. 몸이나 추슬러요. 하나님이 계시잖아요.

민망할까 봐 일부러 코까지 골면서 자는 척했다. 어쩌면 어머니는 옆에 모로 누워있는 딸에게 하고 싶은 하소연을 하는지도 몰랐다. 문득 그녀는 엄마의 흐르는 눈물을 닦아주고 안아주고 화해하고 싶었다. 시간이 얼마 남지 않았다. 가슴이 답답했다. 하지만 결국 뜬눈으로 밤을 새우고 아무 말도 못했다. 냉담한 엄마와 사이가 더 악화될까 봐 두려웠다. 두 사람 사이엔 오랜 동안 쌓여온 골 깊은 벽이 여전히 가로막고 있었다,

다음 날 짐을 꾸렸다. 여전히 차갑고 냉소적이지만 조금 누그러져 있었다. 기도원에서 얻은 정신적 안정과 평화가 내면 안에서 작은 변화를 가진 것은 참 다행이다. 창밖엔 눈까지 내리고 있다. 눈이 내려 어둠을 하얗게 덮고 있었다. 눈꺼풀이 무거워지며 서서히 가라앉았다. 연통에 장작 타는 소리, 바람 몰아치는 소리. 행자의 간간히 들리는 기침 소리, 더러운 콘크리트 구석을 기어가는 개미의 분주한 움직임의 파닥거림이 느껴졌다.

천장 구석엔 거미 한 마리가 양 모서리 끝을 뛰어다니며 거미줄을 엮어가고 있었다. 빙글빙글 천천히 희미한 빛 속으로 끌려가며 점점 빠르게 돌고 있었다. 빙글빙글 돌고 있었다, 세상 끝에는 무엇이 있을까? 그 끝에 다다랐을 때 우린 무엇을 보게 될까? 그녀는 자신이 어떤 힘에 의해서 공중으로 서서히 달아 오르고 있는 걸 느꼈다

……

가운데 난로가 있는 작은 상자 안에는 엄마와 웅크리고 있는 그녀가 있었다. 상자는 마치 애드벌룬처럼 불길을 올리며 더워진 공기로 천천히 떠오르고 있었다. 두둥실 두둥실 이 삶의 끝에서 다른 삶으로 건너가고 있었다. 날개 달린 듯 가볍고 평화로운 느낌이 따뜻하다. 추위로 떨었던 몸이 따뜻하게 풀려 있다. 그런데 올라가려는, 더 멀리 오르려는 상자를 어떤 시선이 잡아당겼다. 순식간에 쿵~하고. 그건 어머니의 시선이었다,

어머니는 그녀를 오랫동안 바라보고 있었다. 어느새 일어나 의자 위에 꼿꼿이 앉아있었다. 담요와 외투는 딸의 차가운 어깨 위에 따뜻하게 옮겨져 있다. 눈이 마주치자 어머니는 희미하게 힘없이 미소 지었다. 그녀도 웃었다. 지금이야, 지금 말해야 해, 용기를 내야 해!

그녀 곁으로 가려는 순간 어머니는 말했다. 피곤하구나! 곧 기차가 온다고 하더구나. 날 부축하렴…그녀는 마지막 기회를 놓쳤다

일주일 후, 눈 내리는 새벽에 그녀의 팔 안에서 어머니는 숨을 거두었다. 온 살이 말라 비틀어져 고통스러워하며 물 한 모금 삼키지 못한 어머니는 힘겹게 마지막 숨을 내쉬었다. 그녀는 동생들과 아버지의 울부짖는 소리를 들으며 밖으로 뛰어나왔다.

아직 동트기 직전 새벽에 어머니의 혼은 힘겹고 엉망이 되어버린 육체를 버리고 삶을 넘어 미지의 세계로 떠나가고 있었다. 하늘에 온통 하얀 폭소를 터트리며 거추장스러운 48년의 삶의 무게를 털어 버리고 깔깔거리며 떠나가고 있었다. 그녀 안에 있는 어머니의 DNA는 어머니가 드디어 고통을 벗어나 자유와 안식을 찾았다고 말했다. 하지만 그녀는 보낼 수 없었다. 떠나가는 영혼을 붙잡으려 소리쳤다. 지금이야, 잠시 기다려!

오랫동안 망설이며 밀어 두었던 오래된 묵은 말들을 가슴 깊숙한 바닥에서 끌어올리며 오열하듯 공중에서 폭발했다.

가지 마, 가지 말라고! 난 아직 당신을 보낼 수 없어. 우린 서로 해야 할 말을 하지 않았어. 당신은 평생 날 사랑한다고 말한 적이 없잖아! 뭐가 어렵다고! 이렇게 갈 거면서, 그러면 좀 더 가볍게 보낼 수 있었을 텐데. 그리고 미안해. 정말 미안해! 나도 당신을 사랑하고 있었다는… 이 말을 하고 싶었어. 잘 가!

……

소외된 '외톨이' 어린 날의 초상,

오 윤 미

기억의 창고에 잊히지 않는 죄의식의 첫 순간 추억이 있다. 내가 그 당시 지은 죄는 어른이 되어 저지른 심각한 죄에 비하면 원시적이고 순진하기까지 했지만 그날 깨달은 분명한 죄의 의식은 결코 가볍지 않았다. 두 번 다시는 남의 물건에 손을 댄 적이 없는 계기가 된 사건이었다.

아홉 살 되었던 어느 여름날이었다. 내향적이었던 나는 친구가 없었다. 그래서 우리 집 모퉁이 방에 새로 세 들어온 미자 언니와 금세 친해졌다. 미자 언니는 착하고 따뜻했지만 가난하고 바쁜 부모님의 관심에서 벗어나 있었다. 그래서 미자 언니는 일찍부터 필요한 것을 스스로 자급자족하는 법을 터득하고 있었다.

미자 언니는 동네 구멍가게에 습관적으로 사탕이나 과자나 과일 따위를 훔쳐오곤 했다. 나는 언니가 물건을 슬쩍할 때 망을 봐 주거나 훔쳐온 것들을 내 호주머니에 담아 먼저 달아나곤 했다. 작업이 끝나면 우린 따뜻한 담벼락에 기대어 이 매혹적인 물건들을 바라보며 대견해했다. 미자 언니가 자신의 노하우를 전수시키려 했지만, 아직 소심해서 직접 물건을 훔치는 건 가능하지 않았다. 미자 언니는 훔치는 대신 떨어진 걸 적극적으로 줍는 법을 알려줬다. 약간의 두려움과 함께 쾌락을 느꼈다. 과자나 달콤한 사탕 색색의 풍선이 노력 없이 쉽게 내 손에 들어올 수도 있다는

이 사실은 미자 언니가 내게 가르쳐 준 코페르니쿠스적 대발견이었다,

그 이후에도 나는 그 '줍기 운동'을 꾸준히 했다. 방바닥 외진 곳, 혹은 부엌에 선반 엄마의 경대서랍 아버지의 서재 책상서랍을 부모 몰래 열어 보곤 했다. 거기엔 아주 작은 단위이긴 해도 반드시 동전 한두 개는 떨어져 있었다. 가끔 부모의 지갑에서 작은 단위의 동전을 슬쩍 내 것으로 만들 땐 마음이 찜찜하기도 했지만, 그래도 이걸 모으면 사탕이나 예쁜 머리핀 따위 풍선으로 교환할 수 있다는 유혹에서 결코 헤어날 수가 없었다.

이 기간은 꽤 오랫동안 지속되었지만 훔친 게 아니라 필요 없는 동전을 줍는 거라고, 그래서 내 문제가 아니라 관리 못한 부모 책임이라고 부정하면서 내심 죄를 인정하지 않았다. 하지만 문제는 항상 시작은 무시할 만한 작은 욕심이 점점 커가고 규모가 커진다는 것에 있었다. 하루는 좀 더 대담한 시도를 했다. 동전뿐이 아니라 집에 있는 물건들을 물물교환해 보고 싶었다. 5일에 한 번씩 동네 공동 마당에 뻥튀기 아저씨가 오는데, 그 때 바꿔 먹을 찌그러진 냄비나 소쿠리 등 금속으로 만든 용기 등을 슬쩍 해오는 것이었다.

부엌에 들어가 먼지 쌓인 쇠붙이나 자주 쓰지 않는 냄비 등을 가지고 와서 몰래 퍼온 쌀 한 되박을 주고 순서를 가다렸다. 차례가 되자 아저씨는 쌀을 동그란 쇳덩이 안에 담고 불을 폈다. 작은 쇳덩어리가 돌아가면서 활활 타오르는 불에 달구어져 갔다. 열이 팽창했다가 어느 시점에 이르자 아저씨의 뻥이요! 하는 구령에 맞춰 펑 소리가 났다. 구름 같은 뜨겁고 하얀 연기가 몽실몽실 올라왔다. 서서히 사라진 연기 속에서 쇳덩이와 연결되어있는 길게 늘어뜨린 철 바구니에 부풀대로 부푼 튀밥이 가득 찼다.

……

감당할 수 없는 어마한 양의 튀밥 한 포대였다. 작은 쌀 한 되박이 저렇게 커지다니…마음이 무거워 졌다. 그걸 보니 기쁘기보다는 끔찍한 느낌이 들었다.

친구들에게도 나눠주고도 남은 커다란 튀밥 한 포대는 골칫덩어리였다. 온갖 궁리를 하다 어둡고 축축한 부엌의 한 모서리에 있는 빈 항아리에 집어넣고 뚜껑을 닫았다

매일 배를 채우고도 줄어들지 않는 튀밥이 행여 눈에 띌까 노심초사했다. 하지만 곧 들통나버렸다. 아무리 감추어도 나타나는 여기저기 굴러다니는 튀밥 알과 사라진 찌그러진 양푼을 추정해서 엄마는 사건의 진상을 바로 알게 되고 결국 부엌 바닥에 한줌 가득 떨어진 튀밥을 추정해서 장독 뒤의 반쯤 남은 튀밥을 찾아냈다. 의심했던 범죄 사실은 쉽게 찾아냈지만 과연 범인이 누구냐였다. 아직 어린 막내와 셋째는 제외하고 첫째와 둘째가 유력 선상에 떠올랐다.

엄마는 생각했다. 첫째는 좀 덜 떨어졌지만, 소심하고 착한 녀석이라 절대 그런 짓을 할 리가 없고, 둘째는 매사 자신만만하고 약삭빠른 놈이니 둘째 녀석이라고 단정했다. 얼마 지나지 않아 둘은 엄마의 면전에 호출되었다. 전에도 한번 넘어간 적이 있었던 경험이 있었기에 난 끝까지 부정하기로 결심했다. 평소 큰딸을 별로 신통치 않게 여기는 엄마에게 들통이 나면 그 수치심을 감당하기 힘들 것 같았다. 착한 아이란 말이 엄마가 나를 인정하는 유일한 칭찬인데, 그 착함조차 사라진 초라한 내 모습을 생각하니 암담했다. 더구나 그동안 사라진 동전까지 추달할 가능성도 있었다.

나는 평소보다 더 어벙벙한 표정의 순진한 고양이 눈망울로 어머니를 보았다. 마치 무슨 일이 있나요? 하듯 천진난만하게 바라보는 큰아이의 모습에 엄마는 다시 다짐했다. 큰놈은 아냐! 결국 영문도 모르는 동생은 평소에 요령 부린 대가로 죄도 없이 회초리를 맞았다. 거기다 거짓말한 죄까지 덤으로 더해졌다. 다시는 안 한다는 얼토당토않은 말까지 해서 겨우 용서를 받아낸 뒤에 사건이 종결됐다. 끝까지 눈도 깜빡 안 하고 튀밥사건을 부정했던 난 범인의 의심에서 벗어나 착한 아이의 이미지를 여전히 유지할 수 있게 되었다. 동생 관리 못 한다고 회초리로 종아리에 동생만큼 맞았지만 그건 잃어버릴 뻔한 명예에 비하면 아무것도 아니었다.

눈물과 땀으로 범벅이 되어 씩씩거리는 동생과 마음이 편치 않은 나는 마당에 있는 우물가에 앉았다. 세숫대야에 함께 손을 넣어 더러워진 얼굴을 씻었다. 억울한 동생이 씩씩거렸다. 흥, 나쁜 여자. 내가 커서 돈 벌면 절대 맛있는 거 안 사줄 거야…xx! 엄마에게 그런 말 쓰는 거 아냐… 난 조금 기가 죽은 목소리로 말했다. 그 말에 동생은 더 핏대를 올리며 다시 악을 썼다. 그럼 언니 같음 억울 안 해 씨씨~ 조용히 해! 엄마 들으면 어떡하려고 그래? 필요 없어! 엄마 짜증나고 미워!

겉으론 계속 동생을 타일렀지만 한편 평소 야무지고 예쁜 동생을 편애하는 것 같은 엄마에게 퍼붓는 불평을 들으며 내심 고소했다. 멀리서 엄마가 수건과 새 옷을 들고 서서 기다리고 있었다. 새 옷으로 갈아입었다. 무슨 의미가 있는 건지…엄마는 항상 회초리로 애들을 훈육한 뒤에 세수를 시키고 새 옷으로 갈아입게 하곤 했다

오후 한나절 해가 지나가고 있었다. 나는 돌계단이 있는 높은 마루 위에 팔을 괴고 앉아 햇볕이 따뜻한 마당을 바라다보았다. 대문 옆 우물가

에 서 있는 커다란 감나무의 흐드러진 감꽃 아래서 아랫집 아줌마와 엄마가 함께 잡담을 하며 빨랫방망이를 두드리고 있었다. 동생은 이웃에서 놀러온 친구들과 마당에 한복판에 땅따먹기를 하고 있었다. 얇고 넓적한 돌을 금을 그려놓은 네모 안에 밀어 넣어서 영역을 넓혀가는 놀이였다. 맑은 웃음소리와 함께 폴짝폴짝 뛸 때마다 양 갈래 머리가 허공에서 찰랑 찰랑 흔들리고 있었다. 톡 톡 한 발로 뛰어 칸을 뛰어다니는 하얗고 통통한 동생의 허벅지에 빨간 매 자국들이 보였다. 멀리서도 선명하게 느껴지는 아픔, 그 애잔한 슬픔이 동시에 느껴졌다.

마루 위에 엄마가 아이들의 간식으로 올려놓은 부엌 항아리에서 꺼내온 튀밥 바구니가 마루 한가운데 있었지만 손도 대지 않았다. 아이들이 흘린 튀밥 알들이 마당에서 마루에서 돌계단에서 흩어져 나를 바라보았다.

혼자 중얼거렸다. 언제쯤 저 끔찍한 알들이 하나도 보이지 않게 될까? 나이가 들어 이제 그때의 엄마 나이가 되었는데…이 튀밥 알들은 아무리 숨기고 싶어도 자꾸 어디선가 튀어나오네.

망보기로 시작한 이 나쁜 행동들이 점점 자라 결국은 무고한 동생에게 자신이 저지른 죄를 덮어씌운 교활함에 이르기까지의 일이 주마등처럼 떠올랐다. 익숙하고 평화로운 풍경에서 나만 홀로 소외되어 어둡고 축축한 바닥으로 멀어져 가는 죄인의 느낌. 천근처럼 무거워진 마음이 석고처럼 굳어버린 어린 날의 초상이었다.

오윤미 : 캐나다 토론토 거주, yoonmioh25@gmail.com

국내 초대작가

/ 시 /

강우식
려 원
박성현
양진기
이옥천
호영송

(가나다 순으로 수록하였습니다.)

장맛비

강우식

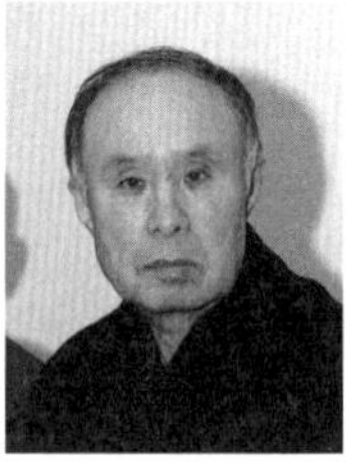

그토록 바라던 남자에게
시집갔으면 잘 살기나 하지
누님은 비처럼 살다 갔다.
언젠가는 남세스럽다고
이웃집 몰래 발소리도 없이
봄비처럼 왔다 간 줄 모르게 오더니
그 사이 별별 일 다 겪으셨나
미친년처럼 산발한 머리채를 휘두르며
챙긴 보따리도 없이 달랑
눈물 콧물 물이란 물 다 짜면서
참 소란스럽게 시집간 누님이
대문을 박차고 들어섰다.
그리고는 아무 일 없었다는 듯이
천연스럽게 간다는 기별도 없이
주구장창 집에 내처 앉아서는
온 가족이 다 따라 젖도록 만들었다.
그 누님이 죽자 장마도 떠나고
그동안 겪은 사연일랑 다 묻으며
무심히 낙엽 떨어지는 가을이 왔다.

이사

내 사는 아파트 단지에
이삿짐 나르느라 오르내리는
지게 소리가 들린다.
설한풍 삼동, 이 추위에
소문도 없이 잘 살고 있더니
갑자기 어디로 옮기는 걸까.
을씨년스럽다.
사연이 많은 이삿짐
좋은 일이나 나쁜 일이나
들어보면 구구절절하겠지.
모른 체 귀를 막자.
나도 사연이 많게 이웃마을 아닌
서역 땅으로 이사 와서
산 설고 물 설고 낯설어도
물가에 내놓은 자식 같은
불안한 삶을 접고
이사 안 한 듯 살고 있다.
어디서나 쑥쑥 자라고 잘 견디는
미나리로 초록을 만들고 있다.

강우식 (시인)
1941년 강원도 주문진 출생, 성균관대학교 국어국문학과 시학교수 정년
1963-1966년 〈현대문학〉 지로 등단. 시집 『마추픽추』 『바이칼』 『백야』 등 다수.

거미소녀

려 원

집을 짓는다

패턴을 거미줄로, 꽁지와 바람의 힘으로

거미줄 치는 우주

붉나무 숲에

비슷비슷한 복자기 이파리가 거미줄에 매달려 굿판을 치고 있다

감각 하나만으로 단단해진 소리가

거미줄 치는 온갖 루머로

사람들은 왜 눈물을 감추려 물방울 튕기는 것일까

대나무 숲에 보름달처럼 초경을 했다는

거미소녀

……

아, 미쳐 나, 미친 듯

속옷 풀어헤치고 동네를 떠돌며

남정네들에게 음부를 보여준 처녀

거미 발톱일지라도

내 입은 어디에 있는지 모르겠다

스마트폰으로 소리 없는 소리를 찍는다

찰칵

그림자로 남은 허물

그냥 놀이라 여겨졌다
그림자처럼 늘 따라다니는
내 발자국들
이곳에서 저곳으로 생각을 옮길 때마다 각질이
떨어진다

비명처럼
비운의 몸뚱이를 벗어던지고 싶어서였을까
씩씩거리며 백 년을 넘어 거칠게 담벼락에 닿기까지
그림자로만 남을 거라고 했다

지난날의 발자국은 마지막 순간에 허물을 벗은 뒤
담을 넘어
집을 나간다

할머니는
오래된 구렁이는 그래도 집을 지킨다고 하셨다

검은 버섯처럼 웅달진 아래턱 천명을 거스르는 혓바닥

……

갈라진 생각의 틈으로
파고드는 힘

뱀은
위협적인 몸뚱이를 일으켜 당차게 똬리를 튼다
제 몸속에 허물을 가둬둘 듯

장례식 날 아버지의 영정
아버지의 섬이었던 부동의 천장과 대들보
축 늘어지는 사지를 뻗어 섬 하나로 버티며 살아오셨다
아버지의 그림자는

씻어내지 못한 죄 때문에
몸을 최대한 허공으로 뻗어 허물 벗으려 몸부림쳤다
이것도 내력이다

려원 (시인)
2015년 〈시와표현〉 등단
2016년 시집 「꽃들이 꺼지는 순간」 외.

페루

박 성 현

잠든 당신을 한참 바라보는데 옛날도 그랬지만 지금도 어느 하나 빠진 얼굴이 아니라서 내심 흐뭇해하다가 왼쪽 뺨에 묻은 희미한 빛을 타고 무언가 깊고 조용하게 자라는 걸 보고 말았다

손대면 까마득히 물러났다가 금세 자리로 돌아와 당신을 얽어매곤 했는데, 앳된 얼굴을 이토록 수척하게 만들어버렸으니 하루에도 수천 번씩 폭설이 내려 쌓이는 울음이 아니면 무엇일까

차라리 내게 오셨어야지 하는 생각이 간절했지만 내가 당신을 향했던 이유가 없듯 울음이 당신에게 간 이유도 없을 것이다

다만 기꺼이 울음에 다가가면서도 시간이 지날수록 산산이 부서지는, 저 별들의 죽음만큼이나 쓸쓸한 마음은 버릴 수 없었다

저녁을 먹으면서 당신은 새 한 마리 혼자 페루로 날아가는 긴 꿈을 꿨다고 말했다

봄눈

당신을 보내고 온 날 온종일 눈이 내렸습니다 처마에 매달린 구릿빛 풍경이 고드름 녹듯 뚝뚝 떨어졌습니다 발자국이 어지러웠습니다 발목까지 쫓아온 발자국을 떼어내며 나는 걸어온 길을 돌아보았습니다 태반이 멀리 가지 못해 그 자리에 주저앉았습니다 오월에 큰 눈이 내렸다는 말은 신문을 뒤져봐도 깜깜했지만 하루에도 몇 시간씩 눈을 맞았습니다 처마에 매달린 구릿빛 풍경이 당신의 기척을 들었습니다 눈을 푹푹 밟으며 부산했습니다 나는 바싹 마른 국수처럼 비좁아져서는 봄눈 속에 오래도록 앉아 있었습니다 발목까지 쫓아온 발자국을 떼어냈습니다

박성현 (시인)
2009년 〈중앙일보〉 등단, 서울문화재단 창작기금 수혜(2013)
세종도서 교양부분 선정(2018), 한국시인협회 젊은시인상 수상(2019)
우수출판콘텐츠 제작 지원 사업 선정(2020). 시집 「내가 먼저 빙하가 되겠습니다」(2020),
유쾌한 회전목마의 서랍(2018)이 있다 . 서울교대 출강

냉장고와 어머니

양 진 기

냉장고가 운다
어둠 속에서 낮게 흐느끼다가
인기척을 느끼면 울음을 뚝 그친다
한밤중에만 캄캄하게 우는 냉장고

어머니가 우는 것을 본 적이 있다
자식들 앞에선 언제나 강했던 어머니
어두운 골방에서 저리도 낮게 흐느끼셨다

슬픔을 동결시킨다
터지는 호곡을 가슴속에 우겨 넣는다
얼어붙은 울음들이 냉동실에 빽빽하다

밤마다 슬픔을 조금씩 해동시킨다
동결된 울음들이 녹아내린다
막힌 가슴에 숨길 하나 열린다
날이 밝으면 냉장고는 고요하고
아침을 준비하는 어머니
도마를 두드리는 칼 소리 경쾌하다

도깨비바늘

풀숲에서 놀다 집에 갈 때 도깨비가 따라오지
도깨비 뿔이 뒷덜미를 잡을까 줄달음치면
도깨비 뿔은 작은 바늘로 둔갑을 하지
옷에 찰싹 달라붙어 집까지 따라오지
아무리 달려도 떨어지지 않는 도깨비 분신

난 발이 없어 날개도 없어
네게 붙어 있어야 해 더 놀자 꼬마야
벌써 가면 심심해 내기 씨름이라도 할까
네가 이기면 원하는 것 들어줄게
금 나와라 뚝딱 은 나와라 뚝딱
방망이로 두들기면 무엇이든 나오지

집에 늦게 왔다고 야단치면서
어머니가 떼어주던 도깨비바늘
대바늘로 뜨개질한 어머니 표 털실 스웨터에 달라붙어
떨어지지 않으려고 안간힘 쓰던 도깨비바늘
어머니 치맛단 붙잡고 쫓아다니던
아기 도깨비 어린 시절이 있었지

어디 갔니 도깨비바늘
내게 다시 붙어다오
방망이로 뚝딱
어머니 불러와다오

양진기 (시인)
2015년 〈리토피아〉 등단, 시집 2017년 『신전의 몰락』 출간(2017 세종도서 선정)
한국작가회의 회원. yajiki@daum.net

조화調和

이 옥 천

초목은 태양 향해
잎과 가지를 뻗고
튀어나온 돌은
정을 맞는다

바람에 꺾여도
인내가 필요하고
정을 맞아도
내 탓으로 받아들인다

삶의 길은
부딪는 가시덤불 속
틈새에서 빛을 볼라치면
잡으러 좇고 달린다

인고를 벗 삼아
무던히 껴안고
다독이고 어우름은
조화로운 삶을 이룬다.

빛의 힘

장도 길섶
볕뉘 한 줄기 보인다

나를 찾아
떠나는 장장여로
먹구름 뚫고 비추는 볕뉘
어둔 길을 횃불로 비춘다

마음속을 달래고
의지의 힘을 주는 힘
약하고 잠깐의 빛이지만
좁은 길의 빛은 용기다

좌절의 먹구름 속에서
포기의 적설 쌓여도
작은 볕뉘 하나 움켜쥐고
힘내어 장도 떠난다.

이옥천 (시인)
한울문학 시 등단, 한국문인협회. 현대시인협회 이사, 국제펜한국본부 대외협력위원회 고문
시인시대 회장 2회 연임. 동대문문인협회 이사, 사)한국가교문인협회고문. 한국문학방송작가회 회장. 시집 『별을 찾아서』 『석주(石柱)』 외 50여 권
한국전자저술상. 국제펜'詩'명인상. 지구촌재능나눔"詩"명인대상"
한국문학방송 명예전당헌액상. 한국문화예술 "詩"명인대상. 한국전자문학상 수상

나도 융처럼 말한다

– 대심리학자 칼 구스타브 융 평전(評傳)

호영송

오늘 나는 오롯하다.
나 이제 융처럼 말하자.
세상의 모두들 고개 숙이던
대석학 지그문트 프로이트의
연구실 답답히 떠난 칼 구스타브 융.
산의 나라 스위스 사람,
어느 해 험악스럽고 가파른 알프스
산기슭에 집을 짓고 나서
드디어 마음의 화평 찾아 누리며
성에 낀 창문 밖으로 말을 낸다.
"신은 계시다.
춥든 덥든, 신은 계시다!"

학자로서의 고뇌와
놀라운 감격은 생략하자.
이 한강 변 하남 땅,
추운 1월, 냉기 흐르고
팔뚝 같은 굵기의 잉어도 물 깊이 숨는 한강,
따사로운 볕이 고양이처럼 똬리 꼬고

잠들든 말든,
강 건너 예봉산, 갑산이 잠자든 말든,
누가 있어 부르짖든 말든,
나는 귀로 들었다, 눈으로 보았다.
신은 계시다.

카 다 피 대령

나는 〈그린 북〉에 쓴다. 〈초록〉이 너무 아름답다고 쓴다.
너른 초록 벌판 위에 〈혁명〉이라 쓴다. 초록의 바다! 춤추는 바다!
〈그린 북〉의 세계 속에서 내 설렘은 노래된다.
"초록, 초록의 세계는 아름다워!"
나는 순진하였고 내 노래는 메아리친다.

1969년, 내 동갑내기 29살의 육군 중위, 그 눈망울이 북아프리카
그 어둠 속에서 빛났다.
가난에 찌들어 우는 조국에게 중위는 희망이 된다.
리비아 너른 벌판, 그에게는 찬양과 기대만이 있었다.
하루는 저항군 무리가 어느 민간 아파트에 숨자,
중위는 그 아파트를 통째로 망설임 없이 까부수었다.
카다피는 소비에트 사회주의 대국 소비에트 서기장 브레즈네프에게도 호통 쳤다.
"동지의 취미가 자동차 수집이라고요? 으하하하!"
브레즈네프 서기장은 납작해진 코를 만지작거릴 뿐.
영원한 대령 카다피의 경호 대장,
미녀 경호원들과 덩다라 "히히히, 후후후!"

……

헌데 2011년, 영원한 대령
그는 짧은 세월을 매질하여 길들이고
웬일로 긴 세월은 내버려 두었다네.
리비아의 영광, 대령은 시간의 졸병 앞에서 포복하고
구차하게 엉기고 엉겼다. 하필,
대령은 하수구에 숨었다가
그의 엷은 살갗으로 총알을 받았다. 그의 피도 부끄럼 타는 듯.
누구도 안타까워하지 않고 슬퍼함이 없었지.
지금은 낡은 번역판 〈그린 북〉에 내가 풍자시를 쓴다.
다만, 그 초록빛은 지금도 아름다워 보인다고 나는 쓴다.

주(註) :
카다피는 리비아의 혁명아(1942~2011)였다. 〈그린 북〉은 혁명의 꿈이 들어찬 초록빛 표지의 작은 책. 국가 원수직에 있으면서도 계속 대령에 머물렀으며 소비에트의 서기장을 힐난하기도 했음. 그의 미녀 경호부대는 유명했고, 그들은 자기네 전통 텐트에서 잤다.

호영송 (시인, 소설가)
경기도 파주 출생. 동국대 연극영화과 졸업
시집 『시간의 춤』 외
계간 〈문학과 지성〉에 단편소설 『파하의 안개』를 발표하여 소설가로 등단
『파하의 안개』, 『내 영혼의 적들』, 장편소설 『꿈의 산』 등 발표
〈동국문학상〉, 〈한국소설문학상〉 등 수상

국내 초대작가

/ 소설 /

곽명규
이광복
정종명
최 학

(가나다 순으로 수록하였습니다.)

은발의 라라Silver-Haired Lara

곽 명 규

세월은 날아가는 화살이라는 말이 이렇게 실감날 수가 없다. 내 시야의 왼쪽 끝에서 오른쪽 끝까지, 햇수로 환산해서 5년이라는 긴 거리를 이 화살이 순식간에 관통하고 사라져 버렸다. 지금 내 시야는 불 켜진 극장의 화면처럼 하얗게 색이 바랬다. 나는 방금 잠에서 깨어 일어난 사람처럼, 빠른 속도로 잊혀 가는 꿈속의 장면들을 하나라도 더 붙잡아 기억의 화면 속에 담아 두려고 안간힘을 쓰고 있다.

금요일 오후였었다. 공항도 주말을 타는지 입국자가 많았다. 환영 나온 사람들도 나처럼 약간씩 지쳐 보였다. 나는 천천히 걸어 나가며 사람들을 훑어보았다. 손을 흔들어 주는 사람은 없었다.

"내 이름이 있네!"

하얀 종이 두루마리 하나가 나를 기다리고 있었다. 눈을 동그랗게 뜨고 그 앞으로 다가갔다. 그리고는 내 이름의 철자를 한 글자씩 손가락으로 짚어 가며 큰 소리로 읽었다. 두루마리가 도르르 말리고 하얀 여인의 얼굴이 나타났다.

"라라예요."

그녀는 살짝 미소를 짓고 나서 손을 내밀었다.

"반가워요, 라라."

그녀의 손을 잡을 때 <의사 지바고>의 라라(Lara)가 떠올랐었다. 물론 이름 때문이었을 뿐, 생김새와는 관계가 없었다. 그녀는 영화 속의 라라만큼 예쁘지도 않았고 또 젊지도 않았다. 적게 잡아도 오십은 넘었을 것 같았다. 무엇보다도 머리카락이 은빛이었다. 그러나 그녀의 머리카락에는 은은하나마 윤기가 흐르고 있었다. 그러면서 아주 단정하게 다듬어진 채 하얀 이마 위에 곱게 올라앉아 있었다. 그래서 그냥 인상만으로 본다면 오히려 줄리 크리스티보다 더 라라의 이미지에 어울릴 것 같기도 했다.

"웰컴 투 로스앤젤레스!"

라라가 공식 인사말을 던지고는 멋쩍은 듯 웃었다.

"고마워요, 라라. …참, 닉(Nick)은 잘 있나요?"

닉은 앞으로 5년 동안 함께 일할 파트너였다. 몇 달 전 서울에 잠깐 왔을 때 점심을 함께한 적이 있었고, 그 뒤로 팩스도 여러 번 주고받아 꽤 가깝게 느껴지는 사람이었다.

"네. 아주 즐겁고 여유롭게 잘 지내고 있지요. 오늘은 정말 예기치 못한 일로 공항에 못 나오게 돼 내가 대신 나왔지만, 이런 일은 일 년에 한 번도 일어나지 않지요."

라라의 대답을 듣고 나자 갑자기 졸음이 몰려오기 시작했다. 공항을 벗어나면서는 하품까지 쏟아졌다.

"미안해요, 라라. 비행기에서 잘 잤는데 왜 이런지 모르겠네."

"길이 막힐 땐 누구나 졸리죠. 금요일 오후인 걸 어쩌겠어요? 어휴, 저 프리웨이(freeway/고속도로) 좀 보세요."

멀리 프리웨이가 보였다. 달리는 차는 한 대도 없고 모두가 기다란 공중 주차장에 서 있는 듯했다.

"로칼(local/시내 일반도로)로 가야겠어요. 좀 주무세요."

라라는 혼잣말처럼 조그맣게 말했다. 자동차는 좌회전 우회전을 거듭하면서 가는 듯 서는 듯 꾸물꾸물 움직였다. 한참을 가다가 문득 차가 한쪽으로 크게 쏠리는 것 같아 눈을 떴다. 공군 부대의 표지가 걸린 긴 울타리가 눈앞에서 원을 그리며 돌아가고 있었다.

"여기가 어디예요, 라라?"

"아무 데도 아녜요. 프리웨이 사정이 좀 나아진 것 같아 방향을 돌렸어요."

"아아. …그런데 어떻게 이렇게 길을 잘 알죠? 택시 운전사처럼?"

"예전에 이쪽에서 살았거든요."

"아아."

나는 다시 눈을 감았다. 그리고 이따금 라라의 말이 들려오면 멍한 눈을 쳐들어 앞서가는 자동차들의 뒤꽁무니를 바라보면서 건성으로 대꾸를 하곤 했다.

롱비치(Long Beach/로스앤젤레스의 남부 항구도시)까지는 한 시간이 넘게 걸렸다. 원래는 이십 분 남짓이면 갈 수 있는 거리라고 했다.

사무실은 2층짜리 목조 건물에 있었다. 옥외로 노출된 계단을 올라가며 두리번거려 보았으나 주변은 온통 팜트리(palm tree/종려나무)들 뿐이었다.

"롱비치라더니, 바다가 안 보이네요?"

내 목소리에 아쉬움이 섞여들었다.

"보이지는 않지만 아주 가까워요. 자주 가게 될 거구요."

라라가 웃음 띤 얼굴로 대답했다.

사무실은 입구 쪽이 네모반듯한 홀이었고 그 안쪽으로 좌우에 방 하나씩이 마주 보고 앉은 단순한 구조였는데, 라라와 닉과 나, 달랑 세 사람이 근무할 곳으로는 조금 너무 넉넉한 공간이었다.

……

오른쪽 방으로 안내를 받아 가방에서 서류를 하나씩 꺼내 책상 밑 서랍 속 폴더에 꽂아 놓고 겨우 의자에 기대어 앉았을 때 사무실 문이 열리는 소리가 들려왔다.

"돌아왔군요. 수고했어요."

닉의 목소리였다. 빠른 발소리가 몇 걸음 들린 다음 닉이 방으로 들어왔다.

"새로운 시작을 자축해야죠. 셋이서 바닷가에 나가 한잔해요. 모텔도 그쪽으로 잡아 놨어요."

닉이 인사를 마치자마자 시원스런 목소리로 말했다.

"고마워요, 닉."

"아, 내가 아니라, 로라에게 고마워해야죠. 모두 다 그녀의 아이디어니까요."

닉이 엄지손가락을 뒤집어 등 뒤쪽을 가리키며 말했다.

"로라…? 그녀 이름이 로라(Laura)였어요?"

내가 머뭇머뭇 물었다.

"아직 로라와 통성명도 안 했나요?"

닉은 그녀를 부르려는 듯 문 쪽으로 얼굴을 돌렸다.

"아니, 이름을 확인하려는 것뿐이오. 라라라고 들은 것 같아서…"

나는 급히 닉을 만류했다.

저녁은 매우 재미있었다. 무엇보다도 바닷가 호텔인 퀸 메리 호의 갑판이라는 것이 처음부터 나를 흥분시켰다.

"고마워요, 로라. 이렇게 큰 배는 처음 타 봐요."

저녁이 끝나 갈 때 내가 그녀에게 예의를 갖추어 감사를 표했다.

"그리고 귀한 주말 저녁 시간을 할애해 준 것도요."

"아니에요. 덕분에 나도 외로운 주말저녁을 면한 걸요."

그녀의 이 말이 나를 멈칫하게 했다.

"외로운 주말?"

나는 눈에 의문을 담고 그녀를 쳐다보았다.

"혼자 살고 있거든요."

"아아…"

무슨 말을 하기가 거북해 고개만 끄덕였다. 다행히 그녀가 스스로 설명을 덧붙였다.

"오래됐어요. 아주 오래됐지요. 남편 타미(Tommy)가 떠난 지."

나는 다시 고개만 끄덕였다.

몇 달이 훽 지나갔다. 그 사이에 서울에서 아내도 도착해 있었고 라미라다(La Mirada/로스앤젤레스의 남동부 소도시)의 셋집과 롱비치 사무실 사이의 웬만한 장소는 다 알 만큼 미국 생활에도 많이 익숙해져 있었다. 로라—가끔 일부러 라라라고 부르기도 했지만—와도 별 스스럼이 없었고, 닉과는 꽤 가까운 친구—나와 동갑인 서른 살이었다—처럼 지내고 있었다.

어느 날 닉과 둘이서 부두에 나가 하역회사 사장과 점심을 먹고 돌아오던 길이었다. 졸음이 바닷물처럼 밀려오고 있었다.

"팝송이나 들을까?"

닉이 CD(컴팩트디스크) 버튼을 눌렀다. 아는 노래가 나와서 몇 군데는 따라 불렀다.

"이런 옛날 노래들을 어떻게 알지, 킴?"

닉이 힐끗 나를 쳐다보며 말했다.

"내가 할 말이지, 닉. 젊은 사람이 케케묵은 노래들을 좋아하니 신기해. 나야 학교 다닐 때 공부하느라고 외웠던 것뿐이지만."

그때 마침 처음 듣는 노래 하나가 시작되었다.

"이 노래는 못 들어봤네. 최근 노랜가 봐?"

"못 들어봤다고? 1960년경의 히트곡인데! 하긴 너무 옛날 노래군. '사랑한다고 로라에게 전해주오(Tell Laura I Love Her)'라는 노랜데… 아니, 이 금지곡이 왜 여기 있는 거지?"

닉이 설명을 하다 말고 혼잣말을 했다.

"금지곡이라니? 미국에도 금지곡이 있나?"

나는 이해를 못 했다. 닉이 얼른 손을 뻗어 노래를 다시 틀고는 전주가 나오는 동안 빠르게 말했다.

"가사가 문제지. 카 레이스에 나간 청년이 사고로 죽으면서 로라를 사랑한다고 유언을 남기는 내용이거든. 혹시 우리 로라가 듣게 될까 봐 차에 두지 않기로 했던 건데,,,"

"로라가 이 노래를 싫어하나 보지?"

"그게 아니라… 잘 들어 봐."

전주가 끝나고 막 노래가 시작되려는 참이었다. 나는 열심히 귀를 기울였다. 마지막 부분이 감동적이었다.

"사랑한다고 전해 주오. 그리고 울지 말라고 말해 주오. 내 사랑은 죽지 않을 것이니."

노래가 끝나고 닉은 디스크를 꺼내 케이스에 넣었다.

"끝이 좋군. 죽은 뒤에도 계속 사랑하리라는 마지막 말이 감동적이야. 내 생각엔 로라가 들어도 꼭 슬퍼할 것 같지 않은데?"

"그렇게 생각할 수도 있지. 하지만 레이서의 이름이 문제지. 우리 로라의 남편과 똑같은, 타미(Tommy)이거든."

"타미? …내가 그걸 놓쳤었군. 맞아. 그녀의 남편이 타미였지!"

이야기가 끝나고도 나는 혼자 생각을 계속했다. 그녀도 어쩌면 이 노래를 잘 알고 있을 것 같았다. 그래서 혹시 내가 그녀의 이름을 부르는 순간 불현듯 이 노래의 주인공 타미가 떠올라 남편의 죽음과 겹쳐지면서 갑자기 슬픔에 빠지게 되지나 않을까 걱정이 되었다. 그 후 한동안 나는 그녀의 이름을 부르지 않았다.

어느 날 외출에서 돌아와 사무실에 막 들어선 순간이었다. 그녀의 책상 뒤, 벽에 기대어 있는 기다란 스틱이 눈에 들어왔다. 원래부터 그 자리에 있던 스틱이 왜 그날따라 눈길을 끈 것인지는 알 수 없었다.

"웬 아이스하키 스틱 같은 걸 갖고 있지요?"

걸음을 멈추고 그녀에게 물었다.

"아이스하키요? 그렇다고 보기엔 너무 작지 않을까요?"

그녀는 눈 끝에 웃음을 담고 말했다.

"그렇기는 한데…"

"골프 퍼터(putter)예요."

"에에? 무슨 퍼터가 그렇게 생겼죠?"

나는 어린애처럼 눈을 동그랗게 떴다. 그녀가 퍼터를 집어 들어 카버를 벗기고 내밀었다. 목 부분이 옛날 영국 뱃사람들의 담배 파이프처럼 두툼하게 휘어 있는 L자 모양의 나무 퍼터였다.

"정말 이걸로 공을 칠 수 있나요?"

어쩌면 모양만 퍼터인 목각품이 아닐까 하는 생각이 들었었다.

"그럼요. 타미가 얼마나 좋아하는 물건인데요? 이걸로 치면 버디(birdie/표준보다 1점 좋은 스코어)가 쏟아진다나요."

그녀는 마치 지금도 남편이 쓰고 있는 퍼터인 것처럼 말했다.

"나는 이걸로는 버디는커녕 보기(bogey/표준보다 1점 나쁜 스코어)도 못 하겠네요. 남편께서는 프로급이셨던가 보죠? 하지만 취미가 좀 특이한 분이셨나 봐요. 이런 이상한 퍼터를 쓰시다니."

"시아버님의 결혼 3주년 선물이에요. 이 퍼터를 몇 달 못 쓴 채로 갑자기 집을 떠났었는데…"

바로 그때 전화벨이 울려서 이야기가 끊어졌다. 나는 방에 들어가 앉아 한참 동안 생각에 잠겼다.

그녀는 남편 타미의 이야기를 꼭 살아 있는 사람 말하듯 했었다. 그녀는 아직도 남편의 죽음을 사실로 받아들이기가 어려운 것일까. 남편이 죽은 것이 아니라 잠깐 어딘가 다녀오려고 집을 떠났을 뿐이라고 생각하는 것일까. 그래서 지금도 언젠가 돌아올 남편을 기다리고 있는 것일까.

물론 그녀에게 물어볼 수도 없고 또 내가 스스로 알아맞힐 수도 없는 일이었다. 그러나 적어도 로라라는 이름을 부른다고 해서, 걱정했듯이 그녀가 타미—남편 타미이든 노래의 주인공이든—를 떠올리며 갑자기 슬픔에 빠지게 될 위험은 없을 것이라는 생각이 들었다.

로스앤젤레스는 주재원에게는 아주 이상적인 곳이었다. 우선 오후 5시 퇴근 시간이 되어서야 서울은 겨우 출근 시간인 아침 9시였다. 그러므로 근무시간 중에 불쑥 전화가 걸려 올 일이 없었다. 일 년 중 여덟 달이나 그랬다.

게다가 골프의 천국이었다. 롱비치 북부의 사무실 주변만 해도 십오 분 거리에 퍼블릭 코스가 다섯 개나 있었다. 평일이면 미리 예약을 해 놓을 필요도 없었고, 해가 긴 날은 오후 세 시가 넘어 갑자기 사무실을 뛰쳐나가도 18홀을 다 돌 수가 있었다. 나는 걸핏하면 로스앤젤레스 지역에 살고 있는 동창들에게 전화를 걸어 골프장으로 불러내곤 했다.

사무실에는 일거리가 많지 않았다. 때때로 롱비치 부두에 드나드는 수출입 화물이 있을 때 통관이나 하역 때문에 잠시 나갔다 오는 일을 빼고는 시간에 맞춰 처리해야 할 일이라곤 없었다. 그리고 매일 반복되는 일상적인 일들은 닉이 항상 해 오던 대로 처리하고 나서 나에게는 결과만 알려주어도 충분했다.

거기에다 그녀까지 드러내 놓고 나의 골프를 격려했다.

"이 좋은 계절에 젊은 사람이 사무실에나 있으면 되겠어요?"

심지어는 이렇게 말하기도 했다. 언젠가 한번 퇴근 시간 가까이에 서울에서 전화가 왔을 때는 긴급회의가 있어 세관에 나갔다고 둘러대 주기도 했다.

그만큼 나는 자유로웠다. 어떤 때는 닉이나 로라가 혹시 어디선가 내 아내에 대한 뒷이야기—회장의 조카딸이라는—를 들은 것이 아닐까 의심까지 할 만큼, 둘 다 좀 지나칠 정도로 호의적이고 협조적이었다. 아마도 사실은 외국 생활에 힘겨워하는 나를 도와주려는 것뿐이었겠지만.

물론 그들만 나에게 잘 대해 준 것은 아니었다. 나는 닉과 둘도 없는 친구처럼 지냈을 뿐 아니라 로라를 마음속으로부터 매우 좋아했다.

그녀는 목요일 오후마다 미장원에 갔었다. 그럴 때면 종종 닉도 볼일을 보러 나가곤 해서, 나는 그날만은 골프도 치러 나가지 않고 혼자 텅 빈 홀에 나와 앉아 라디오로 음악이나 들으며 시간을 보내곤 했다.

네 시 반쯤 되면 그녀는 약간 웨이브 진 은발을 반짝이며 사무실 문을 조용히 열고 들어섰다. 부끄럼과 자랑이 조금씩 교차하는 것 같은 그녀의 웃음을 볼 때마다 어렸을 적 엄마의 모습이 떠올랐다. 엄마는 맑은 날 오후면 동백기름으로 머리를 반들반들하게 만져 놓고는 자랑하듯 나를 쳐다보며 웃곤 했었다. 나는 엄마에게 그랬듯이 그녀를 쳐다보며 어린 아들 같은 미소를 보내곤 했다.

한편으로는 나이 든 그녀가 주말마다 무슨 일이 있기에 꼭 머리를 예쁘게 다듬어 놓아야 하는지가 궁금하기도 했다. 그래서 한 번은 닉에게 물어보았었다.

"로라는 저 나이에 주말마다 데이트를 하는가 봐? 저렇게 열심히 머리를 매만지는 걸 보면? 도대체 나이가 몇인 거지?"

"데이트엔 나이 제한이 없지. 몇 살인지는 나도 몰라. '오버 피프티(over 50)'인 것만은 확실하겠지. 얼마만큼 오버인지는 몰라도."

"인사 서류에 나와 있지 않아?"

"우린 그런 서류를 안 만들거든."

"정말? 과연 미국이로군. 여자의 나이를 묻지 않는다더니!"

"알아봤자 뭐 하겠어? 주말마다 데이트를 하든, 아니면 죽은 남편의 무덤을 찾아가든, 그런 걸 알면 또 무엇에 쓰겠어?"

"그건 그렇지."

그러다가 어느 목요일 오후, 드디어 그녀의 비밀 한 가지가 베일을 벗는 것을 보게 되었다. 지긋이 나이 들어 보이는 남자 하나가 그녀를 찾아온 것이다.

"로라는 외출 중인데요. 네 시 반쯤은 돼야 돌아올 것 같아요."

나는 그를 찬찬히 뜯어보며 말했다. 머리카락은 완전히 백발이었다. 그러나 건장한 체격에 윤기 있는 피부와 기운찬 목소리까지 갖추고 있어 노인이라고 부르기는 어려울 것 같았다.

그는 코마로프라는 러시아계 이름을 갖고 있었다. 샌프란시스코에 살고 있는데, 볼일이 있어 내려온 김에 오랜 친구인 로라를 만나 보려고 들렀다는 것이었다.

그러나 나는 그런 이야기보다 그의 이름에 더 관심이 있었다.

"저… 코마로프라면 혹시 러시아계 이름인 코마로프스키와 관련이 있으신가요?"

그는 잠깐 눈을 깜빡였다. 그리고는 대답했다.

"네. 원래 이름이 코마로프스키였었는데, 아버지 때 미국으로 오면서 '스키'를 떼어버리게 된 거죠."

"그렇군요. 책에서 본 이름이라 확인해 보고 싶었어요."

사실은 책이 아니라 영화에서 본 것이었지만 굳이 그렇게 말하고 싶지 않았다. 하여튼 추측이 들어맞아 기분이 좋았다.

그는 비행기 시간이 촉박해 로라가 올 때까지 기다릴 수가 없다고 했다. 나는 그를 더 붙잡아 두고 싶었지만 저녁에 집으로 전화하겠다는 말까지 듣고 나서는 그냥 놓아 주고 말았다.

"당신의 보이프렌드가 왔었어요, 라라."

네 시 반에 그녀가 돌아왔을 때 나는 특종 뉴스를 전하는 기자처럼 호들갑을 떨며 말했다. 그러면서 일부러 그녀를 라라라고 불렀다.

"네에? 보이프렌드요?"

그녀는 얼른 알아듣지 못하는 눈치였다.

"시베리아에서 코마로프스키가 왔었다고요."

"어디서, 누가요?"

"아니, 샌프란시스코에서 코마로프라는 분이요."

"아아, …그분이 웬일로…"

그녀는 혼자 생각을 더듬으며 눈길을 천장 쪽으로 보냈다. 나는 코마로프의 말을 자세히 전해 주었다.

"고마워요 …그런데 참, 그분은 보이프렌드가 아니고 그냥 프렌드예요."

그녀가 목소리를 조금 높이고 말했다.

"그래요? …하긴 나 혼자 그렇게 상상해 본 것뿐이지요. 이름 때문에."

"이름 때문에? ……"

그녀는 내 말을 알아듣지 못했다.

"의사 지바고 영화… 봤지요? 거기 나오는, 몸집도 좀 있고 나이도 좀 든 사람…"

"아, 세력도 좀 있는 사람요?"

"네. 그 사람 이름이 코마로프스키죠, 당신의 친구 코마로프 씨도 원래 이름에 스키가 있었다고 하더라고요."

……

"그래서 아까 처음에 시베리아에서 코마로프스키가 왔었다고 말했군요. 하지만… 그 이름과 보이프렌드와 무슨 연관이 있는지는 여전히 모르겠네요."

"코마로프스키와 라라의 관계를 모르나 봐요?"

나는 이렇게 말해 놓고 그녀의 표정을 살폈다.

"그건 알죠. 하지만… 설령 코마로프 씨는 이름 때문에 의사 지바고의 그 남자로 상상해 본다 치더라도, 나는 어떻게 그 라라가 될 수 있죠?"

그녀는 이제야 문제의 핵심을 알았다는 듯 목소리에 힘을 주었다.

"당신도, 마찬가지로, 이름 때문이죠. 라라라는 이름!"

나는 일부러 강한 액센트로 라라를 발음했다.

"내 이름이 라라? …킴! 그러고 보니, 이제까지 나를 라라로 알고 있었던 거군요? 로라를 불분명하게 발음한 게 아니라!"

"그래요. 처음에 라라인 줄 알았었죠. 공항에서 만났을 때 그렇게 들었거든요. 그 뒤에 로라인 걸 알았지만, 자꾸 저절로 원래의 이름이 나왔었죠."

"아아!"

라라는 천천히 고개를 끄덕이며 조그맣게 웃음을 지었다.

"그래서 아직도 당신이 라라인 것만 같아요. 하지만 그렇게 부르면 안 되겠죠, 라라? 아니, 로라?"

나는 이제는 라라라는 이름을 영영 포기할 수밖에 없으리라고 생각했다. 그러나 그녀는 예상과 다른 반응을 보였다.

"아뇨, 그냥 라라로 부르세요. 좋은 이름이니까. 닉네임으로 삼죠."

그리고는 조금 신이 난 듯 혼잣말을 반복했다.

"라라! 하하하, 내가 라라가 되었네. 나이 든 라라!"

이렇게 해서 라라는 정식으로 그녀의 이름이 되었다. 남편 타미도, 친구 코마로프도, 회사 동료 닉도, 아무도 모르는 오직 그녀와 나 사이의 비밀 이름이 생겨난 것이다.

해가 가고 또 가고, 어느새 주재원 생활 5년의 마지막 해도 빠른 속도로 한 달 한 달 줄어들고 있었을 때, 로스앤젤레스 일대의 거래처 사장들을 초청해 공식 파티를 열게 되었다. 손님들을 배웅하고 나서 셋이 함께 마지막 한 잔을 기울이고 있었는데, 잠깐 닉이 자리를 뜬 사이에 라라가 불쑥 알 수 없는 말을 꺼냈다.

"킴, 내 후임자를 좀 알아봐 주세요."

"그게 무슨 농담이오, 라라?"

"농담이 아니에요. 언제까지나 회사만 다닐 수는 없잖아요?"

"회사를 안 다니면 뭘 하시려고요?"

"여러 가지 준비를 해야죠, 죽음을 포함해서."

"라라, 무슨 그런 말을…? 나 같이 막 사는 사람도 아무 준비를 안 하는데…"

"나도 젊다면 왜 준비를 하겠어요?"

거기까지 말했을 때 닉이 돌아왔다. 라라는 먼저 가겠다며 일어섰다. 내가 그 이야기를 들려주자 닉은 한 번 고개를 갸우뚱하고는 그냥 무시해 버리자고 했다.

그런 채로 두 주일이 지나갔다. 라라가 정식으로 닉과 나를 불러 앉혀 놓고 말했다.

"사실은 내가 몸이 너무 좋지 않아 더 일하기가 어려워요. 빨리 후임자를 뽑아 주세요."

닉은 머리를 끄덕였지만 나는 다시 고개를 가로젓고 말했다.

"라라, 그렇다면 그냥 쉬세요. 몸이 안 좋을 때마다 마음 놓고 조퇴나 결석도 하고, 그러면서 빨리 나으세요. 그럴 땐 내가 대신 일을 할 테니."

나는 정말 그러기를 원했다. 그러나 라라는 받아들일 수 없다고 했다.

"그런 정도로 나을 수 있는 병이 못 돼요. 내 말대로 하세요. 그래야 편하게 집에서 쉬지요."

그 말에는 나도 동의를 하지 않을 수 없었다. 후임자를 두 주일 동안 가르쳐 놓고 라라는 집으로 아주 돌아갔다.

마지막으로 함께 저녁을 먹고 나서 포옹을 한 채로 그녀는 말했다.

"킴, 5년 동안 즐겁고 행복했어요. 특히 나를 라라로 불러 주어서 너무 고마웠어요. 그 바람에 젊었던 때의 내 모습을 떠올리며 힘을 얻곤 했어요. 죽은 뒤에도 잊지 못할 거예요."

나는 그 말을 막연하게 감상적으로 받아들였다. 그러면서 속으로 오히려 라라에게 감사했다. 그녀를 볼 때마다 어렸을 때 세상을 떠난 엄마가 생각났었다는 말은 하지 못했지만.

라라가 떠난 뒤로 그녀의 물건이 하나도 보이지 않는 빈 사무실을 드나드는 것이 너무나 쓸쓸했지만 어쩔 수 없었다. 한편으로는 귀국 날짜가 한 달 한 달 다가오고 있다는 것이 도리어 위안으로 여겨졌다.

몇 달 후 사무실에 손님이 찾아왔다. 마침 모두들 외출하고 나 혼자 남아 있었다.

"아, 코마로프 씨. 오랜만입니다. …그런데 로라는 몇 달 전 몸이 많이 아프다며…"

나는 거기까지 말하다가 입을 다물고 말았다. 코마로프의 얼굴이 무척 슬퍼 보였기 때문이다. 갑자기 주저앉듯이 가슴이 내려앉았다.

"로라는 이제 더는 아프지도 않을 겁니다."

코마로프는 그렇게 말하면서 주머니에서 종이쪽지를 꺼내 내밀었다. 장례식의 일시와 약도가 들어 있는 안내장이었다.

롱비치 성당의 장례 미사는 아주 조용히 진행되었다. 참석자도 몇 명 되지 않았다.

미사가 끝나고 잠깐 동안 추도 순서가 있었다. 먼저 여동생이 인사에 이어 언니를 추억했다.

"언니와 나는 어려서—그때는 샌프란시스코에서 살았었는데—부터 자매보다는 친구로 자라났지요. 그러나 둘 다 결혼해 언니는 로스앤젤레스로, 나는 뉴욕으로 떨어져 서로를 그리워하며 살게 됐었지요. 그러다가 언니가 혼자가 되었기에 뉴욕에 와서 함께 살자고 했지만 언니는 남편의 추억이 있는 이곳을 끝내 떠나지 않았지요. 이제는 나중에 내가 죽어 천국에나 가야 다시 만나게 되겠네요."

그녀는 이렇게 말하고는 코마로프에게 추도사를 부탁했다. 코마로프의 말—추도사라기보다는 회고담이었다—은 미리 준비해 오지 못했던지 그다지 매끄럽지 않았지만, 듣고 있을수록 감동이 일어났다. 내용을 정리해 보면 이러했다.

"나는 아주 어렸을 때 샌프란시스코에서 로라의 남편 타미와 친구가 되었지요. 타미가 로라와 결혼해 로스앤젤레스에 신혼집—그의 근무지였던 공군 기지에서 롱비치 쪽으로 조금 내려온 곳이었다고 기억합니다—을 꾸린 뒤에는 내가 종종 주말에 내려와 셋이서 함께 지내며 때로는 골프도 함께 치곤 했었지요. 그러면서 자연히 로라와도 절친한 친구가 되었지요. 타미가 뜻하지 않게 타계한 뒤 로라가 고향인 샌프란시스코로 돌아오지 않고 신혼살림을 했던 이곳에 계속 머무는 것을 보며 무척 안타까웠었지요. 나중 몇 번은 로라에게 재혼을 권해 보기도 했지만 그때마다 자신은 여전히 타미의 아내라고만 대답할 뿐이었지요. 이제 로라마저 세상을 떠나버리니, 개인적으로는 일생의 두 친구를 모두 잃은 슬픔을 견딜 수 없지만, 한편 로라를 위해서는 오히려 이제 마음을 놓게 되었군요. 로라는 그동안 떨어져 그리워했던 영원한 남편 타미와 오늘 다시 완전히 결합하는 것이니까요. 천국에서 이어질 타미와 로라의 내세의 삶이 옛날 이승에서 그랬듯이 마냥 행복하기를 빕니다."

장례식 다음 날 나는 아내와 둘이서 귀국을 앞둔 마지막 여행을 떠났다. 샌프란시스코 쪽으로 자유롭게 며칠 다녀오는 여행이었다. 가깝고 잘 아는 곳이어서 간단히 다녀올 생각에 그리로 방향을 정했었다. 그러나 어느 순간 문득 이 여행이 사실은 라라를 대신한 여행이라는 것을 깨달았다. 생각할수록 여행의 중심에 라라가 있는 것 같았다. 라라는 먼저 떠난 타미를 추억하며 사느라고, 어쩌면 다시 살아서 돌아올는지도 모를 타미를 기다리느라고, 고향인 샌프란시스코로 돌아갈 수가 없었다. 그곳은 그녀에게 남편 타미를 낳아 주었던 감사의 땅이기도 했고, 동시에 타미의 친구이자 평생 몰래 라라를 사랑했던 코마로프—나 혼자 그렇게 추측한 것이지만—가 혼자 살고 있는 외로운 땅이기도 했다.

여행은 그 때문인지 생각보다 시간이 부족했다. 물론 천천히 하루 이틀 더 있다가 돌아와도 안 될 일은 없었다. 그러나 왠지 처음 정한 일정대로 정확하게 돌아오고 싶었다. 마지막 날 빅서(Big Sur)—샌프란시스코에서 로스앤젤레스로 내려오는 도중에 거치게 되는 해안 명승지—에서 하룻밤만 자고 가자는 아내의 청을 물리치고 일요일 밤중에 무리하게 달려 내려온 것도 그 때문이었다.

다음 날인 월요일은 롱비치에서의 마지막 월요일이었다. 피곤했던 끝이어서 출근이 좀 늦어졌었는데, 책상 위에 편지가 와서 기다리고 있었다. 아침에 온 편지라고 했다. 라라의 여동생이 보낸 것이었다.

"인사장이겠군."

그러면서 묘한 느낌이 들었다. 빨리 봉투를 뜯지 못하고 한동안 손에 들고만 있었다.

편지는 아주 짧았다. 그러나 그 짧은 편지의 첫 줄을 읽자 너무 급하게 가슴이 뛰어 곧 숨이 멎을 것만 같았다. 겨우겨우 읽어낸 편지에는 이렇게 적혀 있었다.

"킴, 내 장례식에 와 줘서 고마워요. 항상 나에게 너무 잘해 주었어요. 죽은 뒤에도 잊지 않겠다고 말했었지요? 정말 잊지 않을 거예요. 행복하기 바래요."

편지 끝의 두 단어, "Love, Lara.(사랑하는, 라라)"는 사실 확실하게 읽지도 못했다. 눈이 너무 젖었기 때문이다. 젖은 눈 속에는 라라가 들어 있었다. 5년 전 공항에서 처음 보았을 때의 그 단정했던 은발이 하얀 이마 위에서 반짝이고 있었다. 그 얼굴 위로 다른 얼굴 하나가 겹쳐져 있었다. 어렸을 때 보았던 엄마의 얼굴이었다. 나는 꿈을 꾸고 난 사람처럼 멍하니 앉아 있었다. 그때 노크 소리가 들려왔다.

방문 앞에 코마로프 씨가 서 있었다. 기다란 꾸러미를 들고 있었다.

"귀한 물건이라 직접 가지고 왔습니다. 로라의 편지를 받으셨을 테니 따로 설명을 안 해도 되겠지요?"

코마로프는 꾸러미를 두 손으로 전하고는 바로 떠났다. 샌프란시스코로 돌아간다고 했다. 나도 곧 서울로 돌아간다고 하자, 성직자처럼 어깨를 붙잡고 축복을 해 주었다.

나는 포장을 뜯어 라라의 선물—내 35회 생일의 선물이라고 여기고 싶었다—을 꺼내 벽에 잘 기대어 놓고 다시 편지를 집어 들었다. 뒷장에, 미처 읽지 못한 부분이 있었다.

"P.S.(추신)—타미의 나무 퍼터를 친구 편에 보내니 받아 주세요. 지금으로부터 꼭 35년 전, 타미가 한국 파견 근무 중 정찰기 추락으로 세상을 떠난 뒤 지금까지 줄곧 나를 지켜주었던 이 "지팡이"—원문의 "Stick"이라는 단어에 인용부호가 붙어 있었고 첫 자가 대문자였다—를 당신에게 드리는 내 마음을 알리라고 생각해요. 당신의 미소가 타미를 닮은 것 같아, 볼 때마다 항상 그를 만난 듯 즐거웠음에 감사드려요. L."

나는 한참 동안 하얀 벽을 향하고 앉아서 화살처럼 지나가 버린 라라와의 5년을 돌이켜 본 다음, 편지를 잘 접어 봉투에 넣고, 벽에 기대 놓았

……

던 라라의 “지팡이”를 집어 들었다. 그녀 이름의 이니셜 L과 몸시도 닮은 아름다운 퍼터였다.

곽명규 (소설가)
서울대학교 문리과대학 졸업,
계간 〈문학과 의식〉 신인상 (소설, 2008) ,계간 〈시선〉 신인상 (시, 2014)
(중단편집) 사랑의 기쁨과 슬픔 (2012), (장편) 지금도 마로니에는 피고 있겠지 (2000)
(역서) 노래하는 시집 슈베르트 (2010)
(전)한국유리 부사장, (전)한국베트로텍스 사장

동행

이 광 복

늦가을의 한낮 햇살이 눈부시게 쏟아지고 있었다. 언제 이처럼 계절이 바뀌었는지 송암리(松岩里)의 가을은 나를 더욱 슬프게 하였다. 저 멀리 망덕산(望德山)이 단풍으로 붉게 물들었고, 산 밑으로 펼쳐진 송암저수지 수면은 명경처럼 반짝거리고 있었다. 얼마 전까지만 해도 황금물결로 출렁대던 저수지 아래 드넓은 들녘은 이 근래 가을걷이가 끝나 허허롭기 짝이 없었고, 동구 앞 반석다리[盤石橋]를 지난 시내버스가 흙먼지를 일으키며 S자 모양의 자갈길을 따라 꾸불꾸불 서원리(書院里)로 들어가고 있었다.

나는 설화당(雪花堂) 툇마루에 느슨히 걸터앉아 담배를 피우면서 무심하게 깊어 가는 가을 풍경을 물끄러미 바라보고 있었다. 그때 행랑채 맨 끝방 문이 열렸고, 사법고시를 준비하고 있는 김 선생이 엉거주춤 허리를 구부린 채 댓돌로 내려서는 것이었다. 그는 힐끔 이쪽을 쳐다보며 목례를 보내왔는데, 나 역시 가벼운 고갯짓으로 답례를 보냈다. 잠시 후 그는 굴뚝 모퉁이로 돌아나가 연못물이 흘러나가는 도랑에 소변을 좔좔 내갈기고는 체육복의 괴춤을 추스르며 어슬렁어슬렁 이쪽으로 다가왔다. 그가 말했다.

"날씨가 참 좋군요."

"그렇소. 공부 많이 하셨소?"

"아뇨. 머리가 맑지 않아서 그런지 공부도 잘 안 되는군요."

"거 참……."

"박 사장님, 산책이나 나갈까요."

"그럽시다."

우리는 대번 의기투합하여 설화당을 나왔다. 바람이 불어오자 은행나무에서 노란 잎이 떨어지며 팔랑팔랑 흩날렸고, 솟을대문 위로 맵시 있게 굽어 올라간 소나무를 향해 참새 떼가 우르르 내려앉고 있었다. 김 선생이 말했다.

"산에는 단풍 들고…… 바람 끝이 제법 쌀쌀한 것을 보면 이제 곧 겨울이 오겠군요."

"계절의 변화를 누가 막겠소."

우리는 선문답을 주고받듯, 별로 실속 없는 대화를 주고받으며 마을 주민들의 발길이 가장 뜸한 실개천을 따라 느티나무 아래로 올라갔다. 여름 내내 무성했던 길가의 잔디며 바랭이 같은 한해살이 잡초들도 누렇게 시들어가고 있었다. 지난번에도 김 선생과 나는 이 길을 걸은 적이 있는데, 이 길은 무엇보다도 인적이 드물어 우리 같은 외지 사람이 산책하기에는 안성맞춤이었다.

남의 마을에 와서 이 고장 주민들과 정면으로 마주친다는 것처럼 멋쩍은 일도 없었다. 다른 사람들처럼 당당한 입장이라면 몰라도 나 같은 처지에서는 사람들을 만난다는 그 자체가 어색하고 쑥스럽기 짝이 없었던 것이다.

마을길이 끝나는 곳에 작은 방죽이 있었다. 우리는 방죽 가장자리를 따라 다시 산길로 이어지는 설화산 초입에서 멈추었다. 숲으로부터 제법 썰렁한 바람이 불어오고 있었는데, 우리는 누가 먼저 제의한 것도 아니지만, 피차 약속이라도 한 듯 평상처럼 떡 벌어진 너럭바위에 엇비슷이

걸터앉아 잠시 맑은 공기를 마시기로 하였다.

방죽 뚝방에는 멍석에 널어놓은 고추들이 눈부신 가을 햇살을 받으며 잘 건조돼 가고 있었다. 그 위로 빨간 고추잠자리들이 떼 지어 날아다녔고, 이따금 투실투실 살진 방아깨비나 풀무치 같은 풀벌레들이 누르뎅뎅한 풀밭에서 투명한 날개를 펼친 채 푸릉푸릉 머리 위로 치솟아 오르곤 하였다. 김 선생이 물었다.

"박 사장님은 서울에 안 가세요?"

"글쎄요……."

나는 흐지부지 말끝을 흐렸다. 서울에 남아 있는 우리 아이들과 친구들의 모습이 눈에 삼삼했으므로 콧날이 시큰하였다. 마음만 먹으면 언제라도 갈 수 있는 서울이지만, 그러나 내게는 그럴 수 없는 말 못할 사연이 있었다.

문제는 사업 실패와 그로 인한 가정 파탄이었다. 결혼 이후 나는 아내와 종종 의견 충돌을 빚어 왔지만, 소위 아이엠에프(IMF) 구제 금융 체제가 시작되자마자 잇따라 얻어맞은 연쇄부도야말로 내 인생에 치명타를 안겨 주었다.

하기야 사업이 그런 대로 잘 풀려 나갈 때에도 아내는 나를 탐탁찮게 여기고 있었다. 신혼 초기부터 그녀는 시도 때도 없이 내 비위를 건드리곤 했는데, 그나마 사업이 거덜 난 뒤로는 나를 남편이 아니라 하잘것없는 똥 친 막대기쯤으로 취급하는 것이었다. 나름대로 피땀 흘려 일궈 논 사업이 하루아침에 결딴난 것도 억울한 일이건만, 다른 사람도 아닌 아내까지 나를 인간쓰레기쯤으로 취급할 때에는 참으로 분통이 터지다 못해 뼈에서 진땀이 날 지경이었다.

나는 그런 아내와 결별하기로 작정했다. 아직 정식으로 이혼 수속을 밟지는 않았지만, 어쨌든 우리는 사실상 결별 상태에 들어가 있었다. 그러잖아도 아슬아슬했던 우리 두 사람의 관계는 아이엠에프 한파로 완전히 동파되고 말았다. 말하자면 사업도, 사랑도, 가정도 모두가 돌아올 수 없는 강을 건너 재기불능의 상태로 들어선 셈이었다.

하지만 나는 여남은 살이나 연하인 김 선생에게 너절하기 짝이 없는 사생활의 전모를 속 시원히 털어놓을 수가 없었다. 특히 아내한테 버림받은 이야기는 차마 입에 담을 수가 없었다. 김 선생이 물었다.

"박 사장님은 서울에서 무슨 사업을 하셨어요?"

"지나간 일은 생각하고 싶지도 않소. 내 과거는 모두가 한갓 물거품에 지나지 않았으니까."

"주인아주머니한테 개략적인 말씀은 들었습니다. 박 사장님께서는 서울에 계실 때 아주 큰 사업을 했다고 그러시더군요."

주인아주머니란 설화당을 관리하고 있는 예산댁을 가리키는 말이었다. 본래 설화당은 조선왕조 중엽에 지은 어느 정승의 고택(古宅)으로 그 규모 또한 어마어마하였다. 고랫등 같은 안채를 비롯하여 사랑채, 행랑채, 정자 등 여러 동(棟)의 건물이 처마를 맞대고 있었으며, 특히 정원에는 희귀한 나무들과 기기묘묘한 석물, 그리고 연못이 절묘하게 어우러져 일종의 선경을 연출하고 있었다.

하지만 현재 설화당은 쇠락의 길을 걷고 있었다. 옛 주인들은 대대로 벼슬길에 올라 부귀영화를 누렸고, 그런 만큼 오랜 세월 하인들이며 식객, 심지어 아첨배들까지 문전성시를 이루며 북적거렸지만, 근대 이후 격동기를 거치면서 후손들이 별 볼 일 없는 신세로 전락하여 객지로 나간 뒤에는 설화당 또한 거의 방치돼 가고 있는 형편이었다.

그나마 설화당이 지금처럼 그런 대로 원상을 유지하고 있는 것은 순전히 예산댁의 정성 덕택이라고 말할 수 있었다. 예산댁은 설화당 주인의 먼 인척으로 십여 년 전부터 이 집을 혼자 관리해 오고 있었다. 그녀는 환갑 진갑 다 지난 늙마에 홀로 설화당을 지켰고, 외지에서 찾아오는 고시생들이나 행상, 길 잃은 등산객 등 외지 사람에게 헐값으로 숙식을 제공해 주는 것이었다.

어쨌든 몇 닢 비상금을 챙겨 집을 나온 이후 나는 몇 달 동안 독신자 합숙소와 대학촌의 하숙집을 전전하다가 고시생들로부터 이 산골에 설화당이라는, 나 같은 백수건달이 부담 없이 지낼 만한 한적하고 좋은 집이 있다는 것을 귀동냥하게 되었다. 그 직후 나는 그 지긋지긋했던 서울을 떠나 이곳으로 내려왔던 것이다.

이곳 송암리에 내려온 뒤로 내 삶에는 많은 변화들이 있었다. 나는 지난 몇 달 동안 설화당에 묵으면서 아내와의 갈등이며, 모진 세파에 시달려 발기발기 찢어진 심신을 어느 정도 다스릴 수 있었다. 아내 곁에 남아 있는 두 딸을 생각할라치면 그리움이 북받쳐 미치고 환장할 지경이었지만, 설화당에 머무르는 동안 내 삶이 죽어 가는 나무에 새 움 돋아나듯 새롭게 태어나고 있다는 것을 깨달을 때에는 기쁘기 한량없었다.

사실 집을 떠나기 전, 나는 몇 번인가 목숨을 끊어 세상을 버리려고 시도했었다. 구차스럽게 살아 봤자 별 의미도 없으련만, 그러나 스스로 목숨을 끊으려던 나의 기도는 번번이 실패로 돌아가곤 하였다. 목숨이란 참으로 고래 힘줄보다도 더 질긴 듯했다. 그런데 이 마을에 들어온 뒤로는 이것저것 잡다한 세상살이를 잊을 수 있었고, 며칠 전에는 마침내 일생일대의 중대 결심을 하기에 이르렀다. 그것은 출가입산을 의미했다. 내친 김에 아예 절에 들어가 삭발하고 수도승이 되기로 작정한 것이다.

며칠 전이었다. 나는 예산댁에게 이 고장에 무슨 무슨 절이 있는지 알아보았고, 예산댁은 근동에 있는 절들을 주욱 꿰다가 망덕산 등성이를 넘어가면 남쪽 기슭에 고찰(古刹) 망덕사(望德寺)가 있다는 것을 일러 주었다. 물론 설화산에도 몇몇 암자들이 있었지만, 이왕 입산할 바에는 그래도 절다운 절로 들어가고 싶은 것이 간절한 내 소망이었다.

전생에 무슨 인연이 있었던 것일까, 망덕사는 짙은 호기심을 불러일으키면서 내 가슴속에 깊이 자리 잡게 되었다. 이제 내가 최종적으로 찾아가야 할 곳은 망덕사뿐이라는 생각과 함께 그 절에 들어가 승려가 되기만 하면 앞으로 남은 내 인생이 그런 대로 잘 풀릴 듯한 예감이 드는 것이었다.

그날 이후 나는 반드시 망덕사를 찾아가리라 벼르고 있었다. 그런데 지척이 천리라고 했던가, 나는 빈둥빈둥 날짜만 축내면서 여지껏 그 계획을 실행에 옮기지 못하고 있었다. 천성적으로 게으른 탓도 있지만, 입산에 앞서 채무 청산이며 이혼 수속 등 몇 가지 정리해야 할 일들이 남아 있었으므로 아직 그 일을 결행하지 못하고 있었던 것이다. 내가 혼잣말처럼 말했다.

"언젠가 예산댁이 서울에서 무슨 일을 했었느냐고 묻길래 사실대로 말했었지……. 하기야 한때는 잘 나가던 적도 있었소. 아이엠에프 사태가 터지기 전만 해도 제법 큰 가구공장을 운영했었으니까. 하지만 모든 것이 일장춘몽이었소."

"하긴……. 저도 벌써 5년째 공부하고 있지만, 아직 뜻을 이루지 못한 채 이렇게 떠돌이 생활을 하고 있습니다. 산간 오지로 떠도는 동안 저도 어느덧 나이 30을 넘기고 말았지 뭡니까."

"아무쪼록 요번에는 꼭 좋은 결과가 있기를 바라겠소."

"고맙습니다."

김 선생은 스님처럼 두 손을 모으고 고개 숙여 감사의 뜻을 표했다. 그의 얼굴은 오늘따라 더욱 창백해 보였는데, 몇 해 동안 방 안에만 틀어박혀 공부하느라 제대로 햇볕을 보지 못한 탓이었다. 라이터로 담배개비에 불을 붙이고 나서 내가 물었다.

"김 선생……. 혹시 사귀는 아가씨라도 있소?"

"웬걸요. 공부하기도 벅찬 마당에 여성을 사귄다는 것은 생각할 수도 없습니다."

"그래도 언젠가는 결혼을 해야 되지 않겠소?"

"해야겠죠. 지금도 부모님들의 성화가 대단하십니다. 하지만 저의 일차적 목표는 고시에 합격하는 일입니다. 그 이전까지는 연애다, 결혼이다…… 그런 것을 생각하지 않기로 했습니다."

"여자를 선택할 때 정말 조심하시오. 결혼은 중대한 일이니까. 남자 입장에서만 그런 것이 아니라 여자 입장에서도 결혼은 절대로 쉽게 생각할 일이 아니오. 그러고 보니까 우리가 오다가다 만나 한솥밥을 먹게 된 지도 어언 석 달이 지났소그려."

"그렇게 됐습니다. 저도 이젠 떠날 때가 된 것 같습니다."

"떠나다니……?"

"본래 고시생들은 한 군데 오래 붙어 있지 않습니다."

"그렇게 자주 옮겨 다니는 특별한 이유라도 있소?"

"있지요. 한곳에서 오래 머물다 보면 나태해지기 쉽거든요. 더구나 아는 사람까지 생기게 되고……. 고시생에게 아는 사람이 생긴다는 것은 불행한 일입니다."

"그건 또 무슨 말이오?"

"어느 누구와도 정을 붙이지 말아야 한다는 뜻입니다. 한번 정을 붙이면 공부에 지장이 생기니까요. 염불보다 잿밥에만 맘이 쓰이게 되면 곤란하잖습니까? 더욱이 다른 사람에게 이름이나 얼굴이 알려지는 것은 질색입니다. 시험을 치러서 단번에 합격한다면 몰라도 합격 여부는 아무도 예측할 수가 없잖습니까?"

나는 그제서야 아, 그랬었구나, 하고 짤막한 탄성을 자아내며 고개를 끄덕였다. 내가 처음 송암리에 왔을 때만 해도 설화당에는 대여섯 명의 고시생이 있었고, 많을 때에는 여덟 명이 행랑채와 사랑채의 이 방 저 방에 틀어박혀 공부했었는데, 그들은 잘해야 한두 달 머물다가 어디론지 훌쩍 떠나가는 것이었다. 내가 물었다.

"그렇다면 김 선생은 어디로 떠날 생각이오?"

……

“특별히 정해진 곳은 없습니다. 며칠 동안 더 궁리해 볼까 합니다.”

“그럼 이 동네로 오기 전에는 어디 있었소?”

“망덕사에 있었죠.”

그의 입에서 망덕사라는 말이 튀어나오는 순간 나는 온몸이 찌르르 하는 전율을 느꼈다. 망덕사라면 머지않아 내가 입산하게 될, 그리하여 머리 깎고 새 삶을 살아가게 될 바로 그 절이기 때문이었다. 내가 되물었다.

“저 산 너머에 있는 망덕사 말이오?”

“그렇습니다. 망덕사는 제게 제2의 고향이라고 말할 수 있습니다. 거기는 제가 처음 고시 공부를 시작한 곳이기도 하지만, 전국 각지를 떠돌아다니다가 갈 곳이 마땅치 않으면 다시 찾곤 하지요. 망덕사에 있을 때가 가장 마음 편하고 공부도 잘 됐거든요. 지난봄까지만 해도 저는 신림동 고시촌에 있었어요. 근데 영 마음을 잡을 수가 없더군요. 고시촌 분위기가 제 취향과는 맞지 않았다고 할까, 어쨌든 그 분위기에 적응해 보려고 나름대로 노력도 했지만 그게 쉽지 않더라구요. 별 공부도 못 하고 두 달 있다가 다시 강원도 치악산으로 들어갔는데, 거기서는 시름시름 몸이 아파 고생만 하다 다시 망덕사로 돌아왔지요.”

“그럼 아주 망덕사에 눌러 있지 그랬소?”

“그렇게 할 수만 있다면 오죽이나 좋겠습니까. 하지만 그것도 마음대로 안 됩니다. 조금 전에도 말씀드렸다시피 한곳에만 오래 눌러 있으면 공부가 잘 안 되거든요. 지난여름, 망덕사에 있다가 공부가 잘 안 되길래 다시 거처를 옮겨야겠다고 생각했죠. 그때 마침 이 마을에 오고 싶은 생각이 들었습니다.”

“그래서 설화당에 오셨군……. 어쨌든 우리가 이렇게 만났다는 것 자체가 예사로운 일이 아니오. 그럼 한 가지 더 물어 봅시다.”

“뭡니까?”

“망덕사와 그렇게 깊은 인연을 맺고 있다면 그곳 스님들도 아주 잘 아시겠소그려?"

"조금 아는 편이죠."

"아는 편이라니……, 그건 또 무슨 말이오?"

"제가 실지로 공부했던 곳은 엄격히 말해서 망덕사 경내가 아니라 그 절 입구에 있는 작은 마을이죠. 근데 대부분의 사람들은 그 마을까지 통틀어 그냥 망덕사라고 부릅니다. 말하자면 절과 마을이 한데 어우러져 있는 형국이라고나 할까요. 아무튼 저는 망덕사 입구에 있는 보살님 집에서 공부했습니다. 그렇다고 망덕사 스님들을 전혀 모르는 것은 아닙니다. 어쩌다 산책길에 일주문이나 대웅전 마당 같은 곳에서 스님들과 마주치면 그저 인사 정도 드리곤 했지요."

"망덕사 입구에 마을도 있단 말이오?"

"민가가 여남은 가구 있지요. 그곳 사람들은 농사도 짓고, 약초도 캐면서 오순도순 살아간답니다."

"아, 말만 들어도 기막히군……. 나도 사실은 그런 곳에 가고 싶었소."

"서울에는 아주 돌아가지 않을 생각입니까?"

"아니오. 언젠가는 돌아갈 생각이오. 하지만 세상만사가 모두 귀찮아 우선 공기 좋은 곳을 찾아 푸욱 쉬고 싶을 따름이오."

나는 입술에 침도 바르지 않은 채 마음에도 없는 말을 즉흥적으로 둘러댔다. 나이도 한참 적은 사람한테 거짓말을 한다는 것이 양심에 켕기긴 했지만, 그러나 지금 이 마당에서 콩이네 팥이네 긴 말 하고 싶지 않기 때문이었다. 김 선생이 물었다.

"집에서 가족들이 기다리지 않습니까?"

"그들이 기다리거나 말거나 관심 두지 않기로 했소. 집에 돌아가 봤자 마땅히 할 일도 없고……. 혹시 망덕사에는 스님이 몇 분이나 계신지 아시오?"

"정확히는 모르지만, 아마 서너 분 계실 겁니다. 그야 보살님께 여쭤보

……

면 대번 알 수 있을 겁니다."

"어쨌든 좋소. 여기서 망덕사까지는 정확히 얼마나 됩니까?"

"자동차 편으로 가려면 망덕산을 끼고 한 바퀴 삐잉 돌아야 합니다. 그러자면 적어도 한나절쯤 걸리겠죠. 그럴 바에는 등산하는 셈치고 직접 망덕산을 넘어가는 편이 훨씬 나을 겁니다. 제가 이 마을에 올 때에도 걸어서 저 산을 넘어 왔습니다. 망덕산은 역시 명산입니다. 정상에서 내려다보는 경치도 기막히지만 산 자체가 특이합니다. 맨 꼭대기에 장군바위가 있고, 그 밑에는 동굴과 옹달샘도 있지요. 제가 망덕사에 있을 때에는 한 달에 한두 번씩 저 산에 올라왔다가 내려가곤 했습니다."

그는 검지를 곧게 뻗어 망덕산을 가리켰다. 어느 사이엔가 망덕산 날망에는 구름이 낮게 드리워져 있었다. 그런 망덕산을 바라보면서 나는 김 선생의 말이 백 번 옳다고 생각하였다. 자동차를 타고 한나절 동안이나 엉뚱한 곳을 삐잉삐잉 도는 것보다 곧장 망덕산을 넘어 지름길로 질러가는 것이 훨씬 손쉽고 의미 있는 일이라고 판단되었던 것이다. 내가 물었다.

"김 선생……. 날 망덕사까지 안내해 줄 수 있겠소?"

"지금요?"

"그렇소. 쇠뿔도 단김에 빼랬다고 말 나온 김에 한번 가 봅시다."

"그건……."

김 선생은 하늘을 올려다보며 고개를 갸우뚱하였다. 어느덧 해는 중천을 벗어나 서쪽으로 비스듬히 기울어 있었고, 검은 구름 몇 점이 해를 가리며 망덕산 쪽으로 스멀스멀 흘러가고 있었다. 산간의 날씨는 참으로 예측하기 어려웠다. 조금 전까지만 해도 햇살이 눈부셨지만, 어느 사이엔가 망덕산 일대가 온통 구름으로 뒤덮이고 있었던 것이다. 내가 말했다.

"이곳에 몇 달 동안 머물면서 아직도 망덕사에 가보지 못했다는 것은 오로지 내 게으름 탓이었소. 마침 잘 됐지 뭐요. 우리 큰맘 먹고 저 산을 넘어 봅시다."

"그야 어렵지 않지만……."

김 선생은 이것도 저것도 아닌, 어중간한 태도를 보이는 가운데 미적미적 뜸을 들이고 있었다. 그러나 내 마음은 벌써 망덕사에 가 있었고, 나는 그를 길라잡이로 끌어들이기 위해 집요하게 물고 늘어졌다. 필터 끄트머리까지 타 들어온 담배꽁초를 방죽으로 집어던지면서 내가 말했다.

"김 선생……. 머리도 식힐 겸 우리 함께 그곳에 가 보는 것이 어떻겠소? 며칠 후 김 선생이 설화당을 떠나면 나 혼자 가야 할 텐데……."

"하지만 지금은 좀……."

김 선생은 여전히 망설이고 있었다. 그는 머릿속으로 무엇인가 골똘히 계산을 하고 있는 듯했다. 하지만 나는 당장 망덕사로 달려가고 싶은 충동에 안달이 나서 견딜 수가 없었다. 내가 말했다.

"무리한 부탁인 줄 알지만, 나를 위해 시간 좀 내주시오."

"그렇게도 망덕사에 가고 싶으십니까?"

"그렇소. 난 오래전부터 망덕사에 가 보려고 별러왔소. 그곳에 가면 내게도 무슨 희망이 있을 것 같아요."

"박 사장님 혼자서도 얼마든지 갈 수 있잖습니까?"

"나야 이 고장 지리를 잘 모르잖소. 더욱이 저 높은 산을 혼자 넘는다는 것이 어디 쉽겠소?"

"산에는 등산로가 있습니다. 좀 험하긴 하지만, 저쪽 서원리를 지나 계곡으로 들어가면 등산로가 나오지요."

"그래도 그렇지……. 무슨 청승으로 혼자 저 엄청난 산을 넘겠소? 망덕사에 가 봤자 아는 사람도 없고……. 김 선생은 망덕사를 제2의 고향이라고 했잖소?"

"근데 저는 그 마을에 아는 사람이 너무 많아서 탈입니다. 사실은……."

김 선생은 무슨 말인가를 하려다가 꼴깍 집어삼켰다. 내가 사업과 가정에 얽힌 부끄러운 이야기를 굳이 털어놓지 않는 것처럼 그에게도 어쩌면 말 못 할 사연이 있는 듯했다. 내가 말했다.

"타관에 아는 사람이 많다는 것은 얼마나 행복한 일이오? 나는 이 고장에 어느 누구도 아는 사람이 없소. 만약 망덕사에 아는 사람이라도 있었다면 나는 진작 그곳으로 떠났을 것이오."

"박 사장님은 공부하는 고시생도 아니면서 굳이 거처를 옮기려는 이유가 뭡니까?"

"한 군데 너무 오래 있으니까 싫증도 나고……. 좀 더 조용하고 한적한 곳으로 가서 오래 머물고 싶어요."

그 말도 사실은 임기응변에 지나지 않았다. 나는 오직 하루라도 빨리 망덕사를 사전답사하고 싶은, 그리하여 조속한 시일 안에 속세의 모든 인연을 훌훌 털어 버리고 싶은 조급한 욕망에서 진실과는 거리가 먼 얼토당토않은 말을 거침없이 술술 내뱉고 있었다. 김 선생이 말했다.

"지금 출발하면 도착 시간이 좀 애매할 것 같아요."

"너무 늦었단 말이오?"

"아닙니다. 벌건 대낮에 도착한다는 것이 마음에 걸리는군요. 가급적이면 해가 져서 땅거미가 내릴 무렵 도착하는 것이 좋겠습니다."

김 선생은 납득하기 어려운 해괴한 이론을 펴고 있었다. 하필이면 해가 져서 어두워졌을 때 도착해야 할 이유가 무엇인지 나는 그의 속셈을 도저히 이해할 수가 없었다. 내가 물었다.

"저 산을 넘어 망덕사까지 가려면 얼마나 걸릴 것 같소?"

"글쎄요……. 망덕사에서 이쪽으로 넘어 본 적은 있지만, 이쪽에서 저쪽으로 넘어 본 적이 없어서 시간이 얼마나 소요될지는 잘 모르겠습니다. 아마 두어 시간 잡으면 되지 않을까 싶습니다."

망덕사까지 동행한다는 것이, 그리고 그곳 사람들을 소개해 준다는 것이 별로 어려운 일도 아니건만, 김 선생은 줄곧 이 핑계 저 핑계 여러 가지 애매모호한 구실을 달아 슬슬 꽁무니를 빼고 있었다. 이렇듯 우리가 의견 통일을 위해 서로 밀고 당기는 사이 구름은 망덕산 정상을 중심으로 더욱 넓게 퍼져 나가고 있었다. 내가 말했다.

"아무래도 서둘러야 할 것 같소. 날씨도 흐려지는 데다 산간에서는 해가 일찍 저물잖소?"

"괜찮습니다. 어차피 망덕사에 도착하면 하룻밤 묵고 와야 할 텐데 뭘 그러십니까? 이왕이면 보살님 댁 저녁식사 시간에 맞추어 도착하는 것이 좋겠습니다. 밥이 모자라면 보살님이 새 밥을 지어주실 겁니다. 물론 우리 주인아주머니한테도 말씀을 드리고 떠나야겠죠."

"그렇다면 오늘 동행해 주겠다 그 말이오?"

"하하하……. 박 사장님께서 그렇게 간곡히 사정하시는데 어쩔 수 없잖습니까?"

"고맙소. 자, 그럼 일단 설화당으로 가서 출발 준비를 서두릅시다."

우리는 곧 너럭바위에서 일어났고, 조금 전에 올라갔던 길을 되짚어 내려와 설화당으로 들어섰다. 그때 예산댁은 김치를 담그기 위해 안채 대청에서 마늘을 다듬고 있었다. 소쿠리에는 하얀 마늘이 담겨 있었고, 널따랗게 펼쳐 놓은 신문지 위에는 부스스한 마늘 껍질이 수북하게 쌓여 있었다. 김 선생이 예산댁에게 말했다.

"박 사장님 모시고 망덕사에 잠깐 다녀오겠습니다."

"왜 하필이면 이렇게 늦은 시간에 산을 넘으려고 그러실까. 날씨조차 저렇게 끄무레한데……. 오늘 같은 날 산을 얕잡아 보면 큰일 나요. 차라리 내일 아침 일찍 떠나지 그러세요?"

예산댁은 잔뜩 찌푸린 하늘을 가리키며 걱정스런 표정을 짓고 있었다. 그녀의 말에 자칫 김 선생의 생각이 달라질지도 모른다는 예감이 들었으므로 내가 잽싸게 말을 가로챘다.

"너무 걱정하지 마십시오. 저 정도 산이라면 해 지기 전에 가뿐히 넘을 수 있을 겁니다."

"아이구, 박 사장님……. 망덕산이 얼마나 큰 산인지 모르시는군요. 여기서 보기에는 하찮은 것 같지만 안으로 들어갈수록 엄청나게 깊어요. 전문적으로 등산하는 사람들도 종종 길을 잃곤 한답니다."

"김 선생이 길을 잘 아는데 뭐가 걱정이겠습니까?"

내가 자신 있게 말했고, 그 말의 꼬리가 미처 끝나기도 전에 김 선생이 재빨리 이의를 제기하고 나섰다. 그가 말했다.

"길을 잘 안다고 말씀드린 적은 없습니다. 다만, 망덕사에 있을 때 한 달에 한두 번씩 저 산에 올랐다고 했을 뿐입니다. 지난번 이 마을에 올 때에도 저쪽에서 이쪽으로 넘어왔지만, 아까도 말씀드렸다시피 이쪽에서 저쪽으로 망덕산을 넘어 본 적은 없다니까요."

"하하하……. 날카롭기가 면도날 같소. 역시 저명한 법률가가 되실 분은 다르다니까……."

나는 일부러 김 선생을 한껏 추켜세우며 너털웃음을 터뜨렸다. 그것은 어떻게 해서라도 기어이 망덕사에 가려는 나의 속내를 숨기고, 다른 한편으로는 김 선생의 마음이 흔들리지 않도록 잘 붙잡아 두기 위한 얕은 술책이었다. 손목시계를 보면서 김 선생이 말했다.

"자, 그럼 떠나실까요."

"그럽시다."

운동화 끈을 단단히 졸라 맨 뒤 우리는 다시 설화당을 나섰고, 은행나무가 드문드문 서 있는 마을 안길을 거쳐 동구 앞 반석다리를 건넜다. 잔뜩 찌푸린 구름 사이로 희미한 해가 두어 발쯤 남아 있었는데 바람결은 점점 더 쌀쌀해지고 있었다. 희한한 일이었다. 그렇게 청명했던 날씨가 잠깐 사이에 전혀 딴판으로 돌변하였고, 우리가 모래와 자갈로 다져진 S자 모양의 도로를 따라 서원리에 이르렀을 때에는 짙은 먹구름으로 주위가 컴컴해지고 있었다.

서원리는 저 옛날 망덕서원(望德書院)이 있었던 곳이지만, 서원은 이미 흥선대원군(興宣大院君) 시절에 헐렸고, 마을마저 쇠락할 대로 쇠락하여 삐뚜름하게 기운 농가와 잡초로 뒤덮인 폐가 몇 채가 드문드문 을씨년스럽게 흩어져 있었다. 우리는 도로가 끝나는 시내버스 종점을 지나 망덕산으로 들어섰고, 이어질 듯 끊어지고 끊어질 듯 이어진 오불꼬불한 등산로를 따라 본격적인 산행에 들어갔다.

아니나 다를까, 예산댁이 말했듯 망덕산은 당초 예상보다 훨씬 덩치가 크고 험준했다. 먼발치에서 바라볼 때에는 별로 대수롭지 않은 것처럼 보였지만, 막상 안으로 들어섰을 때에는 망덕산이야말로 상상을 초월할 만큼 골이 깊고 봉우리가 높다는 것을 감지할 수 있었다. 능선과 계곡에 숲이 울창했고, 보일락 말락 좁디좁은 등산로가 나 있긴 했지만, 군데군데 길이 끊어져 한 번 길을 잃었다 하면 앞을 분간하기도 쉽지 않았다.

엎친 데 덮친 격으로 우리가 중턱쯤 이르렀을 때에는 거센 바람이 불어왔다. 소나무 가지가 쉬익쉬익 울부짖었고, 바람이 스칠 때마다 참나무나 단풍나무 같은 활엽수에서는 낙엽이 한꺼번에 우수수 쏟아져 계곡으로 달려가곤 하였다. 김 선생과 나는 서로 약속이라도 한 듯 말을 삼가면서 등짝에 진땀이 묻어날 정도로 발길을 재촉했지만, 우리가 마악 망덕산 중턱을 벗어날 무렵에는 이미 해가 져서 한 치 앞도 내다볼 수 없었다. 김 선생이 말했다.

"박 사장님……. 큰일 났습니다. 아무리 가을 해가 짧다고 하지만 이렇게 일찍 어두워질 줄은 몰랐습니다."

"좀 더 일찍 출발했어야 하는 건데……."

나는 급기야 김 선생을 원망하기 시작했다. 당초 망덕사 이야기가 나왔을 때, 그는 어째서 그처럼 뜨뜻미지근하게 질질 시간을 끌며 애를 먹였는지 모를 일이었다. 조금만 서둘렀더라도 진작 망덕사에 도착했을 텐데, 김 선생이 괜히 시간을 끌며 뭉그적거리는 바람에 우리는 칠흑 같은 산속을 헤매게 된 것이었다.

하늘을 올려다보았지만, 달은 고사하고 별 한 점 보이지 않았다. 산속이 어떻게 어두웠던지 곁에서 누군가가 뺨을 치고 달아난다 해도 모를 지경이었다. 김 선생은 아예 짐승처럼 납작 엎드려서 길을 찾느라 두 손을 더듬거리고 있었다. 나도 그 뒤를 따라 엉금엉금 기었다. 만약 아무 데나 발을 잘못 디뎠다가 자칫 실족하는 날에는 어느 골짜기에 처박힐지 모르는 형편이었다.

힐끗 뒤를 돌아다보면, 까마득히 먼 저 아래로 서원리와 송암리 일대의 불빛들이 시야에 들어왔다. 점점이 흩어져서 반짝반짝 빛나는 불빛들은 마치 무슨 보석을 연상케 하였다. 짙은 어둠에 갇힌 우리는 길을 찾기 위해 안간힘을 쓰고 있었다. 아무것도 보이지 않는 상태에서 미친년 머리카락처럼 뒤엉킨 가시덤불을 헤치고, 거의 수직으로 깎아지른 아스라한 암벽을 기어오른다는 것은 그야말로 죽을 맛이 아닐 수 없었다.

나는 김 선생을 놓칠까 봐 기를 쓰고 그의 꽁무니를 따라붙었다. 가시덤불에 긁힌 손은 이미 피투성이가 되어 있었고, 암벽은 얼음처럼 차가웠으므로 금세 손바닥이 바위에 얼어붙을 것만 같았다. 입김으로 손을 녹여보려 했지만, 입에서는 소태처럼 쓰디쓴 냄새가 풀풀 피어올랐고, 입김만으로 손을 녹인다는 것은 언 발에 오줌 누기나 다를 바 없었다.

손이 얼마나 곱았던지 이제는 감각조차 없어졌다. 팔다리가 뻐근하게 저려왔고, 살을 에는 날 돋친 바람에 콧날이며 귓불이 떨어져 나갈 것만 같았다. 등줄기에는 생땀이 소나기처럼 줄줄 흘러내리고 있었다. 그때 꿈결인 듯 예산댁의 목소리가 어렴풋이 들려왔다.

아이구, 박 사장님……. 망덕산이 얼마나 큰 산인지 모르시는군요. 여기서 보기에는 하찮은 것 같지만 안으로 들어갈수록 엄청나게 깊어요. 전문적으로 등산하는 사람들도 종종 길을 잃곤 한답니다.

그 말이 귓가에 앵앵거리고 있을 때, 힘껏 움켜쥐었던 돌부리가 휘청하는 듯한 느낌을 받았고, 돌부리가 휘청한다고 느끼는 바로 그 순간 나는 뒤로 벌렁 나자빠지며 정신을 잃었다. 얼마나 지났을까, 뼛속까지 얼어붙는 듯한 오한을 느끼며 다시 정신을 차리고 눈을 떴을 때에는 내 뒤통수가 김 선생 무릎 위에 얹혀 있었다. 불현듯 서울에 남아 있는 아이들의 모습이 눈앞에 어른거려 거의 미치고 환장할 지경이었다. 따스함이 느껴지는 허연 입김을 내뿜으면서 김 선생이 물었다.

"박 사장님……. 이제 정신이 좀 드십니까?"

"도대체 어떻게 된 일이오?"

"저 위에서 떨어지셨습니다."

"아흐, 이럴 수가……."

나는 그제서야 암벽 돌부리가 아닌, 암벽 위에 건성으로 얹혀 있던 돌멩이를 잘못 잡고 힘을 쓰는 바람에 벼랑으로 굴러 떨어졌다는 것을 알게 되었다. 암벽의 높이는 서너 길이나 되었다. 그런데도 상처 한 군데 없이, 거짓말처럼 멀쩡한 것을 본다면 참으로 천우신조란 말 이외에는 달리 설명할 길이 없었다. 암벽에서 추락할 때, 머리가 바위에 부딪쳤더라면 뇌진탕으로 즉사했거나, 아니면 설령 목숨만은 건졌다 해도 몸뚱이가 묵사발이 되어 중상을 면치 못했을 것이었다.

정신을 차린 뒤에 알게 된 일이지만, 그때 나를 살려준 것은 순전히 가랑잎이었다. 내가 추락한 곳에는 가랑잎이 두툼하게 쌓여 있었고, 그 가랑잎이 솜이불처럼 푹신하게 충격을 흡수함으로써 무사할 수 있었던 것이다. 김 선생이 말했다.

"참으로 다행입니다. 박 사장님께서 떨어질 때 저는 크게 다치신 줄 알았습니다. 자, 저길 보십시오. 장군바위가 보이지 않습니까? 조금만 가면 정상입니다. 거기까지만 가면 살 길이 있습니다."

아니나 다를까, 머리 위로 망덕산 정상을 가로지르는 먹빛 능선이 거무튀튀한 하늘과 맞닿아 있었고, 낙타 등처럼 울멍줄멍한 능선 한켠으로 거대한 바위가 희뜩하게 드러나 보였다. 일단 정상에만 오르면 우리가 가야 할 길을, 아니 동서남북만이라도 분간할 수 있을 것 같았지만, 나는 벌써 기진맥진하여 한 발자국도 떼어놓을 수가 없었다.

후회, 그리고 무서움……. 뼛속까지 파고드는 바람과, 금방이라도 목구멍이 눌어붙을 것처럼 타는 갈증에다 시장기까지 겹쳐 사지가 파김치처럼 늘어지고 있었다. 망덕사에 가지 않으려고 머뭇거리던 김 선생을 졸라 산에 오른 것이 한없이 후회스러웠고, 한 치 앞을 내다볼 수 없는 어둠이 무서웠으며, 이대로 죽을지도 모른다는 두려움이 엄습해 왔다. 그리하여 찬물을 끼얹을 때처럼 온몸에 소름이 쫘악쫘악 번졌고, 초상집 개 떨듯 덜덜 떠는 동안 아랫니와 윗니가 딱딱거리며 마주쳐 나중에는 관자놀이까지 뻐근해지고 있었다.

우리 앞에는 이제 죽는 일만 남아 있다 해도 과언이 아니었다. 김 선생은 아직 젊지만, 나는 어느덧 장년에 접어들었으므로 한결 더 지치게 마련이었다. 이렇듯 죽을 지경에 이르자 후회와 원망이 뒤죽박죽으로 뒤엉켜 들끓기 시작하였다. 어쩌다 망덕사 이야기가 나와 이런 개죽음을 자초하게 되었는지 모를 일이었다.

나는 한때 스스로 목숨을 끊어 아예 세상을 떠나려 했었지만, 정작 생사의 기로를 헤매고 있는 이 시점에서는 사정이 사뭇 달라져 있었다. 새 삶의 출발점으로 설정했던 망덕사에 가보지도 못하고 이 산속에서 귀신도 모르게 생짜로 죽는다는 것은 너무 억울한 노릇이었다. 더듬더듬 나무 등걸에 의지해 몸을 기대면서 내가 신음처럼 중얼거렸다.

"김 선생……. 난 한 발자국도 갈 수가 없소. 아흐……, 목말라 죽겠소. 멋도 모르고 덤볐다가 망덕산에 뼈를 묻게 됐소그려. 이대로 죽을 바에는 차라리 불을 지르는 게 어떻겠소?"

"불을 지르다니……, 그건 또 무슨 말씀입니까?"

"산불을 내자는 뜻이오. 산에 불이 붙으면 경찰이나 소방대원들이 출동할 것 아니겠소? 그때 경찰이나 소방대원들에게 구조를 요청합시다. 내게 라이터가 있소."

"안 됩니다. 불을 지르지 않더라도 얼마든지 살 길이 있습니다. 정상까지만 올라가면 우리는 살 수 있습니다. 자, 저를 따라 오십시오."

김 선생은 손을 내밀었고, 나는 그의 손바닥을 꽈악 거머쥐었다. 밤이 깊어지면서 기온이 부쩍부쩍 떨어지고 있었지만, 그러나 김 선생의 손바닥에서 스며 나오는 체온은 의외로 따뜻했다. 그는 내 손을 움켜잡은 채 낑낑대며 암벽을 기어올랐고, 나는 사력을 다해 발가락 끝으로 암벽을 긁어내리면서 그에게 이끌려 가고 있었다.

암벽을 벗어나자 펑퍼짐한 언덕이 나왔고, 한 길 이상 우거진 억새풀 사이로 드디어 장군바위가 손에 잡힐 듯 다가와 있었다. 나는 젖 먹던 힘까지 다 쏟아 김 선생의 손을 놓치지 않으려고 죽자 살자 발버둥 쳤다. 오직 목숨을 부지하기 위한 처절한 몸부림이었다.

혀가 타서 입 안이 끈끈하였고, 목구멍에서는 줄곧 쓴물이 넘어오고 있었다. 삶과 죽음, 그것은 실로 멀리 떨어져 있는 것이 아니라 얄팍한 종이 한 장 차이라는 느낌이 들었다. 나는 이미 탈진할 대로 탈진했으므로 입을 벌려 말할 기운조차 없었다. 내가 간신히 말했다.

"김 선생, 난 도저히 더 이상 못 가겠소. 이젠 모든 것을 포기해야겠소."

"무슨 말씀이십니까? 정상이 바로 저긴데……."

그의 말이 미처 끝나기도 전에 나는 언덕 위에 축 널브러지고 말았다. 눈은 뜨고 있었지만, 너무 지친 나머지 정신이 몽롱하여 지금 벌어지고 있는 일들이 모두 꿈결처럼 느껴졌다. 그때 마침 거센 강풍이 휘몰아치면서 후둑후둑 우박을 동반한 소나기가 내리기 시작하였다. 순간적으로 번쩍 정신이 들긴 했으나, 몸뚱이는 뻣뻣이 굳어 내 의지대로 움직여 주지 않고 있었다.

김 선생이 나를 일으켜 가슴 안으로 등을 들이밀었는데, 그의 목덜미며 등짝에서는 시큼한 땀 냄새가 풀풀 치솟고 있었다. 그는 대뜸 나를 둘러업었고, 술 취한 사람처럼 이리 비틀 저리 비틀 허우적거리면서 장군바위가 있는 정상 쪽으로 다가갔다. 어디선가 짐승들이 꽥꽥거렸고, 콩알보다도 훨씬 굵은 우박과 함께 날 돋친 바람이 머리끝을 베면서 지나갔다. 내가 말했다.

"이제 우린 꼼짝없이 죽었소."

"박 사장님……. 걱정하지 마십시오. 호랑이에 물려가도 정신만 차리면 산다고 했습니다. 여기가 바로 정상입니다. 저길 보십시오. 저기 망덕사 불빛이 보이지 않습니까?"

그는 턱까지 차 오른 숨을 몰아쉬면서 나를 장군바위 근처에 짐 부리듯 내려놓았다. 저 까마득히 먼 골짜기에서 망덕사의 불빛들이 손짓하고 있었지만, 그러나 우리가 이런 몸으로 그곳까지 내려간다는 것은 현실적으로 불가능한 노릇이었다. 우리는 이제 송암리로 돌아갈 수도 없었고, 그렇다고 망덕사까지 직행할 수도 없었다. 말하자면 꼼짝없이 산에 갇힌 셈이었다. 저 아래 깊은 계곡의 불빛을 가리키면서 내가 물었다.

"저기가 망덕사란 말이오?"

"그렇습니다. 오늘밤은 일단 여기서 묵고, 어둠이 걷히기 시작할 때 서둘러 내려가기로 하지요. 그러면 해 뜨기 전에 충분히 도착할 수 있을 겁니다."

"빌어먹을……. 조금만 일찍 출발했어도 저기까지 무사히 도착할 수 있었을 텐데……."

그러나 김 선생은 말이 없었다. 그는 잠시 숨을 고른 뒤 내 겨드랑이에 어깨를 떠받쳤고, 한 팔로 등을 휘어감아 껴안은 채 장군바위 비탈을 돌아 나갔다. 그러자 병풍처럼 휘어진 바위 모퉁이가 나왔는데, 그 안은 거짓말처럼 바람 한 점 없이 안온하였다. 어쩌면 우람한 장군바위가 바람막이 구실을 해주어 그런지도 몰랐다.

나를 잘 앉혀 놓고, 김 선생은 다짜고짜 바위 언저리에 쌓여 있는 가랑잎과 솔가리들을 손가락으로 북북 긁어모았다. 그의 손놀림은 기민했다. 여기까지 올라오느라 죽을 고생을 했으면서도 그에게는 아직 얼마간의 힘이 남아 있는 모양이었다. 그가 말했다.

"박 사장님……. 이젠 살았습니다. 라이터로 불을 켜 보십시오."

나는 점퍼 주머니를 뒤적여 라이터를 꺼냈는데, 시린 추위에 얼어터진 손이 곱을 대로 곱아 제대로 불을 켤 수가 없었다. 내가 입김으로 후후 손을 녹이면서 연거푸 헛손질을 하는 동안 김 선생은 얄미울 정도로 침착하게 계속 낙엽들을 긁어모으고 있었다.

그가 긁어모은 땔감이 한 무더기 수북하게 쌓였을 때 드디어 라이터에 불이 켜졌다. 김 선생이 낙엽 한 움큼으로 불쏘시개를 만들어 불꽃 끄트머리에 요리조리 들이대자 마침내 가랑잎 한 끝에 불이 붙었다. 겉에 쌓였던 낙엽은 우박을 맞았으므로 축축했지만, 그 밑에 깊숙이 깔려 있던 가랑잎들은 손에 쥐면 바삭바삭 바스러질 정도로 잘 말라 금세 불이 붙은 것이었다.

평소 하찮게 여겨왔던 라이터가 이렇듯 요긴하게 쓰일 줄이야 꿈에도 생각 못한 일이었다. 어쨌거나 김 선생과 나는 모닥불을 피움으로써 최소한 동사(凍死)만은 면하게 된 셈이었다. 매캐한 연기와 함께 모닥불이 점점 커지고 있을 때 우리는 서로 얼굴을 마주보며 싸움에 나갔다 실컷 물어뜯기고 피투성이가 되어 돌아온 개처럼 헐떡거렸다.

불길은 제법 기세 좋게 타오르면서 칠흑 같은 어둠을 널름널름 집어삼키고 있었다. 바위 밑에는 움막 같은 동굴이 있었고, 그 안쪽 한 모퉁이에는 옹달샘까지 있었다. 동굴 암벽 밑으로 옹달샘에서 넘친 물이 실오라기처럼 가느다란 도랑을 이루면서 낙엽 속으로 스며들고 있었는데, 나는 동굴 안쪽 모퉁이로 기어 들어가 옹달샘에 고개를 처박고 목울대가 뻐근할 정도로 물을 벌컥벌컥 들이켰다.

……

물은 달고 시원했다. 입가에 묻어난 물기를 손등으로 쓰윽 훔쳐내면서 고개를 드는 순간 나는 이제야 비로소 염라대왕이 기다리는 저승 문턱까지 갔다가 간신히 살아나게 되었다는 것을 확인했다. 김 선생도 내 곁에 나란히 두 손을 짚고 엎드려 한바탕 정신없이 물을 꿀꺽꿀꺽 들이켰다. 얼마 후 그가 힐끗 이쪽으로 눈길을 보내왔는데, 그의 입가에서는 물방울이 뚝뚝 떨어지고 있었다.

우리는 다시 모닥불 쪽으로 자리를 옮겼다. 동굴이 움푹 패어 휘어진 곳에 타다 남은 나무 등걸과 삭정이 같은 땔감들이 보였다. 이 근래 누군가가 이곳에 들어와 밥을 지어먹었거나 화톳불을 피워 놓고 한둔을 한 모양이었다. 김 선생은 그런 땔감들을 주워다 모닥불 위에 X자 모양으로 가로세로 얼기설기 척척 얹어 놓는 것이었다.

잘 마른 땔감에 불이 붙어 불꽃이 혓바닥을 널름거릴 때마다 물결치듯 동굴 벽에 얼룽얼룽 이상스런 무늬가 생겨나곤 하였다. 추위에 꽁꽁 얼었던 몸이 녹느라 손등이며 얼굴이 근질근질하였고, 온몸이 뜨거운 물에 데었을 때처럼 화닥거리면서 얼얼하였다. 그런데도 김 선생은 밖으로 나가 삭정이를 한 아름 안고 들어왔다. 내가 말했다.

"이젠 좀 쉬시오."

"아, 아닙니다. 여기서 밤을 지새려면 땔감이 더 필요합니다. 다행히 우박은 그쳤습니다. 하마터면 큰일 날 뻔했지 뭡니까?"

"난 순전히 김 선생 덕택에 목숨을 건졌소. 하지만 조금 전 죽을 고비에 처했을 때는 김 선생을 얼마나 원망했는지 모르오. 송암리에서 조금만 일찍 출발했더라도 우린 안전하게 망덕사에 도착했을 것 아니오? 근데 김 선생은 어째서 자꾸만 출발 시간을 뒤로 늦추었는지 모르겠소. 난 아직도 그 속셈을 알 수가 없어요. 왜 하필이면 해가 져서 땅거미가 내릴 때 도착하려 했는지……."

"그야 저로서는 어쩔 수 없었습니다. 사람에게는 체면이라는 것이 있잖습니까? 지난 몇 년 동안 시험에서 매번 낙방한 사람이 무슨 낯으로 벌건 대낮에 망덕사 사람들을 대할 수 있겠습니까?"

김 선생의 목소리는 쉬어 있었다. 그 말을 듣는 순간, 나는 급소를 호되게 얻어맞은 듯한 아픔에 휩싸였다. 내가 그 알량한 체면을 지키기 위해 상처투성이의 구구한 이야기들을 애써 숨기고 있었던 것처럼 김 선생의 내면에도 겉으로 드러내고 싶지 않은 아픈 사연이 서리서리 얽혀 있었던 것이다.

나는 할 말을 잊은 채 잠시 김 선생의 얼굴을 응시했다. 그의 창백한 얼굴에는 불빛이 벌겋게 어리고 있었다. 그는 나를 살려내기 위해 그토록 애썼건만, 이제껏 그를 원망했던 내 자신이 너무 미워서 당장 죽어버리고 싶은 심정이었다.

나는 다시 눈길을 돌렸다. 주위는 온통 어둠뿐인데, 아직도 저 멀리 송암리의 불빛들이 가물거렸고, 그 반대쪽 깊디깊은 골짜기에서는 여전히 망덕사의 불빛들이 너울너울 손짓하고 있었다. 어디에선가 야행성 짐승들이 끊임없이 깩깩거렸고, 바람이 불어올 때마다 억새풀이 서걱거리면서 나무들도 미친 듯이 울부짖었다.

어느덧 모닥불은 알불이 되어 아까보다도 한결 더 불땀 좋게 활활 타올랐다. 그런 잉걸불에 타고 남은 나무 등걸과 삭정이가 한 동가리씩 바위바닥에 투둑투둑 삭아내려 숯이 돼가고 있었는데, 추위에 얼었던 몸이 나른하게 녹으면서 내 눈은 썩은 동태 눈알처럼 갤갤 풀려가고 있었다.

이광복 (소설가)
충남 부여 출생.
〈현대문학〉 소설 추천 완료(1977), 〈월간독서〉 장편소설 현상모집 당선(1979)
장편소설 『풍랑의 도시』 『목신의 마을』 외 다수
대통령표창(1987), 문화체육관광부장관 표창, 제20회 한국소설문학상 제30회 한국예총예술문화상대상 등 다수
현재 한국문인협회 이사장

사자의 춤

정종명

처남이 죽었다. 아홉수가 나쁘다느니 어쩌느니, 아픈 사람을 두고 가당찮은 입방아를 함부로 찧어쌓더니만 기어이 마흔아홉 고비를 넘기지 못했다. 무당을 불러들여 굿을 했다는 소문을 얼핏 들은 것이 불과 보름 전인데, 폐병에 무당굿이 무슨 효험이 있었겠는가.

버스가 수원을 지날 무렵부터 풀풀 눈발이 비치기 시작했다. 눈발은 시간이 지날수록 점점 드세어져, 평택 터미널에 도착했을 때는 함박눈으로 변해 있었다. 하늘은 깜깜했고, 거리는 눈석임물로 질벅거렸다. 눈발에 묻힌 가로등은 뿌연 우윳빛이었다. 처갓집은 읍내에서 삼십 분 가량 걸어가야 하는 궁벽한 시골이었다.

나는 결혼 이래 네댓 번 처갓집을 방문했다. 한 번은 장모가, 또 한 번은 처삼촌이 돌아가셨을 때인데, 그 나머지는 무슨 일로 처갓집을 방문했는지 도통 기억이 없었다. 아내는 이상하게도 친정 기피증이 있었고, 출판사 교정원인 나는 일 년 열두 달 가야 공휴일조차 제대로 찾아먹지 못할 만큼 항상 일에 부대껴 온 터였다. 사정이 그렇다 보니 특별한 사유가 없는 한 한가로운 처갓집 나들이는 엄두도 못 낼 처지였다.

농업협동조합 건물 앞을 지나자 술집 입간판이 줄을 이어 나타났다. 작부의 웃음소리와 술꾼의 고함이 어둡고 칙칙한 거리로 간간이 흘러나

왔다. 멀쩡한 정신으로 처갓집 대문을 들어서는 모습을 상상하는 것만으로도 나는 벌써 주눅이 들었다.

나는 거리 끝에 자리 잡은 작은 술집으로 들어갔다. 이홉들이 소주 한 병과 처녑 한 접시를 시켰다. 세 번째 술잔을 털어넣고 처녑 한 조각을 집으려는 순간, 먹은 것이 도로 왈칵 넘어왔다. 술을 너무 급히 들이켠 탓인 듯했다. 역시 내가 올 자리가 아닌 게 틀림없어. 자괴지심이 속을 뒤집었다.

아내와 헤어진 지 일 년 삼 개월. 그동안 나는 한 번도 그녀를 만나 본 적이 없다. 동서나 처형들을 통해 귀동냥으로 얻어들은 이야기로 어렴풋이 그녀의 근황을 짐작할 따름이었다.

나와 헤어진 직후, 아내는 전부터 알고 지내던 어느 사내와 살림을 차린 모양인데, 돈푼깨나 있어 보이던 그 사내가 알고 보니 사실은 불알 두 쪽밖에 없는 날건달이더라는 거였다. 아내는 시내 어디에다 다방을 차린 모양이나 그 짓도 잠시뿐, 온다 간다 말도 없이 종적이 묘연해졌다고 큰 처형이 뇌까렸다. "주렁주렁 매달린 자식새끼 내버리고 집 나간 년, 그년은 고생을 해도 뼈가 빠지게 고생을 해봐야 혀." 큰 처형의 그런 터무니없는 악담을 나는 물론 액면 그대로 받아들이지 않았다. 내 마음을 떠보려고 공연히 해보는 지청구일 뿐이야.

셋째 아이 돌을 막 지냈을 무렵이다. 아내는 이렇다 할 설명 한마디 없이 무려 사흘이나 집을 비웠다가 나타났다. 서른세 살짜리 유부녀의 가출이란 아무리 좋게 생각하려 해도 납득이 불가능했다. 그러나 나는 그녀 스스로가 가출 이유를 고백할 때까지 기다리기로 마음먹고, 어설픈 구박이나 훈계 따위는 그만두기로 작정했는데, 사실은 그런 가당찮은 아량이 잘못이었다. 그 이후 그녀의 가출은 심심찮게 잦아졌고, 그러던 어느 날 나는 어느 사내와 함께 여관에서 나오는 아내를 목격하기에 이르렀다. 그날 밤 나는 뒤늦게 집으로 돌아온 아내를 아예 작정을 하고 흠씬

두들겨 패 버렸다. 머리끄덩이를 잡아 돌리고, 모가지를 짓밟고, 그러고도 분이 풀리지 않아 살림살이를 닥치는 대로 부수었다. 나중에 안 일이지만, 그녀의 몸뚱이는 머리끝에서 발끝까지 성한 곳이 없을 정도였다. 그 정도면 이제 정신을 차리겠거니 여겼는데, 웬걸 아내는 한술 더 떴다. "기집년 치는 놈 쳐놓고 잘난 놈 하나 못 봤다. 사내놈이 오죽 못났으면 제 기집을 두들겨 패? 이 벼락을 맞아 손모가지가 똑 부러질 놈아……" 아내는 나보다 머리 하나는 더 크다. 몸피가 크면 겁이 많고 뒤가 무른 법인데, 아내는 달랐다. "야 이놈아, 같이 살기 싫으면 곱게 헤어지자고 말로 할 일이지 네가 뭐 그리 잘나 빠졌다고 사람을 개 잡듯이 두들겨 패니? 너도 인간이냐, 엉?"

이튿날이다. 아내는 전치 이 주짜리 진단서(診斷書)까지 첨부한 이혼장을 꾸며 와 나의 코앞에다 바싹 디밀었다. 처음에 나는 그것이 두들겨 맞은 것이 너무 분해서 한번 해보는 단순한 협박이겠거니 여겼다. "이거 이혼장이지? 헤어지자 그 말인 모양인데, 도대체 이유가 뭐요?", "간단하게 말하겠어요. 당신하곤 단 하루도 같이 살고 싶지 않아요. 싫어진 거예요. 아시겠어요?", "하지만 우리 사이엔 애들이 벌써 셋이오. 우리가 갈라서는 건 별문제 아니라 하더라도 저 애들은 어떡헐 작정이지?", "당신이 맡지 않겠다면 내가 데리고 나가겠어요.", "애들을 당신한테 맡기라구? 그건 안 돼. 애들은 차라리 내가 맡으리다." 그리고 나는 이혼장에다 기세 좋게 도장을 찍어 주었다. 여자가 만들어 내미는 이혼장에다 도장 못 찍을 비겁장이가 되고 싶지 않다는 오기에서만은 아니었다. 애들이 내 곁에 있는 한 이혼장에다 도장 골백번을 찍은들 그게 뭐 그리 대수겠느냐는 나의 오만을 그녀는 비웃듯이 짓밟아 버렸다. 아내는 자신의 명의로 등기가 되어 있는 집까지 나 몰래 팔아넘긴 뒤 감쪽같이 종적을 감춰 버렸던 것이다.

어디선가 개가 공공 짖었다. '새마을회관'이란 현판이 붙은 건물의 담을 끼고 모퉁이를 돌아가면 처갓집이다. 마구간 벽에다 비스듬히 비끄러맨 작대기 끝에 백열등이 하나 댕강 매달렸고, 그 밑에 차려 놓은 세 무더기의 사자밥과 세 켤레의 고무신이 더할 수 없이 을씨년스러웠다.

나는 솟을대문 안으로 들어섰다. 대청 처마에도 임시로 가설한 백열등이 밝혀져 있기는 했으나 전체적으로 집 안은 어두컴컴했다. 섬돌 위로 올라선 나는 방 안에서 흘러나오는 소리에 순간 온몸이 굳어졌다. "양 서방이 앙심을 먹고 해코지라도 하려고 들면 어떡허지?" 둘째 처형의 목소리였다. "별걱정을 다 하시네. 그 사람은 이제 남이여. 그 사람이 뭔데 남 초상집에 와서 해코지를 해? 어림도 없는 소리!" 큰동서의 카랑카랑한 목소리가 못을 박고 나섰다. "사람이 너무 착해 빠져서 그럴 위인도 못 돼.", "그건 그래. 그 사람은 법 없이도 살 사람이야.", "그건 몰라. 가만히 보면 그 사람도 얼마나 의뭉스런 위인인지 모른다구." 잠시 사이를 두었다가 이런 말도 흘러나왔다. "그나저나 그 주책맞은 년이 사내까지 끼구 들이닥치는 게 아닌지 모르겠네.", "그러게 말이야. 차라리 둘 다 안 왔으믄 좋겠구만…….", "허허허, 풍경 좋은데요 뭐. 딸은 넷인데 사위는 다섯이니, 장인어른 사위 복 터졌지 뭐유." 그러면서 낄낄 소리 내어 웃는 사람은 넷째 동서였다. "내 참, 남세스러워서 얼굴 들고 동네 사람 쳐다볼 면목이 없다니까.", "아따, 그러지 말아요. 사람 살다 보면 그럴 수도 있는 거야. 이혼한 사람이 어디 처제 하나뿐이던가."둘째 동서의 말이었다. "그거야 그렇기는 하지만, 그년은 좀 너무 심했어. 생각해 보라구요. 집까지 팔아먹고 도망치는 바람에 애새끼들을 길바닥에 나앉게 해놨으니, 백 번 천 벌을 받아 마땅한 년이지…….", "그래도 말이다. 양 서방 말하는 뽄새를 가만히 들어 보면 그년이 지금이라도 돌아오면 모른 척 받아들일 눈치더라니까. 내 참, 병신도 그런 병신이 따로 없어." 그때 부엌문이 열리면서 처남댁이 바깥으로 나서려다가 제풀에 화들짝 놀라 소리쳤다. "아니, 이게 누구여. 양 서방 아니유?" 그 소리에 방문이 덜컹 열리면서 안에 있던 사람들의 놀란 얼굴이 비죽비죽 내밀어졌다. 나는 머리와 어깨의 눈을 털어내며 나도 모르게 히죽이 웃고 말았다.

사랑방 윗목으로 병풍이 세워져 있고, 그 앞에 장인어른과 초등학교, 중학교에 다니는 어린 두 상제(喪制)가 안으로 들어서는 나를 맞았다. 내가 병풍을 향해 절을 하려고 엉거주춤 허리를 구부리자, 장인어른이 급히 손을 내저었다. "아직 날송장이야. 절 그만둬." 나는 도로 허리를 펴고 말았다. 방 안은 소독 냄새가 진동했다.

처남댁이 차려다 주는 밥상을 받기는 했으나, 입 안이 깔깔하고 자꾸만 구역질이 나서 겨우 윗머리만 뒤적거리다가 수저를 놓아 버렸다. "이제 염 해야지요." 큰동서의 말에 장인어른이 머리를 끄덕였다. "자네들은 건넛집에 가 있게." 건넛집이란 처삼촌 댁을 이르는 말이었다. "괜찮아요." 대답은 그렇게 했으나 큰동서는 속으로 은근히 켕기는 모양인지 둘째 동서와 사촌 처남을 번갈아 바라보았다. "사실 이런 일은 동네 사람들이 나서야 하는 법이야." 둘째 동서 역시 꽁무니를 빼고 싶은 표정이 너무 역력했다. "하지만 이런 궂은일에 동네 사람 누가 선뜻 나서겠어요?" 사촌 처남이 쥐어박는 투로 큰동서와 둘째 동서를 힐끔 돌아다보았다. "그래서 예로부터 죽으면 말짱 도루묵인 게야. 엊그제까지만 해도 형님, 동생 하면서 죽고 못 살 것 같던 놈들도 코빼기 하나 안 내밀잖아. 사람 인심이 이렇게 야박해서야 어디……." 큰동서는 누구에게랄 것도 없이 분통을 터뜨렸다. 그러자 장인어른이 단호하게 잘라 말했다. "시끄러. 가만들 있어. 가만들……." 그러고 나서 장인어른은 사촌 처남에게 동네 사람 누군가를 불러 오라고 일렀다. "내 낮에 만나서 부탁해 놨으니께 나가서 찾아봐. 아마 주막집에 있을 게야." 사촌 처남은 말없이 문을 열고 나갔다.

사촌 처남은 잠시 후에 두 사내와 함께 다시 나타났다. 한 사람은 방한모를 깊숙이 눌러쓴 삼십 대의 장정이었고, 또 한 사람은 오십 대로 보이는 꼽추였다. 그들이 거들기로 하고 장인어른이 직접 나서서 진두지휘를 하는 가운데 염이 시작되었다. 염을 하는 동안 집 안팎은 마른 쑥을 태우는 연기로 가득 찼다.

모두들 숨을 죽인 채 염하는 광경을 말없이 지켜보고 있었다.

장인어른이 시신(屍身)의 입에다 물에 불린 쌀을 세 번에 나눠 조금씩 흘려 넣으면서 "백 석이요!", "천 석이요!", "만 석이요!"하고 소리쳤다. 이어 십 원짜리 동전 세 닢을 그 입에다 비집어 넣을 때도 "백 냥이오!", "천 냥이오!", "만 냥이오!" 소리쳤다. 모두들 굳게 입을 다물고만 있었는데, 그때 느닷없이 꼽추가 항의하듯 중얼거렸다. "거짓말 말아요. 귀신이 십 원짜리 동전인 줄 모를 줄 아세요?" 그 소리에 멍청히 앉아 있던 처남댁이 적이 놀란 표정을 지었다. 그녀는 급히 치마 속을 뒤집어 더듬더니 무엇인가를 손아귀에 감추어 쥐고 손짓으로 꼽추를 대청마루로 불러내었다. 처남댁이 꼽추한테 건네준 것은 돈이었다. 얼핏 보기에 천 원짜리로 대여섯 장은 실히 될 것 같았다. 꼽추는 잠시 난감한 표정을 지어 보이다가 하는 수 없다는 태도로 그것을 받아 방으로 돌아와서는 장인어른 몰래 시신의 옷섶에다 슬금슬금 찔러넣었다. "뭐니 뭐니 해도 역시 마누라가 제일이야." 방한모와 마주 앉아 교포(絞布)를 묶고 있던 장인어른이 한숨을 내쉬며 그 말을 이렇게 받아 넘겼다. "그래 봐야 다 쓸데없는 짓이야.", "쓸데없긴요. 요즘은 돈 없인 천당도 못 간대요." 그러면서 꼽추는 장인어른을 향해 힐끔 눈을 흘겨 보였다. 알고 보니 방한모는 벙어리였다. 그 방한모는 꼽추가 그런 우스갯말을 할 때마다 무슨 일인가 해서 커다란 눈을 연신 뒤룩거렸다. 그의 그런 못난 표정이 또 사람들을 은근히 웃겼다. 그러나 아무도 소리 내어 웃지는 못했다. 누가 감히 소리 내어 웃을 수 있겠는가? 웃기는커녕 숨이 막혀서 심장이 터질 것 같았다. 나는 몸을 움직이는 것조차 예의가 아닌 듯해서 손끝 하나 함부로 움직이지 못하고 내내 붙박여 있었다.

……

그렇게 얼어붙은 분위기가 딱해 보인 모양인지 꼽추가 대청마루의 사람들에게 말했다. "호상(好喪)은 아닙니다만 너무 그렇게 긴장하지 말아요. 사람 죽은 거 처음 봤어요? 내 참!" 그렇게 불쑥불쑥 내뱉는 꼽추의 신소리가 처음에는 주책맞고 무례한 것 같아 불쾌감이 앞섰으나, 돌이켜보니 그의 진지한 표정이나 태도가 결코 함부로 구는 경거망동이 아님을 충분히 이해할 수 있었다. 그제야 사람들은 상체를 조금 비틀어서 굳어진 관절을 풀기도 하고 더러는 잔기침도 했다. 멋모르고 꿇어앉았던 나는 시간이 지나면서 발이 저리기 시작했다. 몰래 콧등에다 침을 바르기도 하고, 또 몰래 엉덩이를 들었다 놓았다 했는데, 그때마다 시신이 눈을 까뒤집고 "그까짓 걸 못 참아 사지를 비비꼬고 있어 그래? 못된 사람 같으니라구." 버럭 소리를 내지를 것 같은 환상에 빠져서 등줄기에는 식은땀이 배어났다. "다른 건 다 몰라도 이 사람한테 화투는 한 목 넣어 줘야 하는데……" 꼽추의 그 말에 장인어른도 제꺽 응수했다. "이 자식, 노름하고 싶어서도 어찌 죽었을까 그래."

아들이 노름판에 끼는 낌새만 알아차리면 긴 작대기를 질질 끌며 마을과 온 읍내를 뒤졌다는 장인어른이다. 말끝마다 그놈은 하루 빨리 죽어야 할 놈이라고 공공연히 떠들고 다녔다지만, 막상 아들의 마지막 가는 길을 손수 뒷갈망해야 하는 장인어른의 가슴이 얼마나 저리고 아플까를 생각하니 죽은 처남보다도 살아 있는 장인어른이 오히려 안쓰럽게 여겨져 나는 가슴이 더욱 저렸다. "이게 마지막 보는 얼굴이다." 그러면서 장인어른은 시신의 얼굴에다 면목을 씌워 버렸다. 그러고 보니 그것이 마지막이었다. 베와 종이로 묶여지고 매듭이 지워진 시신은 그야말로 길가에 버려진 나무토막이나 다를 게 없었다. 저승에 갔던 혼백이 되돌아와 육신을 찾아 소생하고 싶어도 이젠 어쩔 도리가 없는 노릇이다 싶었다. 아내가 이 마지막 순간까지 나타나지 못한 것이 혹시 내가 이 자리에 버티고 있기 때문이 아닌가 싶어, 아내에게도 처남에게도 내가 몹쓸 짓을 하고 있다는 죄책감이 한동안 나의 가슴을 스적스적 물어뜯었다. 마당에는 어느새 화톳불이 피워졌고, 간단한 저녁 제사가 끝났을 때쯤 비로소 문상객이 하나둘 들이닥쳤다.

밤이 이슥해지면서 눈발이 겨우 멎었다. 밤새움을 해야 할 사람은 역시 우리들 동서네 푸네기가 전부였다. 큰동서, 둘째 동서, 막내 동서, 사촌 처남, 큰 처형, 둘째 처형, 처제, 처남댁 들이 모두 안방에 모여 있었다. 남자들은 화투판을 벌였고, 여자들은 앉거나 모로 드러누워 있었지만 누구도 잠을 자지는 않았다.

나는 화투판에서 빠져나와 밤새움하는 사람들을 위해 진작부터 차려 놓은 윗목 한쪽 구석의 술상 앞으로 슬그머니 다가앉았다. "지연이 아빤 웬 술을 그렇게 마시지? 그만 주무세요." 큰 처형이 지나가는 말처럼 중얼거렸으나 나는 못 들은 척 외면해 버렸다. "본전 생각 없어?" 둘째 동서가 다시 화투판에 낄 것을 권유했으나 나는 고개를 살랑살랑 내젓고 말았다. "이리 오라니까. 혼자 뱅뱅 겉돌지 말고." 사람을 은근히 깔아뭉개는 어투였다. "내가 뭐 만만한 털집인 줄 아슈?" 나는 나도 모르게 톡 쏴붙이는 말투를 내뱉고 말았다. 방 안은 찬물을 끼얹은 듯 일시에 얼어붙어 버렸다.

마을 장정들로 꾸며진 상여꾼들이 집 안팎에서 분주히 들락거렸다. 영구(靈柩)가 바깥마당에 차려진 상여 앞으로 옮겨졌다. 발인제(發靷祭)가 진행되는 동안 마을의 노인들과 아녀자들이 하나둘 나타나 집 주위의 여기저기서 무리를 지어 지켜보았다. 어린 상제들이 추위에 오들오들 떨면서 어른들이 시키는 대로 꾸벅꾸벅 절을 하고 있을 때였다. 마을 골목 쪽으로 둘러서 있던 사람들이 길을 틔워 주면서 한 여인이 나타나 다짜고짜 상여 앞에 고꾸라지면서 비명과도 흡사한 울음을 터뜨렸다. 여인의 뒤를 따라 나타난 낯선 사내는 오버를 벗어 왼팔에 걸친 채 엉거주춤 서 있었다. 사내는 얼른 보기에도 유도 선수가 아닌가 싶게 몸집이 좋았다. 그의 번지르르한 외모는 확실히 아내가 좋아할 만한 타입이 분명했다. "셋째야.", "새 서방 얻었다더니 같이 온 모양이지?", "그라문 서방이 둘이네." 마을 아낙네들이 수군거리는 소리를 나는 등 뒤로 들었다.

그녀는 부음을 받고 허둥지둥 달려온 사람의 의장(衣裝)이라기엔 너무 화려하고 사치스런 차림이었다. 번쩍거리는 반지며 귀걸이며 밍크 오버는 덮어 둔다 하더라도 그 찍고 문지른 짙은 얼굴 화장은 아무리 좋게 보려 해도 역겨울 따름이었다. 과연 그 여자다운 면모라는 생각이 들자, 이상한 혐오감이 내 가슴속을 자꾸 갉작거렸다.

"됐다. 대충 해둬. 울고 붙잡는다고 떠난 사람이 돌아와서 주저앉을 것도 아니잖녀." 장인어른이 나서서 고함을 질러대는 바람에 잠시 주저하고 있던 상여꾼들이 우르르 상여에 달라붙었다. 오종종하게 생겨먹은 오십 대의 앞소리꾼이 요령을 딸랑딸랑 힘차게 흔들며 상여 앞으로 나섰다. '명사십리 해당화야 꽃이 진다 설워 마라.' '허어야 어허, 어허 넘자! 어허야!' '명년 삼월 봄이 오면 너는 다시 피건마는.' '어허야 어허, 어허 넘자! 어허야!' '우리 인생 한 번 가면 돌아오기 어려워라.' '어허야 어허, 어허 넘자! 어허야!' '황천길이 멀다더니 대문 밖이 황천일세.' 앞소리꾼의 늘어지면서도 끊어지는 듯한 처량한 선소리는 얼어붙은 대기를 뚫고 서서히 드높아 갔다.

처제가 달려가 울고 있는 아내의 귀에다 입을 대고 무슨 말인가를 일러주었다. 아마 내가 여기 와 있다는 말을 귀띔해 주는 모양이었다. 아내는 순간 울음을 뚝 그치고 할끔 돌아다보았다. 아내의 눈길과 내 눈길이 허공에서 잠시 맞붙었다가 재빨리 풀어졌다. 아내는 등 뒤의 낯선 사내를 잡아끌다시피 하여 집 안으로 서둘러 들어갔다. '나는 가네! 나는 가네!' '어허야 어허, 어허 넘자! 어허야!' '대궐 같은 집을 두고 나는 가네! 나는 가네!' '어허야 어허, 어허 넘자! 어허야!' 상여는 드디어 비좁은 골목길을 꾸물꾸물 밀려나가기 시작했다.

큰동서가 내게로 다가와 장지(葬地)까지 같이 갈 것을 권유했다. "물론이죠." 하고 대답했으나, 나는 얼른 발을 떼놓지는 않았다. "관둬! 인사는 무슨 놈의 인사야?" 장인어른이 누군가에게 화를 발끈 내면서 대문 밖으로 나서고 있었다. 기왕에 이렇게 된 거 인사는 받아 놓고 봐야죠, 어쩌고 하는 아내의 목소리가 다급하게 뒤따랐으나 장인어른은 두꺼운 오버를 입고 털목도리를 여미면서 한쪽 손으로는 대문 안을 향해 연방 홰홰 내저었다. 아내가 장인어른을 뒤쫓아 대문 앞으로 나서려다가, 나와 큰동서가 마주 서 있는 모습을 보고는 마치 불에 덴 듯이 도로 대문 안으로 사라졌다. "에이, 내 저렇게 뻔뻔스런 건 처음 보네." 장인어른은 짐짓 나를 피해 눈길을 돌리고는 누구에게랄 것도 없이 혼잣말처럼 내쏘면서 부리나케 상여를 뒤쫓아갔다. 상여는 어느새 주막거리를 지나 눈 덮인 큰길을 미적미적 나아가고 있었다.

큰 처형, 둘째 동서, 둘째 처형, 막내 동서가 무리를 지어 과수원 쪽으로 난 논두렁을 타고 가는 모습이 보였다. 큰 처형이 뒤를 돌아다보면서 나를 향해 빨리 따라오라는 손짓을 했다. "가세." 큰동서가 나의 한쪽 팔을 잡아끌었다. "내가 여기 나타나선 안 되는데…… 그렇죠?", "글쎄, 그 뭐……." 큰동서는 어물어물 대꾸하고는 별안간 앞서가는 사람들을 향해 소리를 빽 내질렀다. "어이, 같이 가자구!"

나는 가끔 뒤를 돌아다보았다. 그러나 우리 뒤를 따르는 사람은 아무도 눈에 띄지 않았다. 상여는 사뭇 큰길을 따라가다가 산모퉁이로 접어들었다. 거기서부터는 펀펀한 밭과 목장이 이어졌다.

함박눈이 쏟아지기 시작한 것은 상여가 넓은 목장 한복판쯤 진입했을 때였다. 눈은 여름날 오후의 소낙비처럼 갑자기 펑펑 쏟아져 내렸다. 이어서 하늘이 새까매지는가 싶더니 사나운 바람까지 곁들여져 눈보라를 일으켰다. 너무나 갑작스런 눈보라여서 모두들 갈팡질팡했다. 내 양복 앞

섶은 들이치는 눈송이가 덧묻어 순식간에 덕적덕적 얼어붙어 버렸다. 사람들은 숫제 돌아서서 바람을 등지고 뒷걸음질을 치고 있었다. 상여는 바람을 맞아 비틀걸음을 치면서 산비탈을 겨우겨우 기어 올라갔다. 사람들은 갑작스런 날씨의 변덕에 혀를 차면서 수군거렸다. "요망스런 날씨 꼴을 보니, 그 사람도 어지간히 한(恨)이 많은 모양이야.", "젊디젊은 나이에 육순이 넘은 아버지를 두고 가는데 왜 안 그렇겠어?" 그런 소리를 듣고 큰처형이 말했다. "굿하겠다는 말도 일리는 있어.", "그러게요. 남 보기에 꼴사납기는 해도, 살아 있는 사람이 좋다면야 도리 없는 일이지요 뭐." 그렇게 받으면서 둘째 처형은 숨을 헐떡거렸다. 어젯밤, 처남댁이 무당을 불러 집가심(진오귀굿)을 하고 싶다는 의견을 내놓았을 때는 어느 누구도 달가운 표정들이 아니었던 걸 나는 기억했다. 둘째 처형의 경우 특히 그랬다. "지금이 어떤 세상인데 그까짓 미신을 믿고 무당한테 생돈을 들여? 돈이 썩어 나자빠진대도 난 그런 꼴 못 봐." 말한 사람이 무안해서 얼굴을 들 수 없을 정도로 쌀쌀맞게 쏘아붙이지 않았던가.

묏자리에서 약간 아래쪽으로 치우친 골짜기에 솥을 걸어놓고 아낙네들이 떡국을 끓인다 막걸리를 데운다 야단법석이었다. 상여꾼들은 너나없이 뜨거운 국물과 술을 들이켜기에 정신이 없었다. "어이, 거 매제(妹弟)들도 이리 와서 한잔들 혀.", "수염이 석 자라도 먹어야 양반이여. 추운데 별수 있간.", "기럼기럼. 임자가 따로 있나, 먹는 놈이 임자지.", "이리 와서 내 술도 한 잔 받소.", "어잇 춥다. 해토머리에 이런 험악한 날씬 난생 첨 보겠구만." 이 사람 저 사람들로부터 얻어 마시는 바람에 나는 막걸리 대여섯 대접을 순식간에 비워냈다. 그 덕분에 얼어붙었던 몸이 어느 정도 풀리기는 했으나 대신 정신이 몽롱해 갔다.

눈발은 쉽게 멎을 기세가 아니었다. 격식이고 뭐고 따질 겨를이 없었다. 어린 상제들도 하관(下棺)하기가 무섭게 곡소리 몇 마디 형식으로 남겨 놓고는, 이것저것 깐깐하게 일손을 지휘하려 드는 장인어른과 함께 먼저 집으로 돌려보내졌다. "가세요. 가. 여기 일은 우리가 알아서 다 해 놓을 테니까, 걱정 말고." 사람들은 말끝마다 오는 한식(寒食) 때 뒷손을 보기로 하고 오늘은 그저 형식이나 갖추고 말자는 태도로 일관했다. 그래서 시체는 마치 산골짜기에 아무렇게나 버려지는 게 아닌가 싶을 정도였다.

그럭저럭 봉분이 만들어질 즈음 가서는 희한하게도 그토록 사납게 내리퍼붓던 눈발이 수그러드는가 싶더니, 이윽고는 거짓말처럼 햇빛이 쏟아졌다. 그 사이를 이용해 모두들 하산(下山)을 서둘렀다. 처음에 나는 동서들과 일행이었다. 비탈길을 미끄러지듯 엉금엉금 기어서 큰길까지 내려가 보니 뜻밖에도 나는 혼자였다. 동서들은 아직도 산비탈 잔솔밭에서 굼실굼실 기고 있었다. 소나무 가지마다 올라앉은 눈꽃 위로 쏟아지는 햇빛이 눈부시게 반짝이고 있었다. 나는 뒷사람들을 기다리지 않고 빠른 걸음으로 마을로 돌아갔다.

상갓집에는 먼저 산에서 내려온 사람들이 방마다 들어앉아 있었다. 안방은 아낙네들이 차지하고 있었는데 곁눈질로 슬쩍 훑어보았으나 아내는 보이지 않았다. 아내와 함께 나타났던 사내 역시 그 어디서도 눈에 띄지 않았다. 나는 처삼촌 댁으로 건너갔다. 그러나 거기에도 아내와 사내는 보이지 않았다. 나는 처갓집과 처삼촌 댁을 두 번이나 왔다 갔다 했다. 그러다가 나는 문득 내 자신이 너무 초라해 보인다는 혐오감에 사로잡혀 버렸다. 그래서 뭘 어쩌자는 건데? 무슨 대책이 있어? 천치 바보야!

나는 사촌처남 내외가 거처하는 방으로 들어갔다. 그 방 아랫목에는 이제 돌이 갓 지난 막내동서의 아이가 나비잠을 자고 있었다. 나는 그 천진스런 아이의 잠든 얼굴을 물끄러미 들여다보았다. 참으로 따뜻한 표정이어서, 그 얼굴을 들여다보는 내 가슴이 저절로 훈훈해지는 느낌이었다. 방바닥은 알맞게 자글자글 끓고 있었다. 밤새움을 해서만은 아니었을 것이다. 어쩌면 가시지 않은 취기 탓인지도 몰랐다. 얼어붙었던 몸이 는실

난실 풀어지면서 급격히 졸음이 밀려들었다.

나는 잠결에 머리맡에서 소곤거리는 소리를 들었다. "무슨 술을 저렇게 정신이 없도록 마셨을까?" 처제였다. "술이라곤 비상처럼 여기던 사람이……." 둘째 처형이 말끝에 혀를 찼다. "그게 다 셋째 언니 때문이지 뭐.", "올 테면 혼자나 살짝 왔다 갈 일이지 뭐 잘났다고 사내까지 끼고 오는지, 하여간 그년은 낯가죽도 어지간히 두꺼워.", "셋째언닌 정말 못 말려.", "그년 말하는 것 좀 봐라. 사내 데리고 그만 먼저 떠나라니까, 지은 죄도 없는데 뭐가 무서워서 지가 도망치느냐 그러더라. 남의 가슴에 대못을 박아놓고도 그렇게 뻔뻔스러울 수 있으니…… 쯧쯧.", "말은 그래도 은근히 겁은 나나 봐. 형부가 대문간에 들어서니까, 아 뜨거워라, 골방으로 도망치던걸 뭐."

두 사람은 아마 내가 깊이 잠든 줄로만 알고 있는 것 같았다. 그들의 나직나직 속삭이는 소리를 계속 엿듣고 있기가 여간 거북한 게 아니었다. 나는 그들이 잠깐 입을 다물고 있는 사이를 이용해서 잠결인 체하며 몸을 뒤채었다. 그리고 나는 슬며시 눈을 떴다. 처제는 젖먹이에게 젖을 물리고 있었고, 둘째 처형은 그 옆에 모로 누워 있다가 "이제 정신이 드우?" 하며 일어나 앉았다. "아무리 깨워도 정신없이 주무시던데, 고단하셨던가 보죠?" 처제의 말에 나는 대답 대신 비시시 웃고 말았다. 어디선가 징소리가 딩딩 들려 왔다. "굿 시작했나 봐." 징소리에 귀를 기울이며 처제가 말했다. "우리도 가 봐요.", "그깐 놈의 굿은 봐서 뭘 하니." 심통 사납게 말은 그렇게 하면서도 둘째 처형 역시 어느새 엉거주춤 일어서고 있었다. 방문을 열고 나가면서 그녀가 말했다. "양 서방은 여기 그냥 기세요. 내 가서 잡술 걸 좀 보내 드릴께."

그들이 가고 나서 나는 잠시 혼자 앉아 있었다. 조금 있다가 나는 그들을 뒤쫓듯이 처갓집으로 건너갔다. 대문 안으로 들어서면서 나는 아내가 안방 문턱에 앉아 있는 모습을 보았다. 나는 안마당 그득히 들어차 있는 구경꾼들을 비집고 들어가 마루 끝에 엉덩이를 붙이고 앉았다. 잠시 후에 안방 문턱을 훔쳐보니 아내의 모습은 보이지 않았다.

제상은 사랑방에 차려져 있고, 그 앞에서 무당이 경(經)을 읊고 있었다. "꽃같이 피난 몸이 옥같이 자란 몸이, 육순 부친 생존이요, 어린 자식 남겨두고…… 터주님이 터 주시고 조왕님이 요 주시고, 산신님이 명 주시고, 미륵님이 돌보셔서……" 무당은 처남이 처음 태어났을 때부터 엊그제 죽을 때까지의 이력을 한도 끝도 없이 풀어놓았다. 그러나 무당이 아무리 초혼(招魂)을 해도 내림대(신장대)를 잡고 있는 처남댁에게 도무지 혼백(魂魄)이 내리지 않았다. 참다못한 무당이 마침내 짜증을 내고 말았다. "누구 다른 사람이 나와서 잡아 봐. 길닦음을 잘해야 자손이 편한 거여." 누군가가 "작은어머님이 잡으세요."하고 소리를 질렀다. "그래도 돼?" 처숙모가 엉거주춤 일어섰다. "아무나 해 봐."무당이 다그치는 바람에 엉거주춤 망설이고 있던 처숙모가 처남댁으로부터 내림대를 이어받았다.

다시 한동안 요란스런 징소리와 함께 초혼경이 읊어졌다. 이윽고 처숙모의 손에 잡힌 내림대가 거짓말처럼 춤추듯 부들부들 떨기 시작했다. 그러자 무당이 말했다. "도대체 뭣이 못마땅해서 오십 줄에도 들기 전에 이승을 떠났는지 여기 모인 가족들 앞에 소상히 말씀이나 해봐." 처숙모는, 아니 망인이 대답했다. "내가 뭘 따로 할 말이 있겠소. 그저 죄송할 따름이지요.", "죄송하다니? 그래, 죄송하다면 뭐가 어떻게 죄송하단 말인가?", "육순이 넘으신 아버님을 뫼시지 못하고, 어린 자식들 두고 혼자 떠나는데 내 어찌 마음이 편하겠습니까.", "알기는 아는구먼. 이승에 남은 한이 있다면 여기 가족들 앞에서 풀어. 가슴에 한을 남기지 말고…….", "원통합니다.", "원통해? 뭐가?", "원통하지요. 평생 속앓이를 하다가 길바닥에 넘어져 비명횡사(非命橫死)했으니 원통하지 않을 사람 어디 있겠습니까.", "앓는 사람이 몸조리는 안 하고 쏘다니긴 뭣 때문에 밤낮 바깥으로만 쏘다녔어?" 무당은 서슬 푸르게 나무랐다. "나야 뭐 내놓은 팔난봉 아니었소. 너무 나무라지 마시고 술이나 한 잔 주오.", "술, 술, 그저 술이구먼.", "어서 줘요, 목이 타서 못 견디겠네."

처남댁이 부엌에서 큰 놋대접에다 막걸리를 찰찰 넘치게 담아 들고 들어왔다. 술대접을 받은 처숙모는 다짜고짜 그것을 처남댁의 치마에다 홱 뒤엎으면서 벼락같이 소리를 내질렀다. "내가 언제 막걸리 마시는 거 본 적 있어? 소주 가져와!" 망인이 생전에 막걸리를 좋아하지 않았다는 것은 누구나 다 아는 사실이다. "역정 내지 말고 차근차근 말해 봐." 무당이 타일렀다. 처남댁은 질금질금 눈물을 짜면서 이 홉들이 소주병 하나를 들고 왔다. "술은 역시 소주래야지. 그까짓 막걸리야 싱거워서……." 처숙모는 병 주둥이를 입에 대고 꿀꺽꿀꺽 들이켰다. "에그, 에그, 저걸 어째!" 그 모습을 잠자코 지켜보고 있던 사촌 처남댁이 기겁을 하면서 숨넘어가는 소리를 내었다. 그것은 다른 사람들의 경우도 마찬가지였다. 진갑을 지낸 노인 양반이 이 홉들이 소주병을 단숨에 다 마신대서야 도저히 뒷일을 감당할 것 같지 않았던 것이다. 게다가 처숙모는 평소에 막걸리라면 어쩌다 한두 잔 입에 대는 경우는 있었어도 소주라면 한사코 마다하던 분이었다. "거 정말 거짓말 같은 사실이네.", "진짜 혼백이 내렸나 벼." 사람들은 귀엣말로 소곤거렸다.

소주 한 병을 다 마신 처숙모는 뜻밖에도 기분이 매우 흡족한 모양이었다. "크으, 거 술맛 한번 좋다. 기왕에 마시는 거, 한 병 더 주오." 처남댁은 질겁을 했다. "그만 마셔요, 여보. 당신은 평생 그놈의 술 때문에 신세 망친 분이잖아요. 술, 술, 술, 그놈의 술이 지겹지도 않으세요?", "닥쳐! 치마 두른 여편네가 감히 남정네 술 마시는 것까지 간섭하려 들다니, 이게 어디서 배워먹은 못된 버르장머리야. 냉큼 술 가져오지 못할까?" 처숙모는 노발대발하여 고래고래 고함을 내질렀다. "오빠는 살아 기실 때도 그렇게 언니 속을 썩이더니만 죽어서도 그 버릇 못 고치셨수?" 큰 처형이 치맛자락으로 눈두덩이를 훔쳐내면서 항의했다. "애미야, 니한테는 내 따로 할 말이 있으니까 잠자코 앉아 있거라." 처숙모는 의외에도 순순히 타이르고 나서 또 다시 술을 가져오라고 부득부득 고집을 부렸다. "달라는 대로 어서 갖다 줘. 그 사람이 고까짓 술로 순순히 물러설 것 같애?" 무당이 처남댁에게 호령했다. 처남댁은 마지못해 또 한 병의 술을 가져왔다. 처숙모는 이번에도 병째 마시려고 덤비었다. "저러다 노인 양반 잡겠네 그랴." 구경꾼들 중에서 누군가가 혀를 차면서 안타까운 소리를 내었다. 그러자 사촌 처남이 별안간 사랑방으로 우르르 뛰어들더니 다짜고짜 처숙모의 손에서 술병을 낚아채었다. "어머닌 이리 나오시요." 처숙모를 강제로 끌어내었다. 내가 사랑방으로 뛰어들어 내림대를 움켜잡은 것은 바로 그 순간이었다.

"까짓 거 뭐 내가 잡겠소." 나는 바지 주머니에서 손에 집히는 대로 돈을 꺼내어 제상 위에다 던져놓았다. 무당은 제상 위의 돈이 얼마나 되는가를 눈어림으로 재빨리 더듬으면서 다시금 경을 읊고 징을 쳐댔다. 여러 사람의 시선이 내 몸 구석구석에 화살처럼 날아와 꽂힌다는 사실을 나는 충분히 알아차렸다. 내 몸뚱이는 마치 불 속에 뛰어든 것처럼 화끈거렸다. 나는 정신없이 내림대를 들입다 흔들었다. 그렇다. 분명히 나는 내 정신이 아니었다. 머릿속이 지끈지끈 아팠고, 그리고 온몸이 둥실둥실 떠오르는 것도 같았다. "할 말이 있으면 어디 차근차근 얘기혀." 무당은 흔들리는 내림대와 내 얼굴을 찬찬히 뜯어보면서 말했다. 나는 슬그머니 일어나 대청마루로 나섰다. 모두들 숨을 죽인 채 나의 거동 하나하나를 뚫어지게 지켜보고 있었다.

나는 이마에 진땀이 미적미적 배어나고 있었다. 그러나 이미 내친걸음이었다. 나는 아이들(상제)의 이름을 불러가며 그 아이들이 응답을 할 때마다 할아버지 말씀 잘 들으라는 둥, 공부 열심히 하라는 둥, 의례적인 몇 마디를 되는 대로 주워삼켰다. 그리고 나는 큰 처형을 찾았다. "내 아까도 너한테 할 말이 있노라고 했다만……" 이 무슨 날벼락인가 하여 어안이 벙벙한 눈치였지만, 그러나 큰 처형은 이내 다소곳이 고개를 숙이었다. 나는 입술이 바싹바싹 타들어가는 것 같았다. "여자는 출가외인이라고들 하지. 하지만 친정에 자식이 없으면 딸이 그 자식 노릇을 대신해야 옳은 게야.", "알고 있어요. 다 알고 있으니께 걱정 말아요." 큰 처형은 홰홰 손사래까지 치면서 피시시 웃었다. "웃지 마라. 오래비 말에 웃기는……" 나는 가볍게 눈을 부릅떠 보였다. 큰처형은 찔끔 목을 움츠렸다. "그저 너만 믿는다."

그러고 나서 나는 큰 처형 옆에 앉아 있는 둘째 처형의 손을 슬그머니 잡았다. "내 참……" 둘째 처형은 잡힌 손을 빼려고 앉은걸음으로 슬금슬금 물러앉았다. "그러지 말고 이리 좀 나앉거라." 나는 그녀의 작고 귀엽게 생긴 손등을 토닥토닥 다독거렸다. "너는 남편 하나 기가 막히게 잘 만난 줄 알아라. 그 사람은 법 없어도 살 수 있는 호인이야. 너도 그 점은 인정하지?", "나 참 듣다 듣다 별소릴 다 듣겠네." 그녀는 혀를 차면서도 입은 헤벌어졌다. "여자란 뭐니 뭐니 해도 남편 복이 제일이다.", "누가 그걸 모르우?", "안다니 다행이다. 난 네가 늘 염려스러웠다.", "나 참, 지가 어때서요?", "말이 났으니 하는 말이지만, 넌 성미가 불칼 같아서 파르르 떨 때 보면 물불이 없었지. 내 말이 그른 말이냐?", "나 참, 듣다 듣다 별소릴 다 듣겠네." 그녀는 발끈 성을 내기는 했으나 그러는 자신이 오히려 쑥스럽게 여겨졌는지 이내 피식 웃고 말았다. "제 걱정은 마시고 오빠나 저승에 잘 가셔서 원(怨) 없이 극락왕생하세요." 말끝에 그녀는 치마폭으로 눈시울을 훔쳐냈다. "고맙다. 넌 그래도 싹싹하기나 하지, 셋째는 그게 뭐냐. 그년이 어디 사람이니?"

큰 처형도 둘째 처형도, 아니 모두들 눈이 휘둥그레졌다. "양 서방, 그 사람이 워낙 좋은 사람이기에 망정이지, 그렇잖음 그년은 제 명(命)대로 못 살 년이다." 나는 대담하게 여러 사람을 둘러보았다. 큰동서 옆에 앉아 벽에다 등을 기댄 낯선 사내는 시종 커다란 눈을 끔벅거리고 있었다. "내 정말 창피해서 얼굴 들고 나다닐 수 없었구나. 그년 지금 어딨느냐? 내 좀 보자 해라." 나는 한숨을 쉬면서 주먹으로 가슴을 쳐보였다. 그러나 아내는 나타나지 않았다. 사람들이 뭐라고 귀엣말로 수군거렸다. "저 사람이 셋째 사위야.", "원래 무당 아들이었대." 나는 아드득 이를 갈았다. "셋째 어딨느냐? 냉큼 내 앞에 나오라고 일러라." 나는 버럭버럭 고함을 지르면서 내림대를 사납게 흔들어댔다. 그러나 아내는 여전히 그 모습을 드러내지 않았다.

나는 주적주적 춤을 추기 시작했다. 내가 별안간 춤을 추기 시작한 것은 아내가 기어이 나타나지 않을 경우 그녀를 찾아 온 집 안을 샅샅이 뒤져 볼 요량이었다. "알지? 셋째 그년 말이야. 그 잡년은 남편과 주렁주렁 매달린 자식새끼를 길바닥에다 내팽개치고, 살던 집까지 팔아 가지고 지 좋아하는 사내놈과 도망친 년이다. 아니, 그런 나쁜 년이 세상 어디에 또 있겠니?", "저어기 그건 그런 게 아니고……" 둘째 처형이 뭔가 변명을 하려고 앞으로 나섰다. 그러나 나는 그녀의 말을 차갑게 외면해 버렸다. "어디 그뿐인 줄 아니? 그년이 새로 얻은 서방 놈한테 뭐라고 그랬는지 넌 모르지? 남편은 결혼하던 이듬해에 죽었고, 자식은 숫제 낳아 본 적도 없다고, 입술에 침도 안 묻히고 새빨간 거짓말을 했단다. 세상에 그런 못된 년이 어딨니. 그년 낯짝이나 좀 보자. 내 그년 안 보고는 저승으로 못 떠난다." 그러나 아내는 나타나지 않았다. 이제 어떻게 한다? 내친걸음이었다. "당장 찾아와. 뭘 꾸물거리는 거야? 머리채라도 휘어잡아서 끌고 오라니까." 나는 고래고래 고함을 질러댔다.

"뭐가 어쩌고 어째? 미친년? 어머나, 이런 미친놈……" 비로소 안방에 숨어 있던 아내가 눈에 쌍심지를 달고 문턱에 모습을 드러냈다. "어라, 이 년이 오라비한테 하는 말버릇 좀 봐라. 뭐 미친놈?" 나는 아내 앞으로 다가섰다. 사람들이 웅성웅성 떠들기 시작했다. 무당이 치는 징소리도 그때는 이미 멎어 있었다. "이년아, 너도 사람의 낯가죽을 덮어썼으면 사람 노릇 좀 해 봐라. 너도 인간이냐?" 아내가 낯선 사내를 향해 소리쳤다. "여보, 이 따위 거지같은 놈을 보고도 당신은 그렇게 잠자코 구경만 할 작정이에요?" 아내는 발을 동동 굴렀다. 다음 순간, 사내는 잘 길들여진 사냥개처럼 발딱 일어섰다. 사내의 늠름하고 당당한 체격을 보는 순간, 나는 가슴이 철렁 내려앉았다. 하지만 나 역시 순순히 물러설 수는 없는 처지였다. "어라. 이 년놈들이 이젠 지 오라비까지……"

사내의 한쪽 손이 허공을 긋는 순간, 나는 넉장거리로 나동그라지고 말았다. 나동그라진 나의 멱살을 사내는 다시 움켜잡고 힘껏 들어올렸다. 나는 두 눈을 부릅뜨고 소리쳤다. "너 이놈, 넌 도대체 웬 놈이냐? 이거 당장 놓지 못하겠느냐? 아니, 이놈이 그래두……?" 나의 작은 몸뚱이는 사내의 억센 손아귀에 매달린 채 볼썽사납게 버둥거렸다. 사내는 조금도 서두르지 않고 꾸부정하게 허리를 굽혀 내 눈을 뚫어지게 들여다보았다. 그리고 나직이 외쳤다. "너 죽고 싶냐?" 나는 숨이 막혀 더 이상 입을 벌릴 기력이 없었다. "요런 싸가지없는 새끼는 그냥……!" 사내는 태권도 선수가 기왓장 격파술 시범을 보일 때처럼 오른손으로 나의 왼쪽 어깨를 힘껏 내리쳤다. 나는 물 먹은 종이처럼 스르르 까라지고 말았다. 그러나 나는 이를 악물고 내림대만은 굳게 움켜쥐고 있었다. 마치 그것이 내가 지켜야 할 마지막 보루이기나 한 것처럼.

정종명 (소설가)
1945년 경북 봉화 출생
경기대학교 문예창작학과 대우교수 및 숭실사이버대학교 방송문예창작학과 외래교수
〈월간문학〉 신인작품상으로 등단(1978), 한국문인협회 제25대 이사장을 역임
제45회 대한민국문화예술상(문학) 수상. 현재 〈계간문예〉 발행인

소설가의 일

최 학

애당초 소설을 쓰겠다고 절간에 들어 온 것부터가 잘못인 지도 모르겠다.

짧은 것이라도 두세 편 써 갖고 오겠어, 하고 내가 서둘러 행장을 꾸릴 적에도 아내는 내게서 풍기는 비장감마저 느꼈는지 전에 같이 투덜대지 않았다. 비록 방학 중이긴 해도 집에서건 학교에서건 잡사가 끊이지 않는다는 걸 아내 자신이 잘 알고 있기는 하던 터였다. 방학 때 못 쓰면 언제 쓸 거예요, 당신 올해 몇이라고… 서너 해 거의 작품다운 작품을 하지 못하고 있는 나를 두고 소설가의 아내도 내심 조바심을 치고 있었다. 이십년 가까이 소설가 행세를 해 온 나와 한집에 산 덕에 아내는 소설가 아내의 제일 큰 보람은 남편의 소설 쓰는 일이 잘되는 것뿐이라고 여길 줄 아는 부덕을 가지고 있었다. 그런 아내이기에 아주 믿음직하지는 않아도 남편이 소설을 쓰겠다고 집 떠나는 일만큼은 차마 막고 나서지를 못했다.

나도 제법 절박감을 느낀 건 사실이었다. 나이 들수록 세월은 더욱 빠른 속도로 지나가는 데도 나는 여전히 차일피일 작품쓰기를 미루는 데 익숙해 있었다.

학기 중에는 강의 아니면 사람 만나는 일이 일상사인지라 차분히 책상머리에 앉아 볼 겨를이 없었다. 한창 젊을 적에는 전날 폭음을 하고서도 다음 날 두세 시간 수업을 하고도 남은 시간에 스무 장, 서른 장 원고지를 메꿀 여력이 있었건만 마흔을 넘긴 나이에서는 전혀 그런 일이 가능치 않게 되었다. 두 시간 오전 수업만으로도 탈진해서 도시 골치 아픈 소설 같은 건 생각하기도 싫었던 것이다. 아, 이래서 작가는 다른 직업을 가져서 안 되는구나, 뒤늦은 깨달음을 문득문득 가지지만 이 늦은 나이에 새삼스레 전업 작가로 나설 용기며 자신이 내게 있지 않다는 사실도 내가 더 잘 알고 있었다.

허지만 귀한 방학기간마저 잡사에 몸을 메고 있을 순 없지 않는가, 이 한철이나마 예전의 그 열정으로 작품과 씨름을 해봐야 돼, 하고는 스스로를 부추긴 결과가 절간에 들어가자는 것이었다.

절에서 작품을 썼다는 동료 글쟁이들의 체험담은 직간접으로 익히 들어 온 셈이다. 절간에서의 소설쓰기가 얼마나 능률적인가 하는 본론은 물론이고 청량한 대기 속에서 심신을 달래고, 주지승이랑 진달래 술을 만들어 먹으면서 재미나게 놀았다는 등등의 근사한 삽화들마저 은근히 나를 주눅 들게 했던 것도 사실이었다. 이제 나도 그러리라. 고시 공부하듯이 적막한 산중 절간에 틀어박혀 온종일 쓰다 보면 절로 작품이 되지 않겠는가.

그래서 나는 그 추운 날 도시를 떴다. 전화 통화로 미리 알아둔 데가 있었으므로 어디로 갈까 고심할 필요는 없었다. 환음사(歡音寺)다. 운흥산(雲興山) 깊은 산골에 폐사와 다름없이 호젓하게 앉아 있다는 신라 고찰 말이다.

선행자들의 말처럼 나는 절간에만 들면 저절로 소설이 써질 줄 알았다. 심심해서, 달리 할 일이 전혀 없어서 소설밖에 쓸 일이 없더라는 그들의 토설을 나는 액면 그대로 믿었던 것이다. 그러나 나는 그 말들이 그들이 지어 낸 허사에 지나지 않음을 그 적막한 환음사 절방을 차지하고 나서 이내 깨달았다.

일부러 나는 책 한 권을 지니질 않았다. 하릴없이 뒤적거릴 지도 모른다 싶어 국어사전조차 지니지 않았던 것이다. 텔레비전, 라디오, 전화가 없고 손에 잡히는 신문, 잡지 한 조각이 없다 보면 나도 기어이 죽어라고 원고지만 붙잡을 수밖에 없지 않을까 요량했던 것인데 그 자체가 오산이었다.

가장 가까운 인가에 가려 해도 30분 산길을 걸어야 하는 환음사는 정말 조용한 곳이었다. 절 식구도 단출하기 짝이 없었다. 한 분 스님과 늙은 공양주, 군에 갈 때까지 절 일 도와 주러 와 있다는 속간의 스님 동생 그리고 아기 적부터 스님이 거두어 키우고 있다는 초등학교 6학년 아이 하나 그렇게 넷이 전부였다. 비록 이 산중에도 전기가 들어오고 그리하여 텔레비전, 전화기가 있다 해도 그것들은 모두 스님 전용의 것일 뿐 나와는 무관한 것이었다.

나는 이 적막한 산중에서 아름다운 산수를 벗한 가운데 바람소리 새소리를 들으며 맑고 투명한 생각들을 건져 올려 내 원고지에 쏟아부을 수 있으리라 여겼는데 그게 아니었다.

처사님은 이 방을 쓰시지요… 스님이 안내해 준 방, 세 사람만 누워도 꽉 찰 좁은 방이었는데 명부전 층계 바로 아래편에 위치했다. 임시로 지은 요사채인지라 절간 구색에 맞지 않는 함석지붕에다 시멘트 벽을 친 가건물의 안쪽에 붙어있는 방이었다. 내가 거처할 방 옆으로는 부엌을 둘러싸는 형상으로 빈 방 둘이 더 붙어 있고 그 맨 끝에 공양주 노인과 부모 없는 아이가 쓰는 방이 있었다.

방에 든 순간부터 나는 갑작스런 이명(耳鳴)에 시달렸다. 웅웅, 귓속이 심하게 울리면서 머릿속 상념들이 한꺼번에 지워졌다. 먼 길을 와서 피곤한 데다 갑작스레 맞닥뜨린 적요 때문인 듯싶었다.

펴져 있는 이불 속에 발을 뻗고 베개로 등받이를 해서 벽에 기대고 앉았지만 소란한 이명만큼은 쉬 떨칠 수 없었다. 고단함과 한기 탓도 있었지만 손가락 하나 까딱하고픈 의욕이 없었다. 넋도 혼백도 다 빼버린 채 무량한 허공 속에 나 혼자 나동그라진 느낌. 독방 감옥에 들면 이런 느낌일 것 같았다. 여기가 도대체 어딘가, 내가 어떻게 이곳엘 왔는가, 내 아내와 아이들은 어디 있는가… 도배지의 얼룩들이 보인다, 형광등이 아닌 백열등이다, 불빛이 음험하다. 이놈의 이불 호청은 언제 빤 것일까, 아, 잊은 것이 있다, 어딘가 전화를 해줄 데가 있었는데, 어딘가, 어딘가….? 머릿속이 텅 빈 상태는 아니었다. 무수한 생각들이 빛처럼 빠르게 소용돌이 치듯 뇌리 속에서 파닥이는데 그것은 파닥이고 휩쓸리기만 할 뿐 가닥을 잡을 수 있는 것이 되지 못했다.

짐들을 꺼내 대강 윗목에 쌓아두는 일조차 수월하지 않았다. 갑작스런 환경변화에 적응치 못한 탓이라고 자가진단을 내리고서 애써 휴식을 취했지만 상황은 다음 날이 되어도 호전되지 않았다. 일부러 새벽 예불에도 참례하고 샘가에 가서 맨손 체조를 하고 가파른 산길을 걸어 암자에도 다녀 오는 등 나름대로 바뀐 환경에 적응해 보려고 애를 썼지만 막상 내 골방에만 들앉고 보면 나는 아연 깊이를 알 수 없는 심연에 빠져들 듯 금방 망연한 상태에 함몰돼 버렸던 것이다. 개구리 울음소리 같은 이명도 그치질 않았다.

이런 상태에서는 의미 있는 것, 가치 있는 것 자체가 존재하지 않았다. 모든 것이 지푸라기처럼 날리고 먼지처럼 부질없다는 느낌뿐이었다. 내가 떠나온 바깥 세계의 여하한 것이든 내가 붙안고 온 문학마저도 예외일 수 없었다. 몇 가닥 생각을 붙잡고는 스스로를 부추겨 용케 상 앞에 앉아 보기는 하지만 원고지를 대하는 순간에는 그 미미한 가닥들마저 제풀에 흩날리기 일쑤였다. 나는 이내 절망하고 체념하면서 아랫목 이불 속으로 기어드는 수밖에 없었다. 아랫목에는 방바닥의 온기를 보존키 위해 하루 종일 이불과 요가 펴져 있다. 요 밑으로 발을 뻗고 누우면 방바닥의 열기가 금세 등짝을 통하여 아편 약효 퍼지듯 감미롭게 전신으로 번진다. 그 늪에서 나는 눈을 감은 채 쉼 없는 개구리 울음소리를 듣는다.

그렇다고 절간생활이 불편하다거나 견디기 어려운 것은 결코 아니었다. 잠자리가 그러하거니와 아침 일곱 시, 정오, 오후 다섯 시로 정해져 있는 식사시간도 전혀 부담이 되지 않았다. 비록 고깃점이 놓이지 않고 비린 생선이 없으며 마늘 양념조차 사용치 않은 절간 소찬이라 해도 절 음식은 되레 내 식성에 맞는 편이었다. 그리고 맑은 공기와 좋은 물 탓인지 정신의 묘연함과는 달리 소화는 퍽 잘 되었다. 공양주 노인은 으레 절 손님한테는 그렇게 접대해야 된다는 듯 큼직한 밥 주발에다 고봉밥을 해서 내놓았지만 나는 첫날부터 그 엄청난 양의 밥을 깨끗이 비워서 노인을 즐겁게 해줄 줄 알았다.

"절에서는 목탁귀가 밝아야 먹고 살 수가 있는 법입니데이."

공양주 노인의 말이 아니더라도 나는 밥 먹는 일 만큼은 절 체질이 돼 있는 셈이었다. 시간이 되면 공양주가 목탁을 두드려 절 식구들에게 식사 때임을 알렸는데, 나는 그렇게 고봉밥을 먹고도 이내 허기를 느껴 은근히 다음 목탁소리를 기다리는 처지가 됐던 것이다. 막막한 의식과 그에 어울리지 않는 몹쓸 허기. 절간이 나를 사육하고 있었다.

아궁이에 군불을 넣는 일도, 밥 먹는 일과 함께 즐거운 내 절간 일거리 중의 하나였다. 아침밥 먹고 나서 한 번 그리고 저녁 식사 뒤 한 차례 하루 두 번 내 방 아궁이에 장작불을 지펴 넣는 일은 그 정도로 봐서도 결코 노동일 수 없지만 나는 밥때를 기다리듯 그렇게 군불 차례를 기다리곤 했던 것이다.

잘 마른 장작은 헛간에 잔뜩 쌓여 있었다. 옮기기 편할 정도로 싸안고 와서는 아궁이 가득 처넣고 양초를 불쏘시개 해서 불만 지피면 되는 일이었다. 아궁이 앞에 쪼그려 앉아 넓고 깊은 아궁이 속에서 화염을 일으키는 장작불을 바라보는 일, 그것은 좋아하는 여자애를 옆에 앉혀놓고 바라보는 것처럼 즐겁고 흥분되는 일이었다.

참나무 장작들이 탁탁 소리 내며 타들어 가고 있는 모습을 보고 있노라면 내 몸이 절로 열띠어지고 전신에 꼿꼿한 긴장감마저 맺히는 경우를 자주 느낀다. 화염이 아궁이 하나를 가득 메우며 들끓고 아우성을 지른다. 견고하던 장작개비들이 화염에 휩싸이면서 맥없이 허물어져 내린다. 불티가 날리고 화염이 드세진다. 불덩이 자체로 변한 나무 토막이 보석처럼 광휘를 발한다. 아직 채 타지 못한 장작의 끝자락에서는 쉭쉭 거푸 김 뿜는 소리가 나며 끓는 수액이 토막의 끝자락에서 툭툭 떨어진다. 자기 소멸을 통한 찬란한 산화는 언제 봐도 눈물겹게 아름답다.

성전암으로 가는 숲길에서 괜스레 꼬챙이를 휘둘러 소나무 기둥이며 관목가지를 후들기고 돌멩이를 내던져 솔방울을 떨어뜨려 보는 일도 괜찮다. 법당 뒤 대숲을 돌아나가면 산 꿩이 수두룩한 빈 밭뙈기가 나온다. 마른 억새들이 뒤엉켜 덤불을 이루고 있는 밭고랑을 뛰며 꿩들을 쫓는 일. 그것도 재미있다.

안 된 일이지만, 나는 어느새 절에 들어 와서 당초 목적했던 소설을 전혀 쓰질 못하면서 절간생활 자체에 더 재미를 쏟고 있었다.

쓸 거리가 없다면야 원고지를 대할 때 갖는 막막한 심정도 이해가 갈 수 있다. 보름 작정으로 단편소설 두세 편은 만들겠다는 요량이었으니 크게 욕심을 부린 것도 아니었다. 하루에 서른 장만 쓸 수 있다면 보름이면 450장 아닌가. 단편 다섯 편이 넘는 분량이다. 그에 비하면 나는 되레 최소한의 목표밖에 설정하지 않은 셈이다.

게다가, 이 두세 편의 단편을 만들 수 있는 대강의 얼개도 미리 장만해서 들어 왔으니 새삼스레 구상을 한답시고 끙끙거릴 필요도 없었다. 정말이지 나는 이미 만들어 놓은 구성표에 따라 작품만 써나가면 됐다. 내가 습작기의 문학도가 아니고 생판 소설이란 걸 처음 써 보는 아마추어 작가도 아닌 이상 내게 달리 어려운 게 있을 수 없었다. 명색이 소설가로서 행세를 한 것이 이십여 년 됐고 그 사이 잘 됐건 못 됐건 세상에 내놓은 단편소설 숫자만도 쉰 가까이 된다. 게다가 나는 지금 대학에서 학생들을 앉혀놓고 매일같이 소설쓰기의 실제 기술과 이론을 강의하는 선생의 처지가 아니던가. 이쯤이면 나 또한 소설에 대해서는 어느 정도 문리가 트였다고 할 수 있다. 여하한 소설거리에다 어떤 식의 얼개라면 작품이 된다, 안 된다는 나름의 구분이 가능하고 작품을 써 나가는 도중 어디쯤에서 어떠한 어려움에 봉착할 수도 있다는 사전 예단마저 지닐 수 있다고 여기는 것이다.

그런 내가 그지없이 적막한 산중 절 방에 앉아 있다고 해서 아연 소설쓰기의 기본적인 습성이며 기술을 깡그리 잊어먹을 수는 없는 일이었다. 그런데 희한한 일이었다. 소설을 쓸 수 없었다. 소설에 대한 아무런 생각도 할 수가 없었다. 구성표를 들여다 보며 어떡하든 시작이나 해보자고 몇 자를 긁적이는 그 순간 내가 쓰는 글자들이 아슴푸레 시야에서 사라지면서 머릿속 생각마저 흔적 없이 뭉개져 버렸던 것이다. 그 대신 내 의식은 숲을 달리는 바람소리, 장작 타는 소리, 진절머리 나는 풍경소리만 한없이 쫓곤 했다. 소설이라는 것도 결국은 사람 사는 이야기를 글로 써 놓은 것인데 절간에서 나는 자꾸만 사람을 잃고 있었다. 불현듯 이럴 수가 없다 해서 애써 사람을 찾노라면 내가 상정했던 내 소설의 인물들은 죄 어디론가 사라져 없고, 소설로는 전혀 예측도 못했던 절간 사람들만 무시로 나타나 내 머리를 어지럽혔다.

……

스님도 주말에 출타하신다

주지 지암 스님은 처음 대하는 속인에게까지 스스로를 불교개혁파의 한 사람이라고 소개할 만큼 열정적인 성격의 승려다. 머리 깎은 이의 세속적 나이 셈이 그리 쉽지 않지만 빤질한 피부며 혈색 좋은 안색으로 보아 결코 마흔을 넘겼을 성 싶지는 않다. 전화통화를 하던 때에 내 신분이며 용건을 대충 밝히긴 했지만 실제 그와 나는 일면식이 없는 사이였다. 내 직업 때문이었을까 아니면 나름의 판단으로 얘기가 통할 성 싶다고 여긴 것일까. 잘 오셨습니다, 그는 생전 처음 대하는 나에게 엽차 한 잔을 권하고는 장황스레 불교계가 안고 있는 현안부터 화제로 삼았다.

교화승과 수도승의 이원화 문제, 종정회의의 구성문제, 승계(僧階)의 단위 설정과 승가고시 실시의 문제, 종단 재산의 통일 관리 운영 문제, 교의에 따른 의례제정 문제, 승가 갈마법의 시행 등등 지금의 교단이 안고 있는 여러 문제점과 그 개선 방향에 대해서 거의 웅변조로 말했다. 내가 무슨 의견을 구한 것도 아닌데 이이가 웬일일까 하는 생각이 들 정도로 열정적인 변설이었지만 나로서는 꽤나 한가하고 지루한 이야기로밖에 들리지 않았다. 그렇지만 나 자신 그의 도움을 입으려 온 처지에서는 짐짓 관심이 있는 양 하고 더러 그를 고무키 위해 참견도 하지 않을 수 없었다. 아, 그렇군요. 내가 고개를 끄덕여 동조라도 할라치면 그는 더욱 기세를 올려 유인물이며 책자, 신문 스크랩까지 들추어 보이기를 서슴지 않았다. 전용 수세식 변소까지 따로 달려 있는 주지 방에는 전화, 비디오, 오디오, 서가 등 없는 것이 없어 보였다. 사실 나는 승려를 교화승과 수도승으로 구분하여 그 역능을 달리하고 법랍에 따라 승계를 구분해야 된다는 그의 주장에 관심이 있기보다는 그가 혼자 있을 적에 무슨 비디오 테이프를 보는가가 더 궁금한 일이었지만 내색을 할 수 있는 것이 아니었다.

나는 지암 스님이 말과 행동을 달리 하는 위선적인 인물이라는 생각은 추호도 하지 않는다. 나는 그와의 논쟁을 갖기는커녕 가능한 한 예사로운 대화의 자리마저 갖기를 피하는 형편이었고, 사실 마주칠 기회도 드물었으므로 나의 관찰은 얼마든지 피상적일 수 있기 때문이다. 그러나 그는 내가 생각해 오던 일반적인 스님의 모습과는 몇 가지 다른 점을 보인 것은 사실이다. 물론 그것도 그의 개혁의지와 상관이 있는 것인지는 모르지만 나는 그가 새벽예불을 올리는 모습을 한 번도 본 적이 없었다. 저녁예불마저도 매일 있는 것이 아니었다. 간혹 초등학교 다니는 병철이 녀석이 대신하기도 했는데 속인인 내가 보더라도 괜찮은 꼴이 되지 못했다.

아무래도 그는 나보다도 기상시간이 늦었다. 집에서와 달리 나는 일곱 시 무렵의 아침 공양에 참석하기 위해 여섯 시면 꼭 일어났다. 그 덕에 나는 한 번도 아침 공양을 거르지 않았는데 그럴 때마다 주지승의 자리가 비어 있었던 것이다. 주지가 그러하니 속간의 그 동생이 그러하고 병철이 녀석마저 방학 중이라고 디립다 잠만 자댔다. 그러니 그 미명의 시각에 밥상 앞에 앉는 이라고는 제때 밥을 지은 공양주 노인과 객인 나 둘뿐인 경우가 허다했다. 불국사의 큰 스님으로부터 보살계를 받았다는 공양주 할멈한테도 이 점이 가장 못마땅했다.

상보를 덮어 놓은 스님의 밥상을 흘낏 살핀 할머니가 노골적으로 내게 불만을 털어놓았다.

"처사님도 아침 예불소리를 들어 보신 적 없지예? 공양도 안 하시고… 쯧쯧, 저러시면 안 되는데… 우짜노"

공양주 노인은 새벽 세 시에 절에 온다

할멈은 정식의 공양주가 아니었다. 절 아래 마을에서 혼자 살고 있으면서 절간에 큰일이 있을 때에만 일손을 거들어 주는 신심이 대단한 노인네인데 전에 있던 공양주가 신병이 들어 고향에 가 버린 후로 임시로 그 일을 맡았다.

온종일 절 일을 하고서도 잠만큼은 꼭 동리의 제 집에 가서 잔다는 별난 노인이기도 했다. 그러니까 저녁 공양 뒤의 설거지를 마치고 깜깜한 때에 혼자 산을 내려가서는 네댓 시간 잠을 자고 이튿날 새벽 세 시께에 다시금 그 어둡고 추운 산길을 걸어 올라 와 아침 공양을 짓는 것이었다. 허리 굽은 노인네가 어찌 그 고집을 부릴까 싶어 내가 물어 본 적이 있었다.

"방도 있고 한데 여기서 주무시면 좋을 텐데 뭘 그 먼 데를 오르내리십니까? 집에도 아무도 없다면서요."

"거기가 내 집인데 내 집에서 잠을 자야지 우째 지 집 놔두고 딴 데서 잡니꺼? 그라고 별안간 자슥놈한테서 전화가 올 지도 모리는 기라예."

"무섭지는 않으세요?"

"무십긴… 내사 관세음보살만 외며 걸으면 아무렇지도 않은기라예."

올해 일흔둘이라는 할머니한테는 아들 둘, 딸 셋이 있는데 모두 출가해서 부산 마산 등지에 흩어져 살고 있다고 했다.

"아입니더. 내 기운이 있을 때꺼정은 자식들한테 안 갑니더. 내가 끓여 묵고 내가 해 입는 기 훨씬 좋은 기라예. 그라고 부처님이 계시는 이 골짝보담 나은 데가 없는 기라예."

그 할멈이 점심 공양 때 전에 없던 하소를 주지승한테 했다.

"시님, 동네에 최태호란 그놈 알지예? 어제도 그놈이 날 두들겨 팹디

더!"

내가 놀라서 수저를 멈췄는데 스님이 되레 예사롭게 반문했다.

"어제는 왜 때린대요?"

"그눔이 언제 무신 일이 있어서 팬다 캅디꺼? 어제 낮에 밭에 한번 나가 본다고 가다 보이끼네 그이가 지게를 지고 앞에 안 갑디꺼? 그란데 암만 봐도 그 지게가 내 눈에 익은 거라예. 영감 살아 있을 적에 동네 구장 어른이 맨들어 준 긴데 그새 집 안에서 보이지 않았던 기라예. 그래서 지가 그이한테 말했심더. 아이구나, 아무 데도 보이지 않더니만 지게가 그쪽에 있었네? 지는 반가운 맘에 그 소리밖에 안 했심더. 그 지게가 우리 지게다, 우째 우리 지게를 임자가 지고 가노? 이런 소리도 안 했는 기라예. 그란데 그 최가가 다짜고짜로 이 할망구 한 번만 더 그런 소리하면 죽여뿐대이, 하고선 지게 작대기를 막 휘두르는 기라예. 죽을까 싶어서 얼른 도망은 쳤십니다마는 여기 한 대는 맞았는 기라예."

노인이 쥐고 있던 밥숟갈을 옮겨 쥐며 얼른 자신의 허리께를 가리켜 보였다.

"지가 무신 맞아 죽을 소리를 했십니꺼? 우리 지게인끼네 돌려다고 소리도 안 했고 최가 니 와 우리 지게 훔쳐 갔노 하고 나무라지도 않았는데 진짜로 죽일라 캅디더."

내가 듣기에도 대단히 민망하고 흉악한 이야기인데 자신이 당한 일을 전하는 노인이나 그 말을 옮겨 듣는 주지승의 태도는 참으로 태연스럽기 짝이 없었다. 패다 놓은 장작이 다 떨어졌다는 식의 이야기와 다름없었다.

"미친 놈, 그런 놈을 안 잡아넣고 설치고 다니게 하니까 세상이 제대로 안 되는 게야. 거기 마을 입구에 세워 놓은 '범죄 없는 마을'이란 간판부터 뽑아 내버려야 되는데."

주지의 음성이 제법 격앙돼 있다고는 하나 그 자를 어떻게 혼내겠다거나 노인을 위무하겠다는 태도와는 상당히 거리가 있었다. 노인과 스님의 수작이 어처구니 없어서 내가 참견을 했다.

"아니, 할머니께 손찌검을 하는 사람이 있단 말씀입니까?"

스님한테서 그쳐 버린 이야기가 나로 인해 좀더 연장된다는 것이 다행이라는 듯 할멈이 재빨리 대꾸했다.

"손찌검이 뭡니꺼, 심심하면 아무나 죽일라꼬 덤벼듭니대이."

"몇 살이나 됐는데요?"

"아직 마흔 살도 안 됐심더. 올해 서른일곱인가 여덟인가 그럴 기라예."

그러면서도 할멈은 무연히 배추김치를 손가락으로 찢어 입 안으로 넣었다.

입대 전의 청년은 더 외롭다

세열이란 이름을 가진, 속간의 스님 동생하고는 절에 든 첫날 인사를 나눴다. 그가 먼저 군불 땔 장작개비를 한 아름 안고 나를 찾아 주었던 것이다. 제 생전에 소설가는 처음 만나 뵙니다… 주지 방에서 내가 제 형한테 준 소설책을 훑어 본 듯 그가 제법 광영스럽다는 표정으로 내게 인사를 했던 것이다. 피부 빛이 검기는 했지만 훌쩍 키가 크고 이목구비가 번듯한 젊은이였다.

군에 들어 갈 날짜를 받아 놓고는 그 사이 형을 도우며 심신을 쉴까 해서 와 있노라고 자신의 처지를 밝혔다. 고등학교를 졸업하고 고향에 있는 공업사에서 여러 해 일했다는 그는 그 나이의 젊은이들이 대개 그러하듯 나 같은 이를 대하고는 상당한 지적 호기심을 발동했다. 뭐 불편한 것이 없냐는 둥 턱없는 친절을 앞세우고 하루에도 두세 번 내 방을 기웃거릴 때도 나름으로 준비한 관심사는 꼭 있었다. 자기도 자신이 살아 온 이야기를 바탕으로 소설 같은 걸 쓰고 싶은데 어떤 공부가 필요하냐, 혹은 요새 소설들은 꼭 끝에 가서 주인공이 죽는데 왜 그러느냐, 소설은 밤에 쓰는 것이 아무래도 더 좋지 않겠느냐 등등 꼭 내가 듣기 불편한 질문들만 만들어 오기 일쑤였던 것이다. 나는 일일이 대꾸하기가 귀찮아서 아무리 심심해도 그 자를 맞닥뜨릴 때만큼은 바쁜 척을 했고 빨리 그를 떠나 보낼 구실을 만들었다. 그러던 그가 한 주일이 지나서 그전과 다른 관심사를 갖고 나를 찾아왔다.

소설가들은 여자 심리를 헤아리는 데도 귀신같다고 하던데 자기같이 여자에 대해서 숙맥인 자가 여자에게 환심을 사려면 어떻게 해야 하는가가 요지였다.

"제 딴에는 여자한테 쓰는 편지만큼은 죽어라고 열심히 쓰거든요. 무식하단 소리를 안 들으려고 이 책 저 책에서 좋은 말도 많이 골라 넣고, 사전 찾아보면서 글자도 안 틀리게 하고 하는데 말예요, 그런데도 한 통도 답장이 안 오는 거예요. 제가 여태껏 여기저기 편지 띄운 것만 해도 백 통은 넘을 거예요!"

하루에도 다섯 통 여섯 통의 편지를 쓴다는 그는 소설을 쓴다고 절에 들어온 나보다 훨씬 더 많은 글을 쓰고 있었던 셈이었다. 주간지며 월간지 펜팔 난에 나온 여자의 주소를 보고 닥치는 대로 편지를 보내고 있다는 그의 말이었다.

"남들은 다 군에 가면 여자 친구들이 편지도 해 주고 면회도 와 주고 한다는데…"

마침내 그는 어려운 주문이 있다는 듯 점퍼 안주머니에서 신문지로 싼 소주병까지 내놓으며 어눌하게 뒷말을 이었다.

"저어… 선생님 같은 분이 맘 먹고 쓰시면 어떤 여자라도 뿅 갈 것 아녜요..?"

병철이는 참 심심하다

공양주 할멈의 말에 의하면 병철은 부처님 시줏돈까지 훔치는 못된 녀석이었다. 언젠가는 복전함 자물통을 따고 그 속의 돈을 안고 가서 이틀 동안 전자오락실에 있다가 스님한테 붙잡혀 온 일도 있다고 했다. 또 그전에는 기도 온 여신도의 핸드백을 통째로 훔쳐 30여 만 원 돈을 고스란히 쓴 일도 있었다고 했다. 스님한테 지목되어 하루 종일 장작개비로 온몸이 피범벅이 되도록 얻어 맞았지만 토설하지 않았는데 뒤늦게 뒷간 시렁에 던져 놓은 빈 핸드백을 찾았다며 참 독한 놈이라고 할멈이 혀를 찼다.

아비의 생사는 모르고 혼자 살던 어미가 재가를 한다며 아이를 절에 맡겨 놓은 걸 스님이 학교까지 보내며 지금껏 거두어 주고 있다는 말이었다.

내가 보기엔 병철의 얼굴 어디에도 그런 간악한 빛이 없다. 예사의 아이들 마냥 선량해 보이기만 한데 어디에 그런 도벽과 지독한 근성이 숨어 있는지 모르겠다. 그렇지만 내가 보기에도 게을러 빠진 녀석의 습성만큼은 고쳐야 되겠다. 방학이라고 만화책만 붙잡고 뒹굴고 늘어지게 잠만 자는 녀석. 공양주 할멈이 심부름을 시킨다고 여러 번 소리쳐도 들은 척 않다가도 스님의 명령에는 일 분 일 초도 지체하지 않고 화들짝 뛰쳐나가는 녀석의 그 이중성도 위태로워 보이기는 마찬가지다.

스님의 주의가 있은 모양으로 병철인 내가 부르기 전엔 결코 내 방에 기웃거리는 법이 없었다. 그럼에도 불구하고 나는 방을 비울 때마다 가방에서 지갑만은 꼭 꺼내 품에 지녔다. 초등학교 6학년짜리 산중 아이 하나를 염려하여 외진 절간에서 시내버스를 탈 때 마냥 소지품에 신경을 쓰는 나 자신이 자못 마음에 들지 않았지만 달리 방도가 없었다. 내가 내 무료함을 어쩌지 못하는 것처럼 병철 녀석한테도 이곳 절간은 몸서리 칠 정도로 심심한 곳인 것만은 분명해 보였다. 텔레비전도 없고 비디오도 없다. 전자오락실이 있고 만화방이 있는 읍내까지 가려면 이십 리 산길을 걸어야 한다. 웬만한 일은 차를 가진 스님이 직접 하기 때문에 읍내로 심부름 가는 일도 마땅히 없다. 고작 녀석의 일감이라곤 법당 안팎을 청소하고 제대(祭臺)의 양초를 갈고 향을 챙기는 일, 스님 방과 제 방에 군불 넣는 것 정도인데 그런 단조로운 일은 귀찮을 뿐 아니라 단번에 싫증나기 딱 좋았다. 그러니 녀석에게는 매일매일 잠을 자고 두 번 세 번 만화를 되풀이 읽는 일밖에 달리 있을 것 같지 않다. 병철아, 우리 스님 없을 적에 덫을 놔서 꿩을 잡아 먹을까? 인마, 장작불에 감자 구워 먹으면 얼마나 맛있는지 너 모르지? 일부러 내가 녀석을 꼬드겨 보기도 하지만 녀석은 늘 건성으로 싱끗 웃을 뿐 한 번도 눈알을 반짝여 본 일이 없었다.

마침내 내가 이 절에서 맨 처음 시도한 글쓰기는 연애편지였다. 일고의 가치도 없다고 한마디로 내쳤던 세열의 청을 나는 그다음 날 아침 자진해서 받아들이고 말았다. 녀석의 사정이 딱해서가 아니었다. 나에 대한 녀석의 맹목적인 신뢰와 상찬에 감동해서는 더더욱 아니었다. 문득 나는 이 하릴없는 절간에서 젊디젊은 여자가 그리워졌다. 그뿐이었다. 더더욱 그것은 내가 알고 있는 여성이 아닌, 이 세상 어딘가에서 나와 전혀 인연 없이 숨쉬고 있는 '어느 미지의 여성'에 대한 간절한 그리움이었다. 내가 편지를 써서 띄우고 그리하여 그녀의 숨결 묻은 답장이 오고… 그런 인연 맺기가 갑자기 사람 사는 유일한 즐거움인 양 내 가슴을 치고 들어왔던 것이다. 산을 내려가 우체국에서우표를 사고, 문방구에 들러 고운 색깔의 편지지를 구하고 그리고 하늘의 구름, 골짝의 물소리, 새소리를 정겹게 새기면서 이십 리 산길을 걸어오는 일보다 더 근사한 일이 어디 있겠는가 여겼던 것이다. 풍경소리만 고요히 들리는 절 방에 책상다리를 하고 앉아 예쁜 편지지에 사연을 적으며 낯선 여자아이의 얼굴을 그려보는 일 밖에 더 사무치는 일이 이 절간에 있겠는가 싶었다. 그래서 나는 세열이가 놓고 간 주간지 펜팔 난에서 그가 밑줄 쳐 놓은 숱한 처녀 아이들 중에서 나이 23세, 취미가 독서인 박은지를 골라 그녀에게 편지를 썼다.

〈미지의 벗에게…. 오늘 밤은 유난스레 달이 밝습니다. 산등성이며 골짜구니, 물푸레나무 숲에도 온통 희디흰 달빛 천지입니다. 바람이 불 적마다 나무 잎사귀가 달빛을 퉁기고 바위벽을 타고 내리는 물줄기도 흥건히 빛을 머금고 있습니다. 달빛 탓일까요? 이 밤 따라 밤 숲의 새소리며 산짐승 소리도 한결 고즈넉하게 들립니다…. 달빛 탓에 더욱 제 빛이 흐려진 밤하늘의 별들을 쳐다 보며 문득 몸을 떱니다. 사람 사는 일이 이렇듯 작고 가녀린 별들의 깜빡임 같은 것 아닐까 하는 생각이 들어서입니다. 별과 별들의 이어짐과 떨어짐 그것들도 정다운 이들끼리 갖는 관계 맺기란 생각을 해 봅니다…. 서너 달 후 저는 군 입대가 예정돼 있습니다. 그때까지 이곳 외딴 절간에 스님으로 계시는 제 형님의 일손을 도우며 그동안의 생활을 정리하고자 와 있습니다. 제 나름으로 새로운 출발을 다짐하고 각성과 분발의 시간을 가져 본다는 것이 당초의 계획이었습니다만 아직 보름이 채 되지 않았는데 웬일일까요. 책을 잡아도 읽혀지지 않고 생각을 깊이 해 보려 해도 잘 되지 않습니다. 그냥 막막한 심정, 허허로운 심사뿐입니다…. 오늘 소풍객이 놓고 간 때 지난 잡지에서 우연스레 벗의 이름을 대했습니다. 그리고 달빛 속을 홀로 거니는 때에도 그 이름은 잊지 못했습니다. 별 하나가 다른 별 하나를 보고 부끄럽게 제 몸을 흔들어 보이듯이 이렇게 제 부끄러운 심사를 끄적

여 봅니다. 용서해 주시리라 믿습니다….〉

나 스스로 열띤 감정에 휩싸였던 탓에 편지지 다섯 장을 빽빽이 채우는 데 한 시간이 채 걸리지 않았다. 단숨에 편지쓰기를 끝내고도 나는 내가 끌어댄 이야기며 내가 함부로 부린 언어 때문에 부끄러워 하지 않았다. 나는 머잖아 군대에 들어가는 다급한 처지에 있었다. 무엇이 다급한가. 모두가 그렇다. 내 미래에 있어서 정해진 것이라곤 아무것도 없다. 취직, 결혼, 가정 이뤄 살기 그 어느 것 하나 확실한 것이 없었다. 모아 놓은 돈이 없고 변변한 학력이며 이력조차 없다. 나를 도와 줄 부모형제가 있는 것도 아니다. 아버지는 매일 술만 마시다가 세상을 떠났다. 어머니는 어린 형제를 놔두고 가출을 했다. 일찍 출가하여 중이 된 형은 이제 제 먹고 입을 걱정이 없다고 해서 부처님 걱정, 다른 중 걱정으로 매사 바쁘다. 절간 살림이 나와 관계 있을 리 없다. 나의 이런 아프고 적적한 심정을 토로할 수 있는 여자친구가 있었으면 좋겠다. 그 아이의 이쁜 눈을 들여다보고 있으면 세상 시름쯤은 한 순간에 놓을 수 있을 것 같다. 그리운 은지…

슬쩍 내가 빠진 세상이지만 세상은 내가 없어도 어제와 그제처럼 아무런 문제없이 잘 굴러가고 있다는 사실이 더없이 나를 울적하게 하지만 그 또한 못 견딜 바는 아니었다. 이곳 절간의 전화번호는 내가 아내에게 일러 놓았다. 집안일이건 학교일이건 급한 사정이 있을 적에만 연락을 취하라고 했는데 열흘이 다 돼 가는 동안에도 나를 찾는 전화 한 통이 없었다. 만사는 내가 없어도 순조롭게 운행되고 있었다. 나를 못 봐서 안달 할 사람 하나 없음도 나는 잘 알고 있었다. 내 아이들마저 문득문득 나를 그리다간 아빤 일 하러 절에 가셨잖아, 하는 제 엄마의 말 한마디만 듣고 되레 편안한 마음을 가질 것이 뻔했다. 내 집안이 이러하고 내 직장이 이러한 판에 나 같은 미미한 작가 하나가 자리를 비웠다고 해서 우리나라 문화계에 미동이나마 있을 까닭은 더더욱 없다. 세상은 애당초 그 누구든 있어도 그만 없어도 그만인 그런 것인지도 모를 일이다.

편린이나마 내가 바깥세상의 소식을 접할 수 있는 것은 오로지 주지승을 통해서였다. 함께 밥을 먹는 시간에 혹은 드물게 갖는 그와의 차 마시는 시간에 그는 문득 생각났다는 듯이 바깥소식을 전했다. 물론 그가 전하는 바깥소식이라는 것도 실은 그가 독점하고 있는 텔레비전을 통해서 얻은 것이 태반이었다. 그러니까 그는 텔레비전 시청을 통해 얻은 뉴스 중에서 임한 취사선택한 것만을 내게 전해 주는 것이다. 토막 소식마저도 앞뒤가 반듯하게 전하는 경우는 한 번도 없었다. 제멋대로 거두절미하고 가치판단까지 다 매긴 그런 뉴스 아닌 뉴스만 불쑥 던지기 일쑤였던 것이다.ㅏ

“죽일 놈들이라니깐!”

마른 헝겊으로 찻잔을 닦던 스님이 예의 욕부터 한다. 적당한 틈을 둬서 내가 ‘뭐가요?’하고 묻지 않는다면 그는 퍽 난감할 수밖에 없다. 나는 그를 난감하게 할 까닭이 전혀 없다.

“정부에서 공권력을 투입한답니다. 오공 때 육공 때도 그러더니 툭하면 공권력이라니깐… 권력 잡으면 할 수 없단 말입니다. 안 그래요?”

뭔가를 알아야 내가 동조를 하든 말든 하지. 이쯤에서는 나도 웬만큼 궁금증이 생기지 않는 바 아니지만 나는 말없이 차만 마신다. 내가 반응을 보이지 않으면 그편에서 먼저 조금씩 속 알맹이를 털어 놓는다는 사실을 알았기 때문이다. 이런 엉터리 대화법을 통해 나는 조선소의 파업 소식도 들었고, 눈길 운전에서 일가족 다섯 명이 목숨을 잃었다는 소식까지 접할 수 있었다. 그 모든 바깥의 일들도 내가 관여하지 못하는 곳에서 일어나고 생긴 것임은 틀림없다.

토요일이다. 스님은 또 10시쯤 돼서 혼자 아침 공양을 마치고 차를 끌고 산을 내려갔다. 부처님 모시는 스님이 어김없이 주말을 챙긴다는 사실이 내게는 신기하고 재미있다. 교회당에는 결코 가지 아니할 스님은 주말마다 어디로 가는 것일까? 쓸데없는 관심거리다. 절간에는 다시금 공양주 할멈, 세열이, 병철이 그리고 나 넷만 남았다. 절간은 정말 절간처럼 고요하기만 했다. 나의 일상… 아침밥을 먹고, 군불을 넣고, 원고지를 가지런히 정리하고 송장처럼 이불 속에 반듯이 누워 있는 일을 했다. 천장의 도배지 무늬를 쳐다보면서 재미 삼아 정력적인 사나이들, 예컨대 스탕달이며 톨스토이, 도스토엡스키, 헤밍웨이, 앙드레 말로를 생각했지만 나는 여느 때처럼 내 소설에 대해서는 아무런 생각도 하지 않았다. 그렇지만 그들에 비견한 나를 생각해 보기는 한다. 번잡하고 바쁠 적에는 번잡하고 바빠서 그리고 고요하고 한가할 적에는 너무 고요하고 심심해서 소설을 쓰지 못하는 나는 소설가일 수 없다. 그런데도 나더러 사람들이 소설가라고 한다. 서글픈 일이다. 새삼스레 내가 내게 묻는다. 지금 쓰지 않으면 안 될 이 세상 하나뿐인 이야기가 있는가? 없다.

갑자기 지축이 흔들리고 창문이 소란스럽게 떨었다. 지진인가? 아니면 불도저, 포크레인이 떼를 지어 쳐들어온 듯싶다. 굉음에 물주전자 뚜껑까지 달달 떨렸다. 절간에 웬 난데없는 기계 소리람. 나는 주섬주섬 점퍼를 걸치고 방문을 나섰다. 명부전 옆 공터 쪽이었다. 꼬불꼬불한 산길을 어떻게 올라왔는지 항공모함처럼 생긴 거대한 화물트럭이 공터를 차지하고서 짐을 부리고 있었다. 가득 실린 통나무와 판자들. 인부들이 아름드리 통나무를 땅바닥에 굴려 내릴 때마다 바위벽 무너지는 소리가 났다. 네 사람의 인부가 아래위 둘씩 나뉘어 통나무를 부리고 받곤 했다.

"무슨 공사를 한대?"

마침 병철이 녀석이 명부전 댓돌에 쪼그리고 앉아 구경을 하고 있기에 물어 보았다. "저 집 헐어내고 요사채를 새로 짓는다 캅디더."

마침 헛간에서 시래기 다발을 벗겨 나오던 공양주 할멈이 나를 보곤 빨리 와 보라는 시늉으로 손을 까불었다. 저 노인이 웬일이람, 천천히 층계를 내려갔는데 할멈에 잽싸게 내 팔을 낚아챘다.

"바로 저 작자인 기라예!"

그녀가 트럭 쪽으로 돌아 서 있는 공터의 인부를 가리켰다. 떡 벌어진 어깨, 탄탄하게 생긴 아랫도리를 가진 건장한 사내였다.

"누군데요?"

"전에 내가 처사님한테도 말했지예. 나만 보면 두들겨 팰라고 기를 쓰는 놈이라고… 지게 작대기에 맞아서 죽을 뻔도 했다고 안 캅디꺼. 저눔이 바로 그 최태호인 기라예. 아이구, 우리 시님도 야속하지, 아무리 사람 사기가 어렵다 캐도 우째 저런 별종한테 절 일을 맡긴다 카더노. 처사님, 우짜면 좋은 기라예? 저눔이 나만 보면 밥 내놓으라고 지랄할 낀데 우짜능교? 내사 까무라쳐도 저눔한테꺼정 밥상 차려 올리지는 못하는 기라예…"

노인네가 연신 치마에 손을 비볐다. 아래위 가릴 것 없이 제 비위에 거슬리면 폭력부터 휘두른다는 포악한 사내에 대해서는 나 또한 괘씸한 점이 없지 않지만 지금의 나로서는 달리 노인네를 도울 방도가 있을 성싶지 않았다. 절 일 하러 온 인부에게 공양주가 밥을 차려 주지 않으면 누가 그 일을 한단 말인가. 한편으론 나 또한 최태호를 쓴 스님의 처사가 쉬 이해되지 않았다.

노인네를 보내고서도 나는 병철과 같이 한참동안 통나무 부리는 일을 지켜보았다. 산중 적막과 나태를 일순에 제거하는 듯한 우람한 나무의 요동과 추락. 지천을 흔드는 굉음과 먼지바람. 한 동작도 허투루 하지 않는 인부들의 재빠르고도 활달한 몸놀림…. 통나무 하나가 빈터에 떨어질 때마다 절간이 한 길 한 길 땅속 깊이 함몰돼 간다는 느낌마저 들었다. 틈을 봐서 내가 병철을 집적였다. 점심때 보살님이 밥상을 못 차리면 병철이 너라도 나서서 상을 봐 줘야 되지 않겠느냐고 했던 것. 최태호 저 자 때문이라는 이유도 곁들였는데 내 말에 콧방귀부터 먼저 뀌는 녀석의 태도가 수상쩍었다.

"우리 할무이는 맞아도 싼 기라예."

엉뚱한 소리마저 툭 던졌다.

"그게 무슨 말버릇이니?"

"아저씨는 할무이 말만 들어서 그렇지 아무것도 모르는 기라예."

"뭘 모른다는 게냐?"

"동네 사람 쌈 일으키는 기 다 누구 때문인지 모리지예? 여기 가서 이 말 하고, 저기 가서 저 말 하고… 인자는 아무도 할무이 말을 안 믿는 기라예. 맨날 저 아찌한테 맞았다고 카지만 본 사람이 없는데 우째 아능교? 우리 할무이 같으면 없는 일도 얼마든지 만들어서 퍼뜨릴 수 있는 기라예."

나는 다시금 막막한 심정이 돼 버렸다. 이 조그만 절간과 절간 둘레의 사람 사는 일에 대해서도 내가 제대로 알고 있는 일이 하나도 없다는 생각이 들었던 것이다.

병철의 엉덩짝을 한 번 걷어차고는 혼자 대숲 길을 걸었다. 이제 내 그리움의 확실한 대상은 미지의 벗, 은지 그녀 하나뿐이었다. 오늘 그녀는 절간으로 온다고 했다. 우체국에 근무한다는 처녀 아이. 그녀는 1시 퇴근을 해서 곧장 시외버스 터미널로 간다. 그리고 2시간 동안 버스에 흔들리다가 산 아래 읍 거리에 닿는다. 아무리 경치가 좋다 해도 혼자서 산길을 걷기는 무서워요, 시간 맞춰 정류장으로 마중 나와 주시면 고맙겠어요… 편지 말미에 그녀가 조심스레 청을 놓았다. 그 사이 두 번째 답신이 왔고, 전화도 한 번 왔다. 절을 구경하고 싶다는 편지는 어제 낮에 당도했다. 비록 편지글이 난삽하고 글씨 또한 한쪽으로만 엎어질 듯한 모양새를 하고 있다 해도 나는 그녀가 아름답다는 생각은 한 번도 버린 적이 없다. 세열은 어제 그 편지를 받고 곧장 읍내에 가서 목욕을 하고 이발까지 새로 했다.

자동차를 좀 내 달라는 그의 부탁도 나는 순순히 받아들였다. 은지를 모시는 일인데 내가 그의 충직한 기사 역할을 한들 기분 나쁠 일이 아니었다. 편지 자체를 의심할 지 모르니 소설가라는 소개는 하지 않을 터이니 양해해 달라고 세열이 말했는데 그것은 내가 더 바라는 일이었다.

읍내에 이르렀을 때부터 푸슬푸슬 진눈개비가 내렸다. 시간이 많이 남은 터라 나는 세열이 이끄는 대로 길가 허름한 중화식당에 들어가서 짜장면으로 점심을 때웠다. 절간 인부들에 대한 공양주 할멈의 점심 제공이 제대로 될까 문득 걱정스럽지 않은 바 아니었으나 읍내에 와서 산중 걱정을 하는 나 자신이 딱도 하다는 생각이 들어 이내 고개를 젓고 말았다.

차 속에서 혼자 얼마나 오래 기다렸을까. 은지 그녀가 세열과 나란히 인도를 걸어오는 모습을 나는 내 차의 백미러를 통하여 보았다. 생각했던 것보다 그녀는 키가 작았고, 키에 어울리지 않게 통통하니 살찐 몸피를 하고 있었으며 눈과 코, 입이 정연히 제자리에 있질 않다 해도 그녀는 아름다웠다. 해맑아 보이는 웃음이 그러하고 짧은 스커트 밑으로 드러난 뽀얀 종아리가 그랬다. 처음 만난 이들답지 않게 둘은 계속 떠들고 웃고 했는데 자동차를 타고서도 그 흥분기 서린 대화는 그치질 않았다.

빨리 절에 가 보고 싶어요. 뒷자리에서 그녀가 그랬던 듯싶다. 별로 볼 건 없어요. 세열이 맥 빠지는 대꾸를 했지만 나는 나대로 그녀를 환영했다. 아닙니다. 나도 오래전부터 당신이 오길 기다리고 있었습니다.

산길을 오를 적에는 진눈개비의 휘날림이 더욱 요란했는데 운전대를 잡은 나로서도 적잖이 불안하지 않을 수 없었다. 눈이 내리고 그리고 산길이 얼어붙으면 이 먼 데서 온 아가씨도 산을 내려갈 방도가 없기 때문이었다. 괜찮은가? 은지. 네. 괜찮아요, 밥은 저도 잘 지어요. 전에도 절 음식은 먹어 봤고요.

절 마당에서 작업을 하고 있던 인부들이 차에서 내리는 은지를 보곤 모두들 놀란 표정을 지었다. 외진 산중에서 이런 젊은 여자를 대하는 일 자체가 그들에게는 경이일 수 있었다. 그들은 은지를 내 손님으로 여긴 듯 선망과 경멸을 섞은 시선으로 나와 은지를 훑어 보았다. 짜아식, 세열이 넌 왜 쓸데없이 거기 붙었니? 최태호가 휘휘 손도끼를 휘둘렀다.

세열이 은지를 이끌고 제 방으로 가는 걸 보고 나는 내 골방에 들었다. 곧장 이불 속으로 파고들었지만 낮부터 느낀 오한을 떨칠 수 없었다. 끈적하니 열기도 느껴졌다. 감기가 오려나… 더러운 늪에 잠겨 들 듯 이내 잠에 빠져들었다. 죽음 같은 잠.

저녁 공양을 알리는 목탁 소리조차 나는 잠의 수렁에서 허덕이느라 듣지를 못했다. 처사님, 처사님… 저녁 식사 안 하세요? 병철이 내 방 문고리를 잡아 흔드는 소리를 듣고서야 간신히 눈을 떴다. 온몸이 식은 땀으로 홍건이 젖어 있었다.

허적허적 명부전 뜰을 가로질러 가면서도 나는 절간에 들어와서 소설은 한 편도 만들지 못한 채 신병만 얻었다는 심한 자책에 시달렸다. 한결 눈발이 성기었지만 땅바닥엔 벌써 신발이 빠질 만큼 눈이 쌓여 있었다. 나도 은지 그녀처럼 산속에 온전히 갇히고 말았다는 사실을 깨달았다. 비로소 떠나온 도회가 그리워졌다. 해열제라도 사 먹을 수 있고, 돼지족발을 안주로 놓고 소주가 이기나 감기가 이기나 쌈이라도 걸어 볼 수 있는 그 소란스런 도회가 미치게 그리워지기 시작했다.

절 식구들이 말없이 식사를 시작하고 있었다. 네 명의 인부들이 따로 상 하나를 차지했고, 세열과 은지 그리고 병철이 달리 한 상을 받았다. 내 몫의 밥과 국은 병철의 옆자리에 놓여 있었다.

"편찮으세요?"

세열이 물었지만 나는 대수롭지 않다는 뜻으로 고개를 저었다. 부엌에서는 계속 달그락거리는 그릇 소리만 날뿐 할멈은 좀체 방 안으로 들어올 기미를 보이지 않았다.

"같이 하시자고 그러질 않구?"

내가 병철의 옆구리를 찔러 보았지만 녀석의 대꾸가 퉁명했다.

"죽어도 안 들어온다 안 캅니꺼?"

"나 땜에 그러니까 걱정 말고 먼저 드이소. 내가 퍼뜩 묵고 일어서면 저 할망구도 들어옵니더."

최태호가 나를 쳐다보며 씨익 웃었는데 할멈이 부엌에서 그 소리를 들은 모양이었다. 여느 때 들어보지 못한 할멈의 예리한 목소리가 쪽문을 통해 들려왔다.

"알기는 아는갑다. 내 팔자가 더러워서 니놈한테꺼정 밥상을 차려준다만 그래, 내가 겸상을 하고서 밥숟갈을 들 수는 없제. 암, 우리 부처님이라도 그러지는 못하는 기라."

은지가 눈을 동그랗게 뜨고 세열을 쳐다봤다. 최태호는 김에다 큼지막하게 밥을 싸서 우악스럽게 입 안에 틀어넣고 있었다.

"맞아 죽을 때 죽지만 나도 벨은 있는 기라… 아이구, 우리 시님도 저런 인간 같잖은 것한테 신성한 불사를 맡겨 놓고는 어디 가서 오시지도 않누?"

할멈의 소리가 또 이어졌다. 은지가 다시 숟갈을 쥔 손을 멈칫했다.

"저 할망구가 낮에도 찍소리 않고 밥상만 잘 차려 주더니 왜 저러지? 손님들 오셨다고 그래?"

최태호가 제 동료들을 보며 허허 웃었고 다른 인부들도 낮게 소리 내어 웃었다. 거듭 뭐라고 할멈이 웅얼거리고 있었지만 알아들을 수 없었다. 나는 골머리가 지끈거렸지만 참고 수저를 놀렸다.

최태호가 밥그릇을 다 비운 모양이었다. 숭늉 주전자를 찾아 쥐던 그가 정색을 하고는 부엌을 향해 한 소리 했다.

"씨발, 자꾸 지랄하면 진짜루 모가지를 확 밟아버릴거구만!"

화들짝 놀란 은지가 젓가락을 떨어뜨렸고 그녀 때문에 더 놀란 세열이 간장 종지를 엎질렀다. 병철이 혼자서 처음과 다름없는 자세로 부지런히 수저를 움직였다. 한 순간 부엌에서도 아무 소리가 나질 않았다. 나는 더 이상 수저를 놀릴 마음이 아니었다. 더듬거리듯 해서 최태호의 시선을 찾았다. 나라도 나서서 이 자를 제지해야만 했다. 이런 법이 없다고, 그를 나무라야 했다. 좌중에서는 그래도 내가 가장 연장자이고 많이 배운 사람이 아닌가.. 할멈보다 더한 곤욕을 치른다 해도 나이 들고 배운 값을 해야 했다.

보시오, 천천히 그를 쳐다보았는데 그의 시선을 마주할 수 없었다. 대문짝 같은 그의 등짝만 불쑥 눈앞에 다가왔다. 그는 일어선 채로 주전자에다 입을 대고 벌컥벌컥 숭늉을 들이키고 있었다. 낮은 천장이 위태롭게 그의 머리 위에 얹혀 있었다. 다른 인부들도 주섬주섬 자리에서 일어서고 있었다. 물 주전자를 제 동료에게 넘겨준 최태호가 앞서 방문을 나서다 말고 나 쪽을 향해 커다란 음성으로 말했다.

"실례 많았수. 많이들 드시고 재미들 보슈!"

그게 그의 작별인사임을 알면서도 나는 그를 붙잡질 못했다. 얼굴이 달아올랐다.

"저 사람들 원래 저래요. 신경 쓰지 말고 들어요."

세열이 새삼 반찬 그릇들을 은지 앞으로 당겨주며 그녀를 위로했다. 그 위로에 감동한 듯 그녀는 놓았던 수저를 새로 들었고 그리고 절인 들깻잎이며 무말랭이가 입에 맞는다면서 맛나게 밥을 먹었다. 그 사이 병철은 제 밥그릇을 다 비웠다. 나는 부엌의 할멈이 궁금했지만 그렇다고 쪽문을 열어 볼 심사는 아니었다.

혼자 방을 나왔다. 일부러 법당 앞 마당을 거닐었다. 사각거리며 밟히는 적설의 촉감이 제법 상큼했다. 차가운 대기를 쐬니 한결 몸의 열기도 가시는 듯했다. 시린 석등에 손을 대고 불 꺼진 승방과 법당을 쳐다보았지만 아무런 감흥도 생기질 않았다.

풍경소리마저 화물트럭의 시동 소리에 금세 지워지고 말았다. 최태호가 산을 내려가는 모양이었다. 까짓것 아무리 눈이 와보라지요, 우리 차는 끄떡없습니다. 그가 했던 말이 생각났다. 정말 그럴 것 같다. 산 하나가 눈에 덮여도 항공모함 같은 그 차는 얼마든지 이 산을 빠져나갈 것 같다. 트럭 소리에 온 산이 흔들린다.

그럴 기운이 아니었지만 나는 다시 장작개비를 안고 와서 내 방 아궁이에 군불을 지폈다. 이내 화염이 인다. 불꽃의 난무. 황홀한 연소. 어느덧 내 육신도 장작처럼 타들어간다. 내가 불꽃이 된다. 괜찮으세요? 소리없이 다가온 은지가 내 어깨를 감싸안는다. 그래, 괜찮아. 불꽃이 너무 이쁘죠? 그래. 그녀의 시린 볼이 내 뺨에 닿는다. 떨리는 가슴으로 그녀를 품는다… 뭘 하세요? 처사님. 나는 녀석이 온 줄 몰랐다. 곁에 붙어 앉은 병철이 나 대신 부지깽이를 놀렸다. 전에 못 본 녀석의 붙임성이다. 아무렴, 애가 애처럼 굴면 얼마나 예뻐, 문득 녀석의 허리를 끼고 싶다는 생각이 든다. "우짜지죠? 처사님."

전에 않던 짓거리를 하는 걸 보니 녀석에게도 문제가 있는 것 같다. 연애편지를 써 달라면 써 주고픈 심정이다.

"말해 봐."

불꽃이 잉잉 바람소리를 낸다.

"오늘 온 그 누나 말입니더. 지가 할머니 방 치워 준다고 하는데도 한사코 싫다카네요. 혼자 자는 건 무섭다고요. 그러고는 아직도 형 방에만 있는데… 세열이 형이 군에도 안 가고 아기 만들어뿌면 우짜징요?"

"인마, 넌 네 걱정이나 해. 남 연애하는 방 앞에서 얼찐거릴 생각 말고."

얼른 녀석을 내쫓았다. 아궁이 앞으로 바싹 다가앉아 보았지만 몸의 한기는 더욱 기승을 부렸다. 화염 속에서 거듭 부러지고 엎어지는 장작개비를 보며 나는 내일 아침 내 작고 낡은 자동차로 이 산을 온전히 벗어날 수 있을까 걱정했다.

최학 (소설가)
경북 경산 출생, 고려대학교 국문과 및 같은 대학 대학원 졸업
1973년 〈경향신문〉 신춘문예 단편소설 「폐광」 당선
1979년 〈한국일보〉 장편소설 「서북풍」 당선
우송대학교 교수 역임. 현재 중국 남경효장대 명예교수
2019년 제22회 〈동리문학상〉 수상
창작집 『잠시 머무는 땅』 『그물의 눈』 등
장편소설 『비를 적시는 바다』 『안개울음』 『미륵을 기다리며』 등

국내 초대작가

/ 수필 /

권영호
류세진

(가나다 순으로 수록하였습니다.)

일흔의 나잇값

권영호

마트 주차장에 차를 세웠다. 차 문을 열고 한쪽 발을 내려놓으려는데 바로 옆에 서 있던 차에서 부부가 내렸다.

"아이고! 창피해 죽겠네."

다짜고짜 남편을 향해 집어삼킬 듯 질러대는 여인의 목소리가 앙칼졌다. 당황스러운 눈으로 슬쩍 주위를 의식하던 남편은 한마디 대꾸도 하지 못했다.

"제발 나잇값 좀 하고 살아!"

마트로 향하는 여인의 총총걸음 뒤를 끌려가듯 뚜벅뚜벅 뒤따르는 그는 내가 잘 아는 고향 선배였다. 평소에 소탈하고 쾌활했던 그 선배가 왜 그렇게 주눅이 들었는지 그 이유는 알지 못했다. 그저 마트로 들어가는 부부의 뒷모습을 숨을 죽이며 바라보고 있을 뿐이었다. 한참 후, 나도 마트로 들어갔다. 행여 마트 안에서 그 선배와 눈이 마주친다고 해도 평소처럼 그저 눈인사를 해야겠다고 단단히 마음먹었다. 적어도 내 나잇값을 하려면 꼭 그렇게 해야만 될 것 같았다.

'나잇값'이란 사람마다 그만큼의 나이를 먹었으니 반드시 거기에 걸맞은 생각과 행동을 해야만 하는 기대치이다. 나잇값을 하는 사람과, 나잇값을 하지 못하는 사람은 그가 가진 생각과 실제의 행동에서 기대치와 어느 정도 가까운가에 따라 판가름 나는 것이다.

"제발 나잇값 좀 하고 살아!"

생각해보니 조금 전에 들었던 그 말이 처음 듣는 소리는 아니었다. 사실 나도 그 누군가에게 자주 들었던 소리였으니 말이다. 우둔한 탓이다. 지금도 나는 내 나잇값이 얼마인지 모른다. 그러니 내가 나잇값을 하고 있는지에 대해서 더욱 알지 못한다.

마트로 들어가는 문 앞에 코로나 19가 데려온 자동체온측정기가 버티고 서 있었다. 가까이 다가섰다. 왠지 작은 긴장감을 느끼는 순간 "정상입니다." 기계음이 울렸고 화면에 나타난 '체온 36.3도'를 확인했다.

자동체온측정기와 같이 생긴 기기 앞에 서서 숫자판 버튼으로 자기의 실제 나이를 입력하고 나면 금방 현재의 나잇값을 알려 주는 자동 나잇값 측정기는 만들어낼 수 없을까. 문득 머리를 스치는 망상에 혼자서 피식 웃었다.

나는 요즘 대국을 관전하는 해설자가 그랬듯이 지나온 내 생을 떠올리며 하나하나 빠짐없이 복기하는 데 많은 시간을 보낸다. 복기된 삶의 바둑판을 들여다본다.

정말 그랬다. 내 생각과 다른 생각을 하는 사람을 나는 얼마나 못마땅해했는가. 가끔은 상대방의 생각이 어쩜 내 생각보다 더 합리적이고 독창적이라고 인정도 했지만 애써 그걸 부정한 채 그 사람의 생각이 틀렸다고 몰아세웠다.

또 있다. 주위 사람들에게 참 많은 걸 받았지만 내가 가진 것은 어느 것 하나 선뜻 내주지 않았다. 언제나 나는 받기만 해도 되는 줄 알았다.

교직에 있을 때였다. 교육에 관해서 무지에 가까울 정도로 얄팍한 지식을 가졌을 뿐이었던 나를 많은 전문지식의 소유자로 인정해 주기를 바랐다. 교장이 되어서는 더욱 그랬다. 고향의 선배와 후배들과 관계에서는 이랬다. 나약한 사람을 얕잡아 보기도 일쑤였다. 곧장 그들 앞에서 거드름을 피우며 고개까지 빳빳하게 치켜들면서도 부끄러워할 줄 몰랐다.

이처럼 허물이 컸던 내게 따스한 관심과 눈길을 주었던 고마웠던 사람도 있었다. 그런데도 그에게 얼른 다가서지 못했던 우둔함은 내 생에서 지울 수 없는 멍에였다. 어디 그뿐인가. 깊은 사고와 감성 그리고 독창적인 표현력조차 없는 글을 쓰면서도 문학가라며 제법 고상한 척 위선으로 살았다.

지나온 삶이 부끄럽다. 어리석었다. 그래서 나는 지금 후회한다. 누군가 나이에 따라 인생의 색깔이 달라져야 한다고 했다. 내 나이 벌써 일흔을 코앞에 두고 있다. 나도 그러고 싶다. 암갈색 내 삶의 색깔을 아름다운 색으로 바꿔야겠다.

언제나 불쑥불쑥 내뱉던 나만의 격한 감정을 누르고 참신한 이성으로 말하고 행동한다면 내색은 하지 않았지만, 마음을 돌려버린 사람들에게 용서를 받을 수 있을까. 미움과 욕심, 아집을 버리고 베풂, 겸손, 사랑, 인내로 내 나잇값을 해나간다면 남은 내 인생은 화려하지는 않지만 조금은 아름답게 칠해질 수 있을까.

'일흔이 되어서는 마음이 하고자 하는 바를 따라도 반드시 지켜야 할 윤리적 규범을 벗어나지 않는 모습을 보였다.'

오늘은 논어(論語)에 자전적 고백을 담은 공자님의 칠십이종심소욕불유구(七十而從心所欲不踰矩)를 또 한 번 되뇌어 본다. 일흔의 나잇값을 제대로 해 볼 생각으로.

……

그립다

나이가 든 탓일까. 아니면 삶이 팍팍해서 일까. 보고 싶은 사람이 부쩍 많아진 요즈음이다.

어둠살이 살포시 내려앉은 방죽으로 올라섰다. 좁은 길 양쪽에서 풀벌레들이 후드득거리며 뛰쳐나와 발길을 막는다. 그들의 안식처를 예고 없이 침입한 무례함을 용서하지 않을 기세였다. 무법자인 양 한참을 걸었다. 발걸음을 뚝 멈춰 섰다. 휙 뒤를 돌아봤다. 아무도 없었다. 다시 몇 발짝을 걷다가 슬며시 뒤돌아보았지만 역시 나 혼자였다. 누군가가 내 뒤를 따라오고 있을 것만 같았는데 말이다.

오십여 년 전 일이다. 초등학교 육학년이 되던 초록 봄이었다. 내 또래 희야네가 우리 마을에 이사를 왔다. 식구라고는 엄마랑 단둘뿐이었다. 도회지에서만 살았던 까닭에 유난히 뽀얀 피부에 눈이 예뻤던 희야는 반 아이들에게 호감을 살만했다. 그런데 그 희야가 바로 내 짝꿍이 되었으니 지금 생각해도 나는 행운아였다.

낯선 시골 생활에 익숙하지 못했던 희야가 등하굣길에는 꼭 내 뒤를 따라다녔다. 수업을 마친 그날도 바로 내 등 뒤에는 희야가 있었다. 막 교문을 나설 때였다.

"얼레리 꼴레리 영호하고요…."

매일 껌딱지처럼 붙어 다니는 우리에게 쌤통을 내었던 아이들이 드디어 놀려대기 시작했다. 등 뒤에서 들려오는 소리가 점점 커졌다. 부끄러웠다. 민망스럽기도 했다. 나도 모르게 후다닥 뛰었다. 희야도 뒤를 따랐다. 그날 우리 두 사람이 도망치듯 헐레벌떡 달려왔던 곳이 바로 이 방죽이다. 턱까지 차오르는 숨을 억지로 참으며 뛰어오면서 곰곰이 생각했다. 아이들에게 놀림을 당하는 수모를 겪게 된 건 전적으로 희야의 책임이라고 말이다.

"너는 왜 매일 내만 따라 다니노!"

방죽에 올라서자마자 앙칼지게 소리쳤다. 동그란 눈을 껌벅이는 희야는 아직도 숨을 고르지 못하고 할딱거렸다.

"이게 무슨 꼴이고. 너 땜에 어디 창피해서 살겠나?"

눈꼬리를 치켜뜬 나를 잠자코 쳐다보던 희야는 말없이 고개를 숙여버렸다. 그런 희야에게 더 이상 다그칠 말이 없었다.

"날 따라오지 말고 이제는 너가 앞장서라."

몸을 비스듬하게 비키며 마을로 들어가는 방죽길을 열어 주었다. 희야는 고개를 설레설레했다. 한 발짝도 움직이지 않았다. 하는 수 없었다. 그날도 나는 앞, 희야는 뒤에서 걸었다. 이튿날 그 이튿날도 희야는 내 뒤를 쫄쫄 따라다녔다. 놀려대는 아이들의 눈총은 아랑곳하지 않고 말이다.

여름 방학이 다가올 때쯤이었다. 지난밤에는 정말로 깜짝 놀랄 일이 생겼다. 희야네 모녀가 우리 마을에서 연기처럼 사라져버린 것이다. 그런 희야네를 두고 어른들은 오래도록 수군덕거렸다. 그때마다 귀를 쫑긋했지만 엄마가 재혼을 하게 되면서 애물단지 희야를 데려가지 못하고 먼 친척 집에 맡기러 갔다는 그 소문이 내가 기억하고 있는 전부다. 사정이 그랬을 테지만 한마디 귀띔조차 하지 않고 떠나버린 야속했던 희야는 지금 어디에서 살고 있을까.

아이들의 놀림감이 된 걸 자기의 탓이라며 윽박지르듯 소리쳤지만, 그저 민망한 듯 입가에 엷은 미소를 지어 보이던 짝꿍 희야가 보고 싶다. 시골이 낯설었던 이유보다는 혼자라는 외로움이 어쩜 더 무서웠을 희야,

그래서 내 뒤를 따라다녔던 걸 모르고 핀잔만 주었으니 미안하고 후회스럽다.

지금쯤 할머니가 되어있을 희야, 한 번이라도 꼭 만났으면 좋겠다. 그래서 이 방죽 길을 앞과 뒤가 아니라 나란히 걷고 싶다. 둘이서 손을 꼭 잡고서 말이다.

짝꿍 희야는 나와는 다르게 지금 이 순간에도 나를 까맣게 잊은채 살아왔을 지도 모른다. 모든 사람이 그랬듯이 아무도 모르는 아픔을 혼자서 감당해야만 했던 어린 시절을 오래도록 기억하고 싶지 않았을 것이다.

'영호하고 희야는 좋아한대요.'

화장실 뒤 담벼락에다 아이들이 써 놓은 낙서를 내가 보기 전에 얼른 지워버렸다는 그때, 희야는 어쩜 나와 함께 했던 모든 추억까지도 지워버렸을까. 그래도 좋다. 내게 미안했던 속마음을 끝내 꺼내지 못하고 하얀 미소만 남기고 떠나간 짝꿍 희야를 나는 오래도록 잊지 않을 것이다. 방죽을 찾아와서는 희야를 떠올리고, 희야가 보고 싶을 때면 이 방죽을 걸으면서 말이다.

까만 하늘을 쳐다본다. 서쪽 하늘에서 별 하나가 반짝 얼굴을 내밀었다. 어두움이 짙어지면 더욱 반짝이는 별, 나이가 들수록 가슴속 그리움은 점점 커져간다. 보고 싶다. 정말로 보고 싶다. 오늘처럼 이렇게 그리움이 밀려올 때면 깊게 아려오는 마음을 주체할 수가 없다. 그러나 하는 수 없는 일이다. 많은 날을 그랬듯이 '그립다! 그립다!' 중얼거리며 혼자 견뎌야 한다. 그리움은 간직하는 것만으로도 아름다운 것이니까.

권영호 (아동문학가, 수필가)
경북 의성 출신. 한국교원대학교대학원 졸업
〈기독교아동문학상〉 동화 당선 (1980), 계간 〈에세이문학〉 수필천료(2009년 봄호)
제17회 〈문학세계문학상〉 동화부문 대상 수상, 제6회 〈경북작가상〉 수상
한국문인협회, 한국아동문학인협회, 새바람아동문학회
현재 의성문협 회장, 경북문인협회아동문학분과 위원장,
창작동화집 『날아간 못난이』 『봄을 당기는 아이』 『바람개비』 등

상추를 심었더니

류 세 진

뜨거운 커피 한 잔 끓여 책상 앞에 앉는다. 깨끗이 청소된 거실은 더없이 조용하다. 라디오에선 클래식이 흐른다. 잘 모르지만 나를 안도하게 한다. 절제되고 아늑함을 향유한 실내와 잘 어울린다. 귀에 익어 정겹게 흐르는 음악은 공간 속을 조화롭게 배회한다.

창밖에는 봄비가 내리고 있다. 세찬 소낙비도 아니고 그렇다고 이슬비도 아니다. 부슬부슬 적당한 만큼의 비가 적당한 무게로 떨어지고 있다. 지금 내리는 저 비는 내가 예쁘게 자라주기를 기도하는 내 상추가 맞으면 딱 좋을 그런 비다. 하늘에서 내리는 비. 햇빛이 없었다면 비는 만들어지지 못했을 것이다. 그러고 보면 햇빛은 제 꾀에 넘어간 어리석은 짓을 한 것일까.

세상에는 절대 강자도 없고 영원한 약자도 없다. 다만 모두가 있어 서로 토닥이며 살아갈 뿐이다. 무소불위의 태양도 구름에게는 꼼짝을 못하지 않는가. 365일 쨍쨍 햇빛만 쏟아져도 생물은 다 말라죽을 것이요, 365일 비만 주룩주룩 내려도 만물은 모두 짓물러서 썩어버릴 것이다. 해도 비치고 비도 내리고 바람도 불어야 우리 삶은 영원하리라.

베란다에 몇 개의 화분을 놓고도 공간이 남았다. 남향이라 햇빛도 잘 들었다. 남은 공간에다 상추를 심어보기로 했다. 그래, 고추 모도 몇 포기 심을까. 그저 씨만 뿌려 놓으면 쑥쑥 자라지 않을까, 나는 생각했다. 재활

용품 수거장에서 스티로폼 상자도 주워 왔다. 그러고 고추 모 다섯 포기를 심었다. 일주일쯤 지나자 흙 위에서 고춧잎이 싱싱하게 하늘거렸다. 그리고 그것은 날마다 쑥쑥 자랐다. 줄기가 생기고 잎은 더 많이 달렸다. 그래, 이 줄기에 정말 고추가 달릴까. 어느 날 아침 이파리들 사이로 하얀 꽃이 고개를 내밀고 있었다. 아! 예뻐라. 나는 탄성을 질렀다.

나는 딱하게도 지금까지 화분에 꽃은 심었으나 먹을 수 있는 채소류는 이게 처음이었다. 그냥 이렇게 하면 될 것이라는 막연한 상식은 아무런 도움도 되지 않았다. 그 생태가 갖는 고유성이나 그들의 변화 그리고 그 생장을 전혀 이해하지 못한 채 그저 잘 자라주기만을 원했다.

어쨌거나 문제는 상추였다. 씨를 뿌리고 일주일이 채 못 돼 새파랗게 싹이 한가득 올라왔다. 아무것도 없었던 시커먼 흙덩이 위에 무언가로 가득 채워지는 그 희열. 그 기쁨 때문에 농부들은 해마다 씨를 뿌리는지 모른다. 귀엽고 앙증맞은 상추의 작은 이파리들. 이제 저들이 무럭무럭 자라나겠지. 의심 없이 믿은 나는 얼마나 건방지고 교만스러운 자만이었을까. 그 소복한 아기들은 소녀도 숙녀도 되기 전에 세상에서 사라졌다. 남아 있던 몇 포기는 균형 잡힌 미인도 살집 좋은 아줌마도 되지 않았다. 그냥 말라깽이 수수깡처럼 키만 후줄근했다. 그 줄기에 이파리마저 제 모양을 갖추려 하지 않았다.

어느 날 나는 더 기다리지 못하고 그들을 몽땅 뽑아 버렸다. 그래, 실내인 데다 햇볕도 충분치 않고 공기는 덥고 씨도 잘못 선택한 것이라고. 온통 남 탓만 했다. 그러면서 이번에는 틀림없이 잘 길러야지. 혼자 몇 번씩 다짐을 했다. 씨도 바꿨다. 박스도 바깥으로 내놓았다. 이번에도 싹이 예쁘게 올라왔다. 싹이 나면서부터 잎도 동그랗게 꽃잎처럼 예뻤다. 나는 좀 더 빨리 키우고 싶은 욕심이 생겼다. 해서 무언가를 해 주어야만 할 것 같았다.

처음 상추를 심기로 한 것은 화학비료를 주지 않은 채소를 먹겠다는 야무진 포부였다. 꿈도 야무지게. 하지만 서울 한복판에서 내 능력으로 순수한 부엽토를 구할 재주는 없었다. 하여 적당한 거름이 있을 리 없었다. 고심 끝에 어림짐작으로 아기 오줌을 받아 두었다가 조금씩 주기로 했다. 웬걸, 예쁘게 자라던 상추가 그만 폭삭 내려앉아 버렸다. 내 욕심이 화근이었다. 얼마나 더 시행착오를 거쳐야 상추를 먹을 수 있을까.

상추씨를 심으면서 우리가 일상에서 먹고 쓰는 것이 그저 얻어지는 것이 아님을 두 번 세 번 깨닫는다. 그 물건들이 내 손에 들어오기까지 그걸 만들기까지 애쓰는 사람들의 땀과 열정의 무게를. 그들이 흘렸을 눈물을 마음으로 되짚는다. 그 모든 것은 욕심만으로 되는 것이 아니었다. 그 물체의 고유한 성질과 사람의 손길과 거기에 정성과 사랑이 버무려지지 않으면 안 된다는 것을 사무치도록 체험한 계기가 되었다.

농부가 벼 한 포기를 심고 거두기까지 아흔 몇 번인가의 손이 가야 한다는 말이 진정으로 가슴에 와 닿았다. 이렇듯 가슴 졸이는 염려와 힘든 노동. 한 포기 한 포기 그들에게 쏟아 붓는 애정을 먹고 자라는 우리의 먹을거리들. 그 생명을 어루만지는 이들이야말로 이 땅의 진정한 백성임을 알게 한다.

우리가 살아가는 삶의 이치도 같지 않을까. 입에 달다고 한없이 먹기만 한다면 영양이 넘쳐 그 부작용은 병을 만든다. 능력은 따라가지 못하는데 욕심을 내다보면 부정한 방법을 쓰고 허욕이 눈을 가리면 주변을 불편하게 만든다.

자신의 능력에 알맞은 일. 자신이 제일 잘할 수 있는 일. 그 일을 하므로 자신이 행복해질 수 있는 일을 찾는다면 우리는 더불어 얼마나 행복할까. 얼마나 따듯한 세상이 될까. 그 누구도 억울해하지도 분해하지도 않을 것이다.

그랬으면 좋겠다.

이 여름을 살아내는 생명들

한 달여를 두고 질척거리던 장마가 그쳤다. 장맛비가 청소를 했는지 하늘은 먼지 하나 없이 깨끗하다. 점점이 떠가는 흰 구름이 새파란 하늘과 어우러져 멋진 풍경으로 걸렸다. 그래 이제부터 저 붉은 용광로에 불을 지피겠지.

비가 그치자마자 사방에서 매미 소리가 귀청을 찢는다. 내가 거처하는 곳 가까이에 수령이 오래된 나무가 많아 그 소리의 진동은 길고 파장도 크다. 여러 마리가 떼를 지어 합창을 해대니 그건 마치 군중들의 함성이다. 잠시도 멈출 줄을 모른다. 저들의 저 애끓는 세레나데는 내 가슴마저 울렁이게 한다. 애간장이 찢어지는 듯 부르짖다가 흐느끼고 그러고 또다시 피 끓는 소리를 토해 낸다.

삶의 잔인함. 저들 또한 한세상 자신의 어떤 흔적이라도 남기고자 저렇듯 애달프게 노래를 부른다. 저들의 한세상이란 그야말로 이 여름 한 철. 그마저 숨 한번 쉬고 나면 끝나버릴 일주일 남짓. 그 짧은 생을 위해 어둡고 축축한 땅굴 속에서 꿈틀꿈틀 배밀이를 하면서 우화까지 하늘을 얼마나 원망했을까.

어쨌거나 숨을 쉬며 살아야 하는 생명이라면 일 년 중 이 한철만큼 활기찬 때도 없다. 풀이며 열매들로 지천에 먹을 것이 풍성하고 비가 잦으니 물 또한 마르지 않는다. 꿈틀거리는 생명에게 물과 양식이면 무엇이 더 필요하단 말인가. 알 낳기 좋고 새끼 기르기 여유롭다.

쨍쨍 내리쬐는 햇볕 속에 나무들은 푸른 이파리가 하늘을 덮었다. 꽃들의 화려한 치장이 색동 세상을 만들고 사람들은 그 아름다움에 손뼉을 친다. 그 귀퉁이를 비집고 끈질기게 살아남는 풀들이 있다. 아무도 쳐다보지도 손길 한번 주지 않건만 이들이야말로 이 여름은 다시없는 도원경이 아닐까. 길섶이나 산을 오르다 보면 이 이름 모를 풀들이 꽃을 피워 군락을 이루고 있다. 그 아름다움이란 세상의 무엇도 대신할 수 없을 만큼 그들만의 개성으로 자신을 뽐내고 있다.

많은 생명들 속에서 빼어난 그 무엇으로 반짝이지 않으면 살아남을 수 없기 때문이다. 이른 봄 아직 추위도 가시기 전에 양지바른 장독 둘레나 담벼락 밑. 제일 먼저 모습을 드러내는 별꽃을 보라. 너무 작아 한 송이 한 송이로는 눈에 잘 띄지도 않는다. 하여 그들은 한곳에 모여 자신들의 존재를 드러내는 것이다. 그 작고 앙증맞음이 오히려 빛을 내는 것이다. 벌과 나비는 꽃이 작다고 무시하지 않는다. 꿀이 있는 곳이면 어디고 찾아 나선다.

풀꽃. 산자락이나 들 한 귀퉁이에 함초롬히 피어 있는 그들이야말로 밤하늘의 별처럼 땅 위의 별이 아닐까. 하얀 날개옷을 살랑거리며 공중을 선회하는 민들레. 햇살이 있고 흙이 있으면 그곳이 어디건 주저 없이 내려앉는다. 그는 요정처럼 금세 노랗고 예쁜 얼굴로 변신한다. 그러면서 또 한생을 시작하는 것이다. 아, 그 민들레꽃은 아장아장 걸음마를 배우는 아가를 닮았다. 그 귀염둥이 아기가 다칠세라 보호라도 하듯 억센 아줌마 같은 질경이는 언제나 그 둘레에서 서성인다. 질경이는 그 이름처럼 밟히고 밟혀도 끈질기게 살아남는다. 마치 풀들의 심벌 같다. 사람에게 밟히고 짐승의 발굽에 찢기고 뜯겨도 끄떡도 않는 그 근성. 그래서 그 이름마저 질경이인가.

무릇 생명이란 무엇 하나 귀하지 않은 것이 없다. 그 동아줄보다 질긴 풀씨 하나가 우리 집 베란다에 둥지를 틀었다. 달랑 몸뚱이 하나. 그건 순전히 장마와 이 여름 탓이었다. 어느 날 커다란 관목 화분 한 귀퉁이에서 무엇인가 파란 이파리 하나가 자라고 있었다. 나는 뽑지 않고 그대로 두어 보기로 했다. 조금 더 자라니 제법 이파리가 어우러졌다. 조금 더 있으니 그 우듬지에 보라색으로 예쁜 꽃이 피었다. 이파리는 개망초 잎을 닮았고 꽃은 보라색. 꽃잎이 다섯 장이다. 아침에 막 꽃잎을 번 꽃은 청순하고 청초한 자태가 귀부인 같다. 성도 모르고 이름도 알 수 없지만 아름답고 예쁘다. 그러면서 여름내 피고 지고를 거듭했다. 하루에도 몇 번씩 나를 베란다로 불러낸다. 날이 가면서 옆으로 가지를 치고 삶의 터전을 넓혀 갔다. 그러고 화분 둘레를 보라색으로 꾸며 놓았다. 원래 집 주인은 고층을 곁방살이 들어온 얘네들과 아래층을 사이좋게 나누어 쓰면서 이웃이 정겹다. 그들은 서로에게 우월감도 열등감도 없다.

무릇 생명이란 동물이든 식물이든 같이 살게 되면 서로에게 반려(伴侶)가 돼 삶이 풍성해진다. 어디선가 날아와 잠시나마 무더위를 잊게 해준 이 아름다운 식물은 어떻게 내 곁으로 왔을까. 고맙고 행운이라도 잡은 기분이다. 이제 조금 뒤 겨울이 오면 곱게 잠들었다가 내년 봄 다시 생명으로 오렴. 기다리고 있을게.

이렇듯 아름답고 찬란한 생명 앞에서 언제나 손익 계산에 매달려 무언가를 함부로 대하는 사람들을 생각한다. 우리는 이들에게 순수한 친구는 될 수 없을까. 매미는 또 한바탕 목청을 뽑고 우리 집 풀꽃은 너울너울 춤을 춘다. 나는 그에 가슴을 떤다.

류세진 (수필가)
2001년 〈수필춘추〉로 등단, 2006년 〈스토리문학〉 소설 신인상
수필집 『왜 사랑이 아름다운지를 말하지 않는가』 『… 그리고 그 때가 그립다』
육아일기 『또지, 바람과 구름과 새』

미주 초대작가

/ 시 · 시조 /

김미희
김은자
백선영
석정희
손용상
안영애
이혜선
황미광

(가나다 순으로 수록하였습니다.)

독주

김 미 희

아끼던
조니워커 블루 뚜껑을 따서
독주 한잔을 단숨에 털어 넣었다

가지도 못하고
오지도 못하는 격리 속에서
가끔 같이 한잔하던 이들의 음색을 찾아내
위하여!
홀짝 독주毒酒로 독주獨奏를 하는데
다리가 제일 먼저 풀리며 무릎 접히는 소리가
가슴에 허허한 소리로 박힌다

늘 그랬듯이 이쯤에서 뱉던
자고 나면 된다는 독백은 백발백중 명약이었지만
자가격리 외벽에서 거부당한 마침표를 보며
어쩌지 못하는 음계는
절름거리는 독주獨走의 과거를 이어갈 모양이다

CORONAVIRUS 19보다 더 독하게

……

나머지 목숨을 살아가야 할 일 때문에
날이 풀리거든 일찌감치 리커스토어로 달려가
조니워커 블루보다 훨씬 아껴야 할
독한 것 하나 사다 놓아야겠다

사과에 대한 생각

냉장고 속에서 굴러다니던 사과를 깎다가
멍든 속살을 도려내다가
사과는 얼굴을 마주 보며 받아야 한다는
친구의 말이 생각났다

조그만 사과 한 알도
그럴싸한 낯빛으로 숨겨온 멍
도려내야 먹는데
멍든 기억만 가득 담고 살아온 사람
그럴싸한 낯빛으로 내놓는 사과 맛
제대로 믿을 수 있을까

중력은 이미 사과를 떨어뜨리고
그 속살마저 삭혀 끌어낸 힘 여전히
사람의 발걸음까지 또박또박 걸리는데
사람은 멍든 속내 깨물며 돌아앉아
슬픔마저 비워진 맛으로
아직 밖에서 서성이나 싶은 사과는
왜일까

하늘의 속을
바람의 속을 통독해
다가올 시간에 대한 기대로
지나온 시간 둥글려
저만큼서 질러 보내온 사과
나는 그 속을 알 수 없어 아직
한 손에 과도를 쥐고
한 손으로는 사과를 만지작거리고 있다

김미희 (시인, 연극인 / 달라스 거주)
2005년 『미주문학』으로 등단, 달라스예술인총연합회, 달라스한인문학회 회장 역임
시집 『눈물을 수선하다』(2016), 『자오선을 지날 때는 몸살을 앓는다』(2019, 세종도서 문학나눔 선정)
윤동주서시해외작가상(2016), 성호문학상 본상(2017), 편운문학상(2020)
계간 〈시마〉에 『미희와 선하의 시와 사진』, 지역 신문 KTN에 〈시와 수필〉 연재 중이다.
meein64@gmail.com

땅빈대*

김은자

낮짝 하나 붙들고 살아온 세상은 바닥을 채우는 일 하나로 충분하다 밑을 책임지는 것이 직업윤리라면 바람을 피하지 않는 것은 부수적 산물 넓게 젖어 번지는 것이 점령이다 납작한 걸음을 탓하지 마라 애초부터 무릎의 디엔에이는 없다 짓밟으면 점유하면서 탈환하는 밑바닥에 대하여 묻지 마라 푸른 것은 죄가 아니다.

* 비단풀의 다른 이름

틈의 방정식

너와 나 사이에 틈이 없었다면
건너와 건너가 없었다면
기억 한 뼘 꺼낼 사이가 없었다면
그리움이 존재할까?

사이에서 점화한 것이 사랑이다

틈이라는 겨를이 이별을 끌어안는다
바스라 질 듯
너와 나 사이에 눈물을 쌓으며 지는 밤

그러므로 사랑아,
이별은 밖이다
뜨거운 틈 마르지 않는 간극이다
벽을 허무는 깜깜한 그리움아
마성의 숲에 구멍이 뚫리면
순리의 휑한 공간을
헤어짐이라 부르자

……

그러므로 사랑아,
만날 수 없다고 느낄 때
서로를 만질 수 있다
찢어진 시간의 틈새에서
이름을 부를 수 있다

김은자 (시인, 방송인 / 뉴욕 거주)
서울 출생, 숙명여대 졸업
〈시문학〉 등단, 〈미주중앙일보〉 신춘문예, 〈한국문학방송〉 신춘문예 당선
재외동포문학상 시부문 대상, 윤동주해외동포문학상, 제1회 해외풀꽃시인상,
뉴욕 라디오코리아 방송인상, 환태평양 영화제 최우수 시나리오상 수상
영화진흥공사 시나리오 공모 당선
〈미주중앙일보〉 칼럼 〈문학산책〉 연재, 〈뉴욕일보〉 시칼럼 〈시와인생〉 연재
시집 『외발노루의 춤』, 『붉은 작업실』, 『비대칭으로 말하기』
산문집 『슬픔은 발끝부터 물들어 온다』
현재 〈붉은작업실〉 문학교실 운영

뇌성

백 선 영

찌릿찌릿
서로 다른 전류 맞물려
불꽃 튀는 번갯불

머리 한쪽에선
골수 울리는 천둥소리

비구름 다 빠져나가자
오감 잃고 쓰러지는
계절 뒷모습

누옥

가옥 안에 감옥이 있었다
감옥 끝에 지옥이 있었다
지옥 속에 문이 있었다

하나는 암흑으로 이어진 방
다른 하나는
하늘이 보이는 방

두
옥문 열쇠를 가두고 있는
내 안의 누옥

응답

편지로도
말씀으로도
주지 않으셨다

조금씩 천천히
실체를 보여 주셨다

때로는
원하지도
구하지도 못하고
소망을 잃고 있을 때
오시어
손잡아 주셨다

백선영 (시인 / 달라스 거주)
〈한국일보〉 시 부문, 〈창조문학〉 시 부문 수상
미주한국문인협회 회원
시집 『숨겨진 사진첩』 동인지 『시인, 물소리 바람소리』
〈시와 사람들〉 동인

여심女心

석 정 희

비우게 하소서
내 안의 모든 것들을
비우게 하소서
모두가 타고난 본능이라 할지라도
가슴을 비워 되돌리고
돌아서게 하소서

채워 주소서
밤새 맺힌 이슬 모아
채워 주소서
비인 가슴 철철 넘치도록 채우사
흘러넘치는 강물 되어
사랑을 싣고 가게 하소서

사랑하게 하소서
메마른 땅에 뿌려진
씨앗에도 내리는 단비되어
꽃 피우게 하소서
그 향기 하늘 채우고
사랑 안은 강 바다 되게 하소서

어느 부부 이야기

당초 형체도 없는 것이었다가
김 서려 물방울 되어지듯
조물주의 섭리로
한 방울 물방울 되어
비가 되거나 눈으로 내려
모이고 쌓여 실개천으로 흘러
강이 되고 바다 이루었다
큰바람 앞에선
각기 떠나온 산이거나 들을 향한
그리움으로 안개로 피고
이슬로 맺혀 살바람 견디며
얼어붙던 세월 속에
꽃도 피우고 열매도 맺어
씨를 품었다
봄 같지 않던 봄
땡볕 하나 가릴 수 없던 여름
가을 되어 빈 바구니 허전하던
때를 지나면서도
겨울이면 서로 볼 비비며 의지해

저무는 길 끝에 서로를 살피는 마음
햇빛 받는 바닷결로 가슴 드러내
미워 얼었던 마음도 녹여
지금도 안개로 이슬로 피어나길 바라는
해질녘 길을 가고만 있다.

석정희 (시인 / LA 거주)
Skokie Creative Writer Association 영시 2000년 등단
〈창조문학〉 시 등단, 한국문협 및 국제펜한국본부 회원
재미시협 부회장 및 편집국장과, 미주문협 편집국장 역임
대한민국문학대상 수상, 세계시인대회 고려문학 본상, 독도문화제 문학대상, 윤동주 문학상, 유관순 문학상 외
시집 『문 앞에서』 『나 그리고 너』 『The River』(영시집)
『엄마되어 엄마에게』 『아버지 집은 따뜻했네』

〈시조〉 계절산조季節散調

조춘早春

손용상

새벽잠 털어 내고 고샅길 돌아드니
가지런 돌담 아래 눈 녹는 잔 돌부리
질퍽한 잇몸 사이로
풀꽃 새순 반가워

돌 틈새 비집고 핀 야생화 무리무리
노루귀 눈을 뜨고 냉이 꽃 방글방글
아가야 곱게 웃어라
맞선 보는 날이다

초하初夏

꼬부랑 논두렁 길 반바지 종아리에
간지랑 들바람이 가랑이 스며들고
두렁 가 흐드러져 핀
나팔꽃 송이송이

함초롬 이슬방울 풀잎에 똬리 틀어
귓불에 소곤대며 꽃술에 입 맞추네
여보야 웃음 거둬라
심술 할미 오실라

손용상 (시인. 소설가 / 달라스 거주)
밀양, 경동고 , 고려대 사회학과 졸업
1973년 〈조선일보〉 신춘문예 소설 「방생」으로 당선
미주문학상, 재외동포문학상(시 부문), 고원문학상, 동주해외작가특별상
해외한국소설문학상, 미주카톨릭문학상 등을 수상했다..
저서 『그대 속의 타인』 『따라지의 꿈』 『토무(土舞/원시의 춤)』 등 장·단편 소설집 다수
에세이 칼럼집 『우리가 사는 이유』 운문집 『부르지 못한 노래…허재비도 잠 깨우고』
외 작품집 20여 권(전자책 포함)
현 글로벌 한미 종합문예지 〈한솔문학〉 대표
ysson0609@gmail.com

옥수수 밭에서 길을 잃다

안 영

살찐 소는 키가 큰 옥수수를 먹고 큰다
소는 병들고
살찐 소를 먹은 사람들도 병이 든다
병이 든 사람들은 키가 큰 옥수수를 키운다
사람의 욕심은 사람의 키보다 커서
옥수수는 하늘을 찌르고
옥수수는 땅 위에 번성하여 밭을 이룬다
세상은 옥수수 밭으로 발 디딜 틈 없어
옥수수 밭에 바람이 불면 우우 사람들이 쓰러진다
사람의 욕심은 땅을 덮어서 그 위를 떠다니는 옥수수 방주
방주 안에서는 살찐 소와 병든 사람들이 팝콘을 튀긴다
사람과 새와 짐승과 기는 것들을 먹여 살린다
날은 저물어 가고
비로소 도착한
어느 낯선 산중에서
비둘기가 물어온 잎새의 이름은 GMO CORN
변이된 유전자의 초록빛 희망

머물렀던 시간 속으로

한 달에 한 번 피 흘리는 대신 시가 흘러내린다면 그것은 허비가 아닐 것이다

빈혈로 생쌀을 먹으며 피를 주고 살을 얻어 왔던 시절에는

판타롱 바지로 거리를 청소하고 다녀도

아무도 무어라고 하지 않았다

통기타를 배우기 위해 가야금을 밀쳐 버렸던 작은이모의 매니큐어에는

목포의 눈물 전주만큼이나 절박한 그 무엇이 있어

색깔은 얼굴보다 오래도록 남아 있다

하나님의 시간에 늦지 않으려 맞지 않는 한복을 빌려 입고

새타령을 퉁겨 보아도 골목길을 굽이굽이 돌아 나오는 연탄가스는 막을 길이 없었다

그렇게 가난은 맑은 정신에 흠집을 내려고 필사적이었건만

다세대 주택의 행복은 평등했으므로 견딜만한 불행은 이미 불행이 아니었으므로

여자도 아닌 남자도 아닌 단지 한 인간으로 살아가기에는

아무런 지장이 없었다

날이 갈수록 여자로 살아간다는 것의 불편함은 늘어 갔으나

세월을 타고 살아야 했으므로 머물렀던 시간이었을 뿐

나는 단지 지나왔을 기억 한 자락을 생애의 책 속에 기록하려고

……

여기 이렇게 서 있는 건지도

안영 (시인 / 뉴욕 거주)
전남 목포 출생 / 1979년 도미
1996년 〈뉴욕문학〉으로 등단
시집『롱아일랜드에 부는 바람』(2003년)
국제 펜클럽 ,한국 문인협회 회원, 미동부 문인협회 이사

청소

이 혜 선

햇볕 가득한 뒷마당에서
팡팡 몽둥이 내리친다

원한도 없는데
미웁지 않은데
난간에 매달린 카펫이
속절없이 펄렁인다

무거운 가구 밑에 있다는 핑계로
손보지 못했던 카펫
그동안 슬쩍슬쩍
겉 부분만 청소가 되었었다

긴 세월 동안 소리 없이 쌓여버려
쉽사리 털리지 않는 오해같이
무심코 지내는 사이 미세한 먼지
올실 날실 속 은밀히 자리 잡았다

처음의 정결로 돌아가자고

땀 흘리며 끈기 있게 쳐대자
깊숙이 쌓였던 먼지
엔간히 털어내 후련해진 카펫
보송보송한 얼굴로
노곤한 햇볕 아래 널렸다

육십 년 세월은 언제쯤에나
다 털어낼 수 있을까

깊은 속 털기가 고되다

눈을 치우며

이십 년 전 폭설은
아이들 웃음소리 가득 몰고 왔었는데
눈 속에 숨어있던 천사 발굴하려 팔 휘둘고
제 키보다 더 큰 눈사람 만들려
기를 쓰며 눈덩이 굴리던 너희들이 있었는데

눈사람 추울까 털모자 씌우고
목도리 둘러주던 너희 덕에
무려 나흘을 살아낸 눈사람
아침저녁으로 안부 물었었지

온 세상 덮은 어제의 흰 눈은
즐거움보다는 혹여 넘어질까
두려움이 되었구나

쓱쓱 삭삭 걸음 길 찾아 쓸리는 눈
대체 눈 가운데 웃음이 어디 있었던가
어딘가 숨어있을 눈사람
안부 물으려 찾기엔

……

바람이 차구나

아이들 웃음소리 끊긴 앞마당
고양이 발자국만
뱅글 맴돌다 사라졌다

이혜선(시인. 수학교사 / 달라스 거주)
1978 도미, 현 달라스문학회원

트로트 같은 시

황 미 광

트로트 같은 시가 되고 싶다
꺾이고 휘감기고 늘어지다가
네 가슴에 내려앉을 수 있다면

한때
너를 우습게 알았다

어린 시절
고속버스에서 너를 만나면
여지없이 멀미가 났고

길을 지나다 네 소리 나면
돌아서 갔다

이제서야 너를 알아
살아온 발자국 다 들키고
지나간 그림자도 숨길 수 없다

마침표와 물음표보다

쉼표와 느낌표가 소중한 것도
너로 인해 깨달으니

산다는 것은 결국 네 박자
트로트 같은 시가 되어
너를 적시고 싶다

봄이 오는 길

에미야, 개나리가 들고 피네
돌아가신 시어른은
봄 인사를 이렇게 했다

미광아, 또다시 잔인한 계절이다
먼저 간 오빠는
봄이 오면 편지를 써 보냈다.

봄을 알려주던 사람들
이제는 소식 없고

아직 녹지 못한 눈뭉치들
저들끼리 살 비비며
음지마다 살아있는데

봄은 혼자서 잘도 오고 있다
얼음장 디밀고서
기어이 꽃 한 송이 피우겠단다

지난해 못다 한 사랑
다시 시작하겠다고

한 치 빈틈없이
푸른 숨을 쉬고 있다.

황미광 (시인, 문학박사 / 뉴욕 거주)
〈창조문학〉 신인상(2002), 서울시 교통부 시 입상(2014),
경희해외동포문학상, 시집 『지금 나는 마취중이다』 외 논문집, 공동저서 다수,
미동부 한인문인협회 회장 (17대), 국제 펜 한국본부이사, 〈시맥〉 동인(1983),
재외한인사회연구재단이사, 동서희곡문학회(1981발기), 미주한인이민백년사 출판위원장. CUNY Queens College 고전동양학과 교수 역임. KCB가톨릭방송 사장
대한민국 국민 포장(2018), 대통령상 (2007, 2016)
올해의 한인상(2014), 뉴욕주 여성교육자상 (2009)
poethwang@gmail.com

미주 초대작가

/ 단편소설 · 동화 /

동화_ 김사빈
김외숙
민원식
연규호
정종진
최문항

(가나다 순으로 수록하였습니다.)

〈동화〉

우리 집 업둥이

김사빈

우리 엄마는 아들을 못 낳았대요. 딸만 여섯을 낳았대요. 우리 집은 딸 부잣집이라고 하는데요. 그래도 딸이 많은 것은 아니에요. 고작 셋뿐이니까. 여섯 낳으셨는데 셋은 하늘나라 먼저 갔대요. 엄마 말이지요, 나중에 가도 되는데 먼저 갔는지 나중에 물어봐야지, 마음먹고 있어요. 그런데 엄마와 아빠는 가끔씩 아들 없다고 쓸쓸해하거든요. 내가 아들이었으면 좋겠다고 하시는 아버지 말을 들으면, 내가 아들 할 수도 있는데. 정말 남자이었으면 싶었어요. 그래서 남자 옷만 입고 다니었지요. 동생은 치마 입어도 나는 바지만 입고 다니었지요. 그래도 나는 좋아요. 이담에 내가 커서 엄마 아빠 모시고 살 것이니까, 내가 아들 노릇을 해야지 마음 단단히 먹었지요. 그런데 우리 집에 이변이 났어요. 글쎄 우리 집 문 앞에 누가 남자아이를 데려다 놓았어요. 아침에 문밖에서 아기 우는 소리가 나서 나가 보니 포대기에 싸인 아기가 놓여 있었어요.

"쯧쯧! 어느 못된 것이 애를 낳아서 남의 집 문 앞에 데려다 놓았나, 이러려면 낳지를 말지!"하며 엄마가 불쌍하다고 안으로 안고 들어왔어요.

언니들은 예쁘다고 들여다보고, 엄마는 "우리 집에 아들 없다고 아들을 데려다 놓았나 보아요." 아빠에게 말하며 좋아하는데, 그러나 나는 하나도 안 좋았어요.

우리 집은 이제 달라졌어요. 아기 울음소리가 흘러나오고 엄마 아빠

웃음소리도 흘러나옵니다. 전에는 내가 그렇게 엄마 아빠를 웃기려고 춤을 추고 재롱을 부려도 "쓸데없는 계집애가!" 하면서 혀를 쯧쯧 차고 있는 아버지였으니까요. 나는 아들이 안 된 것이 내 탓인 것 같아 매일 죄송하였어요. "엄마, 미안해 아들이 못 되어."하기도 하였어요. 엄마는 젖은 눈으로 "아니다, 네 잘못이 아니다. 다 내 탓이구나." 하시며 씁쓸히 웃으셨어요. 나는 언제 엄마를 웃게 할까, 하고 고민하였는데, 이제는 엄마를 웃길 필요가 없어요. 아기를 보면 엄마는 싱글벙글 웃거든요. 나는 진짜 엄마 딸인데 내가 말할 때는 슬픈 얼굴이더니 저 쪼그만 아이가 들어오니 엄마는 저절로 하하 호호하고 웃어요. 언니도 역시 아기 옆에 딱 붙어서 아기를 돌봐주고 있어요. 아들이 그렇게 좋은 것인가. 그러면 나를 아들로 만들어 주지 하나님, 왜 나를 아들로 안 만들어 주었어요? 하고 저녁에 잘 때 물어 보았어요. 하나님은 아무 말도 없고, 잠이 와서 잤습니다. 그날 자다가 아기 우는 소리에 일어나서 보니 엄마가 아기를 안고 밖에서 서성이고 있어요. 밤에 아기가 울어서 엄마는 다른 사람 깰까 봐 잘 안 들리는 곳에서 아기를 재우고 있어요. 엄마가 참 불쌍하게 보였어요. 아기가 미워졌어요. 저 애는 왜 안 자고 저렇게 보채나, 울 엄마 힘들게 해서 미워졌어요. 그러다 잠이 들었지요. 아침에 일어나서 엄마의 얼굴을 보니 엄마의 얼굴에는 노란 꽃이 피었어요. 힘이 들어 보이거든요.

"엄마! 아기 안 키우면 안 돼요?" 물었습니다. 물끄러미 쳐다보더니, "너만 아들이었으면 얼마나 좋으니?" 하셨어요. 이때처럼 내가 아들이 안 된 것이 미안한 적이 없었어요. 정말 아들이었으면 좋겠다 싶었어요. 이제 우리 집은 저녁을 먹고 나서 집안 식구가 모여서 아빠는 기타치고 언니들은 노래하고 나는 춤추고 엄마는 하하 호호 웃던 시절은 지나갔습니다. 내가 춤추면 엄마 아빠는 그렇게 좋아하셨는데, 이제는 저녁밥 먹고 나면 각자가 뿔뿔이 흩어져서 자기 일을 합니다. 왜냐고요, 당연히 업둥이 때문이지요. 업둥이를 우리 아빠는 우리 집 항렬 따라서 문식이라고 지었지만 나는 그 이름 부르기 싫어서 업둥이라고 부르지요. 아무리 생각하여도 업둥이는 우리 집 식구 같지 않거든요. 업둥이는 우리 집 대문 앞에 놓여 있던 아이를 데리고 온 것인데 어떻게 우리 집 식구가 돼요? 나는 의문이 생기지만 엄마에게 물어보지 못해요. 그러면 또 엄마는 나더러 너만 아들이었으면, 할 거라고요. 그러면 엄마는 슬퍼질 것이고 나는 아들이 못 되어서 미안할 것이란 말이에요. 그래서 나는 자기 전에 하나님께 빌었어요.

"저 업둥이 부모님이 나타나서 데려가 주세요." 빌었어요. 그건 나만의 비밀이에요. 아무도 모르거든요. 아마 아빠나 엄마가 알면 또 슬퍼질 것이니까요. 그런데요 처음에는 업둥이가 좋았는데 점점 시들한가 봐요. 왜냐면 업둥이는 많이 울거든요. 밤이고 낮이고 울거든요. 나는 속으로 아마 자기 엄마가 아니라서 엄마 보고 싶어서 우는 것 같다고 생각하였어요. 아마 말을 못 하지만, 내 엄마 아니라고 알 것 이니까요.

우리 집은 완전히 엉망진창이 되어 갔어요. 그전에는 집 안이 깨끗하고 예쁘게, 언니들도 예쁜 옷을 아침에 엄마가 내어 놓으면 입고 학교 가고, 내가 아침에 일어나면 내 머리맡에는 오늘 입을 옷이 예쁘게 개어 놓여 있지요. 그걸 보면서 엄마가 목욕을 시켜 주고 입혀 주면 나는 행복하였지요. 엉덩이를 톡톡 두드려 주면서 "어서 커라. 문자야!" 하지요. 나는 "엄마, 걱정 마. 어서 커서 아빠한테 시집가서 엄마하고 살 거야." 합니다. 언니들은 "누구한테 시집갈래? 하고 엄마가 물어보면, 큰 언니는 군인한테 간다고 하고요, 작은 언니는 선생님에게 시집간다고 하지만, 나는 아빠한테 시집간다고 엄마에게 말하였지요. 나는 이 세상에서 가장 멋진 남자가 아빠라고 생각하거든요. 엄마는 그 소리를 하면 하하 호호 웃으면서 "아빠와는 살 수 없단다." 합니다. "그래도 엄마, 나는 다른 사람한테 시집보내지 마, 나는 꼭 아빠한테 갈 거야." 합니다. "그러면 그리 하렴, 그래도 이담에 크면 네가 제일 먼저 시집갈 걸!"하고 엄마는 배실배실 웃어요. 그렇게 웃을 때 우리 엄마는 가장 예쁘지요. 그런데 업둥이가 들어오고부터는 우리 엄마는 완전히 다른 사람이 되었어요. 밤에 아기가 더욱 극성스럽게 울어 대니 밤새도록 업둥이를 안고 서성이다가 새벽녘에야 들어와서 아기를 재우고 엄마는 새벽에 밥을 하시거든요. 아빠와 언니들이 학교 가고 나면 엄마는 방에 들어가서 한나절 잠을 자지요. 나는 심심해서 밖에 나갔다가 집에 들어왔다가 몇 번 하고 나면 그때서야 엄마와 업둥이가 깨어 일어납니다. 우유 먹이고, 아기 똥 기저귀와 옷을 빨지요. 엄마는 나더러 아기를 보라고 하지요. 잠깐만 아기를 보고 있어라 하면서 빨래를 하시거든요.

내가 아기를 들여다보니, 아기는 실컷 잤는지, 반짝반짝한 눈으로 나를 쳐다보면서 씽끗 웃어요.

"웃기는 왜 웃어? 안 예뻐, 알았니? 밤에 왜 그렇게 울고 있니? 네 엄마 보고 싶니?" 가만가만 엄마 몰래 물어보지요. 업둥이는 씽긋씽긋 웃다가 나를 쳐다보고 까르르 웃었어요. 그래도 하나도 안 예뻐요. 밤에 업둥이가 하도 울어서 엄마가 자지 못하고 밖에서 안고 다니는 것을 보면 보기 싫어지거든요. 나는 가만히 엉덩이를 꼬집었어요. 업둥이가 내 동생 되는 것도 싫고, 엄마가 업둥이 때문에 나를 쳐다보지 않는 것도 싫고, 엄마가 낮에 늘어지게 자는 것도 싫어 엄마 몰래 꼬집었어요. 업둥이는 금방 새파랗게 질려서 울었어요. 나는 엄마가 알까 봐 "문식아, 왜 우니? 똥 쌌니, 오줌 쌌니?"하며 기저귀를 들춰 보지요. 엄마가 아기 울음소리 듣고 쫓아와서 "금방 우유를 많이 먹여 주었는데, 기저귀도 갈아 주었는데."하며 기저귀를 만져 봅니다.

"오줌도 안 쌌는데, 괜히 우네." 이때는 아기가 울음을 그치고 다시 뻥긋 웃어요. 아기가 우는 시간은 저녁때 아빠가 들어오실 때부터 새벽까지이지요. 지금 이 시간에는 업둥이는 웃고 노는 시간이지요. 그래서 아빠는 아기가 노는 것도, 웃는 것도, 한 번도 못 보지요. 이제 아빠는 짜증이 나려고 하나 봐요.

"여보, 아기가 밤만 되면 왜 우는지, 원, 잠을 잘 수 있어야지." 하시며 성가신 얼굴입니다. 나는 됐다 싶었어요. 그러다가 싫어지면 고아원에 데려다 줄 것이니까. 엄마가 저녁 지으려고 아기를 보라고 맡기면 아기를 보면서 아기가 안 울면 볼기를 꼬집어 주었어요. 더 큰 소리로 아기가 울어 버리면 아빠는 아기가 싫어질 것이고, 그러면 엄마를 설득할 것이니까요. 엄마는 아들을 못 낳은 죄인이라고 감수한다고 하니까요.

아빠 올 때 되면 나는 아기 옆에서 딱 붙어 있다가 엄마가 잠깐 방을 비우면 아기 엉덩이를 때려 주던지, 꼬집었어요. "업동아! 크게 더 크게 울어." 말하는 것을 알아들었는지 아가는 악을 씁니다. 얼굴이 파래지면서 숨이 넘어가려는 것처럼 울지요. 아가가 울다가 죽지 않는다고 아줌마의 말을 믿지요. 업둥이를 꼬집는다고 병이 안 난다는 것을 잘 알지요.

밖에서 퇴근하여 들어오시던 아빠는 업둥이의 자지러지는 울음소리에 허겁지겁 들어와 기저귀를 들춰 보고 우유병을 입에 넣어 주지요. 아가는 아랑곳하지 않고 앙앙 울어 댑니다. 그러다 "여보, 여보!" 하고 엄마를 불러 대고 엄마는 저녁 준비를 하다가 달려와 아기의 기색을 보고, "이 애는 가끔씩 이렇게 자지러지게 울어요. 왜 그런지 나도 모르겠어요." 엄마는 아빠한테 미안하여 변명을 늘어놓으면서 아기를 토닥거립니다.

뒤이어 언니가 들어오면서 "얘, 너는 또 우니? 정말 울보구나!" 하며 안아 줍니다, 아가 때문에 저녁 준비를 못하여 언니에게 아기를 맡기고, 저녁 준비를 하는 엄마는 그전처럼 맛있는 반찬을 못 만들고 있어요. 시장에 갈 수가 없지요, 토요일에 한 번 시장가지요. 그러니 매일 맛있는 반찬을 못 먹어요. 아기 보라고 하면, 언니들도 "나 숙제해야 하는데." 하면서 업둥이 보기를 싫어하고, 작은 언니도 "엄마, 나 숙제가 많아서 안 돼!" 하지요. 그러면 아버지 차례가 되고, 나도 피곤한데, 하며 아이를 안고 있다가, "이러다간 우리 집 안 되겠소." 하시는 것이에요. 한 달이 지나가고 두 달이 되어 가니까, 우리 집은 가족회의를 열었어요.

업둥이가 들어올 때는 아무도 안 된다고 말하거나 물어보는 가족회의를 하지 않았어요. 오늘 아침은 가족회의에, 내가 제일 먼저 "엄마, 업둥이를 고아원에 갖다 주어요." 제의를 하였지요. 작은언니도 "그래요." 큰언니도 "아빠, 그렇게 해요."

대성공이다! 이제 업둥이는 우리 집에서 나가게 될 것 같았어요. 그런데 엄마는 가만히 듣고 있더니

"안 돼요. 문식인 우리 집에 주신 선물인데, 겨우 한 달 지나 보고 보낸다는 것은 안 돼요. 아기들이 석 달 되면 울던 아이도 울지 않는다는데 석 달 참아 보아요." 하셨어요. 아빠는 "그래, 우리 한번 참아 보자. 엄마 말대로 석 달 있다가 그렇게 울면 그때 가서 생각하자." 하셨어요. 나는 내일부터는 더욱 세게 꼬집어 주어야지, 다짐을 하였어요.

다음 날 아침 일찍 우리 집에 어떤 군인하고 젊은 여자가 찾아왔어요. 엄마는 아기와 자고 있었지요. 군인 아저씨는 나더러 "네 이름이 뭐지?", "문자예요."

"문자는 예쁜 남동생이 생겼다면서?" 물었어요.

"예쁘기는 무어가 예뻐요? 자꾸만 우는 울보인데." 하였지요.

그런데 처음 보는 군인 아저씨가 우리 집에 업둥이가 들어왔는지 어떻게 알지 궁금하였습니다.

"군인 아저씨 어떻게 우리 집에 업둥이가 들어왔는지 알아요?" 물었어요.

"응. 다 알지. 내가 업둥이 아버지거든."

"어머! 그런데 왜 우리 집 문 앞에 갖다 버렸어요?"

군인 아저씨는 "미안하다, 잘못하였다." 하며 눈물이 글썽글썽하였지요. 부리나케 엄마에게 달려가서

……

"엄마, 밖에 문식이 아빠가 왔어." 하였다. 엄마는 잠결에 "애가 무어라는 소리야, 누구 아빠가 왔어?" 하신다.

"엄마, 엄마! 밖에 문식이 아빠가 왔어요. 일어나요." 흔들었다.

어머니는 그제야 일어나서 밖으로 나오시더니 군인이 서 있고 그 옆에 젊은 여자가 서 있는 것을 보고 짐작을 하시었는지 "누가 아이 아빠라고요?" 하신다.

나는 속으로 하나님은 나의 기도를 들어주시었구나, 하나님은 못하시는 일이 없다 생각하였어요. 문식이 아빠가 어디 있는 줄 알고 데리고 왔는지 하나님은 모르는 것이 없다고 아이들한테 말해야지, 내가 기도하니 들어주시더라고 말하여야지, 나는 민지와 영철이가 놀라는 얼굴이 떠오릅니다.

군인 아저씨와 젊은 여자는 어머니 앞에서 넙죽이 절을 하면서

"죽을죄를 지었습니다. 용서하여 주십시오. 이 사람이 내가 군대 가서 소식이 없으니까 아기를 키울 자신이 없어서 고민하다가 이 댁에 아들 없다는 소리를 듣고 문 앞에 놓았나 봅니다. 제가 잘못하였습니다. 군대서 잠시 어디를 갔다 오느라고 연락을 못 하였더니, 그런 일이 생겼나 봅니다. 용서하십시오. 아기의 양육비는 드릴 테니 제게 아기를 돌려주십시오." 말했다.

젊은 여자는 울고 있다가 "아니에요. 제가 잘못하였어요." 하면서 울고 있었어요. 군인 아저씨는 아무리 물어 보아도 알려 주는 사람이 없어서 아들을 찾아다녔고, 한 달 만에 이 집에서 업둥이가 들어왔다고 소문 듣고 찾아온 것이라 하였어요. 말을 하면서 군인 아저씨도 울고, 엄마도 울고, 젊은 여자도 울고, 나도 울었습니다.

나는 그동안 아기를 꼬집어 준 것이 미안하여 울었는데, 아무도 모를 것이지만 되게 미안하였어요. 엄마는 자는 문식일 데리고 나왔어요. 아기

는 햇빛에 눈이 부신지 얼굴을 찡그리고 새근새근 자고 있었어요. 전에는 안고 나오면 악을 쓰고 울었는데, 생글생글 웃으며 자고 있었어요. 업둥이라고 하고 싶지 않아서 문식인 착해요 잠도 잘 자고 울지도 안 해요. 말하니 군인 아저씨가 그런 것 같구나 하신다. 괜히 꼬집어 주었구나. 이렇게 아빠가 찾아올 것을 알면 잘해 줄 것을 후회하였어요. 어머니도 조금 힘들었던지 아빠에게 말하지 않고 아기를 선뜻 내어 주었어요. 엄마는 훈계를 하였어요. "젊은이들이 한때 실수로 아기를 버려 잘못을 알았으면 잘 길러요. 아기는 하나님의 선물이요. 아기는 부모에게 키움을 받을 권리가 있고, 부모는 아기를 양육할 의무가 있는 거요" 하신다. 무슨 말인지는 모르지만 군인 아저씨와 젊은 여자는 연신 고개를 끄덕거리면서 "그렇게 할게요. 잘 기를게요." 연신 눈물을 씻어 내고 있었어요.

나는 문식이한테 미안하지만 자꾸만 웃음이 나왔어요. 하늘을 보니 해님이 나를 쳐다보고 빙긋 웃고 있었어요. 저녁에 들어오시는 아빠와 언니들에게 나는 할 말이 참 많았어요. 어서 왔으면 좋겠다. 내가 제일 먼저 문식이 아빠를 보았다고 하고, 문식은 울지 않고, 잘 논다고 말한 것도 말해야겠다. 잘했다고 할 것 같다. 정말 오늘은 기분 좋은 날이다. 엄마는 조금 섭섭한지 "잘 가거라." 아빠 품에 안겨서 가는 문식에게 손을 흔들고 있다. 나도 덩달아 "잘 가." 손을 흔들어주었어요.

김사빈 (동화 동시작가 / 하와이 거주)
2004년 〈문예창조〉 8월호에 동시로 등단(박화목 선생님 추천), 2002 년〈동시와 동화나라〉 동시로 등단(이진호 선생님 추천), 광야 문예 공모 시로 입상 (2003년) 한국산문 2010년 등단, 2001년 제32회 한민족통일문예제전 일반부 외교통상부장관상(동화)
시집 『내 안에 자리 잡은 사랑』 외 7권, 동화집 『하늘로 간 동수』 외 6권, 수필집 『행복은 별건가요』 외 6권, 동시집 『순이와 매워새의 노래』 외 2권
현 하와이 문인협회 고문

우리의 만찬

김 외 숙

"저녁에는 스테이크를 만들 거야. 와인도 곁들이자."

마치 이미 다 차려진 식탁 앞에 앉은 듯 사뭇 들뜬 그의 목소리에는 멜로디가 스며있다. 그는 오늘 저녁 식탁을 위해 냉동실에서 고깃덩어리를 끄집어냈다. 물끄러미 바라보며, 돌덩이 같은 고깃덩이가 녹으려면 종일은 걸리겠다는 생각을 마치 남의 일인 듯 나는 하고 있었다. 내가 부엌일에, 그러니까 음식을 만드는 일에 남의 일이듯 바라보기만 하는 것은 그 때문이다.

"음식은 내가 만들게. 익숙하잖아."

요리하기를 그리 좋아하지도 않지만 소스며 재료가 다른, 이쪽의 음식을 다시 배우는 일에 막막해하던 내게 그는 그렇게 심플한 제안을 했었다. 그것은 어디까지나 날 위한 배려였지만 결국 자기 식의 음식을 먹어야 한다는 의미이기도 했고, 나의 식생활에 포크와 나이프가 수저를 대신할 것이라는 의미이기도 했다.

그는 자신이 한 말을 지키기 위해 부엌에 서 있는 시간에 많이 할애했다. 익숙하지 않은 날 배려하여 자신이 부엌일을 하겠다고 했지만 실은 그것이 내게는 낯가림을 갖게 하는 데 한몫을 했다. 마치 남의 것인 듯 스스럼없이 다가가 내 마음대로 냉장고 문을 여닫는 일에 주춤하게 하는 낯가림. 그 낯가림은 그의 흑백이 분명한 질문과 대답이라는 언어습관 앞에서 더욱 심했다.

군더더기를 용납하지 않는 그의 언어가 부엌의 서랍 하나를 가득 채운 갖가지 모양의 자르는 식기구, 나이프들과도 관련이 있을지도 모르겠다는 생각을 나는 하곤 한다. 양날이 서로 다른 톱니 모양의 나이프, 한쪽만 톱니로 된 나이프, 포크와 함께 항상 식탁 위에 오르는 나이프, 초승달처럼 휘어진 것과 손잡이보다 칼날이 짧은 나이프 그리고 전기 나이프까지. 그것들이 부엌 서랍 속에 있으니 적어도 요리와 관련 있는 것이 분명했으나 나이프라면 흔히 부엌칼 하나와 과실을 깎는 과도 하나 정도로도 충분히 다양하게 쓸 수 있던 이전의 부엌에서의 생활에 길들여진 나는 그의 심플한 언어조차 나이프가 지나간 흔적이라 여기는 것이다.

언제부턴가, 그가 내 물음에 대답을 할 때는 대답과 함께 생채기가 하나씩 가슴에 그어지는 것 같았다. 날 벼린 나이프가 지나가면서 만든 피 머금은 자국 같은 것. 그것은 그의 군더더기 없는 대답이 '노' 일 때뿐 아니라 '예스' 일 때도 마찬가지다. 내 가슴에 생채기가 생기는 것은 내가 그의 대답을 들었을 때뿐만은 아니다. 그가 내게 자신의 방식과 같은, 흑백 논리가 분명한 답을 요구할 그때도 나는 낯섦과 함께 가슴에다 생채기를 만든다. 그것 역시 그의 물음에 내가 '노' 라고 하든 '예스' 라고 하든 상관없는 일이다.

날카롭기조차 한 그의 대답으로 인한 생채기는 결코 큰 질문일 때만은 아니다. 자잘한 일상에서 주고받는 대화 속에 늘 습관처럼 드러내는 그의 간결한 언어. 모든 물음에는 두 가지의 대답만이 존재할 수 있다는 듯 그래서 맺고 자르듯 늘 한순간의 망설임도 없이 드러내고 또 내게 같은 방식을 요구할 때, 나는 내 가슴으로 예리한 나이프가 지나가기라도 한 듯 마음이 아리다. 그는 인식하지도 못하는 생채기를 내가 느낄 때면, 나는 늘 아무런 대꾸 없이 서랍 속의 나이프를 생각한다. 내 속으로 지나간 것 같은, 자국의 깊이에 따라 자신도 모르게 쓰였을 모양이 다른, 그러나 얌전하게 누워있을 나이프들을. 나는 가끔 그 나이프들 중의 하나가 언젠가는 내 손목 위에 놓일 지도 모른다는 생각을 하기도 한다.

내가 그의 대답에, 또는 그가 요구하는 나의 대답에 내 가슴으로 스치는 나이프 자국을 느낄 때, 나는 가끔 말 대신, 서랍 속의 다른 식기구, 포크를 떠올릴 때가 있다. 적어도 생김새로 나이프를 대적할 수 있는 것은 포크뿐이기 때문일까? 그것은 그가 기대하는 심플한 대답에 나의 어떠한 말이나 행동도 감당을 할 수 없어 버거움을 느낄 때, 그래서 새로운 자국 하나가 고통스러울 때 나 혼자 해 보는 지난한 몸짓이기도 하다. 이렇듯 서랍마다 가득 채운 포크와 나이프를 나는 아직 식기구라는 인식보다는 서로 상극으로 생겨 상대편을 상하게 하는 흉기 쪽으로 더 생각하고 있다. 그것은 결코 예사롭지 않은 그들의 생김새 때문이기도 하지만 실제로 뭔가를 자르고 찍는, 그러니까 생김새와 흡사한 그것들의 기능 때문일 것이다. 내가 하루에도 몇 번씩 대하는 식기구를 그렇게 생각하는 이유는 여태 이곳의 삶에 어우러져 스며들기보다는 물의 기름처럼 내 의식이 겉돌고 있기 때문인지도 모른다.

"비계가 많군."

녹으려면 종일 걸리겠다는 내 생각이 무색하도록 그는 언 고깃덩이를 살피더니 전기 나이프의 플러그를 꽂았다. 언 고깃덩이를 바라보는 그의 눈길이 마치 조각할 대상을 앞에 둔 조각가의 그것처럼 진지하다.

"비계도 좀은 필요할 걸. 고기를 부드럽게 하잖아."

"오, 노, 건강을 생각해야지!"

……

전기 나이프를 든 그의 팔의 푸른 힘줄이 잔뜩 긴장하고 있다. 부드러움이라고는 없는 팍팍한 고기의 육질을 어금니 사이에 물고 있는 듯 내가 인상을 썼다.

마치 '예스'와 '노' 만 있는 사람끼리의 관계 같아 갑갑하다. 그 정도의 기름기는 국을 끓일 때도, 불고기용으로도 필요했다. 약간의 지방질은 오히려 육질의 팍팍함을 부드럽게 하는 촉매 역할을 하지 않던가? 유머가 사람 간의 관계를 부드럽게 하고 대답에도 융통성이 필요하듯.

살벌한 기계소리를 내며 돌아가는 전기 나이프로 그가 언 고기의 비계 부분을 잘라내기 시작했다.

'다 자를 모양이네.'

내가 혼자 속으로 중얼거렸다. 그러나 그의 고깃덩어리를 다루는 표정은 진지하고 손길은 섬세했다. 어차피 요리는 그가 할 것이다. 지방질 없는 팍팍한 고깃덩어리로 와인을 곁들인 스테이크를 내놓을 것이고 촛불을 밝힐 것이다.

식탁 위의 등을 끄고 촛불을 밝히는 것은 디너를 위한 그의 습관이다. 그는 마무리한 접시 한쪽에다 뜰의 꽃 한 송이나 고운 이파리 두어 잎을 곁들이는 것으로 오늘의 요리를 마무리할 것이다. 같은 계란 프라이도 내가 만드는 것보다 그가 만들면 영락없이 접시에 핀 한 송이 민들레처럼 화사하듯 그의 손길이 간 접시는 늘 음식 재료의 고유의 색깔로 화려하거나 고상한 편이다. 그것은 '예스'와 '노'라는, 흑백의 논리에 길들여진 그가 보이는 다른 면의 여유였고, 나름의 취향이었다.

나는 그의 그런 여유와 융통성을 갈망하는지도 모른다. 음식이 담긴 접시 위에 비록 먹을 수는 없다 할지라도 꽃 한 송이나 이파리를 놓기도 하는 여유. 나는 그 여유를, 나이프로 자르는 것 같은 그의 언어 습관에서 찾고 싶은지도 모른다. 그러나 완성될 접시가 어떻게 화사하든 조각을 하듯 비곗덩이를 잘라내고 있는 지나치게 진지한 그를 바라보는 내 마음은 퍽퍽한 육질의 고기 한 점이 급기야 목에 걸리기라도 한 듯 갑갑하다. 잘려나가는 허연 비계가 이곳에서의 나 자신 같다, 고깃덩어리에서 잘려 나간다고 애달플 일도 없을 것 같은 저 지방질 덩어리 같은.

가끔 나도 뭔가를 잘라내고 싶다는 생각을 할 때가 있다. 뭔가 겉돌고 있는 것 같은, 내 삶임에도 내가 중심이기보다는 기존의 것으로부터 밀려난 느낌을 갖게 하는 그 무엇. 아니, 내 앞을 가로막아 접근 자체도 할 수 없도록 하는 낯섦. 이 낯설음을 나는 잘라내고 싶다, 잘 벼린 저 전기 나이프로. 그런데 어떻게? 내 속에 있는 이것을 잘라내기 전에 저 전기 나이프 질 같은 맺고 끊음이 분명한 그 때문에, 아니 융화되지 못하게 하는 이 낯섦 때문에 결국 나 스스로 버티기를 포기할지도 모른다는 생각을 한다.

"아, 잘라내고 싶어."

소음을 내며 허연 비계를 자르고 있는 전기 톱날의 나이프를 든 그 앞에서 생각을 자르듯 내가 말했다.

"뭐라고 했지?"

전기 나이프 소리 때문에 어렴풋이 들은 그가 잠시 자르기를 멈춘 채 날 바라보았다. 그 표정에 비계를 자르는 순간의 진지함이 여태 묻어 있다.

'잘라내고 싶다고!'

그러나 이 말은 속에서만 맴돌 뿐 다시 소리로 입 바깥으로 새어나오지는 않았다. 어차피 내가 말로 드러낸들 그는 이해하지 못할 난해한 의미였다. 내게 그의 언어들이, 관습과 정서와 생각이 난해하듯.

대답대신 내가 움찔 양어깨를 들썩였다. 이것은 실은 내 방식의 대답이 아니라는 것을 나는 어깨를 움찔하면서도 느끼고 있었다. 낯설어하면서도 어느 사이 그에게 배운 몸짓. 길들여져 가고 있다는 증거일까? 그는 자신이 잘못 들었나 보다 하는 의미의, 양쪽 눈썹을 어깨와 함께 잠시 치켜올렸다 내리고는 다시 전기 나이프에다 스위치를 넣으며 비계에 골몰을 하기 시작했다.

내가 수시로 예리한 나이프 자국을 느끼는 것은 실은 그리 심각한 질문이나 대답에 의한 것은 아니었다. 지극히 일상적인, 그렇기에 하루에도 수차례 대화 속에서 오가는 질문과 대답이어서 오히려 싱겁기까지 한데 예를 들자면 '당신, 계란 프라이 먹을 거야?' 라는 질문 같은 것으로 발단이 된다고 할 수 있다. 그것은 오늘 아침 식탁 앞에 앉기 전에도 어김없이 겪어야 했던 일이었다.

내가 청소를 하는 대신 주로 아침 식사를 준비하는 그는 "당신, 계란 프라이 먹을 거야? 커피 마실 거야?"라는 질문으로 내 대답을 기다렸었다.

'계란 프라이를 먹을 건가, 말 건가?'

식탁 위에 계란 프라이가 놓여 있으면 먹을 수도 있고, 먹지 않을 수도 있는 것이 나의 식사 방법이었다. 된장찌개를, 김치를, 가족이 먹기를 원한다고 식탁 위에 올리든가. 여러 가지 반찬은 준비해 두면 그냥 식구들은 원하면 먹을 수도, 먹지 않을 수도 있는 일이었다. 그 선택에 계란 프라이라고 특별할 일이 없었다. 나는 계란 프라이도 그렇게 대하고 싶었다. 만들고 싶으면 만들어 식탁 위에다 놓아라, 그러면 먹고 싶으면 먹고 아니면 말든가는 그때, 식탁 앞에서 내가 알아서 정할 일이었다. 이 방법은 내가 이곳에 오기 전까지 수십 년이 넘도록 해 온 일이었고, 그에게 그 특유의 언어 습관이 있듯 그것은 당연한 나의 습관이었다. 그러나 그의 오랜, 그래서 몸의 일부분이듯 익숙해진 습관은 나와는 달랐다. 접시에는 늘 필요로 하는 것만을 준비해 그것만 담아야 했다, 언어 습관에서 군더더기를 허용하지 않듯. 나의 대답 여하에 따라 나는 오늘 아침, 계란 프라이를 먹을 수도, 먹지 못할 수도 있는 일이었다. 그것은 그가 요구하는

'노'나 '예스' 라는 심플한 대답에 달렸다. 그러나 나는 두 대답 모두 하고 싶지 않았다. 그것은 내가 계란 프라이를 먹고 싶지 않다는 의미가 아니라 그가 요구하는 방식의 대답을 하고 싶지 않다는 의미였다. 그의 방식에 대한 나 나름의 반항이기도 했고, 그것은 곧 서랍 속의 포크 같은 의미이기도 했다. 나는 만사에 그런 대답을 하고 그런 방식의 대답을 요구하는 그의 방법에 솔직히 좀 질려 있었다. 프라이팬을 들고 나를 주시하는 그의 채근하는 눈빛에 숨이 막히는 것 같았다.

"알아서 해요."

계란 프라이를 먹겠느냐는 그의 물음에 나는 그렇게 좀 짜증스럽게 대답을 했다. 그것은 먹고 싶은지 그렇지 않은지 모르겠다는, 조금은 그를 혼란스럽게 만들고 싶다는 오기도 스며 있는 대답이었다. 그의 눈이 마치 들어서는 안 될 말을 듣기라도 한 듯 크게 떠졌다.

"오, 그건 알맞은 대답이 아니야. 내가 당신을 위해 계란 프라이를 할까 아니면 말까?"

그는 나의 자르는 것 같은 날카로운 대답이 아니고는 결코 아무것도 할 수 없다는 듯 날 채근하고 있었다.

만사에 그가 그렇게 깎아지른 대답을 요구하면 나는 그만 내 앞에 놓인 포크로 음식이 아닌 내 발등을 찍고 싶어진다. 남들에게는 예사로운 질문과 대답일 수도 있는 것이 내 가슴으로 지나가면서 흔적을 남길 때 그러면 이건 아닌데 싶은, 이건 예상한 각본에는 없었는데 싶은 후회랄까, 그러면서 바람에 시달릴수록 더 헝클어지는 나뭇가지 위의 연처럼 오도 가도 못하는 마음이 되어 막막해진다.

애초에 같은 나라 사람도 아닌 그와의 결혼을 앞두고 있었을 때, 나는 이렇게 생각을 했었다. '아무려면 사람 사는 곳이 달라봐야 얼마나 다를까?'하고. 그것은 말도 생김새도, 문화도, 생각도 정서도 다른, 앞으로의 삶에 대한 자신감이기도 했고 그것에 나이가 작용을 하기도 했다. 그리고 더 크게 작용을 한 것은 '너 아니면 나 죽는다.'라던, 조금은 희화적이던 그의 말 때문이기도 했다. 그는 정말 죽는 표정을 했고, 내가 그의 청혼에 '노' 라고 하면 그는 정말 죽는 줄 알았다. 그런데 그는, 나를 데려다 놓은 그는 나 때문이 아니라 나의 흑백이 분명하지 않은 대답 때문에 하루에도 몇 번씩이나 죽겠다는 표정을 짓는다. 그러나 정작 숨 막혀 죽어버릴 것 같은 사람은 흑백을 요구하는 그의 물음에 습관이 되지 않은 나 자신이었다.

내 방법은 달랐다. 단답 형식의 문제도 답도 아닌, 주관식 문제에 대한 답이 나의 방법이랄까? 그러니까 내가 듣고 싶어 하는, 내가 드러내고 싶어 하는 대답은 좀 다양했다. 이럴 수도 있고 저럴 수도 있는 대답. 그리고 설사 대답이 흑백이었다 할지라도 흑백 외의 대답도 있음에 마음을 열어 보일 수 있는 아량을 기대했다고나 할까? 나는 권유와 양보, 사양의 표현에 아주 익숙한 정서 속에서 길들여진 사람이 아닌가. 그것은 내가 오랫동안 속해있던 이전의 삶의 방식, 그리고 그곳의 정서와 상통하는 것이기도 하다. 맛있는 음식이 있으면 상대편에게 여러 번 권유를 하고 내가 먹고 싶더라도 양보를 할 수 있었다. 양보를 받은 사람은 또 점잖게 사양을 하는 것은 일종의 미덕이요, 그 미덕은 오랜 습관으로 굳어지면서 사람 관계를 부드럽고 각박하지 않게 그리고 더욱 끈끈한 유대 관계를 맺게 하기도 하고, 때로 정중한 예의로 작용을 하기도 했다. 마음에서 우러난 이러한 행동을 통해 그 사람의 인격과 마음의 여유를 가늠하기도 하고, 각박한 세상을 조금 풍요롭고 훈훈하게 만들기도 하지 않던가. 그러나 그는, 아니 이곳 사람들은 우리에게 미덕이 되는 이러한 사고와 행동을 전혀 다르게 해석했다. 그들은 맛있는 음식이 있으면 한 번 권유를 하여 상대편에서 사양을 하였을 때는 그것으로 두 번 다시 권유를 하면 실례를 하는 것으로 여긴다. 사양은 곧 싫어하는 것으로 인식하기 때문이다. 상대편이 양보나 권유를 할 때 마음에 들거나 하고 싶으면 사양을 하지 않는 것 또한 이곳 사람들의 사고방식이다. 그것은 분명한 '예스' 또는 '노' 라는 대답을 동반하는데 '예스'이지만 상대편을 위해 양보나 사양의 대답을 할 수 있는 나는 그에게는 이랬다저랬다 하는 변덕이나 우유부단한 사람으로 비칠 뿐이다.

정서와 관습이 함정이 될 수 있음을 예상치 못했던 것은 나의 불찰이었다. 권유나 양보, 사양 이전에 공정한 서로의 몫과 경계선을 분명히 해두는 것에 익숙한 그의 정서는 낯선 것에 낯가림이 심한 내게는 늘 날카로운 칼날을 들이대는 것 같다. 그것은 적어도 내게는 지독한 이기주의로, 몰인정으로 느껴진다. 이처럼 대답이 분명하니 그와 나 사이에 존재하는 공통점을 나는 찾기 힘들고 그것 때문에 나는 낯선 곳에서 마음 붙일 수가 없다. 왜 이토록 나와 다른가? 자르는 것 같은 그의 대답의 습관 그리고 내게 요구하는 대답에 내가 할 수 있는 말은 이것뿐이었다. '왜 이렇게 다르냐?'는 말. 낯가림으로 삶의 갈피로 스며들지 못하고 겉돌며 서걱대면 나는 그렇게 포크를 들이대듯 앙탈을 부렸다.

오늘 아침에도 그 심플한 대답의 요구 때문에 우리 둘은 식탁 앞에서 껄끄러운 국면을 맞아야 했다. 그것은 우리가 아니라 나만이 느낀 것인지도 모른다. 그는 그의 대답이나 물음에 대한 나의 대답 때문에 수시로 내가 마음에다 생채기를 만든다는 사실 자체도 모른다. 그는 그 자신이 행복하면 당연히 나도 행복할 줄로 생각할 것이다.

그는 활짝 핀 민들레 꽃 한 송이를 따다 접시 위에다 놓은 것 같은 계란 프라이와 햄, 그리고 토스트에 커피를 곁들인 식탁에 예의 그 나이프와 포크를 양손에 들고 맛나게 먹기 시작했다. 자신이 만든 음식을 자신이 맛나게 먹듯, 해 주는 음식을 먹을 나도 행복한 표정으로 식탁 앞에 앉아야 했다, 계란 프라이가 없는 접시를 앞에 놓고. 계란 프라이 하나가 내 마음의 행, 불행을 좌우할 수는 없지만, 결국은 채근에 못 이겨 오기로 한 '노' 란 대답 때문에 민들레 꽃이 없는 접시를 들고 앉은 나는 그만 불행해진다. 그것은 결코 계란 때문은 아니었다. 된장이든 김치든 선택의 여지가 있던 식탁이 아닌, 접시 안의 것으로 한정이 된 선택에의 숨 막힘 때문이다. 나로 하여금 억지로 대답을 하게 한, 그래서 '에잇, 그럴 바엔 안 먹어!' 라는 어린 아이 같은 오기를 부리게 한 흑백이 분명한 대답이 만든 식탁 앞에서 내 마음이 행복할 수는 없었다. 나의 기분과는 상관없이 나이프와 포크를 든 그의 손놀림은 우아하고 표정은 행복의 극치를 드러낸다. 어떻게 된 일인지 포크든 나이프든, 그가 식탁 위에서 들고 있으면 마치 홀을 든 제왕처럼 우아하다.

비계가 잘 잘려나간 고깃덩어리는 그만이 가진 특유의 방법의 소스와 향을 가미해 적당한 온도로 구워진 스테이크로 식탁 위에 올랐다. 이미 예상한 대로 큰 접시 한쪽에는 갖가지의 익힌 푸르고 붉은 야채와 정원에서 막 핀 노란 소국 한 송이가 곁들여져 있고 복숭아 모양의 앙증맞은 분홍 초는 식탁 위를 밝히고 있었다. 절묘한 색의 조화를 이루고 있는 그가 차린 식탁이 스스로 보아도 흡족하다는 듯 붉은 와인이 채워진 잔을 들어 그가 채근했다.

내가 잔을 들어 그의 잔과 부딪힘으로 우리의 식사는 시작되었다. 그는 서두르지 않고 고기를 자르고 와인을 마셨다. 그의 양손에 쥐어진 나이프와 포크는 접시 위에서 서로 부딪쳐 소리를 내는 일이 없다. 내가 숟가락과 젓가락을 쓸 때보다 그의 나이프와 포크는 더 조용하게 움직이고 그것을 쥔 사람의 품위까지 더하게 한다.

"어때, 부드럽지?"

낮에, 기름을 다 제거한다며 한 내 불평을 기억했던지 우아하게 썰어

한입을 물은 스테이크를 입 속이 보이지 않도록 소리 없이 씹으며 그가 물었다. 그 돌덩이 같던 언 고깃덩어리는 정말 놀랍게도 입 속에서 부드러웠다. 무슨 소스를 썼기에 그 퍽퍽할 것 같던 기름기 없앤 고기가 이렇게 부드러워진 것일까? 그가 만든 특유의 향이 부드러운 고기의 육질과 입 속에서 어우러졌다. 하긴 기름기가 없어 맛이 없다고 먹지 않았던 닭 가슴살도 그가 만든 소스에 몇 시간 절여 두었다 요리하면 부드러운 육질의 닭 가슴살 요리가 되어 식탁 위에 올라 나는 감탄하곤 했다. 전문 요리사도 아닌 그가 나름의 비법을 쓰며 요리를 할 때면 나는 실은 배울 생각보다는 어차피 요리하는 일을 즐기므로 바라보기만 할 뿐이었다.

'어때, 부드럽지?'에 대한 대답을 기다리며 날 바라보는 그에게 나는 대답 대신 다른 생각을 하고 있었다. '고기를 부드럽게 하듯 사람 관계도 부드럽게 좀 하지' 하는 생각을. 사람 관계래야 그와 나의 관계, 그것도 그는 알지도 못하는 나 혼자만의 생각일 수도 있지만 나는 그것이 기름기 없는 고기를 씹어야 하는 일보다 실은 괴롭다.

내 속에 가득한 낯섦에 대한 고통을 그는 왜 모르는 것일까? 만일 그가 정말 모른다면 그것은 또 다른 심각한 일이 아닐 수 없다. 그는 결국 퍽퍽한 고기가 질길 수 있다는 것과 그 질긴 것을 부드럽게 만드는 일에는 정성을 쏟으면서 아내인 내가 낯선 생활 속에서 얼마나 힘들어하는지, 그것이 얼마나 이 삶을 포기하고 싶게 하는지에 대해서는 신경을 쓰지 않는다는 뜻일 테고, 결국 내가 그에게는 식탁 위에 오르는 스테이크만큼의 관심의 대상도 되지 못함을 의미하는 일이기 때문이었다.

대답을 위해 내가 와인 한 모금의 힘을 빌었다. 와인의 알큰한 맛은 술에 약한 내 어깻죽지를 금방 나른하게 했다. 복숭아 모양의 분홍 양초가 얌전히 식탁 가운데서 불을 밝히고 있는 이 저녁, 이런 기분만 아니면 얼마든지 로맨틱할 수 있는 분위기였다. 나는 물을 들이키듯 와인 잔을 비워 버렸다. 그가 스테이크를 자르던 손길을 멈추고 잠시 날 바라보았다.

내가 빈 잔을 그에게 내밀었다. 그가 다시 따르기를 서너 번째 그리고 내가 말하기 시작했다.

"당신 알아요? 당신의 그 심플한 언어들이 내게 나이프가 된다는 거?"

자꾸만 느슨해지려는 혀끝에다 힘을 주었다. 그가 부지런히 움직이던 나이프와 포크를 든 채 뜬금없이 무슨 소리냐는 듯 날 바라보았다.

"당신 땜에 내가 아프다는 거 아냐고?"

숨 쉴 틈을 주지 않고 내가 다시 말했다. 두 푸른 눈이 더 이상 놀라운 일은 없다는 듯 확대되었다.

'오, 맑은 날의 온타리오 호수 같던 저 푸른 눈.'

그는 그때 말했었다, '이번에도 '노'라고 말하면 나이아가라 폭포에서 점프할 거야!' 라고. 이미 첫 번째의 프러포즈에서 거절을 경험한 적 있던 푸른 눈은 물기마저 머금은 채였었다. 점프를 하겠다던 그 대신 그의 눈동자 속으로 마음 약한 나를 점프하게 하여 결국 이 저녁을 맞게 하는 저 투명한 푸른 눈. 그의 눈은 비겟덩어리에다 전기 나이프를 들이대던 때의 그것은 결코 아니었다.

나는 그의 푸른 눈동자의 소용돌이에 더 이상 휩쓸리지 않아야 했다. 푸른 눈을 정면으로 응시하며 내 속을 드러내 놓는 일에는 와인의 도움이 좀 더 필요했다. 나는 남은 와인을 목에다 부어버렸다. 깊이를 알 수 없는 푸른 눈이 일렁이기 시작했다.

"왜 그래, 당신?"

그의 푸른 눈이 갑자기 의혹의 잿빛으로 바뀌고 들고 있던 나이프와 포크는 식탁 위에 놓였다.

'왜 그러느냐고? 질긴 고기는 부드럽게 만들 줄 아는 사람이 보따리 싸고픈 내 맘은 모른다고?'

서러웠다. 함께 살면서도 내가 그에게 이토록 모르는 존재였다는 사실이.

"낯설어, 너무 낯설다고!"

그가 미처 삼키지 못한 입 속의 고기를 삼키는지 목젖이 움찔 움직였다. 그가 뭔가를 말하려다 입 속에다 가두며 대신 잔을 들어 한 모금 마셨다. 그리고 자세를 고쳐 앉았다.

"이러는 당신이 나도 낯설어."

'내가 낯설어?'

그것은 뜻밖이었다. 낯섦은 당연히 근거지를 옮겨온 내 몫인 줄 알았다. 내가 무겁게 내려앉으려는 눈까풀에다 힘을 주며 그를 바라보았다.

"당신은 말하지 않았잖아, 내가 낯설다고."

찬물을 한잔 들이킨 기분이었다.

"당신 말처럼 나는 말에 심플한 사람이잖아, 자르고 자르다 보니 할 말이 없어진 거지."

그가 씨익 웃었다. 이 위기의 상황을 어설픈 조크로 두루뭉수리하게 넘기겠다는 발상 같았다.

"난, 지금 심각해!"

내가 발끈하며 다시 대들었다.

"당신이 나까지 심각하게 해!"

그가 정색을 했다. 그래, 한 번은 치러야 할 일이었다. 와인과 촛불이 있는 고상한 식탁이 최후의 만찬이 된대도 어쩔 수 없는 일이었다.

"나, 갈 거야."

그가 미간에다 힘을 주는 것과 동시에 들고 있던 와인 잔을 내려놓았다. 잠시 그와 나 사이에 침묵이 흘렀다. 침묵이 오히려 낯섦보다 편안하다.

한참을 침묵하던 그가 대답 대신 식탁 위에다 놓았던 나이프와 포크를 집어 들었다. 그리고 먹다 만 스테이크를 자르기 시작했다.

……

'그래, 이 경황에도 스테이크가 중하구나.'

내가 실소하며 쓸쓸히 잔을 들었다. 타협의 여지는 없었다.

"당신, 이거 알아, 나이프와 포크의 관계?"

그가 눈길과 나이프와 포크를 한 묶음으로 하여 접시 위 스테이크에다 두고 있었다. 내가 잔을 든 채 물끄러미 바라보았다. 그는 알맞게 자른 스테이크를 입으로 가져가지 않고 계속 자르고 있었다. 언제 봐도 나이프와 포크를 쥔 그의 모습은 우아하다.

"생김새대로 하면 서로 싸울 일밖에 없을 거야. 둘 다 너무 낯설게 생겼거든."

무슨 뚱딴지같은 소리야, 하고 우리말로 중얼거리며 그를 바라보았다. 그는 자른 스테이크를 입으로는 가져가지 않은 채 여전히 자르기만 했다.

"근데 잡아주고 자르고 입에 넣어주면서 서로 다정하지."

하긴 그의 손 안에서의 나이프와 포크는 서로 마주보며 왈츠를 추듯 경쾌해 보이기도 했었다. 도무지 어울릴 것 같지 않은 것끼리의 조화로운 움직임은 음식과 어우러지면서 그것을 움직이는 사람의 품위까지 돋보이게 하는 것 같지 않던가.

"우린 나이프와 포크 같은 관계야."

그가 자르기를 멈춘 채 날 바라보았다. 와인 기운으로 몽롱해지려는 의식 속으로 그의 두 눈동자가 다시 갠 날의 온타리오 호수로 와 닿았다.

'나이프와 포크 같은 관계? 알긴 아는구나.'

자꾸 처지려는 눈두덩을 내가 애써 밀어 올리며 또 중얼거렸다.

"지금까지는 이해하는 시간이었어, 나이프와 포크의 관계 말이야."

"이해하려다 지레 죽을 거야. 이건 최후의 만찬이야!"

내가 어눌하게 그러나, 작정한 듯 퍼부었다. 마치 내 속에 쌓였던 생채기들을 밖으로 쏟아놓기라도 하는 듯 속이 후련했다. 배설의 쾌감이 몇 마디의 말로써도 가능하다는 사실이 경이로웠다.

'떠나리라, 정겨운 곳으로. 낯가림을 하지 않아도 되는 그곳으로.'

그렇게 중얼거리며 술기운으로 무거워진 머리를 식탁 위에다 놓으려는데 단호한 그의 말이 내 몽롱한 의식을 뚫고 들어왔다.

"아니, 최초의 만찬이야!"

군더더기라고 없는, 그의 언어였다. 그런데 어떻게 된 일일까? 나이프 같은 날렵한 그의 언어가 내 가슴을 관통했음에도 나는 식탁 위에다 몽롱한 의식을 뉘인 채 잠이 들어 버렸다.

깊은 잠이었다.

김외숙 (소설가 / 캐나다 거주)
명지전문대학 문예 창작과 졸업. 1991년 단편소설 「유산」으로 계간 〈문학과 의식〉을 통해 등단. 작품집 장편 『그대 안의 길』 『아이스 와인』 『유쾌한 결혼식』 외. 소설집 『두 개의 산』 『바람의 잠』 『매직』 산문집 『바람, 그리고 행복』 『춤추는 포크와 나이프』. 한하운 문학상, 한국 크리스천 문학상, 재외동포문학상, 미주 동포문학상, 천강문학상, 직지 문학상, 해외한국소설 문학상 수상.
현재 캐나다 온타리오주의 작은 마을, Niagara On The Lake에서 목회자인 남편 James Hills와 살며 집필활동을 하고 있다.
jean53@hanmail.net

사다리를 오르는 남자

민 원 식

"진우 씨 약혼했대? 그래서 두 달이 넘도록 우리 집에 발길을 끊었었구나, 도대체 누구하고 한 거야?"

은하가 말하면서 양화의 눈치를 살폈다. 양화는 별 표정 없는 손놀림으로 머리에 앉은 눈을 털고 외투를 벗어 어깨에 앉은 눈을 다시 툭툭 털어서 옷장에 걸었다.

"양화야, 너 알고 있었어?"

"응."

"어떻게, 소문을 들었어?"

"아니, 만났었어."

"그래서 본인이 스스로 말했다고? 잔인한 인간!"

양화는 동요 없는 얼굴로 소파에 앉자 TV를 틀었다. 환자들에게 시달린 탓인지 아니면 마음의 갈등 탓인지 지치고 피곤한 얼굴이었다.

"저녁은 병원에서 먹었니? 이렇게 늦도록 환자가 있었어?"

"초산하는 산모의 급환 출산이 있었어.

"그래서 순산했어?"

"응."

"피곤하겠다. 녹차 좀 줄까?"

"아니, 씻고 잘 거야."

양화가 샤워실로 들어갔다.

-독한 것, 어떻게 저렇게 무표정이야, 제 속이 지금 오죽할까.-

진우의 집안은 몹시 가난한데도 주눅 들지 않고 늘 당당했었다. 연애 따위엔 관심 없는 듯 여자의 주위를 서성거리지도 않았다. 양화의 미모는 중·고등학생 때도 묘한 매력을 풍겨서 거의 모든 남학생들이 양화에게 가까이 다가가고 싶은 관심을 보였지만 진우만은 그러지 않았다. 어떤 여학생에게도 무관심했지만 공부만은 수석의 자리를 양보하지 않았다. 이런 진우를 양화는 결단코 자신에게 항복시키고 싶었다. 생긴 것만큼이나 속이 야무진 양화는 밤을 새며 공부해 진우와 같은 대학 같은 과에 진학했다. 진우는 가정 형편은 어렵지만 명석한 두뇌, 매번 수석을 차지하는 학업에의 노력, 끈기 집념 등은 여학생들의 호감을 집중시키기 충분했다.

현수는 외교관인 아버지의 근무지를 따라 미국으로 갔다. 양화를 좋아하는 마음엔 변화가 없었다. 뿐만 아니라 현수는 미국에서도 꾸준히 양화에게 편지를 열심히 보내오고 있었다. 양화는 현수에게서 편지를 받을 때마다 즐겁고 자랑스러워 친구들에게도 공개했다. 양화 역시 현수를 좋아하고 있었다. 착하고 성실하며 준수한 외모, 원만한 성격, 훌륭한 부모님, 무엇보다 현수의 성품이 좋았었다. 그런데 양화는 도도하게 굴며 여자에게 관심 없어 보이는 건방진 진우를 자신에게 굴복시켜보고 싶은 장난기가 발동했다. 지금 생각하면 처음엔 단순한 일종의 장난 같은 승리감을 맛보고 싶은 오기였다고 말하면 맞을 것 같았다. 오히려 사랑하고 싶은 사람은 현수였다. 그러나 은하가 현수를 좋아하는 눈치여서 은하를 생각하며 마음의 갈등을 겪고 있었다. 샤워를 하고 나온 양화는 오히려 평온해 보이는 얼굴로 은하를 바라보았다.

"우리 내일 하루 기분전환도 할 겸 바람도 쏘이고 온천도 할까?"

-쟤는 지금 속이 움켜잡고 누워서 펑펑 울어도 시원치 않을 텐데 얘가 무슨 정신으로 바람을 쐬러 가자는 거야? 독한 것, 지금 진우에 대한 오기로 저러는 것이겠지,

그렇게 해서라도 위로가 된다면야.-

"그래, 가자 가. 그래, 가서 시원하게 툭툭 털고 와라."

은하는 양화가 큰 상처를 입을까 걱정이 되었다. 은하가 생각하기엔 진우같이 속을 닫고 있는 남자는 무슨 생각을 속에 품고 있는지 알 수 없다는 생각이 들었다. 자신의 야심을 위해서 배신도 할 수 있는 형이라는 것을 똑똑한 양화가 왜 짐작을 못했을까, 은하는 양화의 속을 이리저리 짚어보고 있었다.

"그러고 싶어? 그래, 그러자. 어디로?"

"오래간만에 집에 부모님도 뵙고 용돈도 드리고 마곡사로 해서 온양에서 온천으로 묵은 때와 마음속 찌꺼기도 말끔히 씻고 오자."

"와! 큰 나들이네, 하루에 그걸 다 할 수 있을까? 월요일은 우리 둘 다 출근해야 되는데,"

"늦게라도 돌아오면 되지, 아침 일찍 떠나자 새벽에, 어서 빨리 들어가 자자,"

은하는 양화의 기분을 짐작하고 있으므로 기분 좋게 양화의 의견에 찬성했다.

"그 배신자를 그렇게 해서라도 빨리 잊어라,"

"벌써 일어났어? 몇 시야? 5시? 일찍도 일어났다. 지금 뭐하려고?"

……

"응, 김밥이라도 준비할까 하고,"

"아이, 그만둬. 오늘은 내가 다 알아서 쏠게. 아침 점심 저녁, 그리고 온천까지, 너는 몸만 따라다녀. 얼른 들어가 준비해, 우리 6시에 출발하자. 은하야, 너부터 씻어, 그동안 내가 가면서 마실 커피는 준비할게."

둘이는 서둘러 준비하고 6시에 출발했다. 오늘도 어제처럼 날은 희뿌옇게 무겁고 간밤에 내린 눈으로 고속도로는 살짝 살얼음이 깔렸다. 여전히 기온이 영하이니 눈이 또 내릴 것 같기도 한데 스노체인을 준비하지 못한 것이 염려가 됐다. 그러나 양화는 무사고 운전자라 큰 걱정은 안 한다.

아니나 다를까 염려한 대로 서울 IC로 진입해 고속도로를 달리기 시작하면서 날씨는 점점 더 흐려지더니 드디어 눈이 날리기 시작했다. 천안 분기점에 가까울수록 눈발은 펑펑 함박눈으로 변했다. 이대로 계속 눈이 쌓이면 '태화산' 동쪽 허리 깊은 산속에 자리 잡고 있는 마곡사는 스노체인도 없어서 힘들 것 같다. 양화는 할 수 없이 계획을 바꾸어서 마곡사 관광은 다음 기회로 미루기로 하고 온양으로 직행하기로 했다.

달리는 차창 밖에 펄펄 날리는 백옥 같은 눈이 산천과 나무, 들판까지 온 천지를 기막힌 순백의 고고한 풍경화로 바꾸어 놓았다. 겨울의 산천이 이토록 아름다웠었나, 하얗게 쌓인 눈이 마음속까지 깨끗이 씻어주고 있었다. 즉흥적으로 결정해 떠난 여행이 며칠 동안 겪고 있는 고통을 말끔히 씻어내 주었다.

"산천이 정말 예쁘다. 이런 날을 억지로 고르려 해도 어렵겠다. 양화 넌 지금 기분은 어때?"

"왜, 나쁠 이유라도 있어? 나? 달리는 차창 밖 눈 덮인 산천의 경치가 너무 기막힌 절경이라 기분이 황홀해, 천안에서 아침 먹고 온양으로 직행하자, 엄마한테 점심은 콩가루 섞어 닭 칼국수로 해달라고 해서 먹고 온천 가서 묵은 때 다 빼고 우리 천천히 서울로 올라가자."

"자. 내려, 휴게소야. 좀 쉬고 아침 먹자."

휴게소 주변을 돌다 보니 천안 명물 순대와 만두집이 있었다. 순대와 만두집에 유난히 사람이 붐볐다.

"은하야, 너 만두하고 순대 좋아해? 천안 명물이라고 써졌는데."

"명물은 명물인가 보다. 저 줄 선 사람들 좀 봐, 우리도 먹어보자."

사실 양화는 별로 시장하지도 않고 먹고 싶은 욕구도 없었다. 하지만 의례 아침은 먹는 것이니까 명물이라고 쓴 것에 대한 호기심도 있고 해서 끈질기게 오래 기다려 순대와 만두를 2인분 샀다. 명물은 과연 명물이었다. 맛이 정말 일품이었다.

"정말 맛있다. 그런데 너무 양을 조금 주는 것이 흠이야."

양화가 은하를 보며 더 먹으면 질릴 거라고 말했다. 그리고 전화를 꺼냈다.

"엄마, 양화에요. 온양 온천 가는 길에 집에 들러 엄마가 만든 콩가루 넣은 닭 칼국수 먹고 싶어서요, 닭 한 마리 사 갈까요? 집닭으로요? 그러세요. 천천히 하세요."

은하와 양화는 커피 한잔씩을 마시고 밖으로 나오니 여전히 눈은 펄펄 내리고 있다. 양화가 차에 시동을 걸고 천안아산역 쪽으로 방향을 바꾸어 온양 온천 쪽으로 진입했다. 차창에 내려 부서지는 눈발에 어울려 허각의 '나를 잊지 말아요'가 조용히 흘러나온다. 은하가 양화의 눈치를 보았다. 양화의 얼굴엔 별다른 반응이 없었다. 그냥 틀어도 될 것 같았다.

양화는 허각의 노래 '나를 잊지 말아요'란 매력적인 저음 속으로 빠져들며 진우를 생각했다. 진우가 좋아하던 곡이다. 여학생들에게 관심도 없어 보였었던 도도한 진우를 자신 앞에 굴복시켰을 때 양화는 속으로 환성을 질렀다. 모든 여학생들이 진우의 사랑을 갈망하던 속에서 결국 진우는 양화 앞에서는 끝까지 버티지 못하고 사랑을 고백하고 말았다. 양화는 자신이 자랑스럽기까지 했었다. 그래서 진우는 앞으로 오직 나만 바라볼 것이란 자신이 있었다.

양화는 처음엔 사랑이 아니었다. 잘난 진우를 꺾으려는 오기로 승리감을 맛보려던 것이었다. 그런데 남녀 간의 문제는 섭리적으로 달랐다. 세월이 지나면서 양 전류와 음 전류의 배합처럼 강한 밀착상태가 느껴지면서 언젠가부터 양화의 마음속에 사랑이 싹터가고 있었다. 승리감이나 경쟁심은 차차 사라지고 오히려 사랑이라는 감정이 행복을 만들고 있었다. 진우의 가정 형편이 좀 어렵다 해도 그런 것은 별문제가 되지 않는다고 생각했었다. 둘 다 든든한 직업이 있으니까, 결혼까지 한다 해도 문제 될 것은 없다고 생각되었었다. 그러나 진우는 달랐다. 자라면서 가난이 부끄러웠다고 했다. 자신의 장래를 캄캄한 암흑 속으로 처박을 것이란 공포로 힘들었다고 했다. 진우는 모든 것을 꼭꼭 가슴 속에 숨기고 이를 갈며 공부에만 매달려 성공의 기회만 노린 것이라고 말했다. 그런 사실들이 결국 지금과 같은 비겁한 인간성을 가지게 한 것 같았다. 진우는 지금 그에게 찾아온 현실이 가난을 벗고 부를 축적할 수 있는 절호의 기회라고 환호하며 덥석 잡은 것이었다. 그를 가장 주눅 들게 했던 것은 가난이었으니까,

"내가 너를 사랑한다는 것은 알지?"
"그 확인이 지금 왜 필요해?"

양화는 황홀했다. 진우의 가쁜 숨 속에서 양화의 의식은 날아다녔다. 끝없이 드넓은 푸른 하늘 별들의 무리를 넘어서 끝닿는 데 없는 창공을, 양화는 모든 것을 주었다. 아낌없이. 얼마 후 숨이 겨우 진정됐을 때 진우가 양화를 바라보며 또 입을 열었다.

"양화야, 너 내 이야기 잘 들어, 나 내일 약혼할 거야."

"우리가? 어떻게 준비도 없이?"

"내 얘기 잘 들어봐, 나 내일 우리가 근무하는 S 종합병원 원장 딸과 약혼할 거야,"

"뭐라고? 지금 이런 순간에 그걸 농담이라고 하고 있니?"

"농담 아니야, 사실이야."

쾅! 폭음이 눈앞에서 폭발하는 것 같았다. 이건 도대체 무슨 소리인가? 벌떡 일어났다. 지금 방금 양화는 끝닿는 곳 없는 창공을 날지 않았나, 실오라기 하나 걸치고 있지 않던 양화가 저와 똑같은 모습으로 내던져진 진우를 보며 급히 옷을 집어 들었다. 모든 근육이 갑자기 쇠뭉치처럼 뭉쳤다. 두 주먹을 부서지게 쥐었다.

"양화야, 정신 차려. 내 말 다 들어봐. 나는 너만 사랑해. 병원장 딸은 내가 세상을 향해 올라갈 사다리야. 내 말뜻 알겠어?"

양화는 진우를 뚫어지게 보았다. 벌거벗고 누운 괴물로 보였다.

"뜻? 무슨 뜻?"

"왜 이렇게 흥분해? 사실대로 말해보자. 나는 너에게 처음엔 관심 없었어, 네가 나를 계속 유혹한 것이었지. 그래도 너는 내가 너와 함께 있는 시간을 행복에 겨워하며 즐겼잖아."

"그래서 이따위로 무례한 행동을 한 거야?"

"너 정말 한심한 애구나! 적어도 나는 내일 이전에 너에게 나의 깨끗한 동정만은 주고 싶었다. 그것이 너에게 얼마나 영광인지 모르겠니?"

"뭐! 미친놈. 그럼 너는 지금까지 한 행동은 무엇이었어?"

"사실을 말하는 것뿐이야. 세상이 점점 얼마나 각박하게 다가오고 있는지 너는 실감 못하니? 우리 병원 의사들만 보아도 성공을 향해서 눈들이 벌겋게 기회를 노리고 있는 것 안 보여?"

"너, 정말 한심한 놈이구나. 세상이 아무리 각박해도 이건 아니지. 너 의사야. 나도 의사고, 우리는 이미 성공의 문턱에 당당히 섰어. 머? 사다리, 그따위 사다리 안 잡아도 생각만 올바르면 얼마든지 성공해!"

"사다리는 아무에게나 오니? 너에게 사다리가 나타난 적 있어? 그것도 실력이야."

"너 같은 괴물을 몰라보고, 기막혀! 그러고 보니 내가 미친년이었었네!"

손에 무엇인가 잡히자 양화는 사정없이 진우의 얼굴을 향해 후려쳤다.

"개만도 못한 쓰레기, 이 정도로 비겁한 놈이었어? 어디 그 사다리 꼭대기까지 잘 기어 올라가 봐, 무엇이 있나."

문을 박차고 나왔다. 무서웠다. 진우의 마음속에 숨어있었던 삐뚤어진 생각이, 도대체 저 정도로 타락했었나, 내일 약혼식을 할 만큼 모든 일이 진행됐다는 말투인데, 언제 어떻게 소리 소문도 없이 그런 일을 추진했을까. 양화가 눈치조차 챌 수 없을 만큼 완벽하게 속이고 진행시킨 일이 결혼이었다고, 성공을 향해서 디디고 올라갈 사다리일 뿐이라고, 낯 색 하나 변하지 않고 오히려 자랑스러운 얼굴로 말하고 있었다. 소름이 끼치도록 끔찍하고 뻔뻔했다.

스쳐가는 인간들마다 무슨 생각들을 하고 있는지 무섭다. 비겁한 양심으로 기회만 엿보는 정신적 불구가 득실거리는 세상이 되어가고 있는 것인가, 슬펐다. 진우같이 비겁한 기회주의자를 몰라보고 자신의 깨끗한 순결과 순정을 순식간에 먼지처럼 날려버린 것에 양화는 미칠 것 같았다. 이젠 아무도 믿을 수 없을 것 같았다. 눈물이 한없이 볼을 타고 흘렀다. 양화는 미친 듯이 길거리를 헤매던 두 달 전 그 밤이 눈앞에 선명했다. 아무리 양화 자신이 스스로의 판단을 뉘우치고 후회한들 평생 이 밤을 잊을 수는 없을 것이다.

온양으로 가는 길 내내 은하는 양화의 기분을 계속 살폈다. 은하와 양화는 중학생 때부터 죽 단짝이었다. 성격은 둘이 좀 상반된 곳이 있었다. 그래도 단 한 번도 다툼 없이 절친인 것은 은하의 더할 수 없는 너그러운 마음과 양화의 사리가 분명한 똑 부러진 성격과 이해심이 잘 조화를 이루고 있었기 때문이었다. 둘은 궁합이 잘 맞는 친구였다. 서울에서 자취를 같이 한 것이 6년째. 고등학교 졸업반 때부터 같이 살았다. 친구이자 형제처럼, 그래서 서로의 성품을 너무나 잘 알고 있었다.

양화는 외향적이며 적극적이고 노력형이고 솔직했다. 직선적이고 담백하고 깔끔했다. 그러나 은하가 보는 진우는 복선적이고 표현이 없었다. 진우의 성품을 파악하기는 쉽지 않았다. 머리는 명석하나 진실하거나 성실해 보이지 않아서 호감을 받지 못하는 타입이었는데 왜 양화가 그토록 진우에게 관심을 가지고 사랑에 빠졌었는지 솔직히 이해할 수가 없었다. 오늘의 드라이브는 진우의 느닷없는 배신으로 일어난 것이었지만 양화가 잘 견디는 것을 보자 은하는 마음이 놓였다. 그런데 양화는 앞으로도 진우와 같은 병원을 계속 다니려는 것인지 말도 표정도 변화가 없다. 낮에 온양에서 부모님께도 닭 칼국수가 맛있다고 어머니 비위를 맞춰 드리고 용돈을 드리면서 평소와 다름없이 명랑한 척하고 나왔다.

온천욕을 비교적 오래 하고 피로를 말끔히 털고 상쾌한 몸으로 나왔다. 겨울이라 일찍 해가 져 밖은 어두웠다. 시동을 걸고 양화가 시계를 보았다. 5시가 조금 지났다. 양화는 생각했다. 서울까지 가는 데 두 시간은 걸릴 것이고 제아무리 끈질긴 인간이라도 5시간을 기다리고 있지는 않을 것이다. 어제 병원 책상 위에 일방적으로 남긴 메모를 무시했다. 앞으로는 드라큘라보다 더 괴물 같은 진우가 아무리 어떤 방법으로 접근해와도 절대로 다시는 돌아보지 않을 것이다. 양화는 이번 진우의 행동을 보면서 겉은 훌륭하게 보여도 속이 병든 정신적 불구라는 생각이 들었다. 세상이 각박하다고 자기의 주관마저도 상실하고 사는 진우 같은 괴물들이 얼마나 많을까, 슬픈 세상이다. 다행한 것은 깨끗한 영혼을 가진 양화 자신이 감사했다.

서울로 오는 길엔 휴게소도 들르지 않고 곧장 왔다. 아파트 주차장에 파킹하고 시계를 보니 8시 10분 전이다. 눈길인데도 생각보다 빨리 도착했다. 관리실 옆을 지나치는데 유리창을 열고 관리인 아저씨가 메모가 꽂힌 꽃다발을 내밀었다. 가끔 오던 청년이 세 시간을 기다리다 이걸 전해달라고 놓고 갔다고 하면서 건네주었다. 은하가 기가 막혀 양화 눈치만 살폈다.

"도대체 어쩌자는 속셈이야!"

꽃다발을 받아든 은하가 말해도 양화는 말이 없다. 표정도 없다. 우편함에도 편지가 한 통 와 있었다.

"야, 양화야, 현수한테서도 편지가 왔네."

이번에도 양화는 아무 말이 없다.

양화가 도무지 아무것도 볼 생각이 없으니 하는 수 없이 은하가 꽃다발에 끼워있는 메모를 읽었다.

-약속한 2시에 도착해 3시간을 기다리다 돌아간다. 내일 병원에서 이야기하자, 사랑 한다. 진우-

"이거 미친놈 아니야? 어이가 없어서, 너 미쳤니? 이런 놈을 왜 받아줘, 너같이 똑 부러지게 똑똑한 애가 정신 나갔니?"

"그러게. 생각이 있어서 오늘 온양 간 거야. 제멋대로 약속하고 멋대로 온 거야. 무시해."

"너, 앞으로 힘들겠다. 병원을 옮겨라."

양화가 꽃다발을 휴지통에 쑤셔 박았다.

"현수에게서 온 편지도 읽어봐."

나보고 읽으라고 은하가 현수의 편지를 읽기 시작했다.

"현수가 인턴, 레지던트 과정을 마치고 특별한 수련의 과정을 생각 중이란다."

"네가 반갑다고 장하다고 축하한다고 답장해."

"내가? 현수는 너한테 편지했잖아, 내가 왜 답장을 써?"

"너는 그게 탈이야. 좀 적극적인 생각 좀 가져봐. 은하야, 너 현수 좋아하잖아."

"그래서 너 적극적이어서 지금 이 꼴이 됐어? 인연은 다 따로 있어. 억지로 안 되는 거야. 현수는 미국 가기 전까지 나에게 관심 한 번도 표현해 본 적이 없어."

"그래. 네 말 듣고 보니 네가 착하기만 한 것이 아니고 정말 현명해. 나는 역시 미숙해. 사랑이 얼마나 위험한 행동인지 생각 못한 내가 바보였어."

"이제라도 알았으면 앞으로 똑같은 실수하지 마. 사실 준우 같이 밝은 면도 없고 표현도 없는 사람은 무슨 생각을 하고 있는지 알 수 없고 엉뚱한 괴물이 많아."

"야! 은하야, 네 관찰력과 생각은 아무도 못 따라가겠다. 그런데 나를 미리 좀 교육시키지 왜 그냥 놔뒀어?"

"너 교육시켜도 안 됐을 거야. 다 어길 수 없는 자신들의 운명이야,"

"도사 같은 말만 하네. 그래서 현수 포기할 거라고?"

"언제 뭘 시작이나 했나, 포기하게. 현수 같은 인품, 밝고 티 없는 웃음, 순수함 이런 성품은 보증수표야. 내가 현수를 좋아하는 것은 그런 인품뿐이야."

양화가 은하를 바라보았다. 은하는 놀랍도록 자신의 인생 항로를 잘 끌고 갈 것 같은 예감이 들었다. 정말 나에게 과분한 좋은 친구다. 은하의 속마음을 알 것 같았다. 은하가 현수를 좋아한 그 오랜 세월을 왜 모를까.

양화가 현수의 사랑을 받아들이지 못한 이면에도 은하가 있었기 때문이기도 했다.

아침마다 똑같은 메모가 3일째 양화의 책상 위에 놓여 있었다. 어제와 같이 찢어 휴지통에 버렸다. 병신 같은 놈, 그 사다리 붙잡았으면 떨어지지 말고 그길로만 잘 기어오르기나 할 것이지, 무슨 재주를 또 부려보려고, 얼핏 눈에 들어왔던 구절이 '내 결혼 날짜가 잡혔어.' 이었다. 은하 말대로 병원을 옮겨야 할까, 그것도 쉬운 결정은 아니다. 앞으로는 늘 긴장해서 은하처럼 인생을 현명하게 끌고 가야 한다는 생각이 들었다. 혼돈의 부끄러웠던 한 해의 막바지가 매서운 추위를 안고 숨 가쁘게 넘어갔다.

화사한 꽃잎이 날리는 봄날 일요일 낮에 은하에게 손님이 찾아왔다. 그가 명함을 양화에게 건네주었다. 은하가 근무하는 은행의 론 파트의 부장이었다. 눈이 유난히 빛나는 샤프한 인상을 주었다. 묵중한 위엄도 있어 보였다. 삼십 초반의 젊어 보이는 남자는 나이가 많은 어른이 풍기는 자애롭고 인자한 느낌을 주었다. 양화는 자신도 모르게 그 남자 앞에서 주눅 든다는 느낌을 받았다. 처음 느껴보는 중압감이었다. 그러나 단순히 얼굴 생김새만 본다면 첫눈에 호감을 끌만 한 인물은 아니었다. 체격도 왜소했다. 손에는 선물꾸러미를 들고 있었다.

"들어오세요, 은하가 장을 보겠다고 나갔습니다. 들어올 때가 지났는데 곧 올 겁니다."

"아, 제가 약속 시간보다 조금 일찍 도착했습니다. 일요일이라 차가 막히지 않았어요."

"네. 다행이셨네요, 어서 들어오세요."

선물을 받아든 양화 손의 촉감이 뭉클했다. 이건 무엇이지? 부엌으로 들고 갔다.

"커피와 녹차가 있는데 무엇으로 드릴까요?"

"커피로 하겠습니다."

커피를 준비하며 선물을 풀어 보니 소고기였다. 양화는 내심 놀랐다. 젊은 여인의 집에 첫 방문인데 소고기를 들고 온다는 것이 양화가 생각하기에 이해가 안 되었다. 이 사람 또 이상한 이해 못할 사람 아닐까, 그녀는 한번 실수로 혼이 난 경험이 있어 저렇게 좋아 보이는 저 사람의 속은 무엇으로 채워져 있는지 알 수 없는 것이 답답했다. 은하는 행복해야 하는데.

"커피 드세요, 얘가 올 시간이 지났는데."

"네, 감사합니다."

"은행 업무는 다른 직업과 달리 돈을 다루는 곳이라 세밀하고 정확하고 신의와 정직이 필수조건으로 요구될 것이라고 느껴지네요. 그런 면에서는 우리 은하도 빠지지 않는 모범생이거든요."

"네, 맞아요. 은하 씨는 은행 업무에 맞춤형 인품을 가졌습니다."

"요사이는 뉴스마다 특권층 권력가들의 비리와 부정이 쏟아져 나오는데 참으로 범죄도 다양해요. 보기가 역겨워요."

"네, 점점 더 급속도로 사회 부정이 오염되어가는 느낌입니다."

"어머! 부장님, 일찍 오셨어요?"

은하가 들어왔다.

"아니, 한 10분쯤 됐나?"

"부장님, 시장하시지요? 빨리 점심 준비할게요."

큰 키는 아니지만 흉하게 작지는 않았다. 담소하는 내내 주는 인상은 남자다운 기상은 없으나 허풍 끼는 전혀 없고 점잖고 착실한 것 같았다. 빈틈없는 성격의 소유자처럼 보였다. 진우 같은 괴물은 절대 아닌 착실한 은행원 타입 같았다. 은하 속은 안 썩일 것 같으니 오히려 마음이 놓인다고 해야 하나? 그런데 첫 방문에 꽃이 아니고 소고기를 사 온 것을 은하가 어떻게 생각할까?

"식탁으로 오세요, 점심준비 다 되었어요."

"뚝딱 한 상을 차렸네, 부장님 술 하세요? 맥주는 있는데, 회를 먹을 때에는 소주이어야지?"

"아, 아닙니다. 낮이라 그냥 식사만 하겠습니다."

"원래 부장님 술 별로 좋아 안 하셔. 직원 회식할 때도 술 잘 안 하시는 것 같아서 준비 안 했어."

은하가 부장님께 관심이 많았었나? 식성까지 파악했네, 오늘의 점심상은 광어회에 대구조림까지 풍성했다. 평소에도 은하의 음식 솜씨가 아주 좋았다, 맛도 훌륭했다. 셋이 만족하게 포식했다. 식사 후 은하와 부장님은 데이트를 한다고 같이 나갔다. 외출하는 두 사람의 뒷모습을 지켜보며 양화 자신의 마음도 오래간만에 평온한 안식을 얻은 듯 편했다. 예감이 좋았다. 은하와 부장님의 앞날은 사랑과 행복이 풍성하게 쌓여가는 Sweet Home을 만들어 갈 것 같은 믿음이 생긴다. 은하야, 행복해야 한다. 오래간만에 모든 잡념을 떨치고 일찍 잠자리에 들고 싶었다. 푹 자고 싶었다. 가끔 복용하는 멜라토닌 5mg을 먹었다. 그래도 눈은 여전히 잠을 거부하고 있었다.

결국 푹 자고 싶은 것은 양화의 욕심이었다. 그녀의 마음은 점점 더 또렷해지면서 의식의 세계를 헤매고 있었다. 희미한 실루엣이 눈에 어른거린다. 진우가 자랑하며 보여주는 모습이다. 한심하게도 그는 이 밤도 사다리를 열심히 기어오르고 있다. 부장님과 손잡고 엽전을 아껴가며 밤하늘의 별을 세는 소박한 데이트에 푹 빠진 두 사람도 보인다. 고수부지를 오르다 내리고 내리다 또 오르는 은하의 모습은 행복해 보인다.

은하가 아침을 다 준비해놓고 먼저 출근했다. 식탁 위의 메모를 보았다. -너무 곤히 자기에 깨우지 않았다. 아침 꼭 먹고 출근해라- 착한 은하 어젯밤 몇 시에 들어왔기에 아침까지 준비해 놓고 출근했을까, 부지런히 서두르지 않으면 늦을 것 같다. 오늘 하루도 단단히 마음을 무장하고 차에 시동을 걸었다. 오늘은 웬일인지 내 사무실 책상 위가 깔끔했다. 지쳐서 포기한 것인가, 아니면 사다리를 열심히 오르려고 작심한 것인가, 무엇이 됐건 그녀와는 관계가 없으니 귀찮게 눈앞에 메모지 같은 것으로 걸리적거리지만 않으면 된다.

은하는 연애에 빠졌다. 양화는 매일 신생아들의 고고하게 신고하는 첫 울음소리를 들으며 활짝 웃는 순간의 기쁨으로 행복했다. 봄, 여름, 가을, 겨울을 순식간에 넘기고 또 봄이 왔다. 은하는 일 년의 연애기간을 보물처럼 일기장에 채워갔다. 종내 결혼을 선언했다. 5월의 신부가 되겠다고 준비 중이다. 현수는 그동안 변화가 생길 때마다 소식을 전해왔다. 결국 3년의 수련 기간을 '국제 보건의료 재단을 통해 결정했고 아프리카에 있는 마다가스카르로 갔다. 국제 보건재단의 계획대로 벌서 1년의 봉사 기간이 정신없이 바쁜 속에서 지나갔다고 소식이 왔다. 1년 동안 봉사한 의료일지를 보니 자신이 치료한 환자 수가 2,500여 명이나 되었다고 스스로도 대견해 하고 있었다.

신록의 계절 5월로 성큼 들어왔다. 5월에 피는 꽃은 화사한 흰색이 많다. 이팝나무 꽃과 아카시아 꽃은 모두 눈부신 흰 꽃이 나무 전체를 흐드러지게 뒤덮는다. 이팝나무 이름의 유래도 원래 5월이면 보릿고개인데,

하얀 쌀밥이 나무 전체에 주렁주렁 매달린 것처럼 흐드러지게 피우기 때문에 나무 이름이 이밥(흰쌀밥) 나무가 되었다고 한다. 아카시아는 향기가 온 동네를 진동할 만큼 짙은 향기를 풍긴다. 어린이들이 즐겨 따 먹는 꽃이다, 두 나무의 꽃 색은 신부의 흰 웨딩드레스처럼 희고 눈부시다. 은하가 입을 드레스도 하얀 순결을 뜻하는 백색이 눈부실 것이다. 5월의 신부 은하는 한껏 돋보일 것이다. 은하는 물론 양화까지 흥분으로 달력의 날짜를 지워가고 있다. 이제 일곱 밤 남았다.

은하가 매일 밤 신랑 칭찬에 침이 마르던 밤도, 떠들썩한 결혼식으로 북적거리던 행복도 신부 신랑이 함께 신혼여행을 떠나면서 모두 떠나갔다. 딸을 시집보낸 어미처럼 쓸쓸하게 덜렁 혼자 남은 양화는 이유를 모르는 눈물이 때때로 흘렀다. 은하가 그리워서 미칠 것 같지만 가끔 걸려오는 전화 속 은하의 목소리는 행복에 겨워 쨍쨍한 고음으로 그녀의 고막을 찢었다. 그래도 반갑고 좋았다. 신혼살림은 깨가 쏟아지는 소식이었다. 시부모 자랑도 늘어졌다. 은하는 아버지 일찍 돌아가시고 엄마가 재가해 늘 쓸쓸했었는데 이제 결혼으로 행복해서 참 좋았다. 양화는 부장님한테도 고마운 마음이 쌓여가고 있었다. 은하는 이제 아무 근심 걱정도 없는데 오직 하나 남겨 놓은 친구 걱정이 있어 답답하단다. 현수한테 편지 자주해라, 필요한 물건 사서 보내주어라, 잔소리가 많다. 세월은 멈춤 없이 흘러 눈이 쌓이고 현수가 아프리카로 떠나간 지도 벌써 2년이 흘러갔다.

은하가 아기를 임신했다는 반가운 소식을 들은 며칠 후 진우가 메모가 아니고 편지 봉투에 정식으로 쓴 편지 한 통을 사무실 책상 위에 올려놓았다. 2년의 세월이 흘렀는데 아직도 할 얘기가 남았었나? 감정 없이 뜯어서 읽어 보았다. 진우는 변한 것이 별로 없는 것 같았다. 편지 내용은 자기의 판단과 결정이 옳았다는 이야기다. 그러니까 결국 사다리를 잘 잡았다는 뜻이다. 날로 행복해지고 있으며 마침내 아내가 임신에 성공해 자신의 성공한 앞날이 펼쳐지고 있다고 자랑을 늘어놓았다. 끝으로 자신의 아내의 주치의가 되어달라는 부탁을 했다. 양화는 정말 오래간만에 할 수 없이 전화기를 잡았다. 정중하게 사양하고 귀한 몸이니 더 권위 있는 의사를 택하라고 말해 주었다.

은하가 초진을 위해 사무실로 왔다. 간호사의 안내로 들어온 은하의 모습은 살도 좀 쪘고 얼굴이 뽀얗게 활짝 폈다. 정말 행복해 보였다.

"선생님, 잘 부탁드립니다."

은하가 활짝 웃었다. 결혼 후 정말 다른 사람처럼 변해버린 은하를 바라보는 양화는 놀라서 입이 다물어지지 않는다.

"야! 아줌마가 되드니 귀부인 티가 줄줄 흐르네, 우리 은하 정말 시집 잘 갔다. 야무진 신랑 만나드니 신수가 환히 폈는데. 이제 은하라고 못 부르겠다. 부장님 사모님이라고 부를까?"

"놀리지 마. 선생님이나 빨리 결혼하시면 내 마음이 편하겠습니다."

"때가 되면 가겠지."

"현수는 몇 년이나 더 그곳에서 봉사해야 해?"

"앞으로 1년 더 봉사해야지."

"그리고 미국으로 가겠지?"

"그럼, 미국으로 가지."

"결혼하려면 너도 미국으로 가야 해?"

"아직 우리 결혼 말은 서로 하지도 않았어. 현수 생각도 아직 몰라, 편지만 자주 보내와."

진찰 결과 은하는 임신 8주가 되었다. 초음파로 아기 사진도 찍었다.

"부장님 보여드려, 아빠가 되니 얼마나 기쁘실 거야?"

"양화야, 너무 고마워. 네가 있어서 나도 친정이 있는 것 같아서 좋아."

"너 시집가고 얼마나 쓸쓸했는데, 딸 시집보낸 어미 같이 눈물도 흘리고. 정말로 힘들었었어. 너는 부장님 사랑에 푹 빠져 아무 생각도 안 하고 살만 쪘구나?"

"솔직히 너무 행복해. 너 빨리 결혼해. 쓸데없는 자존심 세우지 말고 현수 씨 곁으로 가."

"인생이 말 같이 쉬우니?"

"생각하기 나름이야, 절대 머리 굴리지 말고 네 욕심만 부리지 마! 사랑은 희생이고 나눔이야."

"아이고, 선배님! 명심할게요. 너 행복 강사로 나서도 되겠다."

은하는 애기 초음파 사진을 소중히 챙겨서 돌아갔다.

초여름으로 접어든 주말 오후에 진우가 몸을 가눌 수 없을 만큼 술에 취해 와장창 부서지게 양화의 사무실 문을 열고 서 있었다. 당황한 양화와 환자가 동시에 벌떡 일어섰다. 간호사가 세 명이나 그를 끌어내려고 애쓰고 있었다. 드디어 진우가 펄썩 바닥에 몸을 던지며 두 팔로 바닥을 치며 통곡을 시작했다. 병원 안이 갑자기 웅성거리고 대기실 환자들까지 술렁이며 난리가 났다. 경비원들이 달려왔고 진우는 거의 질질 끌다시피 끌려 나갔다. 무슨 영문인지 알 수 없는 양화가 간호사실로 뛰어왔다.

"무슨 일이야?"

"모르겠습니다."

어리둥절한 간호사들도 모르는 기세다. 모두 다 웅성거리기만 한다. 양화는 급히 사무실로 달려갔다. 그곳도 직원들이 웅성거리고 있었다. 경비원 하나가 급히 뛰어 들어왔다.

"원장님 따님이 수술 도중 돌아가셨답니다."

모두가 아연실색한 모습이다. 양화도 놀랐다. 그러나 양화는 직감적으로 알았다. 난관 임신이었었구나. 얼마 전 장문의 편지로 절절히 행복함을 과시하고 자신의 선택이 옳았다는 진우의 기세가 하늘을 찌르는 편지와 양화에게 아내의 주치의가 되어달라고 부탁했었던 기억이 났다. 양화의 두 다리에 힘이 쑥 빠졌다. 진우의 부인이 죽었어! 어떻게 하나, 양화는 가슴이 멍했다.

나팔관 임신은 종종 임신 중 일어날 수 있는 증상이다. 그러나 대체로 수술로 치료가 가능하다. 간혹 나팔관 파열 후 늦게 발견되어 파열된 난관 임신이 수혈과 수술요법을 통해 난관을 완전히 절제하는 수술을 시행했으나 많은 양의 출혈이 있을 경우 혈 역학적 쇼크가 발생하여 생명을 잃을 수도 있다. 정말 안타까운 일이었다. 온 병원 분위기가 며칠 동안 무거웠다.

며칠 후 장례식 날 호상이 아닌 장례라 분위기는 말할 수 없이 슬픔으로 조문객 모두의 표정이 엄숙하고 무거웠다. 하관이 막 끝나고 모두 집으로 돌아가기 위해 웅성거릴 때 양화 앞에 진우가 나타나 때릴 것처럼 삿대질을 하며 또 행패가 시작되었다.

"네가 뭔데 환자의 부탁을 거절했어? 도대체 네가 뭐야! 네까짓 게 뭔데, 왜- 왜- 내 아내의 진료를 거절했느냐고! 네가 무슨 권한으로? 말해봐, 이 살인마야! 내 아내 살려내, 살려내!"

진우의 이성을 잃은 행동이 양화를 밀치며 두들겨 팰 듯이 달려드는 것을 경비들이 억지로 끌고 데려갔다. 원장님 부인이 와서 정중히 사위의 행동에 사과를 했다.

양화는 집에 돌아와서 낮인데도 수면제를 먹었다. 아무것도 생각하지 않고 푹 자고 싶었다. 그러지 않아도 진우의 아내가 사망한 후 며칠 동안 안정을 찾지 못했다. 신경도 극도로 피곤한 상태였었다. 양화는 12시간 이상을 잔 것인지 다음 날 아침에 눈을 떴다. 병원에 병가를 신청하고 다시 누웠다. 진우의 모습이 떠올랐다. 어제, 이성을 잃고 날뛰던 모습 옆에 반 토막으로 부서진 사다리가 뒹굴고 있는 것처럼 보였다. 그 상황에서도 설마 사다리를 생각했을까? 그 난동이 아내에 대한 사랑이었기를 양화의 마음은 바라고 있었다. 그러면서도 진우의 사다리가 부서진 것도 안타까운 마음도 들었다. 양화 자신도 이해할 수 없는 마음이었다. 괴물을 보듯이 소름끼치던 진우가 한편 불쌍한 마음이 드는 이 아이러니를 무슨 말로도 설명할 수는 없다. 다시는 진우의 그 못난 꼴을 대면하기 싫다. 밖이 좀 시끄러웠다. 은하가 왔다.

"어디가 아픈데? 병원에 전화했더니 병가를 냈다기에 달려왔지. 일어나, 잣죽 좀 먹고 자. 죽 쑤어왔어."

"몸살이야. 하루만 쉬면 나을 거야."

양화가 잣죽을 맛있게 먹고 있다. 은하를 보니 힘이 난다.

"들어오면서 우편함에 편지가 왔기에 빼왔어. 현수한테서 온 편지야, 또 나보고 읽어보라고?"

"응, 읽어봐."

편지를 읽던 은하가 갑자기 멈추더니 심각한 얼굴이 되었다.

"너 이 편지 자세히 읽고 빨리 약 준비해 가지고 현수한테 가봐야 되겠다. 현수가 말라리아가 걸렸대. 아프리카 말라리아는 위험한 것 아니야?"

"갈 때 예방주사를 맞았을 텐데 벌써 2년이 되었으니 저항력이 약해졌나? 전화를 해 보아야겠다."

"그래. 상세히 증세 물어서 약 사 가지고 하루 빨리 가봐."

은하가 더 서둔다. 은하의 내심은 다른 속셈이 있는 것인 걸 양화는 알고 있다. 양화도 생각했다. 더 이상은 진우와 같은 공간에서 근무하는 것은 어렵다는 것을 느끼고 있었다. 양화는 병원에 사표를 제출해야겠다고 생각했다. 우선 현수에게 전화를 걸어 상황을 파악하는 것이 먼저이다. 현수는 약만 구해서 부치라고 했다. 그러나 양화가 직접 가서 보고 치료해야겠다고 생각했다.

현수를 생각하면 무엇인가 알 수도 없고 떳떳하게 해명할 수도 없는 답답함이 양화를 묶는다. 짙은 안개 속에 갇혀 갈 길을 찾을 수 없는 미아가 된 듯 누군가를 향해 SOS를 외치고 싶다. 현수는 한결같이 삼사 년 동안 미국과 한국이라는 마주 볼 수조차 없는 거리를 안고도 흔들림 없이 양화를 신뢰했다. 생각할수록 자신도 이해할 수 없는 경솔함으로 벌어진 일들의 후회가 양화의 가슴을 쓰리게 후벼 파서 미칠 것 같다. 그래도 이 아픔의 고통이 현수에게서 속죄를 받을 수 있는 길이라면 참고 참으리라, 말라리아로 고생하고 있는 현수가 너무 걱정된다. 한시바삐 쫓아가 현수를 돕고 싶다. 난생 처음으로 십자가 앞에 무릎을 꿇었다.

-전능하신 하나님 길 잃은 어린양입니다. 주님의 사랑으로 저의 길을 인도하여 주소서-

현수를 위해 할 수 있는 모든 일을 하고 싶다. 서둘러 양화가 아프리카 마다가스카르로 출국 수속을 진행했다. 병원도 이미 사표를 제출했다. 진우도 염려는 되었으나 이번 기회에 자신을 정확하게 바라보고 잘못된 점을 찾아 바른 생활을 할 수 있게 되기를 바랄 뿐이다. 은하에게도 그동안의 진우의 시시콜콜한 사생활은 이야기하지 않았다. 아프리카로 떠나기 위한 준비를 끝냈다. 그곳에서 현수가 필요하다는 약도 충분히 구입했다. 양화도 말라리아 예방주사를 맞았다.

"양화야, 몸조심해. 현수 잘 돌봐주고, 필요한 것이 있으면 언제라도 연락해. 구할 수 있는 것은 무엇이라도 구해서 보낼게."

"은하야, 아기 출산하는 것 돌봐주지 못해 미안해. 몸조심하고 정기적으로 산부인과 가는 것 게을리하지 말고 예쁜 아기 낳아. 도착하면 곧 편지 보낼게.

은하가 하늘로 떠오르는 비행기를 보고 섰다.

-양화야, 행복해라. 사랑한다.

민원식 (소설가, 화가 / LA 거주)
충북 괴산 출생, 서울 물리사대 졸업
화가, 시인. 수필가. 소설가
제1회 〈미주한국소설문학상〉 수상
미주문협, 소설가협회 회원

풍선껌Bubble Gum

연규호

1.

"야! 피성근. 너, 기껏 숨어 산다는 곳이 고작 엘파소(El Paso Tx)니? 한국 사람 하곤 아예 등지고 산다. 너, 무슨 원수졌니?"

2007년 6월, 나는 로스앤젤레스(LA)에 사는 한 죽마고우로부터 아주 뜻밖의 전화를 받았다. 어떻게 내 전화번호를 알게 됐는지는 모르나 전화를 받는 순간 나는 하늘이 무너지는 듯한 충격을 받았다. 얼룩지고 외로웠던 내 인생이, 32년 전에 고장이 나 멈춰 선, 볼품없는 벽시계가 갑자기 밧데리를 바꿔 끼자 틱톡틱톡 소리를 내며 되돌아가는 듯했다.

어느새 55세, 한창 일하고 재미있게 살 좋은 나이에 들어섰다.

잠시, 5년 전으로 되돌아가 보자. 하늘의 뜻을 깨닫는다는 지천명(知天命)에 내가 기껏 생각하고 깨달아 실행한 것은 '한국 사람들과 상대하지 말고 두더지처럼 숨어 사는 은둔자가 되자'였다. 그 이후, 나는 엘파소 다운타운에서 멕시코 사람을 상대로 신발 가게를 운영해 오고 있었다. 멕시칸을 고객으로 상대하면 한국 사람들과는 반비례해서 전혀 만날 우려가 없어 나의 존재가 알려지지 않을 거라고 생각했었다. 그러나 그 비밀은 5년 만에 들통이 나고 말았다. 낮말은 새가 듣고 밤말은 쥐가 듣는다고 했듯이 마취과 의사로 로스앤젤레스 병원에서 일하는 이규석에게 발각됐으니 문제가 컸다. 그놈의 눈은 독수리처럼 매섭고 입은 늑대의 이빨이기 때문에 나라는 존재는 모든 동창들에게 알려질 것이 뻔했기 때문이었다. 독수리의 부리에 쪼이고, 늑대의 이빨에 찢겨 내장을 들어내고 피가 엉킨 채 내버려진 사슴을 보는 듯했다.

"야, 성근아! 너, 김순영의 남편 정종일이 죽은 거 아니?"

"종일이가, 언제?"

"너, 몰랐어? 순영이 혼자 살고 있다. 한 5년 됐어."

"5년?"

5년이라면 병석에 누운 나의 아내를 좀 더 잘 수발해주기 위해 바쁜 직장을 사임하고 비교적 쉬운 신발 장사를 시작한 그해, 즉 지천명의 나이였다.

친구 이규석과 불과 몇 마디 안 되는 대화였지만 내게는 아주 긴, 32년의 세월이 압축된 축음기판에서 엉킨 실타래가 풀리듯, 과거라는 괴물이 살살 잃어버린 옛 노래로 둔갑해 흘러나오고 있었다. 천천히 돌며 가끔 "찍찍" 잡음을 내는 아날로그 오디오의 둔탁한 소리가 내 고막을 요란하게 두드렸다.

'순영이가 혼자 산다….혼자…' 나의 심장이 두근두근 방망이질한다.

2.

"성근아! 이번에는 네 차례여. 그러니 과감하게 공격하라고. 굶주린 코요테처럼 말여. 알았지!"

"알았어. 고맙다." 나는 규석에게 진심으로 사의를 표했다.

"허, 그런데 너, 아주 멕시코 사람이 됐다면서? 그래도 되는 거니?"

녀석은 격려뿐만 아니라 걱정까지 해 주었으나 은근히 빈정대는 투였다.

"맞아, 반 히스페닉이여. 멕시칸이 아니고…."

"자식, 그게 그거지. 알았어, 임마. 자주 연락하자!"

'잘나가던 정종일이 어떻게 죽었을까? 순영이는 지금 어떤 마음일까?'

너무나 오랜 세월 그들과 연락을 끊고 살았으니 도무지 추측을 할 수가 없었다. 그럼에도 불구하고 한편으로는 고소하면서도 몹시 궁금했다.

나는 담배, 술은 하지 않았으나 무료할 때는 껌을 질겅질겅 씹는 것으로 스트레스를 해소했다. 애들처럼 풍선껌에 바람을 잔뜩 불어넣어 입 밖으로 내보내고 훅 불면 "퍽"소리를 내며 짜부라들어 입가에 낙하산처럼 들러붙을 때 속 시원했었다.

사실 내가 신발가게 주인이 된 것은 나를 차버린 순영을 잊기 위한 방편이었다.

머릿속에 꽉 박혀 있는 순영에 대한 기억을 지울 수는 없었지만 못 오를 나무는 아예 쳐다보지 말라고 했듯이 순영을 포기했기 때문이었다. 아주 엉뚱하게 엘파소에서 멕시칸 여성, 마리아 곤잘레스와 결혼해 살고 있는 것 자체도 그런 맥락이었다. 그런데 5년 전, 의지하며 살아온 아내, 마리아가 자동차 사고로 척추를 다치자 나는 30여 년간 다니던 물리학연구소를 그만두고 작은 신발 가게를 인수했다. 아내를 가까이에서 돌보기 위해서 시간이 필요했기 때문이었다. 그런데 무슨 운명의 장난인지 오손도손 잘 살고 있는 내 앞에 나를 보기 좋게 차버리고 정종일과 결혼 한, 나의 첫사랑 순영이 돈 많은 과부로 나타났다.

"천주님! 나를 시험하시나요? 혼란스럽습니다."

"시험이라니? 너, 딴맘 먹지 마라." 천주님의 대답이었다.

"천주님! 순영을 정말 잊었습니다. 육체적인 간음은 물론 정신적인 간음도 없었습니다." 나는 수없이 나 자신을 다짐해 보았으나 그럴수록 순영을 보고 싶은 마음이 초봄, 새싹처럼 여기저기에서 삐쭉삐쭉 고개를 들고 있었다.

'잠시 만나 어떻게 변했는지 보고 싶은데, 아주 잠시…. 한 번만 만나 보면 안 될까? 순영이도 날 좋아했었는지, 단지 그게 알고 싶어. 난 아직도 순영을 좋아하는데….'

나는 2주간, 천주님과 순영이 사이에서 몸서리치게 사투를 하고 있었다.

'보고 싶다. 순영아! 잠깐만, 아내 몰래….'

"안 돼! 간음하지 말라!" 천주님은 나를 질타하는 듯했다.

"딱 한 번만, 순영을 보면 안 되나요? 천주님!"나는 천주님께 살살 빌었다.

"그렇다면 딱 한 번만…." 천주님이 허락하는 듯했다.

3.

돌이켜 보면, 김순영, 정종일, 이규석 그리고 피성근이란 이름들은 언제 불러도 친근한 한 동네, 한 천주교회, 한 학교에서 한솥밥을 먹던 죽마고우들이었다.

순영은 우리 4인방의 공주요, 행복의 근원이요, 목표였었다. 그러나 죽마고우의 우정도 나이 들어 사각관계가 되면서, 먹음직한 암사슴 한 마리를 놓고 치열하게 이빨을 드러내놓고 으르렁거리는 아프리카, 사파리 세계의 사자, 늑대 그리고 코요테였다.

사자로 불리우는 종일은 공대 원자력학과, 늑대 규석은 의예과에 그리고 코요테인 나는 물리학과에 입학했다.

흙수저 출신인 나는 아예 처음부터 그들과는 게임이 되질 않았다. 뿐만 아니라 나의 성 씨에서 오는 열등감도 컸었다. 사자와 늑대에게 밀려나, 피성근은 꼬리를 내린 코요테가 되었다.

"순영아, 나, 나는 너를 사랑하는데…."

물에 빠진 코요테가 안간힘을 다해 물러나기 전에 마지막 고백을 했다.

그녀는 눈물 반 웃음 반으로 대답했다. "나도 널 좋아해. 그러나 성근아, 우린 영원한 친구여."

"그럼, 나와 결혼할래? 순영아 …."

나는 기어들어 가는 목소리로, 애절하게 그녀에게 나의 진심을 털어놓았다.

"성근아! 아니 성근 씨. 우린 갈 길이 다른가 봐. 난 내 갈 길이 있어. 종일이와 결혼 약속했어. 미안해. 우린 친구여. 성근 씨." 그녀는 야박하게 씩 웃으면서 대답했다.

'성근 씨? 갑자기 씨는 무슨 얼어 죽을-'

퇴짜를 먹은 나는 쪽팔렸다. 입술을 콱 깨물자 반사적으로 악이 받쳤다.

주머니에 숨겨둔 풍선껌을 입 속에 넣고 쩍쩍 소리를 내 씹었다.

꼬리 내린 코요테는 4인방에서 물러나와 ROTC와 물리학 공부에 전념하게 됐다. 코요테(Coyote)는 늑대(wolf)와 사자(lion)에게는 적수가 되지 못했다. 아니 밥이기 때문이었다.

의예과에 합격한 은수저 출신의 규석도 상황은 마찬가지였다. 늑대인 규석도 쓴 침을 삼키며 사파리에서 물러나고 말았다.

4년 후, 의학을 전공하는 규석을 제외한 나와 정종일은 졸업을 하게 됐다. 흙수저 출신인 나는 대한민국 소위로 임관한 후 휴전선 근방 연천에서 근무를 했다.

금수저 출신, 정종일은 군대를 면제받고 미모와 재능을 갖춘 순영과 결혼한다는 소문이 있었는데, 막상 휴가차 서울로 내려오니 그들은 이미 미국으로 유학을 간 후였다. 닭 쫓던 개가 된 셈이었다.

"성근아! 걔들 미국 갔어. 너 순영이 단념하라구. 종일이 그놈, 그렇고 그런 애여, 의리도 없는 놈이여!"

"……" 나는 넋을 잃고 규석이 하는 말을 듣고 있었다.

"야! 순영이, 그거 아주 여우 같은 년이여. 너한테는 오히려 잘 됐어."

규석은 나를 오히려 위로하고 있었다.

그러나 아무리 발버둥 쳐도 순영은 나에게는 첫사랑이요, 잊혀 질 수 없는 절대적인 여성이었다.

"언젠가는 순영은 나를 찾아올 거야. 기다리자."

나는 가엾게도, 아니 바보처럼 그녀를 기다리고 있었다.

2년 후, 나는 제대를 하고 국방과학 연구소에 취직해 연구에 전념하게 됐다.

3년 후, 이규석도 군의관 복무를 마치고 미국으로 의사 수련을 하러 간다고 했다.

"성근아! 나, 뉴욕 간다. 가서 마취과 전문의사가 되려고 해." 그리고 그는 사라졌다.

'아-다 가버렸네. 순영, 종일 그리고 규석이도…' 허전했다. 아니 패잔병 같았다.

미국에 간 후 뿔뿔이 헤어지고 보니, 죽마고우들은 더 이상의 친구가 아니었다. 소식도 끊긴, 남남이었다.

그리고 3년 후, '에라! 나도 가자! 어디고 가자! 미국에 가면 혹시 순영이를 만날지도 모르지.'

나는 다음 해, 나이 32세에 숨 좀 크게 쉬어 보려고 보따리를 싸들고 찾아온 곳이 텍사스 오스틴 대학원이었다. 물리학 석사과정을 시작했다.

한국 사람은 별로 없었으며, 나를 도와주고 위로하는 친구는 물론 없었다.

너무나 외로웠고 공허했다. 참지 못하고 하늘에 대고 소리소리를 질러 외로움이라는 놈들로 아주 꽉 채우고 싶었다.

"미스터 피(Phi)! 너무 외로워하지 마세요. 사람은 한국 사람만 있는 게 아니지요. 멕시코 사람들도 인정이 있어요."

나를 위로하고 친구가 된 사람은 뜻밖에도 엘파소에서 공부하러 온 대학원 동료, 멕시코계 미국인, 마리아 곤잘레스(Maria Gonzalez)였다.

생김새는 조금 달랐지만 오히려 정다웠으며 내 마음을 감싸 주었다.

"미스터 피! 졸업한 후 엘파소에 있는 물리학 연구소에 가면 좋을 텐데, 어때요?"

"엘파소라면?"

"아, 리오그란데강이 지나는 국경도시예요. 나와 같이 가 봐요. 성근 씨."

"같이, 엘파소에?"

"안 될까요? 성근 씨. 나와 같이…."

마리아에겐 웃음, 배려, 위로 그리고 따듯한 리오그란데강 같은 사랑이 흐르고 있었다. 분명 마리아는 순영과는 너무나 달랐다. 온순하며 나를 맹목적으로 마치 오빠처럼, 아니 아버지처럼 좋아했다.

마리아와 나는 코드가 맞았나 보다. 외롭고 돌볼 사람 없다 보니 자연히 서로 의지하기 시작했다.

사랑이라는 작은 씨앗이 점점 푸른 잎새를 내기 시작했다.

마침내 나는 마리아와 같이 엘파소를 방문했다.

"성근 씨, 저기 리오그란데 강 너머 멕시코 땅 좀 보세요."

"멕시코 땅? 거긴 왜죠? 무슨 일이라도…."나는 무심코 물었다.

"성근 씨? 20여 년 전, 아주 캄캄한, 비 오는 밤, 우린 작은 보트를 타고

강을 건넜어요. 밀입국자로.”

“오, 그래요?”

“용케, 하느님이 우릴 도왔어요. 고생 끝에 영주권도 받고 이젠 미국 시민이 됐어요.

그런데 하느님은 아버지를 불러 가셨어요, 5년 전에…너무 일을 많이 해서…

석면가루를 많이 마셔서…..폐암(Mesothelioma)으로… 이젠 어머니와 단둘뿐이어요.”

마리아의 눈에는 맑은 이슬들이 뭉쳐 있었다.

“마리아….”

나는 눈물 고인 그녀를 꼭 포옹해 주었다. 그녀는 작은 소리로 흐느끼고 있었다.

그녀의 가슴은 풍선처럼 불어났다 줄었다 했으며 입술은 문풍지처럼 떨었다.

박사 학위를 따자 마리아와 나는 엘파소에서 결혼했다. 뿐만 아니라 물리학을 전공하는 “H.L. 정부 연구소”에 취직이 됐다.

엘파소에는 한인들이 별로 없었으며, 있다고 해도, 아예 그들과 어울릴 생각도 하지 않았다. 흙수저로 태어난 코요테는 사자와 늑대에게 밀려, 아예 엘파소, 멕시코 타운에서 멕시칸이 돼 한국 사람들과는 완전히 인연을 끊고 영어와 스페인어를 사용하며 부평초처럼 살아온 것이, 어느덧 20년이 흘러갔다.

4.

옛 친구란 역시 반가웠다. 단지 서로 모르고 단절하여 사는 동안에 관심을 끊고 기억에 올리지 않은 것일 뿐. 한번 기억에서 솟아나자 단 한 번의 날갯짓으로 옛날로 돌아갈 수 있었다.

규석은 능청스럽게 나와 순영을 다시 만나게 하려고 태평양 바다가 훤히 보이며, 수정같이 맑은 바닷물이 작은 파도로 살며시 밀려와 백사장에서 포말을 만들며 사라지는 리츠 칼톤 호텔 식당으로 초대를 했다. 식당에 먼저 온 것은 규석과 순영이었다.

"순영 씨, 아니 순영아, 잠시 후에 성근이가 오기로 했어…."

"성근 씨가? 어떻게?"

"성근이가 널 무지 좋아했잖아. 근데 그 녀석도 아내 때문에 힘들어 한다."

"아내 때문에?"

"그렇게 됐어. 어쨌든 너, 알잖아, 갠 공부만 했어, 널 잊으려고. 물리학 박사로 엘파소에 살고 있어…그런데 요즘엔 신발 장사를 하지."

"뭐? 엘파소? 물리학 박사? 신발장사?….뭐야! 너 날 놀리는 거니?"

"놀리긴, 갠 너만 생각하며 살았다니까…..지금도 널 좋아해…."

마침내, 우리는 태평양이 한눈에 보이는 아주 특별한 자리에 마주 앉았다.

유리창을 통해 보이는 태평양 바다, 석양에 비치는 저녁노을은 마치 30여 년의 숨겨진 과거를 현실로 불러오는 거꾸로 도는 영화 같았다.

바닷가 모래 백사장 위를 거니는 연인들의 모습이 나를 유혹했다.

"순영아! 나, 널 기다리며 살았어…."뜻밖으로 나는 용감했다.

"정말? 너 물리학 박사라면서, 농담도 잘하네…." 순영은 싫지 않은 듯 살짝 미소를 지었다.

"와! 순영아! 그러니까 너, 이번엔 성근이를 꼭 잡아라. 알았지!" 곁에서 규석은 호탕하게 웃었다. 나를 도와주려고 짜고 치는 포커게임이었다.

순간 규석의 포켙에서 요란하게 비퍼가 울렸다. 규석은 비퍼를 눌러 전화를 확인하고 병원으로 전화를 걸었다.

"야! 성근아, 나 응급 수술이 있어 먼저 간다. 좋은 시간 가져라. 너 평생 순영이만 생각하고 살았잖아…잘 해봐! 이번에는 네 차례여!"

그는 순영을 향해 윙크를 하고 황망히 사라졌다.

하고 싶은 얘기, 듣고 싶은 말이 산같이 쌓였는데 막상 미망인이 된 순영이를 만나고 보니 어색했다. 먼저 말을 시작한 것은 역시 마음이 확 트인 순영이었다.

-순영과 종일의 결혼은 성공적이었다. 정종일은 원자물리학박사로 벡텔(Bectel CO.)에서 일했으며 순영은 영문학을 전공해 작가로도 알려져 있었다. 이야기 도중, 그녀가 살며시 보여준 뉴포트 소재, 그녀의 집은 마치 하늘 아래 몇 안 되는 저택이었다. 유명한 배우 존 웨인의 옛집이 근처에 있다고 하며 그녀는 목소리를 살짝 깔았다.

"천만 불은 훌쩍 넘어…."

"뭐? 천만 불이라고!" 나는 얼떨떨했다. 엘파소의 내 집이라야 30만 불이 안 되었기에, 게임이 되질 않았다.

"돈이야 있다가 없다가 하는 거여…." 순영은 눈치 채고 말소릴 은근히 낮추었다.

"그런데…순영아, 종일은 어떻게 된 거야?" 나는 머뭇거리며 물었다.

"너, 몰랐었니? 사고로.. 바닷가에서."

"바닷가에서? 어떻게?" 나는 소스라쳤다.

"그렇게만 이해해줘. 그런데 성근아, 너, 혼자 산다며? 아내는 어디 두고?" 그녀는 자신의 과거보다 나의 과거에 더 관심이 있는 듯했다.

"어- 5년 전, 교통사고로 척추를 다쳐서 거동이 아주 불편해…."

"멕시코 여자라면서?"

"맞아. 그래서 물리학 연구소를 그만두고 시간적 여유가 있는 신발 가계를 하고 있어."

"그러면 널 만나면 안 되겠네…네 아내가 싫어할 테니…." 그녀의 목소리가 우물우물 작아졌다.

"그건 아냐, 우린 죽마고우니까… 만나도 돼! 우리 만나자." 나는 만나자고 허락 반 애원 반을 하고 말았다.

5.

불꽃처럼 이글거리던 석양의 해가 꼴깍 바닷속으로 사라지자 주위가 온통 캄캄해지며 여기저기에서 형광등이 백사장을 비춰주고 있었다.

"순영아…우리 백사장에 나가 걸어 보자." 나는 용기를 내어 제안했다.

"나. 백사장 싫어해."

"백사장을? 농담 마. 잠시 나가 바람이나 쐬고 헤어지자."

마침내 우리는 리츠칼톤 호텔 앞 백사장으로 나와 같이 걷게 됐으나 그녀는 잠시 머뭇거렸다.

바닷바람이 제법 쌀쌀한 10월 초저녁이었다.

여기저기에 손을 잡고 거니는 연인들처럼 우리도 마침내 손을 잡았다.

'아-얼마만인가? 순영의 손을 잡다니….' 나는 감격해 정신이 멍했다.

바닷물이 비단을 펼치듯이 백사장으로 밀려와 내 구두에 와 닿았다.

"성근아! 물로 가면 안 돼!" 그녀는 큰 소리를 치더니 잠시 비틀하였다.

"순영아!"

나는 비틀 넘어지려는 그녀의 허리를 꽉 잡았으나 그녀는 백사장에 쓰러지더니 스스로 일어나질 못했다.

"순영아!" 나는 그녀를 끌어안아 일으켰다.

"어지러워…날 좀 안아줘…." 그녀는 정신을 잃고 있었다.

잠시 후, 순영은 주위사람의 신고를 받고 달려온 앰뷸런스에 의해 뉴포트 병원으로 실려 갔다.

그리고 다음 날 오후, 집으로 퇴원하게 됐다.

"도대채 무슨 병입니까?" 나는 의사에게 물었다.

"뇌 MRI, EKG, 혈액검사, 모두 정상인 것으로 보아 일시적인 평형감각의 이상인 것 같습니다. 혹시, 이런 일이 과거에도 있었나요?"

"잘...모르겠는데요." 나는 알 길이 없어 대답을 하지 못했다.

이 일로 인해 우리는 아주 급속하게 친해졌으며, '나를 사랑한다'는 순영의 고백도 얻게 되었다.

순영과의 만남이 며칠 더 이어지다 보니 나는 하지 않을 말을 거침없이 내뱉고 있었다.

"나, 뉴포트로 이사 올까? 순영아."

"그렇게 할 수 있어? 아내는 어떡하고?"

"아내를 설득해 볼게."

"그래? 어떻게 설득하지?" 그녀의 얼굴이 몹시 밝아졌다.

"오래 못 살 것 같아. 언제 죽을지 몰라."

"그래?" 순영의 얼굴은 더 밝아지더니 살짝 미소를 지었다.

그 후- 그리고 또 그후에도 나는 엉거주춤 핑계를 대고 순영을 만나기 위해 뉴포트를 방문하기 시작했다. 마음 같아서는 교통사고로 불구가 된 아내, 마리아를 이번 기회에 훌쩍 떠나고 싶었다.

순영은 뉴포트에 오랫동안 살고 있었지만 막상 바닷가 백사장에 가는 것을 싫어했다.

"아니 백사장을 싫어하면서 왜 여기 바닷가에서 살지?"

"어, 그냥 싫어. 바다는 좋지만 가까이 가기는 싫어."

"그래?" 나는 고개를 저었다. 이해가 안 되었기 때문이었다.

마침내 나는 그 이유를 알게 됐다. 5년 전 여름, 순영과 종일 부부는 멕시코 뿌에르토 발라타(Puerto Valata)에 갔었다. 관광여행을 하던 중 둘은 해변, 백사장으로 산책하러 나갔다가 예상치 못한 사고를 당했다. 몰려오는 작은 파도에 부딪쳐 둘은 낮은 물속으로 쓰러졌는데 어이없게도 종일은 물을 잘못 마시고 질식해 죽었으나 순영은 살아났다고 했다.

6.

"아니? 그런 일이 있을 수가 있나? 마치 접시 물에 코 대고 있다 숨 막혀 죽은 꼴이네… 순영, 그간 마음 고생했구먼…." 나는 그녀를 위로했다.

순영은 더 이상 그 사고를 말하지 않으려고 화제를 나에로 돌렸다.

"성근이 부인에 대해 듣고 싶어…멕시코 여자라면서?"

남편을 졸지에 잃어버린 순영처럼, 나도 교통사고로 척추를 다쳐 거동이 불편한 아내 때문에 우울하고 행동이 불편하기는 마찬가지였다. 죽은 그녀의 남편, 병들어 거동이 불편한 내 아내를 번갈아 얘기하다 보니, 서로를 위로하며 은근히 공감이 돼 우리는 마치 자석처럼 삽시간에 친해지기 시작했다.

어느 듯 6년 전이었다. 내 나이 50, 마리아 나이 42살이었다.

나는 아내와 같이 휴스톤에서 거행된 물리학회 모임에 참석했었다. 나도 그중 한 모임에서 발표할 기회가 있었다. 학회에서 성공적인 발표를 하고 엘파소로 돌아오는 길에 갑작스레 강풍을 동반한 폭우를 만나게 됐다. 그때 나는 광활한 텍사스의 고속도로에서 깜빡 실수를 저지르고 말았다. 차라리 비를 피해 호텔이나 모텔로 갔으면 좋았으련만, 조금만 가면 집에 도착된다는 생각으로 늦은 밤에도 무리해서 운전을 계속했다. 마침내 엘파소 근처에 도달했다. 엘파소라는 이정표를 보자 긴장이 풀렸는지, 깜빡 졸다가 고속도로 갓길로 미끄러지면서 삽시간에 차는 몇 바퀴 돌다가 길가에 거꾸로 누워 버리면서 나는 정신을 잃었다.

얼마 후 눈을 떠 보니 우리는 엘파소 K 병원 응급실에 누워 있었다. 나는 오른쪽 갈비뼈와 쇄골 골절을 입었으며 운전대에 심하게 부딪치면서 심장에 큰 충격을 받아 부정맥이 생겼다. 무엇보다도 오른쪽 엄지발가락에 골절이 생기고 발톱이 빠져나갔는데 못 견디게 아팠다. 그러나 아내는 나보다 더 심각했다. 요추와 경추에 큰 골절을 입으면서 하체는 물론 상체도 제대로 쓰지 못하게 됐다. 아내는 병원에서 집으로 퇴원을 못 하고 재활병원으로 옮겨졌다.

3개월 후 나는 그런대로 운전을 하며 직장에 나가게 됐으나, 아내는 휠체어에 의존해야 했다. 그리고 3개월 후 아내를 적극적으로 간호하기 위해 나는 물리학 연구소를 사임했다. 아니 나 때문에 불구가 된 아내에게 미안한 마음이 들었기 때문이었다. 나뿐만 아니라 연로한 장모 또한 수없이 양로원에 찾아와 간호했다. 24시간 돌봐 주는 양로병원이 우리들의 집이 되었다.

퇴직금과 연금으로 막대한 병원비를 감당하기란 벅찼다. 결국, 멕시코 친구와 동업으로 신발가게를 운영하기 시작했다. 그런대로 짭짤한 수입이 들어와 큰 도움이 되었다. 뿐만 아니라 내가 필요할 때 언제나 시간을 이용할 수가 있었다.

나는 아내를 볼 적마다 늘 죄책감을 느꼈다. 내가 졸지 않았으면 괜찮을 텐데 바보처럼 졸다가 생긴 일이었기 때문이었다. 나는 아침 일찍 양로병원에 출근해 아내의 아침 식사를 챙겨주었으며, 저녁 퇴근할 때 다시 들러 잠자리를 챙겨주었다.

아내는 물을 마시는 것은 가능하나 고형 식물은 넘기지 못해 결국 50%는 위에 연결된 튜브를 통해 고농도의 영양액체를 주입 받았다. 그러나 이것도 때로는 문제가 돼 음식이 기도로 들어가면서 자주 폐렴이 발생돼 사경을 헤매기도 했다. 폐활량이 급격히 떨어지면서 산소마스크도 사용해야 했다.

24시간 양로병원에서 간호, 식사, 목욕 등을 시켜 주기 때문에 내가 직접 하는 것은 없어 필요한 시간을 갖는 데는 별 문제가 없었다.

양로원에 입원한 지 어느덧 4년, 아내는 침대에 머무는 시간이 대부분이었다. 언제 폐렴이나, 심한 욕창이 악화돼 세상을 떠날지도 모르는 상황이었다. 밤에는 나 혼자 집에 있다 보니, 고향 생각도 나고 친구 생각도 나곤 했으나 나는 그것을 스스로 억제해야만 했다. 아내는 물론, 나 또한 산다는 것이 무의미했다. 그러나 어느 때는 아내에 대한 고마움을 느끼기도 했다.

오스틴 대학에서 만난 마리아는 나를 많이 도와주었다. 영어도 시원치 않아 쩔쩔맬 때, 등록금 문제로 난감할 때 나를 위해 등록금도 대납해주었다. 그러나 그 무엇보다 아내에게 고마운 것은 외로움을 달래 준 친구였다. 그런 아내가 이젠 거의 식물인간으로 양로병원에 누워 기약 없는 하루하루를 보내고 있으니 사는 재미가 없었다. 허공에 대고 아우성치는 것이 고작이었다.

7.

오랜 세월 잊혀졌던 순영이 막상 현실로 나에게 다가왔을 때 나는 당황했다. 마치 기다리고 고대하던 옛 애인이 임자 없는 미망인, 아니 암사슴으로 내 앞에 나타나 애교를 떠니 불같은 욕망이 활활 타오르기 시작했다.

먼 옛날, 사자 앞에 꼬리를 내리고 쪽 팔리게 뒷걸음쳐 도망하던 코요테가 생각났다.

이젠 사자는 죽었고 늑대는 날 몰라라 하니 아침 이슬을 먹고 살던 그 암사슴은 이제 다리를 절며 먹이를 찾아 나에게 구걸하는 것 같았다.

'복수를 할까…아님 자비를 베풀까… 이번이 최고의 찬스다. 복수하리

라.'

나는 옛날, 사파리에서 비실비실 뒷걸음치던 내 자신의 모습이 비참해 보였다.

내가 엘파소를 떠나, 멀리 남가주 라구나 해안에 있는 리츠 칼톤 호텔까지 오는 데는 그리 어렵지 않았다. 잠시 옛 동창 이규석을 만나보러 간다고 병석에 누워 있는 아내에게 말했다. 식물인간처럼 별 반응도 없는 아내에게 다소 미안했으나 옛 친구인 순영에 대해서는 전혀 입에 올리지 않았다.

"마리아! 옛 친구, 이규석이 로스앤젤스에서 연락이 왔어. 다녀올께…"

나는 반응도 없으리라고 생각되는 아내를 향해 형식적인 양해를 구했다.

아내로부터 대답은 없었으나, 그 순간 눈을 껌벅거렸다. 뿐만 아니라 내가 작별을 고하려고 누워 있는 아내를 내려다보니 오늘 따라 아내의 눈동자가 나를 향하고 있었다. 무엇인가 예측하는 듯해 긴장감이 감돌았다. 그 눈동자는 방을 나서는 나를 계속 응시하고 있는 듯했다.

지난 20여 년, 같이 살아온 장모님께도 허락을 받아야 했다.

"옛 친구를 만난다니, 여기 걱정 말고 어서 다녀오게…마리아는 내가 돌볼 터이니…." 멕시코 장모는 흔쾌히 허락했다.

첫사랑을 만난다는 것도 흥분되며 즐거운 일이다. 더욱이 태평양 물결이 넘실대는 뉴포트 비치 언덕에 디즈니의 마녀의 성처럼 솟아 있는 리츠 칼톤 호텔에서의 만남은 내 인생의 극치가 되는 듯했다. 순영을 보는 순간 나는 평화로웠던 사파리로 돌아가는 듯했다. 순영을 만나면 만날수록 비례해서 엘파소에 묻혀 있던 나 자신과 양로원 한구석에 누워 있는 아내의 모습도 점점 흐려지고 있었다. 순영과의 만남은 마치 마약처럼 황홀하고 달콤해 먼 옛날, 디즈니 성에 갇혀 있던 꿈꾸는 공주를 보는 느낌이었다.

"엘파소, 한번 가보고 싶어." 순영은 느닷없이 엘파소를 화제로 올렸다.

"엘파소를?…거긴 별로 볼 것 없어. 살 곳이 안 돼." 나는 순영 앞에 졸아드는 느낌이었다.

순영을 만나면서 나는 새로운 세상이 여기 남가주에 활짝 펼쳐져 있음을 알게 됐다.

사람에 의한 심포니 오케스트라 뿐만 아니라, 라구나 바닷가에 펼쳐지는 대자연에서 울려 퍼지는 화음에 취하곤 했다.

순영과의 만남은 나를 깨워 주었다. 편리한 한국말, 혀끝에서 감칠 나는 냉면, 된장찌개, 만두국, 비빔밥 그리고 김치에서 우러나오는 고향의 맛은 그동안 마리아와 같이 먹었던 기름진 브리도, 혀를 가끔 찔렀던 마른 타코, 야릇한 냄새를 풍겨주는 멕시코 향료 맛을 압도하였다. 순영이 만들어 주는 두부찌개에서 돌아가신 어머니의 손끝을 맛보는 듯했다.

'아-이제서야…우린 제대로 만났어….' 내 마음속에서 울려 나오는 즐거움의 소리였다.

"당신! 마리아는 어쩔려구?" 순영은 내게 가끔, "당신"이란 칭호로 불렀다.

"어쩌긴…상태가 안 좋아. 언제 어떻게 될지 몰라…그러니…."

"그러니? 어, 알았어. 그런데 성근 씨, 난, 어쩌지? 불안하고 죽을 것만 같아. 이젠 당신 없으면 나, 죽을 것 같애. 나, 당신 기다리는 거 힘들어…."

"어- 기다려…." 나는 얼버무렸다.

순영의 말은 사실이었다. 순영은 뉴포트 바닷가에 살지만 물을 무서워해 바닷가에 나가기를 꺼렸다. 뿐만 아니라 무언가에 쫓기는 듯 불안해

했다.

"순영? 불안해하지 마…날 믿어…나, 널 사랑해. 알지?"

"알아…." 그녀는 내 품에 안겼다.

다음 날, 비행기로 엘파소로 돌아와 양로원으로 갔다.

"아, 피 서방 오는군. 오늘 따라 마리아가 자꾸 방문을 쳐다보며 자넬 기다리는 것 같구먼."

"예? 저를요?"

나는 순간 어릴 때 시골 볏짚단 속에서 보았던 길고 큰 능구렁이가 병원 천장에서 혀를 날름거린다고 생각했다.

"아! 저놈이!" 나는 뒤로 흠칫 물러났다. 진땀이 흘렀다. 혹시라도 저 능구렁이가 나의 뒤를 밟고 다녔다고 생각됐다. 내가 순영과 밀회하는 것을 알고 있는 듯했다.

"아니, 피서방? 무슨 일이 있는 거여?" 장모가 물었다.

"아- 아닙니다."

8.

엘파소와 뉴포트를 오고 가는 비행기 여행도 점차 피곤해지기 시작했다. 아내, 마리아와 장모에게 변명을 하고 캘리포니아에 오고 가는 것이 다소 무리였다. 그럼에도 불구하고 나는 비행기를 자주 타게 됐다. 아울러 순영의 정신적 질환도 심각해지고 있었다.

"피 박사님, 당신의 여자친구, 김순영 씨는 아주 심각한 우울증과 알지 못하는 일에 대한 공포증 내지, 뭔가 숨기고 있는 비밀이 있는 듯합니다. 자존심 때문인지 입을 열지 않아, 얼마 전 간절하게 김순영 여사에게 충고를 했습니다. 무언가 숨기는 비밀이 있으시면, 신부님을 찾든지 아님 믿을 만한 분과 상의를 해보시지요. 분명, 병세가 좋아질 것입니다."

……

생각지도 않게 뉴포트 정신과 의사가 내게 순영의 병세를 알려 줬으나 나는 그 뜻을 제대로 이해를 못했다. '무슨 숨기는 일이 있는 것 같아요'라는 말이 거슬렸다.

'무엇을 숨기지?' 그렇다고 순영에게 물어볼 수도 없었다. 그러다 순영이 숨기고 있는 그 비밀을 알게 되었다. 다시 뉴포트를 찾아온 나에게 그녀가 내게 고백을 했기 때문이었다.

"성근아, 나 아무래도 신부님을 찾아봐야 할까 봐…고해성사를 하여야 할 것 같아."

"고해성사를…난, 고해성사 한 번도 안 해 봤어. 나 혼자 해결했어… 차라리 나한테 말해봐. 순영아."

"성근 씨! 아, 나는 요즘 죽은 남편의 꿈을 자주 꾸는데…밤마다 남편은 내 뒤를 쫓아 다녀. 손에는 칼을 들고 있어. 자기를 배신했다고…"

"배신을 하다니, 무엇을… 설마 나를 두고 하는 말은 아니겠지? 당신이 종일이를 너무 사랑했기에 죽은 혼이 질투하나 보군." 나는 섬칫 놀라면서 예리한 칼이 내 등에 꽂히는 듯했다.

"그러게.. 사실, 내가 잘못했어. 내가 그래. 내가 그랬어."

그녀는 머리를 내게 파묻고 울기 시작했다. 그리고 입을 열었다.

"순영아? 뭐라고 하는 거야! 뭘 그랬다는 거야!" 나는 순영을 꽉 안으면서 물었다.

내 가슴에 안긴 순영은 이젠 나의 아내였다.

5년 전(지금으로부터 치면 6년 전이 된다.)

순영은 남편, 종일을 한 번도 의심해 본 일이 없이 30여 년을 살았다.

꽤 덥고 후덥지근한 여름 어느 날, 벡텔(원자력 발전 회사)에 다닌다고 하는 금발의 중년 백인 여성이 순영을 보자고 해 만난 일이 있었다.

"케이트(Kate)라고 합니다. 기획실에서 비서로 일하고 있습니다. 나는 당신의 남편을 사랑해 애를 가졌습니다. 결혼하려고 하니….”

“뭐요, 애를?” 순영은 소리를 쳤다.

“예. 그래서 우린 결혼하려고 합니다. 아시겠죠?” 그녀는 마치 칼을 들고 순영을 내려치고 있는 듯했다.

그다음 말은 듣지 못했다. 믿기지 않았으며 아닐 거라고 부인을 해 보았다. 그러나 그 후 몇 차례 전화를 통해 듣고 보니 남편은 아내를 속이고 있다는 심증이 가기 시작했다. 불안해지며 버림받은 듯했다. 공포가 엄습해 왔다.

“이럴 수가. 당신이 나를 배신해.” 순영은 피가 거꾸로 오른다고 생각했다.

“사모님! 그동안 생각해 보니 내가 남의 가정을 파괴했군요. 애는 알아서 처리할 테니…나도 경제적으로 궁하니, 돈을 준비해 주시면 나도 입을 다 물겠습니다.” 케이트가 한 말이 밤마다 꼬리를 물었다.

며칠 후 순영은 모든 것을 잊고 싶어 남편에게 강요하다시피 멕시코 푸에르타 바에타로 여행을 갔다. 남편은 아무것도 모르는 듯했다.

“당신! 케이트란 여자한테서 며칠 전에 전화가 왔는데…내가 깜빡 잊었네.”

아침 식사를 하면서 순영은 남편에게 천연스럽게 말을 시작했다.

“케이트? 케이트…누구지?” 남편은 되물었다.

“기획실 비서라는데.”

“기획실? 기획실에서?”

그는 진정 모르는 듯한 말투였다. 오히려 그것이 그녀를 더 분노하게 했다. 그러나 순영은 말을 멈추었다.

오후 2시경 둘은 머리를 식히려고 해안가로 산책하러 나갔다. 따가운 햇살이 백사장에 쏟아지며 잔잔한 파도가 비단결같이 사르르 몰려와 그들의 신발을 적시었다. 남편은 그 여인, 케이트에 대해 일체 말을 하지 않았다. 기회를 봐서 남편이 스스로 자백하면 용서하려고 했는데 말이 없는 것이 오히려 더 분노와 증오심을 솟구치게 했다.

'아냐! 케이트란 여자가 모함을 하는 거야. 아무런 증거도 없이 불쑥… 돈을 뜯어내려고.' 순영은 마음을 가라앉히려고 했으나 머리가 혼란스러웠다.

작고 귀여운 파도가 밀려오면 백사장을 걷다가 장난삼아 서로를 밀기도 했다. 남편은 한손에 물병을 들고 풍선껌을 쩍쩍 씹다가 바람을 불어 입 밖으로 큰 풍선을 만들었다. 투명한 풍선 속에서 남편의 코가 들여다보였다. 그리고 그 뒤편에서 케이트가 크게 웃고 있었다. 순영을 조롱하는 듯했다.

"퍽!"하고 풍선은 산산조각이 나며 남편의 얼굴을 뒤엎었다.

다시 남편은 바람을 불어 풍선을 만들어 보인다.

투명한 풍선 속에서 케이트가 혀를 내밀며 순영을 보고 조롱하는 듯했다.

"아니! 저게!" 순영은 소리를 쳤다.

"왜 그래? 여보." 남편은 순영에게 물었다.

"아냐! 상관 마!" 순영은 남편을 향해 신경질적으로 대답했다.

"……." 남편 종일은 아내의 뜻밖의 행동에 불길함을 느꼈다. 잠시 후 제법 큰 파도가 밀려오고 있었다. 파도 속에 이번에는 케이트가 보인다. 수영복을 걸치고 순영을 향해 달려온다. 순간 순영은 남편을 파도를 향해 세게 밀쳤다. 순간 미운 생각이 들었기 때문이었다.

"순영아, 장난치지….마…"

남편은 갑자기 말소리를 끝내지 못하면서 순영의 손을 잡은 채 파도에 넘어지고 말았다. 순영도 덩달아 작은 파도에 쓸려 넘어졌다.

……

얼마 후, 그녀가 눈을 떴을 때 그녀는 응급실에 누워 있었다. 그런데 뜻밖에도 남편은 죽었다고 했다. 나중에 밝혀진 바로는 넘어지면서 입 속에 든 풍선껌이 기도를 막아 질식해 죽은 것으로 판명이 났다. 말도 안 되는 사고라고 생각했으나 잠시 기억을 더듬어 보니 남편이 풍선을 만들었을 때 남편을 밀어 넘어지게 한 것이 분명 그 원인이었다.

'아-그렇다면 실수가 아니고 나의 고의였다.'라는 자책감이 들었다.

그 후, 이것은 그녀에게 트라우마로 뇌 속 깊이 각인되고 있었다.

"성근아, 나는 살인자여.. 남편을 죽였어. 난 이 말을 어느 누구에게도 못 했어. 무서워서."

"어떻게 그런 일이…실수였어. 실수. 순영, 네가 죽인 게 아녀."

"그 순간 나는 그가 미웠어. 죽이고 싶었어….그래서 파도를 향해 밀었어. 나는 그를 죽였어….난 경찰에 가야 해."

순영은 흑흑 흐느껴 울기만 했다.

"그럴 필요는 없어. 나와 너만 알면 돼. 난 입을 꾹 다물 테니….그리고 이젠 그 생각에서 자유로워지길 바래…네 잘못이 아녀."

"정말? 그래도 될까?"

그 순간 그녀의 얼굴에 생기가 돌며 얼굴도 긴장감에서 벗어난 듯 밝은 미소가 돌았다. 사파리에서 자유롭게 뛰어 다니던 공주, 사슴이 된 듯했다.

"물론이지. 우리 둘만 입 다물면…."

"성근아, 고마워. 나, 이젠 시원해, 공포로부터 해방이 됐나 봐. 자유로워졌어."

9.

우리의 관계는 점점 더 깊어졌다. 이젠 어떻게 해서든지 결혼을 하기로 마음을 먹었다.

"때가 되면, 우린 다시 만나, 한집에서 같이 살게 되는 거야. 순영아."

"알았어, 여보." 그녀는 환하게 웃었다. 스스럼없이 여보라는 말이 나왔다.

병든 아내가 죽게 되면, 순영과 결혼하기로 약속하고 엘파소로 돌아가는 나도 기쁜 마음, 하늘을 나는 새와 같았다.

'아내는 얼마 못 살고 죽는다. 조금만 기다리면….' 나는 여러 차례 반복해 다짐하다 보니, 어느새 엘파소 양로원 병원 앞에 도달했다. 이제 병든 아내를 만나야 한다고 생각하니 모든 것이 갑자기 무거워졌다. 지난번에 본 아내는 악화 일로였으며, 며칠 전 캘리포니아에 머물고 있는 동안, 병원 사무장을 통해 받은 전화가 기억에서 떠올랐다.

"피 박사님, 당신의 아내 마리아는 물도 마시지 않고…거의 죽어 가고 있습니다. 며칠 못 갈 것 같습니다. 장례를 준비하십시오."

"알겠습니다. 그렇게나 상태가 나쁩니까?"

"예, 그렇습니다. 하루 이틀…. 하여튼 준비해 주시지요."

그러나 그 말이 오히려 나에게는 기쁜 소식이었으며 어서 그렇게 되기를 바라는 마음이었다.

아내 마리아가 쓸쓸히 혼자 누워 있을, 아니 거의 죽어 가고 있을, 병실 문을 열어보니 아무도 없었다.

'아니- 어딜 갔지? 그새 응급실로 실려 갔나? 사무장 말대로… 죽었나?'

망설이고 서 있는데 내 뒤쪽에서 말소리가 들렸다.

"아! 피서방 아녀! 언제 왔나? 어서 오게나." 장모의 목소리가 밝고 크게 들렸다.

……

"예, 장모님." 나는 뒤를 돌아보았다.

순간 나는 산소마스크를 쓰지 않고 휠체어에 앉아 나를 바라보는 마리아와 눈이 마주쳤다. 마리아의 입가엔 반가운 웃음이 보였다. 무언가 우물우물 말을 하는 듯했으나 들리지 않았다.

"피 서방! 놀라지 말게, 며칠 새에 하느님이 도우사, 마리아가 몰라보게 좋아졌어. 머릿속에서 꼭 누르고 있던 사탄이 사라지고 자유스러워졌는지… 말을 하고, 스스로 먹기도 하고.. 새 사람이 됐어."

"말을 하고, 스스로 먹고?" 나는 깜짝 놀랐다. 어떻게 이런 기적이 일어나다니….

"그렇다네. 피 서방."

"……." 나는 뭐가 뭔지 혼돈이 왔다.

"마리아! 뭘 하고 있어! 얼른 서방님을 포옹해야지. 얼른!" 장모는 아내에게 큰 소리로 말했다.

순간 휠체어에 앉자 있던 아내는 몸을 일으키며 나를 향해 무슨 소리를 하고 있었다.

"여보! 마리아!" 나는 아내의 이름을 불렀으나, 순간 나는 깊은 구렁이로 빠져 들어 가고 있었다. 내가 질겅질겅 씹던 풍선껌이 "퍽!"소리를 내며 내 얼굴과 콧등을 덮는 듯했다.

우리를 기다리는 신혼의 꿈이 산산조각으로 깨지고 있었다.

연규호 (소설가 / LA 거주)
문인협회, 펜, 소설가협회 회원.
미주소설가협회 회장. 미주문학상, 미주펜문학상 수상
장•단편 소설집 다수.

끝점

정종진

"네 눈엔 내가 뭐로 보이니?"

"저도 당장 먹고 살려면 돈 있어야 돼요. 2만 불만 마련해 주시면 꾸어드린 돈 30만 불 모두 포기하겠어요. 제발 과부의 돈임을 기억해 주세요."

"과부, 과부, 하지 마. 세상엔 널린 게 과부야. 야, 넌 하나님 나라를 위해 바친 돈이 그렇게도 아깝니? 그래서 2만 불 받아가지고 도망치려 드는 거니? 맘 편히 주님 일 하라고 하나님 종의 '알맞은 헬퍼' 노릇 좀 해 주는 게 그렇게도 억울하니?"

그때 사무실 전화가 울렸다. 인숙의 존재를 전혀 무시한 채, 전화 받는 동탁의 침착한 음성은 따뜻하게 펼쳐지며 굴러나갔다.

"이여보세요. 네에! 네! 집사님. 오 주여! 물론이죠, 한 영혼이 천하보다도 귀합니다. 김순태 전도사님께 내게 전화 좀 해 달라고 전해 주실래요?"

동탁의 목소리는 경쾌했고 통화는 명료하게 끝났다. 인간에게 자유를 주는 진리에 관해 논하려는 듯, 동탁은 심각한 표정으로 인숙을 향했다. 말하기 전에 동탁은 인숙의 눈을 바라보았다. 그리고 미소를 보냈다.

인숙이 동탁의 사무실에서 다시 눈물 흘려 회개한 것은 동탁의 감미로운 설교와 호들갑스런 안수기도가 끝난 후였다. 인숙은 양손 탁탁 털고 하나님만을 바라보기로 다시 한번 순복 다짐한 셈이다. 인숙은 동탁이 준비하는 축복을 공유하겠다며 고개 끄덕인 후 사무실을 나섰다. 또 전화가 울렸다. 인숙이 떠난 사무실에서 동탁은 십년 체증이 한꺼번에 뚫린 기분으로 전화를 받았다.

"어~ 김순태~, 심방 좀 가라."

잠시 수화기에 신경 쓰던 동탁은 화를 벌컥 냈다.

"야 인마. 돈타령할래, 너? 꿔서 메워야지. 교회 사정 아는 놈이 그래? 전도사 시절에 어려움을 많이 겪을수록 나중에 크게 쓰임 받는다는 것 모르니?"

X X

시카고 시내에 있던 마하나임 장로교회가 존폐 위기를 극복하고 시카고 지역에서 자리 굳힌 사실은 놀랍다. 사택은 물론이고 본당의 유리창과 화장실은 망가져서, 춥고 곰팡내에 절었었다. 쥐와 바퀴가 들끓었다. 부임할 때부터 젊은 동탁의 신선한 설교와 진취적 사고방식은 늙은 목사들의 고리타분한 설교에 지친 한인 기독교인들에게 자극을 주었다. 동탁은 피아노나 기타 연주에도 능란할 뿐만 아니라, 새로운 복음성가를 작사 작곡하여 몇 안 되는 교인들에게 가르쳐 따라 부르게 하였다. 그가 만든 복음성가를 다른 교회의 지휘자들이 얻어다 부르기 시작했다. 동탁이 성가집 『힘주시는 하나님』을 출간했다. 이 성가집의 인기가 각 교회 찬양 대원들과 각 음악학원에서 점점 높아졌다.

교인 중에는 은혜 받는 자들이 늘어났다. 허물어졌던 건물 벽이 수리되고 낙서투성이였던 주위가 점점 깨끗해졌다. 다른 교회 교인들도 대거 평행이동을 하면서 마하나임 교회로 몰려들었다. 필요했던 교육목사와 EM 전도사가 부임해오니, 드디어 교회 모양을 갖추었다. 동탁의 설교를 좋아하는 기독교인들이 늘어나면서, 기독교 방송국에서 방송 청탁이 왔다. 다른 목사들은 1회 방송할 때마다 방송 선교비 오백 불씩을 방송국에 지불해야만 했는데, 동탁에게만은 오히려 매회 오백 불씩 사례하기로 합의했다.

X X

동탁의 장승 같이 우뚝한 코와 번쩍이는 눈빛에는 카리스마가 깃들어 있다. 흑과 백의 구분이 뚜렷한 두 눈은 지혜와 저력이 숨 쉬는 듯 활기차다. 2부 길이로 삭발한 헤어스타일은 고루한 방법과 구태의연한 권위주의 틀을 거절하듯 산뜻하다. 두피가 훤히 들여다보이는 머리통은 전깃불 밑에서 그의 풍성한 눈썹을 더욱 도드라져 보이게 한다. 개기름 번질거리는 볼때기가 익어가는 후지사과처럼 불그스름하고, 반쯤 식은 찐빵처럼 토실토실하다. 이틀 정도 면도를 거른 푸르스름한 턱수염 터와 카스트로 스타일 콧수염에 둘러싸인 붉은 입술이 웃을 동 말 동 생동한다. 달변과 정력이 무한정 솟아나올 것 같은 입은 빠끔히 열린 육감적인 입술 밑에서 대기 중이다.

"여호와께서 집을 세우……, 파수꾼의 경성함이 허사로다. 젊었을 때 둔 아들들 같은 화살을 전통에 가득하게 하시고……."

우렁찬 테너 음성에 기도하는 음색도 청명하다. 전심전력으로 하는 기도니, 듣는 이마다 귀 기울이게 하고, 기도마다 응답받을 것 같은 확신이 선다.

X X

교육목사를 겸임하는 부목사와 각종 청소년 프로그램을 전담하는 전도사의 보수를 좀 올려 지불해도 교회 재정에 별 표시가 안 나게 되었다. 많은 금액은 아니지만 지휘자와 반주자의 수고비도 서운하지 않을 만큼 지불할 수 있게 되었다. 비로소 동탁의 마음은 평화로웠으며, 매일의 삶이 기쁨과 소망으로 가득 찼다. 돈의 액수는 적지만 여러 선교사들에게 골고루 선교비를 지원하니, 많은 선교사들이 마하나임 교회로 모여와서 선교지 소식을 전했다. 선교지 소식은 단기선교에 불을 댕겼다. 많은 청소년들은 물론이고 노인들까지 단기선교에 참여하는 풍조가 생겨났다.

단기선교의 붐은 기도생활에 불을 붙였다. 골초 성도가 담배를 끊었으며 날라리 집사는 통곡으로 회개했다.

본당이 작아서 주일에는 통로나 로비까지 간이의자를 배치해야만 되었다. 주차장이 협소하여 혼잡했다. 급히 주차하고 예배시간에 늦지 않으려고 서두르는 교인들 간에 말다툼으로까지 이어졌다. 발전하고 있는 은혜 충만한 교회로서의 모양새가 예쁘지 않았다. 새 성전으로 이전을 계획하며 기도해 줄 것을 교인들에게 부탁하니, 새벽기도에 참석하는 교인들은 더욱 늘어났다. 철야기도 하는 권사님들의 그룹도 생겨났다.

X X

부유한 동네 노스힐드로 교회를 옮겼다. 새 성전을 살 때 좋은 가격이 이루어져, 건물과 부지를 통틀어 450만 불에 샀으며, 80만 불 들여 동탁의 구상대로 예배당을 개조했다. 은행 융자는 70%를 얻었다. 대부분의 시카고 사람들은 과욕이라고 비웃었고, 장로들의 우려와 반대까지 팽배했었다.

"믿는 자에겐 능치 못할 일이 없습니다. 기도하면 분명히 주십니다."

꿈에 그리던 섹스피어 극장 스타일의 3층 예배실과 20여 개의 교실과 채플을 갖춘 교회를 마련했다. 61개의 트럼펫으로 이루어진 파이프 오르간이 십자가 뒤에 배열되어 있어서, 찬송을 할 때는 솔로몬 성전이나 천국의 환영파티를 연상시켰다. 1층과 미니 2층이 예배자로 가득 찼고, 환상적인 파이프 오르간 음악에 맞춰, 3층 양편에서 성가대원들이 서로 화답 찬양하며 헌당예배를 드렸다. 시카고 지역의 많은 목사들과 유명 인사들이 참석했다. 그들이 감동의 눈물을 흘리고 부러움의 탄성을 지르는 가운데서 동탁은 하나님의 생생한 역사를 증언할 수 있었다.

X X

계획된 전반 십 년인 5년이 지나니 성인 등록 교인만 800명 이상인 대형 교회로 성장했다. 108개의 목장과 28개의 초원으로 구성이 되었다. 초원지기들의 모임은 매달 둘째 금요일에 동탁의 집에서 가졌다. 초원모임 때마다 28명의 장로 아내들은 순번대로 아침부터 동탁의 집에 와서 음식 준비를 도와주었다. 동탁의 아내는 장로 아내들만 관리하려 해도 자녀 양육보다 더 벅차게 되었다.

가정교회 전문가들인 3명의 부목사를 두었다. 청소년 교육의 새 프로그램 전문가인 아이디어박스 전도사들 6명은 모두 바이링궐 목회자들이었다. 이 젊고 야심찬 목회자들은 자신의 능력을 동탁에게 보여, 자신의 발전기반을 공고히 하기 위해 혼신의 노력을 기울였다. 예배를 1부와 2부로 나누어서 드려도, 예배자들은 객석에 그들먹했으며, 찬양대의 찬양은 시카고교향악단 연주 못지않게 감동적이었다. 다가올 후반 십 년인 5년 내에 1,500명의 교인 확보가 목표다. 전도사들은 청소년들을 동원하는 데에 서로 경쟁적이었다. '만민 서로 돕기 청년회'는 점점 활성화되어 갔고, '웃음꽃 한국학교' 어린이들의 증가는 항상 선생님들의 보충을 앞서갔다.

"야, 조주철 목사. 넌 인마, 목사가 돼 가지고 잠 실컷 자고 언제 하나님 일 할래? 문병 가야 할 데는 늦더라도 가야지 인마?"

제 딴에는 난다 긴다 하는 부목사들이다. 부목사들은 동탁에게 불려오면 "예"나 "죄송합니다" 외에 다른 말은 전혀 할 수 없게 되었다. 동탁의 설교는 인기 절정이었으며, 믿으려는 자들은 매주 마하나임 교회로 몰려든다.

"이놈 봐라. 느네 선교사들 고생하는 건 알지만 인마, 당연한 주님 일에 생색 좀 내지 마라. 주께 바친 생애야. 뭘 죽겠니, 인마?"

각 나라에 나가 활동하는 선교사들은, 엎질러진 조청 그릇에 벌떼 덤비듯, 시간 날 때마다 동탁의 접대실로 마구 찾아든다. 동탁의 한마디가 선교비를 결정하는 데 실질적인 영향을 준다. 최대의 효과를 거두기 위해 엄살과 허풍을 잘 조화시켜, 선교사들이 동탁 앞에서 고개와 두 팔을 살랑거린다.

……

X　　　　　　X

"순종을 몸에 익히지 못한 종은 주님나라에 합당치 않아. 주님 위해 돈과 시간을 투자할 자세가 되어있지 않은 장로는 자격 미달인 걸 알아 둬. 모세 팔 받쳐 주듯, 목사 팔 아프지 말라고 팔 받쳐 주는 게 장로야."

장로 28명 중 몇 명 왕따 놓기는 늘려 벌려놓은 오징어 씹기다. 대부분은 동탁이 임명하여 세운 장로들이다. 하나님께 눈물로 충성을 약속하는 기름부음자리에서 동탁에 대한 무조건 순종도 함께 맹세한 자들이다. 장로들은 그들 가족들까지 총동원하여 밤낮으로 헌신한다. 하나님께 칭찬받는 종이 되기 위해서라기보다는 당장 동탁의 눈에 날까 두려워, '내가 지닌 모든 것'을 하나님께 바치는 자세다.

뚝심과 기도로 밀고 나온 동탁은 교회 옮긴 지 5년이 지난 지금, 융자은행에서 막강한 고객이 되었다. 전문가가 낸 현재 교회 건물과 부지의 감정 가격은 줄잡아 천이백만 불의 견적이 나왔다. 수군대던 장로들과 과욕운운하던 사람들은 동탁의 신앙과 하나님의 놀라운 역사에 고개를 숙였다. 교회 재정이 튼튼해지니, 교인들이 더욱 헌금에 열성이었다. 좀 피곤하거나 힘들면 동탁은 일을 만들어 선교지를 방문하거나 컨벤션 참석차 외국으로 나간다. 그때마다 "알맞은 헬퍼"가 소리 없이 동행한다. 동탁의 아내는 꼼짝 않고 자녀들과 교회를 지켜야만 했기 때문이다.

X　　　　　　X

"필리핀 심이철 선교사님의 선교비는 충분하다고 봅니다. 도와야 될 선교사님들이 세계 방방곡곡에 수없이 많은데……."

동탁은 깜짝 놀랐다. 당서기 H 장로가 동탁의 의견에 정통으로 반박하고 나섰는데, 많은 장로들이 H 장로 의견에 동의했다. 심이철 선교사는 동탁의 "알맞은 헬퍼 3"의 오빠였다. 과반수라는 이유를 붙여 많은 장로들의 의견을 꺾고, 심이철 선교사의 선교비를 올려 주긴 했지만, 동탁은 무척 불쾌했다.

……

그 이후 장로들은 동탁의 은혜를 저버리고, 수시로 그의 의견에 반대하기 시작했다. 나중에는 매 건마다 동탁 의견에 반박했고, 장로들끼리는 웬만하면 합세했다. 동탁이 도통 무슨 일을 결정할 수도 없고, 추진할 수도 없었다. 도대체 제깟 놈들이 누구 때문에 장로가 됐는데, 엊그제 알랑방귀 뀌던 집사들이 장로가 딱 되고 나선 말이 많아? 일주일간 교회에서 철야기도를 하자고 동탁이 강력히 주장했으나, 장로 중 10여명만 호응했다.

X　　　　　　　　X

동탁은 P 장로와 아침식사를 함께 했다. P는 선임 장로가 된 듯 우쭐했다.

"오해하지 말고 들어요. 장로님, 어느 장로님에게 얼핏 들었는데, 걱정이 돼서요. 장로님께서 어떤 여자 집사와 싸웠다는 말이 들리던데, 아니겠죠?"

동탁은 P 장로를 한동안 주시했다. 갸웃갸웃하던 P는 점차 분노로 차오르는 표정을 지었다. 결국 P는 분을 못 이겨 한마디 했다.

"그따위 유치한 인간과 신앙생활을 함께 하다니, 나 원 참."

"진정하세요, 장로님. 내색하지 말고 장로답게, 오늘 들은 제 얘기도 못 들은 척 조심하세요. 말없이 주님의 결과를 기다리는 것이 중요합니다."

동탁은 C 장로와 단둘이 저녁식사를 한 뒤 사무실에서 교회 발전에 대한 비전토론을 가졌다. C 장로는 아주 진지한 얼굴로 의견과 계획을 말했다.

"말이 나와서 얘긴데요. 장로님, 어떤 장로님한테 이상한 얘길 들었습니다. 실은 장로님께서 내 흉을 보시더라고 그래서 좀 서운했었습니다. 제가 잘못하는 게 있으면 저에게 직접 말씀해 주십사 해서요."

먹혀들어가지 않는 모양이다. C 장로는 얼굴이 노랗게 변하며, 동탁을 노려보았다. 꾸며대는 이야기가 아닐까 생각하는 모양이다. 동탁은 떳떳하게 행동했다. 들은 것은 들은 것이고, 말한 사람이 누군지 말할 의무는 없다. 실제 있었던 일로 끝까지 밀고 나가면 실화로 되는 것이다.

"전 불평이 있으면 직접 말씀 드리고, 그렇잖으면 삭이고 순종하는 사람입니다. 누가 그딴 소릴 했는지 묻진 않겠습니다, 목사님. 제가 목사님의 뭣에 대해 흉봤다고 들으셨습니까?"

"해외 출장 어떻다고 그러는데 귀담아 듣진 않았습니다. 아니면 다행입니다. 실없는 말장단이었다면 좋겠습니다."

어느 날 K 장로와 J 장로가 심하게 다투었다는 소문은 있었지만, 초원모임 준비순서 때문이라니 동탁과 별 상관은 없다. 그다음 주일, H 장로와 C 장로 아들들이 육체적 상처를 입을 만큼 크게 싸웠다고 했다. 그러나 주차하는 장소 때문에 싸웠다니 동탁이 끼어들 문제가 아니었다. 동탁의 작전은 기대보다 큰 효과가 있었다. 비밀을 지켜 모른척하면서도 장로들 간에 암암리에 견제와 알력이 생겼다. 각 장로들은 서로 영원한 동료일 수밖에 없는 동탁에게 기울어져 따라붙기 시작했다.

다시 살만해진 동탁은 이 기회를 놓치지 않았다. 예비 예산을 뚝 잘라내어, 목자들과 초원지기들만을 동원하고, 한적한 숲속으로 수양회를 떠났다. 점심과 저녁은 육개장과 대구탕을 특별 주문하여 동화 속 궁전 대잔치를 벌였다. 잠자리도 특수 캐빈들로 정해서, 집사들과 장로들이 즐겁게 쉴 수 있게 배려했다. 선택된 자들로서, 하나님의 일꾼들로서, 그들이 자긍심을 가질 수 있게 만들었다. 믿는 자들 간에 서로 불편해질 수 있는 말은 입 밖에 내지도 말자고 저녁예배에서 설교했다. 맑게 개인 밤하늘에 총총 박힌 별들은 모든 참석 교인의 가슴을 깨끗하게 만들었다. 아침성경공부 시간에는 서로 모르는 척 덮어주고 용서해야 되는 하나님의 의도에 대하여 가르쳤다. 하나님의 방법과 때를 기다리며 침묵하는 승리의 비법을 강조했다.

교회에 평화적 분위기가 다시 조성되면서, 동탁은 관대한 지도자라는 평가까지 추가로 차지하게 되었다. 설교마다 생동하는 힘이 더욱 넘쳐났다.

X X

이 재생의 기회는 동탁에게 요새의 필요성을 일깨워 주었다. 장로들은 초원지기 일에만 집중할 뿐, 그들이 결코 관여하거나 넘겨다보지 못하는 동탁만의 영역이 필요했다. 앞으로 힘든 시절이 또 닥치지 않도록, 동탁은 성역을 구축할 계획을 세웠다.

동탁의 의견에 반기를 들 가능성이 있는 장로들 5명의 명단을 뽑아냈다. "알맞은 헬퍼 2"인 최인숙 집사와 동탁이 데이트하던 장면에 의구심을 품던 M 장로도 포함되어 있었다. 권위를 인정하지 않고 동탁을 가볍게 대하는 C 장로도 빼놓을 수 없었다. 장로가 된 후에 사업이 힘들다는 핑계로, 헌금에 인색해진 A 장로도 명단에 들었다.

위험했지만 결단을 내렸다. 당회가 있기 일주일 전에, 불성실했던 장로 5명의 명단을 발표했다. 초원지기 일에 소홀했던 장로, 철야기도를 할 수 없는 장로, 새벽기도 빠지는 장로, 합당하지 않은 기도를 한 장로가 공식 이유였다. 그들은 네 가지 중 두 가지 이상의 사항에 걸렸을 것이라고만 알고 있을 뿐, 정확한 이유를 따지려 들지는 않았다. 어차피 숫자적으로 열세인 데다가, 이 조건들 이전에는 동탁에 대한 괘씸죄가 숨어있음을 알기 때문이다. 자기들끼리 흥분하며 부당성 운운했겠지만, 그들에게 뚜렷한 잘못이 있었던 터이니, 동탁에게 직접 항의하는 장로는 없었다.

그다음 주일 당회가 있었다. 명단에 있던 장로들은 5명 모두 당회에 불참했다. 그러나 5명을 제외한 나머지 23명의 장로들은 전원 당회에 출석했다. 긴장하기도 했겠지만 혹시라도 동탁의 눈에 날까 두려웠기 때문이었다.

"제가 오랜 기간을 두고 기도하면서 가려 뽑은 명단입니다. 우리 교회의 발전을 위해 꼭 필요한 조치이기 때문이죠. 우리가 이 다섯 분의 장로 자진사퇴 권유를 결정하는 데 이의 있으신 장로님 계십니까? 계시면 당장이라도 주저 없이 말씀해 보시죠."

동탁의 매서운 눈매와 분노 섞인 음성이 장로들을 긴장시켰다. 동탁의 의견에 이의를 대는 장로는 아무도 없었다. 붉게 충혈된 동탁의 눈길도 살벌했거니와 공연히 주류에서 밀려나 눈총을 받을 필요가 없었기 때문이다. 그날 당회에서는 5명의 장로 자진사퇴 권유를 만장일치로 결정했다. 당황스러워하는 교인들도 있었으나, 동탁의 리더십에 박수를 보내는 교인들이 우세했다. 소요가 한동안 들락날락했으나, 새벽기도 때마다 동탁의 설교는 새로운 다짐과 용기를 갖도록 교인들을 북돋우었다. 토요일마다 장로들이 철야기도를 했다. 명단에 오른 5명의 장로들은 전혀 참석을 안 했으나, 나머지 23명의 장로들은 거의 매번 참석을 했다. 5명의 장로들은 자진 퇴화하여, 슬금슬금 없어지고 있었다.

X X

동탁은 1년 내에 6명의 안수집사가 장로로 피택 돼야 한다고 발표했다. 교회의 분위기는 최고조에 달했다. 새벽기도는 물론이고 안수집사의 가족들은 철야기도로 자주 모였다. 안수집사들은 친인척들을 교인으로 끌어들여 자기자리 확보에 힘썼다. 안수집사들의 고과행적과 그 가족들의 내신 성적은 동탁에게 차곡차곡 기록되었다.

"아항! 놔둬 요런 것들은! 고 따위 종자들은 본때를 보여줘야 돼. 평생 장로가 뼈에 사무치게 만들어 주마. 같잖은 족속들! 넌 결코 장로 되긴 틀렸다 요놈! 목사 빼놓고 장로를 하나님께 직접 받는 건 줄 아냐?"

동탁의 심기를 건드리는 집사는 괴로운 신앙생활을 자초하게 된다. 가장 쉽게 통제할 수 있고, 무섭도록 충성스럽게 임무를 완수하는 계층이 안수집사들이다. 첫해에는 모든 안수집사들이 최선을 다했으나, 2년째 시간을 끌다 보니 자동적으로 능력 있는 충성파 7명만 남게 되었다. 동탁이 장로를 추천하고, 교인 투표를 통과하고, 7명 전원이 장로장립을 받는데 아무런 문제가 없었다. 장로의 필요성을 발표한 후, 장로장립이 있기까지는 3년이 걸렸는데, 그동안 교인들의 결속과 신앙은 놀랄 만큼 발전했다. 사람들의 우려를 부수고, 등록 교인 수효도 훨씬 증가했다.

7명의 장로가 새로 태어나던 날은 동탁 일생일대의 큰 잔치가 벌어졌다. 시카고 지역의 많은 목사들이 참석하고 싶어 했기 때문에 신문에 공개 초청을 했으며, 동탁은 이민 기독교 사회의 거대한 획을 그었다. 신임장로 한 명당 헌신결단 헌금을 만 불씩 했으므로, 일반감사헌금 외에 7만 불의 특별감사헌금이 들어온 턱이다.

X　　　　X

"이 새끼들이 뒤지려고 환장을 했나? 하나님 무서운 줄 모르는 촌것들!"

장로 15명과 그 가족들이 교회에서 떼 지어 나갔다. 자기들이 새 성전을 개척하고 목사를 청빙하겠다고 했다.

"사울이 어떻게 망했는지 장로가 뭔지, 도대체 아는 게 없는 잡것들이네!"

헌금을 많이 하던 장로 가족들이다. 그중에는 동탁의 "알맞은 헬퍼 1"과 "알맞은 헬퍼 4"도 끼어 있어서 충격을 주었다.

"요년들이 한꺼번에 날 배신해? 즈네들한테 들여 민 돈과 시간이 얼만데?"

각각 교묘한 방법들이긴 했지만 입막음은 철저히 해 놓았으니까, 교회를 옮겨도 그녀들이 동탁의 "알맞은 헬퍼"였었다는 소문은 날 리가 없다. 동탁은 입을 한일자로 다물었다.

교회 분위기가 험해지면서 남은 교인들의 헌금도 폭삭 줄어들었다. 교회 떠난 장로들을 쫓아나간 것은 아니더라도, 분위기가 어수선하니 교회에 출석하지 않는 교인들도 많아졌다.

"지난달 몰게지 입금이 늦어져서 지체부과금을 내야만 했습니다."

재정부 장로의 보고에 화가 난 동탁은 전화를 걸어 은행장에게 따졌다.

"날 뭐로 보는 겁니까? 우리가 지금까지 은행에 돈 벌게 해 준 게 얼만데, 이렇게 각박하게 구십니까? 그까짓 한 달 늦게 냈다고 꼭 지체부과금까지 물려야 되겠습니까?"

"알았어요, 목사님 진정하세요. 그러면 이번 달에 냈던 지체부과금은 다음 달의 크레딧으로 넘겨드리겠어요. 두 번 다시 늦게 보내시면 다음번에는 은행 방침대로 지체부과금까지 내셔야 돼요."

부동산 경기의 거품이 꺼져서 교회의 건물 가격이 500만 불 이하로 견적이 나왔다고 한다. 교회가 파산 위기에 처했다고 사람들은 수군수군했다. 불안과 분노로 눈에 서기를 발하는 동탁 앞에서는 누구도 재정에 대해 언급할 수가 없었다. 징징대던 "알맞은 헬퍼 2"인 최인숙 집사가 결국 타주로 이사를 갔다. 냉장고 사 올 때 쌌던, 처치곤란의 빈 대형 박스를 누군가가 집어가 준 느낌이었다.

X　　　　　　X

B 집사 소유인 3만 평방피트짜리 빌딩에 세 들어 미용재료 상점을 운영하고 있는 입주자 전 씨가 렌트비를 9개월째 안 내고 있었다. 싸우다 지친 B 집사는 빌딩과 모든 소유권을 교회에 헌납하기로 결정했다. 서류정리를 끝낸 동탁은 당장 전 씨가 경영하는 미용재료 상점으로 쫓아갔다.

"거대한 사업을 하시는 분이구만요. 아무리 어려워도 렌트비는 내셔야죠? 18만여 불을 떼어 잡수시면 우리 B 집사는 어떻게 삽니까?"

"우리 사는 집도 훠어클로져로 내놔야 될 판인데, 이젠 이 가게도 헐값에 넘기고 우리 식구는 거리로 나앉게 생겼습니다. 조금만 봐 주세요 목사님."

"글렌뷰에 저택까지 소유하시고 떵떵거리며 사시는 분이 남의 돈을 떼어 잡수시면 옳지 않죠. 이 건물에 대한 B 집사의 모든 소유권은 오늘부터 내게 넘어왔으니, 정식 소송을 하겠습니다."

……

몇 달만 연기해 달라는 것도 아니고, 언제까지 갚겠다고 약속하는 것도 아니다. 무조건 봐 달라니? 베개 속과 매트리스 속에 감추어 둔 돈을 안 가져온다면 집과 가게를 차압해야 됨은 당연하다. 저런 사람들의 냉동고 속, 화분 밑, 고추장 항아리 속에는 현금으로 몇십만 불씩 감추어져 있게 마련이다. 또 축복은 혼자 받으려고 자기가 다니는 교회에 십일조는 덜컥 덜컥 할 것이 분명하다. 동탁은 겁을 주어 밀린 렌트비를 받으려고 일주일 후 변호사를 통해 전 씨에게 강력한 경고 편지를 보냈다.

편지 보내고 십 일째 되는 날이었다. 미용재료상점 주인 전 씨는 음독 자살을 했고, 그의 아내는 졸도하여 병원으로 실려 갔다. 전 씨는 한인조기축구동우회 회장이었었는데, 그가 자살했다는 소문이 퍼지자, 시카고 지역 조기축구회원 40여 명이 마하나임 교회로 몰려왔다. 개망신 당하기 전에 동탁은 급히 피신했다. 칼과 몽둥이를 든 축구회원들은 동탁에게 항의 내지 복수를 하겠다고 오랫동안 교회 빌딩 안팎에서 소란을 피웠다. 결국 경찰까지 동원되어 축구회원들을 강제해산시켰다. 언젠가는 동탁을 꼭 잡아 죽이겠다고 맹세를 한 후 축구회원들은 흩어졌다.

그때부터 동탁은 어디를 가나 4명의 유단자 호위 집사들을 대동했다.

X　　　　X

"알맞은 헬퍼 2"였던 최인숙 집사의 큰언니가 이혼녀 서미숙 권사다. 미숙의 무남독녀 캐렌이 18세로서 "알맞은 헬퍼 5"가 된 것은 2년 전이다. 우울증 증세를 보이던 캐렌을 데리고 미숙은 동탁에게 찾아와 수시로 안수기도를 받았다. 동탁의 손 밑에서 발발 떠는 캐렌은 가련하면서도 동탁의 성욕을 자극했다. 요술의 환각 연기가 바짓단으로 스며들듯, 의지와 상관없이 하체가 매번 광분했으며 동탁의 온몸이 전율했다. 동탁의 "알맞은 헬퍼"로 된 이후, 캐렌의 우울증은 거짓말처럼 깨끗이 나았다. 그러나 걷잡을 수 없는 캐렌의 성욕은 동탁의 고민으로 남았다. 임신도 두려웠고 변화무쌍한 소녀의 심경이나 무모해질 수도 있는 젊은 아이의 언행도 공포였다.

동탁은 캐렌에게 미션을 부여했다. 시카고 지역에서 거부로 소문났으며 껄렁껄렁한 중년 노인 김정태 사장을 유혹하여 덫에 묶어두라고 요구했다. 캐렌도 떼어내고 재정문제도 해결할 수 있을는지도 모른다.

"평생 목사님만 사랑하고 싶어요. 제 육체를 더럽힐 수도 있는 미션은 안 하게 해 주세요."

캐렌은 울며불며 동탁에게 매달렸다.

"교회 재정 적자가 제일 고민이야. 주님 몸을 섬기는 일에 몸 바쳐야지?"

"제 몸이 더럽혀지면 목사님은 저를 싫어하시겠죠?"

"돈 있어야 하나님 일도 할 수 있어. 죽으면 썩어서 흙 될 육첸데 뭘? 하나님 사업을 위해 가치 있게 써라. 돈 없으면 기분 안 나서 이것도 안 돼. 돈 생기면 너와 처음 할 때처럼, 네가 버둥대며 울어도 내가 참을 수 없잖니?"

X X

갈수록 재정 적자가 심각해졌다. 동탁의 호위집사도 1명으로 줄여야만 했는데, 그 집사가 서무간사 일을 병행해서 보게 만들었다. 가장 은혜가 충만한 T 목사가 홀로 부목사의 역할을 총괄하게 했고, 전도사도 2명으로 줄였다.

어떻게 알았는지 많은 선교사들은 '기도하겠노라'는 이메일만 보낼 뿐, 선교비 독촉도 하지 않고 슬금슬금 떨어져나갔다. 그들은 미국에 들를 일이 있어도, 마하나임 교회에 방문하는 것을 삼갔다. 탯줄 덜 떨어진 선교사는 동탁에게 찾아와 아직도 엄살을 섞었다가 한방 먹는다.

"야! 이 얼뜬 새꺄! 분위기 척 보면 넌 교회 꼴도 모르겠냐? 그렇게 눈치 없어서 어떻게 선교하냐? 인마! 분위기 파악이 빨라야 선교도 하지."

새벽기도 예배 인원이 팍삭 줄었지만, 동탁이 목청 높여 새벽기도의 중요성을 호령하기엔 때가 늦었다. 지구가 두 개의 반구로 짝 갈라져도, 동탁을 배반할 수 없는 그의 아내와 장모는, 새벽예배 끝나고 기도가 시작되면 통곡하기 시작한다. 두 여인은 기도할 힘을 잃고 그저 처음부터 지칠 때까지 통곡만으로 일괄한다. 일부 권사들이 자기들도 소리 높여 울며, 두 여인들의 통곡에 장단을 맞춰 협조하지만, 시간이 지나면 또 두 여인의 울음소리만 남겨진다. 동탁도 강대상 앞에 납작 엎드려 어린애처럼 발발 떨며 기도했으나, 새벽예배 참석 교인은 매일매일 더 줄어들었다.

정신이 번쩍 든 동탁이었건만, "알맞은 헬퍼 3"과는 관계를 끊을 수가 없었다. 남녀관계는 한쪽에서 정신 차린다고 맺고 끊어지는 것이 아니었다. 동탁이 밖에 나가 데이트할 심적 시간적 여유는 없었다. 그러자 그녀는 통제가 삼엄한 목사 사무실까지 찾아와서 위로할 의무가 있다며 매달렸고, 마지막이라며 동탁의 바지를 벗겼다. 기가 죽어 섹스가 불가능해진 동탁에게 인스턴트 섹스까지 해 주며 괴롭혔지만, 그는 그녀를 쫓아낼 수가 없었다. 그녀와 연관된 가족들 친척들에게서 나오는 헌금을 무시할 수 없었기 때문이다. 동탁은 돈이 될 수 있는 짓에 선악을 가리지 않았고 천심인심을 조율하지 않았다.

X X

미숙이 저녁을 사겠다고 우겨서 동탁은 그녀의 차에 탔다. 식당은 꽤 멀어서 한 시간을 운전해서 갔다.

"식당 예약 시간이 30분이나 남았네요. 바람 좀 쐬다 저녁을 먹어요."

항상 시간에 쫓기는 동탁은 씁쓸했지만, 그 여분의 시간에 기도하면 될 성싶었다. 그 동네 공원의 호숫가 주차장에 주차를 했다. 땅거미가 낯선 동네의 공기를 어둑하게 덮으니, 산책하다 포옹하는 남녀의 모습도 감추어진다.

"꼭 사랑하고 싶은 남성과 애정을 주고받고 싶어요."

미숙은 갑자기 동탁에게 덤벼들어 엉기며 칭얼댔다. 오래전부터 이상한 제스처를 자주 취해온 그녀였다. 그러나 교회 사랑하는 사람끼리의 호의나 딸의 병을 고쳐 준 목사에 대한 감사 표시로 여겨왔었다. 오늘 보니 아니었다. 미숙이 동탁에게 입을 맞추니, 그는 피하지도 않고 호응하지도 않았다. 동탁은 비위가 울컥 상해 올라왔지만 신중했다. 미숙은 자기가 늙었다는 생각을 깜빡 잊고 크게 착각한 모양이다.

"권사님, 제가 안수기도를 해 드릴 게요. 약한 인간인지라 경우에 따라선 엉뚱한 생각도 들게 마련입니다."

동탁이 잽싸게 차에서 내려 운전석 쪽으로 돌아가 도어를 열었다. 미숙의 가슴이 희끗희끗 들여다보였다.

"권사님, 안수기도 받으시면 연약했던 마음에 극복의 힘을 주십니다."

자동차 문을 활짝 열어놓은 상태로, 동탁이 그 자리에서 우렁찬 목소리로 기도하기 시작했다. 어둠 속에서 기도가 끝났을 때, 미숙은 동탁의 두 다리를 얼싸안고 그의 사타구니에 얼굴을 비비며 울어댔다. 시간도 없고 돈도 없고 여러 가지 스트레스 때문에 쓰러질 지경인데, 웬 망령된 주책으로 문제를 추가하는가? 혹시 수작을 꾸미는 건 아닐까? 동탁의 바지가 젖을 정도로 우는 것을 보니, 계략은 아니고 순수한 감정 같다.

"전 평생 처음으로 사랑하고 싶은 남성을 찾아냈어요. 아무리 기도하고 하나님께 도움을 구해 봐도, 이대로 미칠 것만 같아요. 좋은 일 한다고 생각하고 한 번만 사랑할 수 있게 해 주시면 안 돼요?"

울고 있는 미숙을 내려다보니 입맛이 썼다. 더욱이 그녀가 캐렌의 엄마라고 생각하니 일던 성욕도 없어진다. 살면서 평생 하는 짓인데, 이렇게 간절히 원하는 여인을 끝까지 거절함은 타인을 사랑해야 할 사람들의 몫이 아닌 것 같다. 우선 교회가 살고, 캐렌과 미숙이 모두 다치지 말았으면 좋겠다.

"권사님, 오늘은 철야기도 하는 날이라 적합하지 않아요. 우선 일주일만 기도하면서 참아 봅시다. 그때도 못 견디겠으면 내가 기회를 만들어

잊지 않고 꼭 한번 해 드릴 게요."

X X

"소위 부목이 돼 가지고 그게 할 소리요? 하나님 입장은 털끝만큼도 생각 못 해요? 주님의 역사가 살아 숨 쉬는 곳이 여기야. 주님 명령과 우리 소망이 깃든 이 성전이야. 흥! 그까짓 돈! 하나님이 내일이라도 해결해! 이 믿음의 결정체, 소망의 보금자리, 이 애절한 사랑의 못자리를 썩어버릴 그런 돈 때문에 포기해?"

"물론 포긴 아닙니다. 주님 뜻에 맡기고 주님 결정을 기다리는 게~."

"실컷 기다려! 내가 죽어버릴 때까지 기다리시구려. 내가 뭘 설쳐? 이 거대한 교회의 부목이 그렇게 주님 일에 관심이 없어? 속 편해서 좋겠시다."

당회에 앞서 부목사와 예비 회견을 가졌던 동탁은 화를 억누르며 당회 장소로 향했다.

"교회를 헐값에라도 팔고 작은 빌딩으로 옮겨 평화롭게 예배를 드려야 옳습니다. 경기 침체는 언제쯤 풀릴는지 감감한데, 우리에게 이 거대한 교회가 중요한 게 아닙니다."

"그렇습니다. 이것은 다급한 문제입니다. 재정 적자가 하루하루 누적되어, 우물쭈물하는 지금 이 순간에도 몰게지가 눈덩이처럼 붇고 있습니다."

당회에서도 많은 장로들이 교회를 팔자고 합세해서 우겼다. 교인이 증가할 가능성이나 헌금이 늘 전망은 희박했다.

"난 이사 못 가! 여긴 영원히 하나님을 모셔야 될 나와 내 양 떼들의 교회야. 배가 가라앉으면 선장은 그 배와 운명을 같이하게 마련이야. 난 여기서 살다 여기서 죽는 수밖에 없어."

동탁이 양팔로 책상을 끌어안고 몸부림치며 통곡했다.

"장로님들! 양 떼가 못 살 지경이 됐으면 목숨을 걸고라도, 양떼가 살 수 있는 환경으로 마련해 줘야지? 삯꾼처럼 양 떼를 내던지고 나만 편히 살겠다고 구석진 작은 교회로 옮겨가서 느긋하게 신앙생활 할래요?"

……

지친 동탁이 두 다리를 쭉 펴고 마룻바닥으로 널브러져 주먹으로 바닥을 치며 울었다. 그의 성격처럼 눈물도 펑펑 쏟았다. 그의 통곡은 직접 기도로 연결이 되어 그의 우렁찬 목소리가 장내를 장악했다. 그의 기도는 당회원들인 장로들의 통성기도로 자동 연결되었다. 당회는 확실한 결정 없이 무산되었다.

X X

날씨는 화창했고 초겨울 바람은 파삭했으나 동탁의 마음은 어둡고 무거웠다. 동탁은 강대상 밑에 엎드려 기도하고 있었다.

"목사님! 큰일 났어요. 김정태 사장이 칼에 찔려 중태인데, 용의자로 구속된 사람이 우리 교회 교인 캐렌 서입니다."

다급해진 서무간사가 기도하는 동탁에게 다가와 귓속말로 전했다. 놀랍고 너무 힘든 나머지, 동탁은 그 자리에서 긴장한 굼벵이 꼴이 되었다. 몸뚱이를 둥글게 말며 옆으로 굴렀다. 처음 캐렌을 "알맞은 헬퍼"로 삼을 때 그녀는 18살이었다. 미성년자 성추행에는 걸리지 않는다는 일각의 안도감이 감쌌다. 어려운 일이 이것저것 겹치더니, 이번에는 동탁에게 직격탄이 떨어졌다. 지금은 교회를 지켜야만 되기 때문에 하나님이 싫어하는 일도 하면서 살지만, 재정적자만 해결되면 곧 회개하고 새 길을 가려던 참이다. 그러나 이제는 다 틀렸다. 더 이상 버틸 기운도 없다.

아무런 말도 변명도 하지 않는다는 캐렌을 면회하러 갔다. 미숙이 이미 찾아와 캐렌 앞에서 통곡을 하고 있었다. 동탁을 보더니, 미숙이 더욱 서럽게 울다가 결국 시멘트 바닥으로 쓰러진다. 미숙이 모든 사실을 이미 알고 있을 수도 있다. 동탁은 조심스럽게 미숙을 안아 올렸다. 미숙은 동탁의 가슴에 얼굴을 비비며 울었다. 캐렌 앞에서 그녀의 엄마인 미숙과 깊이 포옹한다는 것은 큰 부담이었다. 미숙의 행동과 캐렌의 표정을 눈여겨 살폈다. 미숙이 아직 동탁과 캐렌의 관계를 모르기 쉽다.

옆에서 백인 남자가 덤벼들어 미숙을 부축하며 위로한다. 동탁은 은근히 그에게 미숙을 인계하며 물러났다. 나중에는 그 백인 남자와 통성명도 하게 되었다.

"저는 동탁 차입니다. 캐렌이 다니는 교회 목사입니다."

"저는 미숙의 친구 스티브 잔슨입니다. 센추리 건설회사의 디스트럭션 기사입니다."

기분 나쁜 녀석이다. 건설회사의 부수는 기술자는 또 뭐야?

X X

"목사님, 캐렌이 통 말을 안 하니 사건의 동기를 알 수가 없어요. 김정태 사장이 순진한 우리 캐렌에게 나쁜 짓을 하려다가 일이 벌어진 거예요. 수다꾼들은 오히려 캐렌이가 이상한 짓 하려 들었다고 수군대요. 너무 억울하고 슬퍼서 잠이 오질 않아요. 며칠을 못 잤어요. 목사님이 기도해주시고 안아주시면 제가 좀 잠들 수 있을 것 같아요."

동탁의 휴대전화 속에 미숙의 지친 음성이 녹음되어 있었다. 근거를 없애기 위해 동탁은 그녀의 음성을 즉시 삭제했다. 가슴이 저려왔다. 동탁은 미숙에게 당장 전화를 했다.

"힘드시죠, 권사님? 변호사는 정했어요?"

"변호사비는 좀 비싸도, 져본 적이 없는 튼튼한 변호사라고 해서, 갤럭시 법률회사의 탐 배빙톤 변호사로 정했어요. 확실하게 일해 주는 분이래요."

'져본 적이 없는 변호사'라는 말이 동탁의 가슴을 아프게 찔렀다. 당장 수사관들이 동탁을 체포하러 들이닥칠 것만 같았다.

"목사님, 기회를 만들어 연락하신다고 하셨던 것, 오는 목요일 11월 29일 저녁에 하면 안 돼요? 위스칸신 주에 있는 기도원에서 목사님 뵈면 안 될까 해서요? 죄송해요. 목사님! 이번에 꼭 뵙고 싶어서, 목사님 방에서 기도원 열쇠를 목사님 허락 없이 제가 슬그머니 가져왔어요. 딸의 병도 고쳐주시고 제 인생을 통째로 이끌어 주신 목사님을 도와, 주님 몸 되신 교회에 최후까지 봉사하다 죽고 싶어요. 전 결심했어요. 제가 살고 있는 집을 제외한 전 재산을 교회에 헌납하고 싶어요."

동탁은 다급함을 느꼈다. 하시라도 동탁의 비행이 적나라하게 드러나 모두가 제로로 되돌려질 수 있다. 그렇다면 모두 허사가 되기 전에 서둘러 교회를 구해 놓아야 된다. 미숙이 30만 불 이상만 헌금한다면, 당장 교회 현상유지에는 문제가 없다. 교회만 건재할 수 있다면 된다. 하나님이 이루신 기적이 소멸하지 않을 수만 있다면, 나의 개인적 파멸은 감수할 수 있다. 부목사라도 이 교회를 이어받아 유지해 나간다면 마하나임에 있었던 하나님의 역사는 영원히 사멸하지 않는다. 여자는 슬플 때 성욕이 솟게 마련이다. 솟구치던 성욕이 깨끗하게 해결되는 순간, 여자는 엄청난 결정도 감행한다. 동탁도 잠을 설쳤으니 그녀와 함께 단잠을 푹 자고 싶다. 3일 후, 목요일 저녁 7시에 기도원으로 가겠다고 미숙에게 약속을 했다.

X X

첩첩이 숲으로 둘러싸인 외딴집 기도원의 뜰에는 미숙의 차만 외롭게 떨고 있었다. 낙오된 철새를 위로하려는 듯, 동탁은 미숙의 차 옆에 나란히 정차하여 짝을 지어 놓았다. 침실에서 숨죽은 불빛이 가늘게 떨고 있었다. 꺼질듯 미약한 불빛을 보니, 동탁에게 기운이 벌컥 솟아났다.

"거기서 거기서~ 영원히 영광에 살겠네~."

동탁의 웃음 띤 얼굴로 콧노래가 흥건히 흘렀으며 발걸음은 경쾌하게 춤췄다. 동탁이 출입문 초인종을 눌렀다.

"누구세요?"

"나지. 나 말고 기도하러 올 사람 또 있나?"

출입문을 열 때 미숙이 끼고 있던 하얀 망사 장갑은 희미한 조명 속에서도 도드라져 보였다. 미숙은 얇은 잠옷을 입고 대기하고 있었다. 들어서자마자 동탁은 미숙을 끌어안고 발기한 남성을 그녀에게 비비었다.

……

"어서 샤워하고 나오세요."

미숙은 침실 안으로 동탁을 이끌었다. 침실의 침대 머리맡에 리딩라이트만 하나가 켜져 있어서, 방 안은 어둑하고 비밀스러웠다. 긴장했는지 미숙은 쓸쓸하게 미소 지었다. 동탁이 넥타이를 풀려고 하니, 미숙이 말없이 저지했다. 웃옷도 벗지 말라는 듯 여며주었다. 동탁이 미숙에게 입을 맞추며 그녀의 잠옷을 벗겨 내렸다. 금방 샤워를 끝냈는지 그녀의 나체에서 향긋한 오이 냄새가 났다. 미숙은 말없이 동탁의 어깨를 밑으로 끌어내렸다. 눈치 빠른 동탁이 그녀의 가슴을 애무하니 그녀가 그의 어깨를 더 밑으로 밀어 내렸다. 흠칫 놀란 동탁이 망설였다. 맹랑한 여우다. 사실상 교회를 살리기 위한 일이라면 못 할 것도 없다. 이까짓 일은 너무 쉽다. 그녀가 원하는 작업을 하기 위해 동탁은 카펫 바닥으로 털썩 주저앉았다. 정장에 넥타이까지 차려 입은 채였다. 서툰 솜씨일망정 동탁이 "알맞은 헬퍼들"에게 평생 졌던 빚을 한꺼번에 갚기 시작했다. 정성껏 움직이는 성실한 동탁의 노력에도 미숙은 동요가 없었다. 단지 의식을 치르듯 가랑이를 오픈한 채 담담히 서 있었다.

"샤워하고 나올게."

약간의 모욕을 느낀 동탁은 웃지도 않고 촐싹대지도 않았다. 그는 옷을 하나하나 벗었다. 육체에 자신이 있다는 증거를 제시하듯, 팬츠까지 벗어 던지고 반쯤 발기한 남성기를 공개했다. 입을 굳게 다문 동탁은 선 채로 미숙을 응시했다. 눈에 보이는 모든 것을 오늘 온전히 그녀에게 선물하겠다는 맹세였다. 동탁은 샤워하기 위해 천천히 화장실로 들어갔다.

X X

"목욕 타월이 없는데?"

미숙은 대답이 없었다. 동탁은 젖은 몸뚱이로 화장실 문을 열고 나왔다. 여러 번 큰 소리로 미숙을 불러 보았으나 이상하게 그녀가 보이지 않았다. 타월이 없으니 침대 시트로라도 물기를 닦아야 될 성싶다. 침대로 다가간 동탁은 침대에 시트나 베개 커버도 없고, 심지어 이불까지도 없음을 발견했다. 리딩라이트 밑에는 사인펜으로 촘촘히 쓴 편지 한 장이 곤히 잠들어 있었다. 편지 밑에는 분홍색 팬티가 놓여 있었는데, 그 색깔이나 사이즈가 아주 눈에 익숙했다. 그것은 캐렌의 팬티였다. 요구르트 엎질러졌던 자국처럼, 팬티에는 동탁의 정액인 듯한 액체가 말라붙어 있었다. 그가 자주 해오던 체외사정의 흔적임을 알아보고 동탁은 긴장했다. 전화는 물론이고 옷가지나 치부를 가릴 헝겊도 방 안엔 없었다. 편지지는 꽤 두꺼웠는데 빳빳하고 어석어석했다.

~@~ 목사님, 회개할 시간까지 빼앗는 것은 기독교인으로서 합당하지 않을 것 같았어요. 시간이 많이 남진 않았을 것 같아요. 오늘 저녁부터 추워진다더군요. 오늘 밤엔 25도 이하로 떨어지고, 내일 낮에도 32도는 넘지 않을 거라고 예보되었어요. 내일은 눈이 5인치 이상 내린다니, 목사님의 모든 것을 감추기엔 안성맞춤이겠죠? 지금부터 방 안 온도는 급속도로 떨어질 테지만, 참을 만은 할 거예요. 건물로 들어오는 개스 파이프와 물 파이프는 제가 잠그고 갈게요. 목사님의 모든 소유물은 거실로 내놓았어요. 그러나 침실에서 밖으로 나올 생각은 마세요. 문을 열든가 유리창이나 벽에 충격을 주면 가느다란 철사로 연결되어 있는 폭발물의 안전핀이 즉시 빠지게 되어 있어요. 그러면 기도원은 침실부터 차례로 폭파되며 화염에 휩싸일 테니까요. 재정 적자나 부정공개가 두려워 자결하셨다면 동정도 받겠죠 뭐. 기뻐하세요, 좋은 천국 가시는 길인데요. 주님 주신 달란트는 충분히 활용하셨으니, 다섯 달란트 받은 자처럼 주님께 칭찬받으시기 바랄게요. 목사님이 안 계셔도 지구는 자전하는가, 주일 설교는 계속되는가, 지켜볼게요. ~@~

동탁은 창문가로 달려가 급히 블라인드를 젖혔다. 그때 미숙의 자동차에 시동이 걸리면서, 두 개의 헤드라이트가 동탁의 얼굴로 밝은 빛을 끼얹었다. 사실이었다. 유리창마다 철사로 동여매진 흡착 고무가 초코파이처럼 붙어 있었다. 동탁은 허둥지둥 두 팔을 흔들어 미숙에게 구조를 구걸했다. 동탁의 필사적 몸부림에 관심 없다는 듯, 자동차는 유유히 기도원을 떠나고 있었다. 그는 황급히 화장실로 들어가 싱크의 하수도 구멍을 막고 물을 틀었다. 더운물과 찬물을 한꺼번에 열었다. 처음에 쏟아지던 물이 급속히 줄며, 서서히 공급을 거절했다. 동탁은 겁에 질려 변기 속의 물을 내려다보았다.

~@~ 기도원 열쇠는 목사님 속주머니에 있어요. 배고플 수도 있다는 생각이 드네요. 이 편지 종이는 녹말과 섬유질을 섞어 만든 식용 종이라데요. 맛도 좋고 영양가도 꽤 있대요. 허기지시면 이 편지종이를 잡수시고 힘내세요. 그래야 생명도 연장되죠. 저는 지금 시카고로 내려가서 경찰서에 들르려고 합니다. 저의 알리바이는 경찰이 입증해 줄 테니까요. 목사님, 희망을 잃지 말고 기도하세요. 혹시 언제 누가 어떤 기술자를 동반하고 와서 폭발물을 제거한 후, 문을 열어 줄지도 모르잖아요? 하지만 사모님이 와서 멋모르고 허둥지둥 문을 열면 두 분의 동반자살로 남게 됩니다. ~@~

정종진 (소설가 / 시카고 거주)

2006년 〈순수문학〉 소설 부문 등단, 2007년 〈미주중앙일보〉 신춘문예 소설 부문 당선, 2010년 〈한국산문〉 수필공모 당선. 경희 해외동포 소설 우수상(2010년), 서울 문예창작 협회 소설문학상 금상(2013년), 재외동포 문학상 소설 우수상(2014년), Chicago Writer's Series Event에 초청 소설 발표(2016년), PEN 한국본부 해외작가상(2016년), 한국 문인협회, 국제 PEN 회원. 한국 소설가협회 중앙위원, 시카고 문인회장 역임, 현 미주문협 이사 , 시카고 문화회관 문창교실 Instructor

단편 소설집 『발목 잡힌 새는 하늘을 본다』 『소자들의 병신춤』 중편 소설집 『나비는 단풍잎 밑에서 봄을 부른다” 수필집 『여름 겨울 없이 추운 사나이』 『지구가 자전하는 소리』

노비 문서

최 문 항

한여름의 무더위를 식혀주는 가랑비가 부슬부슬 내리고 있었다. 나른한 오후 2시쯤 사무실 책상 위의 전화벨이 요란하게 울렸다.

"변 선생 안녕하셨소? 나 강이요, 기억 안 나실 거요."

오랜만에 들어보는 한국말이다. 강이 누구지? 약간 힘이 빠지고 느린 목소리지만 어디서 듣던 목소리가 분명했다.

"우리 한창 고생할 시절에 왜 변 약사님이 술도 사고 용돈도 집어주곤 했잖소, 그 수은 연고 기억 안 나요?"

아~ 그 협잡꾼 모리배 강 기자… 가 미국에 들어와서 꼭꼭 숨어 사는 나를 어떻게 찾아내고 전화까지 걸어오다니 아직도 남의 뒤나 캐고 다닌단 말인가? 그런데 왜 나는 그놈의 이름만 듣고도 이렇게 놀라고 언짢아하고 있을까?

"그때야 너나없이 배고프고 고단할 때였으니 다 잊어 주시오. 사실은 곽 회장 심부름으로 변 형 찾아 미국까지 왔쇠다. 오늘 저녁 시간 좀 내주슈."

강은 여전히 모든 일을 일방적으로 끌고 나갔다. 십수 년 LA 근교에 살고 있는 나보다 LA에 있는 술집 사정을 더 잘 알고 있었다. 8가에 있는 송산 해물탕집에서 만나기로 했다.

강은 꺼부정하니 구부린 허리 하며 비쩍 마른 몸매가 나이보다 훨씬 늙어 보였으나 옴폭 들어가고 찌그러진 눈매와 카랑카랑한 목소리만은 아직 내 비위를 거스르기에 충분했다. 강은 수은 연고 문제로 곽 주사를 겁박하다가 오히려 매수되어 면허도 없는 한방약국의 사무장이 되어서 지금까지 곽 주사를 보필하고 있다고 했다.

"곽 회장님께서 대부분 주변 땅을 갖고 계시는데 정 가운데 있는 공효순 여사님 땅 때문에 공장 건축 허가를 못 내고 있습니다. 가격은 잘 쳐 드릴 테니까 이번 기회에 처분하시지요, 변 사장님 아니 변 회장님!"

강이 느닷없이 저자세로 나왔다.

"그 문제라면 집사람하고 의논을 해봐야 하겠는걸, 그 사람 말로는 할머니가 남겨주신 유일한 재산인데 그리 쉽게 팔아 치울 수가 있겠습니까?"

"요즈음 뭐 충청도 땅값이 아무리 금값이라고는 하지만 당진에서도 한참 들어간 골짜기 땅을 누가 들여다나 보겠어요? 임자 나왔을 때 얼른 처분하시는 게 상책일 겁니다."

강은 거의 부동산 뚜쟁이가 다 되어 양손을 비벼대며 밀고 들어왔다.

"글쎄, 내가 집사람하고 의논해보고 연락을 주도록 하지요. 전화번호나 알려주면 나중에 연락해 주겠습니다. 강 기자님!"

바글바글 끓기 시작하는 매운탕을 뒤로하고 유유히 식당을 빠져나왔다.

오래간만에 곽 주사 강 기자 석화리 같은 단어들이 머릿속을 휘저어놔서 그런지 프리웨이 간판이 희뿌연해지면서 지나간 십수 년간의 이곳 생활이 주마등같이 뒤로 흘러갔다. 고향을 떠나온 것이 잘한 일인지 아니면 그곳에 남아서 복잡한 일들과 정면 도전했어야 옳았는지 판단이 안 섰다.

식사를 끝내고 저녁 뉴스가 시작될 때쯤 해서 아내에게 곽 주사 이야기를 꺼냈다.

"석화리 땅을 사겠다는 사람이 한국에서 여기까지 당신을 찾아왔더라니까!"

"그 산골짜기 땅을 사겠다는 사람이 나타났다고요? 정말 돈벼락 맞게 생겼네? 그게 누군데요?"

"우리 미국 보내주신 곽 주사 어른! 그 돌팔이가 글쎄 제약회사 회장이 됐는데 우리 동네에다 생산 공장을 짓겠다는 거야!"

"아이고 맙소사! 그 악연이 미국까지 쫓아다닐 줄이야!"

효순은 곽 주사에 대한 묵은 감정이 되살아나는지 치를 떨었다.

효순 아버지가 조그마한 목선을 가지고 연평도 앞바다에 조기잡이를 다닐 때부터 곽 주사 약방에서 사채를 빌려 쓰곤 했는데 태풍으로 조난당한 마지막 출어 때 빌려 간 돈 때문에 효순네 소유의 임야 전답을 거의 모두 빼앗기고 말았다. 효순 아버지 일을 돕던 상호 아버지도 낡은 목선과 함께 연평도 앞바다에 수장돼 버리고 말았다. 풍비박산 난 집을 추슬러야 할 효순 엄마는 어린 효순과 할머니를 뒤로하고 돈 될 만한 패물들을 챙겨가지고 가출해버렸다. 상호 엄마가 몸져누운 효순 할머니를 돌보면서 효순네 바깥채로 들어가 살게 되었고 자연스럽게 상호와 효순은 한집에서 살면서 오누이처럼 자라게 되었다. 그러나 할머니는 주종관계를 항상 엄격하게 구분 짓곤 했다.

내가 제대해서 집으로 돌아온 날이 마침 효순이 할머니 칠순 잔칫날이었다. 동네 어른들이 넓은 마당에 쳐놓은 천막 아래 모여 앉아서 영계백숙에 막걸리 한 잔씩을 걸치면서 흥을 돋우고 있는 자리에 내가 나타나니 잔치는 절정에 다다랐다.

"상호 에미, 인제 고생 끝났다. 상호 얼른 장가보내고 시장 근처에 떡하니 약국 차려 놓으면 뭐 부러울 게 있겠노!"

저저마다 상호 칭찬에 침을 튕겼다. 마루 위에 올라가서 효순이 할머니한테 큰절을 올렸다.

"상호, 이제 장가갈 일 만 남았다. 네 엄마하고 의논해서 휘딱 치러버리자!"

평소에 어머니한테는 마님으로 군림하면서도 상호를 친손자처럼 거두어주시던 할머니인데도 막상 결혼 이야기를 일방적으로 선포하는 것 같아서 언짢게 들렸다.

"할머니! 저 아직 아무 준비도 안 됐어요! 돈도 없고요, 차차로 말씀드리겠습니다."

나는 황급히 일어나서 마당으로 내려왔다. 친구 녀석들이 둘러앉아서 술잔을 돌리면서 내 제대를 축하해줬다. 효순이는 먼발치에서 내 눈치만 보면서 손님들 시중을 들고 있었다. 그때 시장에서 신발가게 하는 사촌형이 나를 불렀다.

"상호야! 너 내일 우리 가게로 좀 나와 봐라. 어쩌면 서울 갈 일 생길지도 모르니까!"

여기저기 찾아다니면서 인사할 일도 없이 잔칫집에서 대충 동네 어른들에게 귀향 인사를 드리고 친구 녀석들과 밤늦게까지 떠들면서 어울렸다. 화장실 가는 척하면서 뒤뜰로 돌아가니 효순이가 따라왔다. 우리는 아무 말도 않고 서로 끌어안고 얼굴을 포갰다. 한참을 그렇게 끌어안고 있었다.

"내일 장에 같이 안 갈래?"

"장에는 왜?"

"형님이 좀 나오라는데, 뭐 서울 보내 준다고."

효순이 서울 얘기를 듣고 얼굴이 어두워졌다.

"할머니가 언덕 너머 콩밭 팔아서 나 시집보내 준다고 했는데, 시장터에 약국도 내주고."

……

"야야, 그런 소리 우리 엄마 들었다간 큰일 난다. 진짜 조심해, 알았지? 서둘지 말고 나만 믿으라니까!"

우리 둘은 아카시아 꽃향기에 흠뻑 취해서 밤길을 걸었다.

"내가 형님 만나고 열 시까지 초원다방으로 갈게, 조금 늦더라도 기다리고 있어."

다음 날 아침 장터 형님 가게로 갔다.

"형님, 저 왔습니다. 형수님은 아직 안 나왔어요?"

"애들 챙겨주고 점심때나 돼야 나오지. 군대에서 훈련받은 사람이라 부지런하군. 답답한 촌구석에서 썩는 것보다는 서울 올라가서 자리 잡는 게 어떻겠어?"

형님은 그저 지나가는 말처럼 대수롭지 않게 한마디 던졌다.

"글쎄, 뭐든지 좋은 건수만 있다면야 서울이든 부산이든 가봐야지요. 뭐."

"당진에서 오랫동안 장사 잘하는 곽 주사라고 내가 잘 아는 사람이 있는데 서울로 올라가서 좀 크게 벌려 봤으면 하더라고. 너 제대하면 꼭 알려달라고 신신당부했어! 면허만 걸어주면 한 달에 오만 원씩 주고 우선 네가 자리 잡을 때까지 같이 먹고 자고 해도 된다고 했어. 그리고 어디든지 취직이 되면 그때는 네 맘대로 거취를 정해서 나가면 되는 거고!"

형님은 마치 나를 위해서 좋은 직장을 잡아 준 것처럼 생각하고 있었다.

"도대체 무슨 장사를 하는데 내 면허증이 필요하대요? 그러면 지금은 어떻게 장사하고 있는데요? 뭐 이상한 거 파는 건 아니겠죠?"

내가 은근히 싫은 체하면서 물었다.

"뭐 보약 장사라던데, 너는 그냥 면허만 빌려주면 되는 거야. 출근 안 해도 곽 주사가 다 잘 알아서 한대. 당진에서 십 년 넘게 재미 많이 봤다더라고. 그래서 서울로 진출한다던데, 나는 자세한 거 모르고 네가 직접 만

나보고 결정해라. 먼저 사람은 한 달에 사만 원씩 줬다는데 내 동생이라고 오만 원씩 준다고 했어. 전화만 하면 언제라도 올라올 수 있다고 하더라고."

형님은 신발 위에 내려앉은 먼지를 먼지떨이로 탈탈 털어가면서 다그치듯 서둘러 댔다.

"집구석이 옛날 같지 않고 쓸쓸하더라고요. 하루라도 빨리 돈 벌어서 어머니 고생 덜어드려야지! 좋아요, 오늘 중으로 보자고 연락해줘요."

대강 형님과의 이야기를 끝내놓고 길 건너 초원다방으로 갔다. 효순이는 얇은 천으로 만든 투피스를 입고 나왔다. 아직도 여고 때처럼 단발머리에 까만 구두를 신고 있는 것이 맘에 들었다. 하루같이 달라지는 시골 풍경에 그래도 효순이같이 청순한 처녀가 내 곁에 있다는 것이 늘 자랑스러웠다. 우리는 별로 할 말이 없었다.

"정말 서울 갈 거야?"

효순이 벌써 세 번씩이나 똑같은 말을 반복했다. 그때마다 내 대답도 똑같았다. 삼 년만 기다리면 돈 모아서 약국 내고, 그래야 우리 어머니도 당당히 효순이 시어머니 대접받을 수 있게 해드려야 한다고 말해 줬다.

"나는 벌써 자기 엄마한테 찍혀버렸어! 어릴 때부터 키워 주셨으니 내 성질 못된 거 다 알고 계시잖아! 그리고 우리 할머니도 잘못 한 게 어디 한두 가지여야지!"

효순은 걱정이 태산 같았다.

"그래도 할머니가 우리 식구 거둬주시지 않았다면 어떻게 살았겠어, 또 내가 학교나 졸업할 수 있었겠냐? 우리 어머니도 늘 고맙게 생각하고 계신다고!"

"어머니는 자기 얘기만 나오면 늘 나하고는 오누이처럼 자랐다고 하면서 슬쩍 옆으로 밀어내는 거 있지. 그래서 우리 할머니도 다른 말 나오기 전에 얼른 약혼이라도 해버리자는 거야! 이제는 자기가 결정해야 해! 자기 엄마는 나를 며느리로 맞아들일 생각은 조금도 없는 게 분명하다고!"

효순이는 내가 하는 말은 듣지도 않고 나를 기다리면서 한 개비씩 차곡차곡 정성 들여 성처럼 높이 쌓아 올렸던 성냥개비를 툭 건드려서 우르르 무너뜨려 버렸다. 마치 앞으로 닥쳐올 새로운 문제들을 물러서지 않고 하나하나 해결해 나가겠다는 의지로 보였다.

"걱정하지 말라고, 내가 다 알아서 할 테니까! 서울 올라가면 또 무슨 수가 생길 거야!"

울상이 돼서 칭얼거리는 효순을 겨우 달래서 돌려보내고 다시 형님 가게로 갔다. 조금 있으니 곽 주사가 나타났다. 회색 머리를 잘 빗어 넘긴 오십 초반의 신사가 택시에서 내렸다. 형님은 술집 안내원처럼 허리까지 꾸부리면서 그를 정중하게 맞이했다.

"변 약사님?"

곽 주사는 형님 인사는 받는 둥 마는 둥 하면서 내 쪽을 향해 손을 내밀었다.

"네. 처음 뵙겠습니다."

나도 형님 하는 대로 허리를 굽히고 손을 내밀었다.

"우리 어디 가까운 데 가서 식사나 같이합시다. 형님도 모시고!"

형님이 가게가 비어서 같이 갈 수 없다고 하면서 사양했다. 우리 두 사람은 근처 식당으로 들어갔다. 곽 주사는 대낮인데도 식사와 함께 소주 두 병을 시켰다. 내가 엉거주춤 술을 따르려고 손을 내밀었다.

"지부지처."

곽 주사는 반찬 그릇 위에 물을 휙 부어버리고 물잔 가득히 소주를 채웠다. -지 잔에 부어서 지가 처먹고 싶은 만큼만 마시는, 술 안 권하기 국민운동본부 구호야!- 말은 그럴듯하게 하면서도 식사가 나오기도 전에 벌써 소주 두 병을 단숨에 비워버렸다.

"아가씨, 여기 소주 좀 더 가져와!"

……

곽 주사는 처음 만났을 때의 위엄을 지워버리고 침을 튀기면서 세상 돌아가는 이야기를 한참 떠벌려댔다. 소주 두 병과 식사가 나왔다.

"지부지처 끝!"

낮에 술을 마신다는 것이 못마땅해서 우물쭈물하고 있는데 내 잔에도 술을 잔뜩 부어 주면서 빨리 받아 마시라고 재촉했다.

"변 약사, 내가 당진 돈 다 긁어모았소. 이제 나하고 서울로 진격하는 거요. 뺀질거리는 서울 놈들 돈 좀 먹어봅시다. 변 약사는 구경만 하고 떡이나 먹으면 되는 거고, 재주는 이 곽 주사가 다 부릴 테니까 아무 걱정하지 말고 내가 하자는 대로 따라만 오면 되는 거요."

그는 무슨 대간첩 작전이라도 펼치는 것처럼 떠벌렸다.

"저 무슨 사업을 하는지 자세히 말씀을 해 주셔야 면허를 대든 할 거 아닙니까? 안 할 말로 내가 싫다고 할 수도 있다 이겁니다."

그는 한쪽 팔을 식탁에 올려놓고 벌게진 얼굴을 내 앞쪽으로 디밀면서 게슴츠레 풀린 눈으로 나를 건너다보았다.

"아니, 절대로 싫다고 못 하게 돼 있어! 시골에서 고생하시는 홀어머니 호강도 시켜드리고, 주인 할머니 돈도 갚아드리고 장가도 가야지……. 그리고 또~."

그는 정작 중요한 말이 있는데 안 하고 얼버무리고 있었다.

"또 뭐가 더 있어요? 곽 주사님이 그동안 우리 식구들을 먹여 살린 것처럼 말씀하시는군요!"

나는 몹시 불쾌해져서 따지듯이 말했다.

"아니 뭐, 그렇다는 얘기지 뭐! 손바닥만 한 시장 바닥에서 허덕거리는 형, 아~머, 사촌이라고 했나? 변 약사가 살펴줘야 하는데 어느 천년에 돈 모아서 다 돌봐주겠나?"

술에 취해서 그러는지 아니면 나를 가볍게 봐서 그러는지는 몰라도 곽 주사가 언제부터 우리 집안 걱정부터 친척들 사정까지 두루두루 살펴주고 있었는지 알 수가 없었다. 그러고 사촌 형까지 끌어들이는 이유는 또 뭐람?

"내가 십 년 넘게 이 장사를 하는데 이거 아무도 몰라, 우리 집안에 삼대째 내려오는 비방인데 금산 인삼 시장에서 약재상 하시던 할아버지가 직접 만든 약인데 근처에 돈 좀 있고 힘깨나 쓰는 놈치고 이거 안 먹어 본 놈이 없다고! 그리고 작년엔가 그전 해인가에는 숨이 깔딱깔딱 넘어가는 요기 뒷동네 무당 할매를 이 약 가지고 내가 고쳤다니까! 이런 약 우리끼리만 먹어서 쓰겠소? 서울 놈들도 먹여야지. 이제부터 좋은 일 한다 생각하고 나만 따라와! 글쎄, 나하고 손잡으면 모든 게 한 번에 몽땅 해결된다 이 말이야!"

술에 취한 곽 주사는 추하고 무식해 보였다. 아무리 돈이 좋아도 이런 몰상식한 사람과 마주 앉아 있는 내가 한심한 생각이 들었다.

"무슨 약인지 모르지만, 그 약을 내 이름으로 팔 거 아닙니까? 약을 보여주고 정확한 성분을 알려 주기 전에는 면허증 못 빌려줍니다. 저는 이만 가보겠습니다."

내가 매우 당돌하게 대답하고 자리에서 일어서는데도 그는 미리 짐작하고 있었다는 듯이 한쪽 다리를 옆 의자에 올려놓고 비스듬히 앉아서 얼굴에 빙그레 미소를 지으며 잔에 남은 술을 천천히 입으로 가져갔다. 나는 뒤도 안 돌아보고 그 자리를 빠져나와 버렸다.

하는 일 없이 한 주일이 지나갔다. 집 앞에 줄지어 늘어선 아카시아 나무에선 쉬지 않고 매미 떼들이 합창을 해댔다. 가만히 앉아 있어도 등줄기에 땀이 스멀스멀 흘러내렸다. 오늘은 선배들을 찾아가서 어디에건 취직 부탁을 해봐야겠다. 아침 일찍 서울행 버스를 타고 영등포역 근처에서 개업하고 있는 고 선배를 찾아 나섰다. 출근 시간이 조금 지난 골목 안은 한가해 보였다.

……

"선배님! 그간 안녕하셨죠?"

"이게 누구야! 변 약사 아니야? 건강해 보이는구먼. 이리 들어와서 좀 앉아, 고생 많았지!"

박카스 한 병을 따서 앞으로 내밀었다.

"장사 잘되시죠? 형수님 조카들 다 안녕하시고요?"

"그럼, 우리야 잘들 지내지! 이리 들어와서 앉아, 이제 좀 한가해졌어. 출근 시간에는 눈코 뜰 새 없이 바빴었는데!"

"그럼 당분간 여기 나와서 선배님 도와드릴까요? 저도 뭔가 해봐야겠는데……."

"그렇게 조급할 거 하나도 없어! 이제부터 한 달을 정해놓고 그동안에 꼭 해보고 싶었던 걸 하는 거야, 어디건 취직하고 나면 이런 기회는 두 번 다시 안 오거든, 제주도 가봤어? 애인 데리고 한 바퀴 휙 돌아보고 오는 거야! 내 말 안 들으면 평생 후회한다고."

고 선배는 이제 자리가 잡혔는지 모든 것이 여유로워 보였다.

"군대 있을 때 많이 쉰걸요. 전방이래도 위생병은 별로 할 일이 없어서요. 맨날 바둑이나 두고 그랬어요. 이젠 노는 게 아주 지긋지긋해요. 그래서 말인데요, 어디 취직할 데 없을까요?"

"어디 제약회사 생산부? 아니면 영업부? 그게 말이야 아주 따분한 일들이거든. 생산부는 매일 똑같은 일이고, 그렇다고 영업부에 들어가면 이 약국 저 약국 기웃거리면서 주문받고 수금하고 약사가 세무쟁이가 들고 다니는 가방 들고 길거리를 휘젓고 다니는 것도 그렇고 말이야. 차라리 조용한 시골 목 좋은 데다 조그맣게 개업하는 게 어때?"

"저한테 그럴 능력이 있어야죠! 우선 아무 데나 취직해서 다니면서 생각해 봐야죠. 뭐."

고 선배는 이곳저곳에 연락해보더니 생산부 두 곳과 동양 제약회사 서울 영업부에 원서를 넣어 보라고 했다. 영등포 쪽에 있는 비타민 생산 공장 두 곳을 찾아가서 이력서를 냈다. 오후에는 영진 빌딩 7층에 있는 동양제약 서울 영업부로 직접 찾아갔다. 생산 공장은 대부분 중소기업을 못 벗어난 것 같았으나 동양제약 영업부는 서울 중심부에 자리 잡은 큰 빌딩에 있어서 시골 출신인 나에게는 대단한 기업같이 느껴졌다. 생산부 두 곳에서 연락이 왔다. 그들은 모두 내 면허증을 요구했다. 다시 한 주일이 지나서야 동양제약 영업부에서 입사시험 일정 연락이 왔다. 여러 과정을 통과해서 힘들게 취직이 허락됐다. 그 후에도 여러 가지 실무교육을 받고 서대문지역 담당자로 배정되었다.

세검정 변두리에 하숙집을 정하고 서울 생활을 시작했을 때 홀로 계신 어머니께는 간단한 편지로 소식만 전하고 안정되면 내려가겠다고 했다. 연락을 받은 효순은 그날로 올라왔다. 내 하숙집을 확인한 효순은 주말마다 올라와서 빨래도 해 주고 함께 서울 구경도 하고 극장도 돌아다니면서 마치 신혼살림이라도 차린 것처럼 주말을 즐기고 있었다. 그러던 어느 날 아무 연락도 없이 어머니가 올라오셨다. 하숙집 단칸방에서 나를 기다리고 있던 효순은 갑자기 들이닥친 어머니를 보고 어찌할 바를 모르고 안절부절못했다. 내가 퇴근하여 방에 들어서니 어머니와 효순은 마치 싸우고 난 사람들처럼 아무 말 없이 서로 시선을 피하고 앉아 있었다.

"상호야! 오늘 아예 담판을 짓자! 효순이는 내 딸 하라면 모를까, 며느리는 절대로 안 된다. 너도 효순이한테 대접받고 살기는 아즈녁에 틀린 거 잘 알고 있지! 한번 상전은 평생 상전인 거야, 이것아……. 아무리 세상이 변했기로 그 집 허드렛일하던 어미를 시어미로 보겠냐? 정신 차려, 이것아!"

어머니는 누구에게 무슨 소리를 들었는지 효순에게는 한마디도 안 하고 내게 소리소리 지르면서 신세타령을 늘어놨다. 그 말끝에 곽 주사 딸 이야기까지 나왔다.

"몇 달 전에 네 형 얘기 들었지, 곽 주사가 너를 골라서 서울에 약방 내

……

자는 게 헛소리가 아니야! 너는 면허 대고 곽 주사가 운영하고 먹고 자는 것도 거기에서 해결하기로 나하고 다 합의를 본 거야! 그리고 지금 다니는 회사도 그대로 다니라고, 그러면 일이 년 안에 네 약방도 차려 줄 거고! 이런 조그만 하숙방에서 뭐 하고 있는 거냐? 지금."

곽 주사는 나를 만나고 난 후 말을 잘 안 듣자 어머니와 사촌 형을 찾아다니면서 여러 가지 공작을 한 것 같았다. 벌써 서울 마포구 공덕동에 건물을 사들이고 내부 수리 중이라고 했다.

"곽 주사 얘기로는 동양제약에는 네 면허증 없이도 다닐 수 있다드구만. 그러면 당장 곽 주사 만나서 약방 등록하게 해줘야지~ 네가 안 쓰는 면허증 끌어안고 있으면 밥이 나오냐~ 국이 나오냐? 오늘 내가 올라온 김에 곽 주사 만나서 일을 매듭짓자!"

어머니가 그냥 아들 보러 올라온 것이 아니고 곽 주사 각본대로 움직이고 있는 것이 분명했다.

"어머니! 내가 곽 주사 만나보고 그 사람이 판다는 보약에 대해서 물어봤는데 도무지 정확한 대답을 안 하더라고요. 사람 병을 고친다는 약을 성분도 모르고 팔 수는 없잖아요. 그리고 만약에 그 약 먹고 무슨 탈이라도 나면 나는 그대로 교도소 가는 거라고요. 물론 면허증도 날아가고요. 괜히 돌팔이 같은 사람한테 걸리면 젊은 놈 신세 망치는 거예요! 곽 주사란 사람하고는 어떻게 알고 지내는 사인데요?"

어머니도 잠시 생각하는 것 같더니 마음을 다잡고 다시 그 사람 편을 들었다.

"너는 왜 그 사람을 잘못 봤는지 모르겠는데 그 약을 하루 이틀 다룬 게 아니고 몇 대를 내려오는 비방이라고 하더라고, 그걸로 당진에서는 꽤 이름 날리는 약방을 오랫동안 했다 누만. 돈도 많이 벌고, 네 형은 어려울 때마다 돈도 빌려 쓰고 잘 지내는 것 같고."

"어머니, 그 사촌인지 팔촌인지 하는 형 너무 믿지 마세요. 그리고 형은 무슨 형이에요? 제가 돈을 꿔서 썼으면 갚아주면 그만이지 왜 나까지 끌어들이고 난리야, 난리는."

어머니는 효순이를 보면서 잠시 나가 있으라고 눈치를 주었다. 효순이 살짝 일어나서 밖으로 나가자 어머니는 조그만 목소리로 말했다.

"사실은 그 집에서 너를 사위 삼고 싶어 하고 있어! 효순이보다 두 살이나 어린 딸이 있는데 지금 공덕동에 와 있다더라. 내일 면허증 얘기도 할 겸해서 색시 선이라도 보고 내려갈 테다. 그렇게 알고 우선 효순이부터 내려보내라고."

어머니는 아무 일 없었다는 듯이 안채에 있는 주인집 아주머니를 만나서 이런저런 이야기를 나누고 있었다. 효순이가 내려가 보겠다면서 어머니께 인사를 드리고 일어섰다. 효순은 시외버스 터미널까지 가는 동안 아무 말도 하지 않았다. 버스표를 사서 손에 쥐여 주면서 내가 아무 걱정 말고 다음 주말에 올라오라고 해도 대답이 없었다. 버스가 떠나기 바로 전에야 한마디 했다.

"내일 선 보러 갈 거야? 곽 주사 딸! 나보다 두 살이나 어리다며?"

효순이는 어머니가 하시는 말을 다 엿들은 것이 틀림없었다. 이대로 버스를 태워 보낼 수는 없었다. 효순이 손에서 버스표를 빼앗아서 다음 시간 버스표로 바꿨다. 근처 다방으로 들어갔다. 안심해라, 내일 절대로 안 간다, 선은 뭐 말라비틀어진 거냐, 나를 그렇게 못 믿느냐? 아무리 얼려봐도 효순은 울음을 그치지 않았다. 거의 한 시간이 다 지나갔다. 다시 매표구에 가서 또 다음 시간 것으로 표를 바꿔왔다. 조금 진정이 된 효순이 한 가지 제안을 했다. 곽 주사가 원하는 대로 면허는 빌려주고 선은 안 보면 어떻겠느냐고 협상안을 내놓았다.

"야, 그게 말이나 되냐? 하나 들어주면 나중에 또 밀고 들어오는 법이야. 나는 절대 찬성 안 해!"

"내 말대로 해. 어머니나 사촌 형님이 곽 주사 어른한테 신세 많이 진

것 같더라. 이번 기회에 갚아 드려야지! 내 걱정 말고 면허증이나 내줘!"

나는 내심 안도의 한숨을 내쉬면서도 말은 정반대로 했다. 효순은 그것까지도 다 안다는 듯이 무표정한 얼굴로 밤 버스에 올랐다.

내가 군에 있는 동안 무슨 거래들이 있었는지 나만 모르고 있는 것이 분명히 있었다. 아마도 효순 뿐만 아니라 고향 사람들이 다 아는 무슨 일이 있었던 것 같았다. 효순을 돌려보내고 하숙집으로 돌아왔다. 다시 곽 주사에 대한 어머니의 칭찬이 시작되었다. 나는 점점 그 늙은 술주정뱅이가 싫어졌다. 그리고 아까 효순이 제시한 방법과는 정반대로 선은 볼 수 있지만, 면허증 대여는 절대 못 해준다고 우겼다. 이 기회에 내가 모르는 비밀을 꼭 알아내고야 말리라!

다음 날 점심때에 공덕동 네거리에 있는 한정식집에서 곽 주사와 딸 그리고 어머니와 내가 자리를 같이했다. 역시 곽 주사의 너스레가 시작되고 어머니가 맞장구를 치면서 겉으로는 아주 자연스러운 대화가 오고 갔다.

"변 약사, 우리 딸을 만나 본 적이 있던가? 하기야 영숙이는 대전에서 학교 다녔으니 만날 일이 없었겠지만, 서로 인사나 하지. 서로 알고 지내면 좋은 거지."

곽 주사는 공연히 말까지 더듬으면서 영숙을 소개했다. 내가 고개를 숙여 인사하려는데 어머니가 내 앞을 막으면서 말을 꺼냈다.

"아이고, 참하게도 생겼지! 어떻게 곽 주사님은 이런 미인 딸을 다 두셨을까? 아마 사모님이 무척 미인이신가 보네요!"

나와 영숙은 두 분의 어울리지 않는 행동에 잠시 어리둥절할 따름이었다. 그때 어머니가 무슨 공이라도 세우려는 것처럼 서둘러서 말을 이어갔다.

"오늘 서울 올라온 김에 일을 매듭지읍시다. 우리 아들도 군대까지 끝냈고 이제 장가도 들어야 하는데 오래전부터 알고 지내던 곽 주사님이 이렇게 따님까지 데리고 나온 김에 젊은 사람들 의향을 물어서 결판을 지읍시다. 그리고 약방 여는 문제도 곽 주사님 의향대로 결판을 냅시다. 내가 시골에서 농사나 짓고 살았지만 남정네들이 일을 끝맺지 못하고 우물쭈물할 때는 여자들이 뒤에서 확 밀어붙이면 못 이기는 체 다 넘어가는 법이라우."

어머니는 아들 가진 것이 무슨 큰 벼슬이라도 한 것처럼 모든 일을 앞장서서 주장하고 있었다. 그 반대로 무슨 일이든 자기주장대로 끌고 나가던 곽 주사는 아무 말이 없었다. 혹시라도 이런 것까지 곽 주사의 사주에 따르는 것이 아닐까 하는 의심마저 들었다.

"그래서 너는 어떠냐? 앞에 앉은 규수가 맘에 들면 든다, 아니면 아니다. 무슨 말을 해야지 그렇게 물만 마시고 있으면 되겠냐? 군대까지 갔다 온 녀석이 그렇게 숫기가 없어서야 원! 무슨 말을 좀 해야지!"

어머니는 나를 쳐다보면서 재촉했다. 평소에 우리 어머니는 절대로 이렇게 말을 많이 하시는 분이 아닌데 오늘은 모든 것이 어색하고 이상해 보였다. 어떻게 처음 만나보는 처녀 앞에서 좋다 싫다를 말하라는 것인지 알 수가 없었다.

"어머니, 좀 진정하세요. 그리고 저쪽 이야기도 좀 들어 봐야지요."

내가 어머니 옷깃을 잡아당기면서 작은 목소리로 말했다. 그제야 곽 주사가 어색한 분위기를 읽고 한마디 거들었다.

"아주머니, 너무 서두르지 마시고 천천히 말씀하세요. 젊은 사람들 의견도 좀 들어보시고요."

그때 식당 종업원이 식사 주문을 받으러 왔다. 영숙이 능숙한 솜씨로 음식 주문을 했다. 점심인데도 고기를 곁들여서 한정식이 들어왔다. 식사를 끝내고 나니 어색한 분위기가 한결 부드러워졌다.

"변 약사! 그래 약국 등록 문제는 좀 생각해 봤나? 그 아까운 면허증을 그냥 놀리고 있을 셈인가?"

곽 주사가 이야기를 시작했다. 그는 시골에서 있었던 일은 전혀 기억

못 한다는 듯이 약국 등록문제를 꺼냈다.

"전에 제가 말씀드린 대로입니다."

"그때 뭐라고 했던가? 요즈음은 기억력이 나빠져서 원."

초장에 서투른 어머니의 이상한 행동에 속이 상한 나는 오늘 완전히 말을 매듭지어야겠다고 마음먹고 속에 있는 말을 내뱉었다.

"곽 주사님! 왜 저를 지목하셨는지 알 수가 없는데요, 저는 전혀 면허를 빌려드릴 맘이 없습니다."

"그러면 여기는 왜 나왔나?"

갑자기 곽 주사가 얼굴을 찡그리면서 언성을 조금 높였다.

"솔직히 말해서 따님 선도 보고 곽 주사님 말씀도 들어 볼 겸해서 내가 끌고 나왔어요. 이놈이 아직 철이 안 들어서 곽 주사님 말씀에 꼬박꼬박 대꾸를 답니다. 용서해 주세요."

어머니가 나를 막아서면서 말했다. 영숙이가 조용히 일어나 밖으로 나가 버렸다. 이제 마음 놓고 효순이 얘기를 꺼내도 될 것 같았다.

"어머니, 저에게는 효순이가 있잖아요, 왜 자꾸 다른 말씀을 하세요? 선보러 온다는 말씀 안 하셨잖아요!"

"아주머니! 내가 뭐라고 했습니까? 의논이 잘됐다고 해서 안 나오겠다는 딸아이까지 데리고 나왔더니 이게 뭡니까? 이제 이야기 다 끝났으니 조속한 시일 내로 돈이나 돌려주세요!"

곽 주사는 카운터에 가서 우리 쪽을 힐끔 쳐다보고는 밥값을 치르고 나가버렸다. 우리도 엉거주춤 일어나서 뒤따라 나왔다. 어머니와 나는 아무 말 없이 가로수가 우거진 거리를 천천히 걸었다.

"상호야! 내가 잘못했다. 너 군대 있을 때 저 사람 돈을 빌려서 장터 입구에다 국밥집을 냈었는데 대여섯 달 만에 문을 닫게 됐어. 그리고는 하는 수 없이 효순네로 다시 들어갔고!"

"그게 얼마나 되는데요?"

"글쎄다? 처음에 이십만 원 빌려 썼는데 여태껏 한 푼도 못 갚았으니 그 이자만도 꽤 될 거야. 그사이 한 번도 돈 내란 말이 없었으니 얼마를 갚아야 하는 건지 원. 효순네 할머니도 출어할 때 빌려 간 돈이 얼만 줄도 모르고 있다가 조난당하고 나서 삼 년이 지난 다음에야 빚이 있는 걸 알았는데 효순이 할머니 말론 살던 집하고 앞 논 두 마지기, 고개 너머에 있는 콩밭을 빼고는 선산까지 몽땅 곽 주사가 뺏어갔다고 늘 가슴앓이를 했었는데 우리야 뭐 가진 게 있어야 갚던가. 뺏기던가 하지. 그래서 그랬는지 너만 제대하면 다 제겨준다고 말하곤 했었는데."

어느새 서대문 근처까지 왔다.

"어머니, 너무 걱정하지 말고 내려가세요, 내가 다시 곽 주사 만나보고 해결할게요."

"글쎄, 나도 네가 그렇게 싫어하는데 자꾸만 말하기도 그렇다마는 영숙이는 어떠냐? 전혀 마음이 안 가?"

"엄마, 효순이 정말 착한 애예요! 공부도 잘하던 애가 나 대학 보내려고 자기는 일부러 시험 안 본 거 모르시죠? 사실 면허증 반은 효순이 거라고요!"

한 주일이 지난 후 공덕동으로 곽 주사를 찾아갔다. 큰길에서 조금 벗어난 골목 안에 자리 잡은 단층건물은 마치 한의원이나 병원을 하기에 적당한 위치였다. 문을 열고 들어서니 깨끗한 응접실이 나왔다. 영숙이 말쑥한 차림으로 나를 맞아 주었다.

"어서 오십시오, 거기 실내화를 신고 올라오세요."

"안녕하셨지요. 아버님 좀 뵈러 왔습니다."

영숙이 안으로 들어갔다. 주변을 둘러보니 약국이 아닌 무슨 전문 한의원에 잘못 들어선 것 같은 착각을 일으켰다. 한쪽 벽을 따라 유리 진열대에는 선물용 고려인삼 박스가 쌓여있고 투명한 종이 곽 안에 잘 포장된

녹용, 바짝 마른 해구신 실물이 진열되어 있었다. 그리고 안쪽으로 상담실이라고 쓴 내실이 있었다.

"아이고, 변 약사님! 오실 줄 알고 있었소이다. 시골에 어머님은 안녕하시지요? 그날 많이 언짢으셨을 텐데! 자, 이쪽으로 앉아요."

곽 주사는 마치 한의사같이 맑은 금테 안경에 흰 가운을 입고 있었다. 그의 태도와 풍기는 기품이 너무 능숙하고 자연스러워서 어느 누구도 그를 의심할 수 없을 정도였다.

"저~ 어머니가 돌려드려야 할 금액이 얼마나 되는지요?"

나는 용건만 빨리 해결하고 이 자리를 벗어나고 싶었다. 내 눈에 보이는 모든 것이 가짜 같고 불법이고 속임수 같아서 무슨 실수를 저지르지나 않을까 하는 두려움이 나를 짓눌러왔다.

"이 사람 아직 너무 젊어서 아무것도 모르고 있구먼, 그리고 무슨 일이든 순서가 있는 법이야! 그렇게 서두른다고 해결되는 거 아무것도 없다네, 좀 진정하고 차근차근 내 말을 잘 들어 두고 집에 가서 잘 생각해 본 다음에 다시 찾아와서 결론을 짓기로 하자고! 내가 자네 아버지하고는 오랜 사귐이 있었으니 삼촌 정도로 생각해도 좋을 걸세!"

"그날 말씀하셨잖아요, 이제 다 끝났으니 돈이나 갚으려고요!"

"그래서 돈은 충분히 준비해 갖고 왔나? 그 돈이 얼마쯤 될 거로 생각하나? 나는 말이야 그냥 돈놀이나 하는 그런 싸구려 사채쟁이가 아니라고. 모든 것을 돈으로만 계산해서야 쓰나, 장기적으로 봐야지. 그리고 나는 사람에게 투자하지, 돈 대신에 자네 같은 사람 말일세!"

"그러시면 돈 대신에 저를 드려야 한단 말씀입니까?"

"오늘은 자네가 날 찾아왔으니 시간을 갖고 잘 설명을 해주겠네. 아, 그 전에 말이야 내가 경고해둘 말이 있어. 나를 너무 값싸게 판단하지 말아주게나. 그저 자네가 갖고 있는 그 종잇장! 보사부 장관 관인 찍힌 면허장이 필요해서 이러는 게 아니란 말일세."

영숙이가 대추차를 맛있게 끓여 내왔다. 곽 주사가 옛날이야기를 시작했다. 송산면 석화리에 효순네 할아버지 인삼밭에서 곽 일봉이네 할아버지, 아버지 그리고 상호네 할아버지 등이 일꾼으로 일하고 있었는데 일 년 내 가뭄으로 밭이 바싹바싹 말라 들어갔다. 그러던 어느 날 산불이 일어나고 인삼밭에 덮어두었던 거적에 불이 옮겨붙어서 삽시간에 육 년산 인삼밭이 불바다가 돼버렸다. 불을 끄던 일봉이 할아버지와 상호 할아버지는 화상으로 끝내 돌아가시고 일봉이 아버지는 목숨은 건졌지만, 화상으로 뒤틀리고 짧아진 왼쪽 다리 때문에 몸을 제대로 움직일 수가 없게 되었다.

멀리에서 번져온 산불은 상호네와 일봉이네 식구가 붙어 일하던 인삼밭을 완전히 잿더미로 만들어 버렸다. 인삼 외에는 돈 될 것이 하나도 없는 효순네도 거의 끼니를 거를 지경이 되고 말았다. 이제 누구를 탓할 수도 없고 각자 자기 살길을 찾아 흩어져 갈 수밖에 별도리가 없게 되었다. 효순 아버지는 친구가 선주로 있는 조기잡이 배를 빌려서 연평도로 떠나갔다. 이때 몸이 성한 상호 아버지는 그나마 고기잡이배에 오를 수 있었으나 곽 일봉의 아버지는 동행할 수가 없게 되었다. 불구가 된 아버지의 한탄이 어린 일봉이의 가슴속에 깊이깊이 쌓여갔다. 아직도 불 속에서 허우적대고 있는 것 같은 할아버지의 혼과 불타 오그라든 육신을 끌고 다니는 아버지를 볼 때마다 언젠가는 효순네 인삼밭을 한 뼘도 남김없이 다 빼앗아 버리고 말리라는 복수심으로 가득 찼다. 일봉이는 어린 나이에 안 해본 일이 없었다. 당연히 학교는 문턱에도 못 가봤다. 불구가 되기는 했어도 아버지가 인삼밭에서 익힌 지식으로 한약방 아닌 약장수가 되었다. 성 기능 장애자들에게 인삼치료제를 만들어 팔면서 모은 돈으로 소규모 사채업을 시작했다.

효순 아버지는 조기잡이로 자리를 잡아갔고 상호 아버지는 그의 수족같이 움직였다. 연평도까지 나가는 어부들은 목돈이 필요했다. 그래서 현찰이 잘 돌아가는 곽 주사 약방에서 고리 사채를 끌어 쓰곤 했다. 풍어가 되어 들어오면 빌린 돈을 다 갚아 주고도 큰돈이 들어왔다. 그러나 운명의 여신은 연평도로 조기잡이 나갔던 효순네 배를 외면해 버렸다. 그들은 끝내 돌아오지 못했다. 그때 효순 아버지가 곽 주사에게서 빌려 갔던 돈은 그 이자가 복리로 불어나기 시작해서 삼 년이 지난 후에는 효순네 할머니가 갖고 있던 땅이 고스란히 곽 주사 손안으로 넘어가고 말았다.

"자네 모친께서 효순네 할머니 손길을 어떻게든 벗어나 보려고 시장 초입에 국밥집을 내 보겠다면서 나를 찾아왔더라고."

"그래서 고리로 돈을 빌려주셨군요!"

내가 빈정대면서 곽 주사의 말을 재촉했다.

"그런데 말이야. 그 이자라는 것에 대해서 생각하는 사람은 별로 없거든. 이게 사채놀이의 묘민데 말이야, 사람들은 그저 빌려 쓴 원금이 얼마라는 것만 겨우 기억하고는 언제 건 돈 생기면 그것만 갚아주면 되는 걸로 생각한다 이 말씀이야. 또 우리 같은 업자들은 그 약점을 최대한으로 이용하는 거고!"

그는 매우 흡족하다는 듯이 개기름이 지르르 흐르는 두꺼운 얼굴에 미소를 가득 지었다.

"그래서 원금하고 이자가 모두 얼마나 됩니까? 지금까지."

"글쎄, 꼭 계산을 해 봐야겠나? 아마 나도 놀랄 만큼 불어났을 텐데!"

그는 똑같은 방법으로 효순네 인삼밭을 갈취해 갔을 것이다.

"변 군! 우리 이 문제는 숫자로 풀지 말고 신사 협상으로 마무리하는 게 어떻겠나? 서로 자존심을 최대한 살려가면서 말이야……."

"말씀하시죠! 어차피 곽 주사님이 오래전부터 쳐 놓은 그물 안에 걸려든 제가 지금 와서 빠져나갈 만한 구멍이 어디 남아 있겠습니까?"

"그래야지! 이 일은 자네가 군에 있을 때부터 준비된 건데 공연히 몇 달을 손해 본 셈이지!"

곽 주사의 제안대로 일을 진행하기로 했다. 우선은 내 이름으로 약국 등록을 마치고 일 년이 지나고 나면 어머니의 빚은 청산된 것으로 하고 그 후부터 월급을 오만 원씩 주기로 했다. 공공기관 문제는 내가 처리하고 그 외에 일어나는 모든 문제는 곽 주사가 전적으로 책임지고 보사부나 지방 보건소 직원들이 찾아올 때는 내가 꼭 약국에 나와 있어야 하고 그 외에 주변 동회나 지서, 각종 삼류 신문사의 기자라든가 소위 얘기하는 파리 빈대처치 방법은 당진에서의 경험을 최대한 살려서 모두 곽 주사가 해결하기로 서약했다.

나는 준비해간 면허증 원본을 응접실 테이블 위에 꺼내 놓고 황급히 그곳을 빠져나왔다. 그 후 모든 일은 곽 주사가 일사천리로 진행시켜 나갔다.

이제는 어머니도 효순이가 서울 올라오는 것을 당연하다고 생각했다. 어느덧 북한산 뒷자락에 단풍이 들어가고 동양제약 근무도 익숙해졌다. 이제 봄쯤에는 효순과 결혼해야겠다는 생각을 하고 있었다. 금요일 오후 퇴근 준비를 하고 있는데 이상한 전화가 한 통 걸려왔다.

"변 약사 되시오?"

좀 투박한 음성이 저쪽에서 들려왔다.

"네, 제가 변……."

"나 신약 정보사 강 기자올시다. 퇴근 후에 좀 만나줘야겠는데, 여섯 시 반까지 챔피언 다방으로 내려오시오! 기다립니다. 늦지 말고!"

그는 매우 강압적이고 명령조로 제 말만 하고 전화를 끊어버렸다.

-강 기자라, 무슨 일일까? 그리고 그 사람은 나를 잘 알고 있는 모양인데.-

나는 불쾌한 감정보다는 무엇에 쫓기는 것 같은 불안감을 느끼면서 멍청한 눈으로 어두워가는 창밖을 내다보면서 그 자리에 서 있었다. 회사

다음 골목에 있는 다방으로 찾아갔다. 담배 연기 자욱한 저쪽 구석에서 내게 손짓하는 사람이 있었다.

"변 약사 이리 와서 앉아요, 나 강 기자요."

그는 낡은 바바리코트를 입고 담배를 입에 문 채로 나를 올려다보면서 말했다. 내가 그 앞자리에 앉자마자 그는 마치 형사가 범죄자를 심문하는 투로 말을 걸었다.

"자네 젊은 사람이 무슨 짓을 못 해서 최음제나 팔고 있나? 성림약국 자네가 하는 거 맞지!"

"네? 성림약국요?"

"그래서 낮에는 큰 회사 다니고 밤에는 성병약이나 팔고 말이야. 내가 한 줄 주~욱 내리 써주면 어떻게 되는지 알지!"

-이게 곽 주사가 얘기하던 파리 빈댄데 왜 여기까지 찾아와서 난리를 부리는 걸까? 곽 주사한테 알려야 되나? 어떻게 해야 되는지 알 수가 없네?-

"아, 네! 강 기자님 잠시만 기다려 주십시오, 전화 한 통화만 하고 오겠습니다."

"야야, 나 바빠서 그러는데 오늘은 그냥 갈 테니까 차비나 좀 주라. 내가 이삼 일 후에 또 들를게. 그땐 한잔 사라구. 알았지! 내가 다 알구 왔다구. 너무 긴장할 건 없어! 나두 다 이해하니까. 그 영감태기한테 얘기 잘해서 늘 비상금 좀 타둬. 지나는 길에 한 번씩 들를 테니까! 그냥 주머니에 있는 대로 차비 정도만 주면 된다구. 오늘은 그냥 봐줬다!"

나는 황급히 주머니를 뒤져서 삼천 원을 꺼내 들었다.

"이 새끼가 누굴 거지로 아나? 너 지갑 이리 내놔봐!"

그는 내 지갑을 휙 낚아채더니 남은 이천 원을 더 꺼내고 빈 지갑을 돌려주었다. 마치 초등학교 골목길에서 덩치 큰 깡패 놈이 등하교 길목을 지키다가 어린아이들 주머니를 터는 것 같았다. 그는 이름은 기자지만 본

업은 남의 약점을 찾아내서 등쳐먹고 사는 기생충 같은 놈이었다. 서울 가면 눈뜬 사람 코를 썽둥 베어간다더니 정말 말 한마디 못 해보고 한 주일 치 생활비를 앉은 자리에서 강탈당하고 말았다.

"강 기자님! 저~ 집에 갈 차비라도 돌려주셔야……."

그는 나를 불쌍하다는 듯이 쳐다보면서 동전 몇 닢을 꺼내 탁자 위에 댕그르르 던져 주었다.

"변 약사! 너 서울 잘못 올라온 거야. 여기가 어디라구 그따위 약으로 사길 쳐? 물론 그 영감이 돈 대고 넌 이름만 걸어 논거 다 안다구. 앞으로 자주 보자구. 시내 나오면 연락할게!"

그는 양팔을 넓게 벌리고 허리를 앞으로 조금 구부린 채 있는 대로 폼을 잡으면서 천천히 입구 쪽으로 사라졌다. 화장실 옆에 있는 공중전화통에 그가 준 동전을 집어넣고 곽 주사한테 전화를 돌렸다. 영숙이 목소리가 저쪽에서 들려왔다. 강 기자 이야기를 해줬다. 조금 있으니 곽 주사가 전화를 바꿨다.

"변 약사! 그까짓 일 가지고 무슨 전화질이야? 기자 새끼 하나 혼자서 요리 못 해? 이제 서울 올라왔으면 서울놈들 하는 대로 해야지~이, 나보고 어쩌라는 거야 지금! 정신 똑바로 차려! 앞으로 그런 놈들 매일같이 찾아올 거라구. 그놈들이 이빨을 들이대면 자네도 이빨로 물어뜯고, 공갈을 치면 우리 사장님 동생이 중정에 있다고 둘러대라고. 사람이 군대까지 갔다 와 가지구 뭐 주머닐 털려? 창피하니까~아 앞으로 그런 소리 어디 가서 입도 뻥끗하지 말라고, 이만 끊어!"

약국 등록하기 전까지는 '변 약사님! 변 약사님! 하던 곽 주사는 어디 가고 갑자기 무슨 조폭 두목 같은 사람이 전화통 저쪽에서 고래고래 소리를 질러대고 있었다. 나는 한마디 대꾸도 못 하고 멍청하니 수화기만 붙들고 서 있었다. 오늘은 진짜 재수 옴 붙은 날이었다. 겨우 32번 버스에 올라타고 졸면서 세검정 하숙집까지 왔다.

……

주말에 효순이가 올라왔다. 강 기자 얘기보다 돌변한 곽 주사 얘기를 먼저 했다. 효순이는 이제부터 그런 일이 일어나면 모든 것을 성림약국으로 밀어 버리고 곽 영감 동생이 중정 간부라고 하면서 버티어보라고 했다.

금요일 아침에 또 손님이 찾아왔다. 근무시간인데도 챔피언 다방으로 내려오라고 했다. 어렵사리 과장님께 시골에서 친척이 올라왔다고 핑계를 대고 다방으로 내려갔다. 이번에는 보사부 독극물 감식반 요원인데 나를 봐주기 위해서 미리 알려 주러 왔다고 했다. 곽 주사가 수은제가 들어간 성병 치료약을 사용했는데 환자가 부작용으로 대학병원에 입원 중이라고 했다.

“아니 그런 걸 왜 저한테 말씀하세요? 그 돌팔이 영감을 잡아가든가 해야지 저보고 어떻게 하라는 겁니까?”

“당신 정말 겁이 없는 사람이구만, 성림약국이 당신 이름으로 돼 있잖아! 일이 잘못되면 그 영감이 아니라 당신이 쇠고랑 차는 수가 있다고. 그래도 젊은 사람 다칠까 봐 여기까지 와서 알려주면 고마운 줄을 알아야지!”

강 기자가 깡패 수법을 썼다면 이 친구는 공무원 냄새를 피우고 있었다.

“선생! 걱정해줘서 고마운데 그런 일은 곽 영감이 다 알아서 처리할 거요. 그만한 일로 쇠고랑 찰 사람 같이 보이슈? 아직 잘 모르시는 모양인데 그 영감 막냇동생이 중정 간부라고 합디다. 그래서 나도 맘 놓고 면허 빌려줬고! 여기 잠시만 기다리고 있으면 그 영감 동생 불러 주리다. 전화 한 통화만 하고 오겠소!”

내가 전화하는 체하면서 그 사람 눈치를 보니 가짜가 분명했다. 나는 빈 전화통에 대고 고함을 질렀다.

“영감님! 자꾸 이런 사람 회사로 찾아오게 할 거요? 내가 좀 대접해 줬더니 이제는 아주 줄을 서는구만! 우선 이 사람이 진짜 독극물 감식반원인지부터 알아야 무슨 일이 될 테니까 빨리 누구 좀 보내 줘요. 우리 회사 밑에 있는 챔피언 다방! 뭐요? 신분증요? 내가 그런 걸 어떻게 보여 달라고 해요? 내가 꽉 붙들고 있을 테니 누구든 빨리 보내줘요, 네~에 기다립니다."

전화를 끊고 자리에 돌아와 앉았다. 감식반을 사칭한 놈은 내 전화 내용을 하나도 빠짐없이 들은 것이 분명했다. 그놈이 자꾸만 시계를 들여다보면서 안절부절못하고 있었다.

"많이 바쁘신가 보죠? 잠시만 기다리면 그 영감이 오던가 아니면 누굴 보낼 겁니다. 이렇게 도와주시려고 왔는데 만나보고 가셔야죠!"

"아니 난 젊은 사람이 안 돼 보여서 도와주려고 왔는데 다 알려드렸으니 그만 가봐야겠습니다. 또 들러봐야 할 곳도 있고 해서…"

"지금 가셔도 어차피 알게 될 터이니 성함이라도 말씀해 주셔야죠. 어느 사무실에서 나오신 것 하고요."

나는 내친김에 신분증을 보여 달라고 말했다. 그가 난처한 표정을 지으면서 머뭇거렸다.

"여보쇼! 강 기자한테 가서 잘 전하시오. 며칠 전에 뜯어 간 내 돈 이자 붙여서 꼭 받아 낼 테니 기다리고 있으라고 말이요!"

그가 무슨 말을 하느냐고 반문하면서도 불안한 표정을 지어 보였다. 이제는 완전히 주도권이 바뀌었다. 그는 불안한 눈길로 힐끗힐끗 입구 쪽을 바라보곤 했다. 그가 까만 비닐 가방을 만지작거리더니 슬쩍 일어서고 있었다. 그 일이 있고 나서는 한두 달 동안은 잠잠했다. 보건소 직원이 오는 날은 약국에 가서 근무하는 체했다. 물론 그들도 짜고 치는 나이롱뽕인 걸 잘 알고 있으면서도 곽 주사가 내미는 돈 봉투를 받아들고는 종종걸음으로 사라졌다.

어느덧 봄이 왔다. 효순이는 이제나저제나 결혼 말이 나오기를 기다리고 있었지만 뭐 하나 뾰족한 변화가 없으니 그저 주말에나 만나고 시골과 서울을 오가면서 세월만 보내고 있었다. 성림약국은 손님이 꽤 있는 것 같았다. 그 구두쇠 곽 주사가 가끔씩 차비를 내미는 걸 보면 재미가 솔솔한 것 같아 보였다.

일찌감치 수금한 돈을 경리부에 내려보내고 휴게실에서 동료 직원과 바둑을 두고 있는데 사환 아이가 나한테 전화가 걸려왔다고 했다.

"여보세요, 변 약삽니다."

나는 거래처 약국에서 무슨 주문이라도 하는 줄 알고 느긋하게 말했다. 그런데 전화를 건 사람은 다름 아닌 고 선배였다.

"오늘 일 끝나면 약국으로 좀 와야겠다. 중요한 일인데 만나서 이야기하자 그럼 끊는다."

무슨 일인데 전화로 말 못 하고 오라고 할까? 퇴근 후에 감귤 한 바구니를 사가지고 영등포로 내려갔다.

"형수님, 안녕하셨죠! 감귤 좀 사 왔습니다."

"회사 다니기 힘들지 않아요? 효순 씨 잘 있지요, 빨리 결혼하셔야죠!"

"네, 형수님이 좀 도와주세요."

고 선배가 약국을 형수께 맡기고 밖으로 나왔다.

"저기 낙지 잘하는 집이 있는데 오늘 우리 한잔하자구!"

우리는 골목 안쪽에 있는 왕대포 집으로 들어갔다. 고 선배는 자리를 잡고 앉자마자 성림 약국 이야기를 시작했다. -곽 주사하고 약속이 몇 달 더 남았느냐? 그 사람 너무 약을 막 써서 마포 보건소에서 주시하고 있다더라. 너 면허 조심해라. 어떤 기자가 그러는데 보약에서 최음제 성분이 나왔다더라. 성병 치료제로 쓴 마이신이 필리핀 화이자 밀수품이라는 말도 있더라.-

고 선배가 특별히 나를 걱정해서 마포 보건소에 있는 김 약사에게 전화해서 들은 이야기라고 했다. 시원한 찹쌀막걸리가 오늘은 목에 걸려서 잘

안 넘어가는 것 같았다,

"선배님! 그럼 어떻게 하는 게 좋겠습니까? 아직도 석 달은 더 있어야 어머니 빚을 다 갚을 수 있는데요! 다른 약사 구해보라고 했더니 글쎄 나하고의 별도 계약 기간이 2년이나 더 남았다고 제 마음대로 정해 놨더라고요. 뭐 나 믿고 시골 돈 다 빼서 시설투자 했다나요."

"그러면 내일이라도 당장 성림약국에 가서 문제 될 만한 것들을 깨끗이 청소해놓으라고! 밖에서 그런 소문이 나면 보건소에서도 어쩔 수 없이 조사해야 한다구!"

다음 날 회사에 한 주간 휴가를 내고 성림 약국으로 출근했다. 곽 주사에게 어제 고 선배가 한 말을 들려주었다.

"내 앞은 내가 잘 가리고 다닐 테니 아무 걱정하지 말고 나만 믿으라니까 그러네. 정말."

곽 주사는 뭘 믿고 그러는지 그런 말을 듣고도 눈 하나 깜빡 안 했다. 손님은 가물에 콩 나듯이 찾아왔지만 한번 걸려든 사람은 거의 껍질을 벗기듯 했다. 보통 성병약은 십일 분이나 심하면 한 달분을 사 갔다. 간혹 보약을 사러 온 사람도 약을 한 보따리씩 들고 나갔다. 곽 주사에게 걸려들면 협박을 하는지 아니면 무슨 감언이설에 넘어가는지 있는 돈 다 털어 내놓고도 나갈 때쯤에는 절까지 꾸뻑꾸뻑해 가면서 고맙다고 했다.

"자네가 여기 나와 있다고 보건소에서 할 조사 안 할 리도 없고 그 강 기자도 내가 만나서 쥐약 좀 먹여 놨으니 아무 걱정 말고 고향에 어머니나 찾아뵙고 오라고. 어차피 회사에는 휴가 냈으니까."

영숙이가 흰 봉투를 내밀었다.

"어머니 고기라도 한 근 사다 드리세요."

오래간만에 시골집으로 내려갔다. 효순이 할머니는 몇 달 사이에 더 많이 쇠약해 보였다.

"상호야! 우리 효순이 꼭 데려가야 한다."

……

"어디로요, 할머니?"

"이놈 어디긴 어디야 시집으로 데려가야지!"

"시집이 어디 있어요? 그냥 할머니 모시고 어머니랑 네 식구 같이 살아야지요!"

"그래, 내가 살면 인제 얼마나 더 살겠냐? 외손자라도 한번 안아 봤으면 소원이 없겠다."

효순이랑 송산 해변으로 나갔다. 뿌연 안개가 저쪽 모래 언덕으로 몰려가고 갈매기들도 힘없이 무리 지어 모래 위를 서성거렸다.

"가을까지는 아무 일 없어야 할 텐데 정말 걱정된다. 고 선배 얘기론 보건소에서 성림 약국 뒷조사할 것 같다던데."

"우리도 이민 수속 시작할까? 고 선배네는 3종 이민 패티숀 받았다는데."

"누가 그래? 그 목 좋은 데서 장사 잘하는데 왜 이민을 가겠어?"

"저번 주에 내려오다가 고 약사네 들러서 부인하고 저녁때까지 놀다 왔는데 뉴욕 쪽에 있는 종합병원에서 패티숀 받았데, 빠르면 석 달 안에 떠날 수 있다던데!"

"우린 안 돼! 할머닌 어떻게 하고 떠나냐?"

내가 조약돌 하나를 집어서 힘없이 바닷물에 던지면서 중얼거렸다.

"우선은 우리가 미국 가서 모셔 가면 되지 뭐!"

오히려 효순이가 더 자신 있게 말했다.

"정말 허락해 주실까? 하기는 어머니가 여기 함께 계시면 큰 문제는 없지."

우리는 그냥 곽 주사가 쳐놓은 거미줄에 걸려서 허우적거리고 있는 것이 싫어서 쓸데없는 이야기를 주고받았다. 모처럼 고향에서 3일간을 보내고 다시 서울로 올라왔다.

수요일 저녁에 영숙이한테서 전화가 왔다. 형사들이 찾아와서 아버지를 끌고 갔다고 했다. 늦은 시간이지만 성림약국으로 달려갔다. 경찰서에서 돌아온 곽 주사는 아무 일 없었다는 듯이 응접실에서 TV를 보고 있었다.

"왜 형사들이 오라 가라 했어요, 무슨 일이 있었습니까?"

"아무 일도 아니야, 염려할 것 없어! 몇 푼 쥐여주면 다 눈감아주니까. 요즘 세상에 돈 싫어하는 놈 봤어?"

곽 주사에겐 큰일이건 작은 일이건 별문제 될 게 없었다. 언제나 몇 푼씩 집어주면 다 해결된다고 굳게 믿고 있었다. 그러기 위해서는 무슨 짓을 해서라도 돈을 긁어모아야 하고 언제 어디서 배웠는지는 몰라도 바닥사회의 말초 신경을 자극하는 약재들을 또 그런 것을 찾아 헤매는 바닥인생들에게 공급하면서 치부하고 있었다.

"무슨 일이 있었으니까 그 사람들이 찾아왔을 거고요, 또 돈은 왜 줍니까? 아무 일 아니라면서요?"

"아~ 뭐 임질이 심한 놈이 내가 준 약을 발랐는데 부작용이 나서 입원을 했다나, 뭐 그런 거야. 남들은 잘도 낫기만 하드만. 간혹 가다 그런 특수체질이 있긴 하지. 수은 중독이라는데 별일 아니야."

"그 연고 좀 보여 주세요, 정말 수은을 넣은 겁니까? 어떻게 수은을 예민한 피부에 그냥 발라요? 손이나 발에 묻어도 벌겋게 충혈되는데 성기에 바르면 어떻게 되겠어요? 몇 달 전에 독극물 감식반이라고 하면서 찾아왔던 사람 말이 전혀 근거 없는 게 아니잖아요? 그런 연고는 당장 폐기시켜야 돼요! 그거 걸리면 정말 면허 정지된다고요."

내가 목소리를 높여서 강조하듯이 말했다.

"아, 글쎄! 내가 알아서 잘 처리한다니까. 걱정하지 말고 집에나 가보라고. 영숙이 넌 내가 시키지도 않았는데 왜 변 약사까지 부르고 야단이냐?"

곽 주사도 뭔가 잘 안 풀리는 것이 있는지 역정을 내면서 안으로 들어가 버렸다.

……

밖으로 나와 보니 밤거리에는 보슬비가 내리고 있었다. 희뿌연 안개 속에 가려진 거리는 오히려 깨끗하고 차분하게 가라앉아 있었다. 몇 달 전에 어머니와 걸었던 길을 따라 천천히 서대문 입구까지 왔다. 서울이 싫어졌다. 노비 문서를 써준 것 같은 절망감이 가슴을 짓눌러 왔다. 벌써 강탈과 공갈 협박을 당하면서 곽 주사 꼭두각시놀음을 한 지도 9개월이 넘어가고 있었다. 이 마지막 3개월을 어떻게 견뎌 낼지 암담했다.

처음에는 보약을 판다고 했는데 이제 알고 보니 성병 치료를 앞세우고 중금속제 연고를 팔고, 정력제라고 하는 약에 이상한 한약재를 넣어서 팔고 있으니 무슨 부작용이라도 생기면 그 책임은 고스란히 내게로 넘어올 것이 뻔했다. 터벅터벅 꽤 먼 데까지 걸었다. 어느덧 웃옷과 머리가 흠뻑 젖어 있었다. 거의 막차를 타고 하숙집으로 돌아왔다.

주말에 효순이 올라왔다.

"우리도 이민 갈까?"

효순이가 정색을 하고 말했다.

"야, 그냥 해본 소리 갖고 한 주일 내내 소설 쓰고 있었구나! 글쎄 할머니 때문에 우린 안 된다고. 겨우 너 하나 바라보고 사시는데 어떻게 그 먼 땅으로 이민을 떠나?"

"아니야, 어머니가 먼저 말씀하셨어. 할머니 돌아가실 때까지 옆에서 돌봐주신다고 했어. 고 약사 부인이 이주공사 준비서류, 방법 다 알려줬다고.."

효순이는 벌써 일을 진행시키고 있었다.

"그것참 이상한데? 어떻게 어머니가 먼저 승낙하셨을까? 너하고 미국으로 날아가 버리면 외아들하고는 생이별하는 건데 먼저 'Okay' 하셨다고?"

효순이가 내 눈을 한참 동안 빤히 올려다보더니 겨우 입을 열었다.

"솔직히 고백할게. 요즈음 성림 약국에서 일어나는 일들 때문에 자기가 얼마나 고민하는지 어머니도 아셔야 할 것 같아서 그동안 자기가 당한 일, 곽 주사가 무슨 약을 파는지, 그러다가 자기 면허 뺏기고 교도소에 끌려갈 수도 있다는 거 다 말씀드렸어."

한숨까지 쉬어가면서 한참 동안 재잘대더니 오히려 마음이 후련해진 듯이 소파에 가서 털썩 주저앉았다.

"사실은 네가 걱정할까 봐 아무 말 안 하고 있지만 나 요즘 밤에 잠이 안 와. 빨리 약속한 일 년이 돼야 그 지긋지긋한 빚에서 벗어날 텐데 정말 미치겠어!"

그날부터 효순이는 내 하숙방에 머물면서 각종 이민 서류를 준비했다. 우리는 시내 사진관에 들러 결혼사진부터 찍고 일사천리로 혼인신고를 했다. 고 선배는 그렇게 쉽게 패티숀을 받았다는데 우리 서류는 어디에서 잠을 자고 있는지 아무 답장이 없었다.

마포 보건소 김 약사가 퇴근 무렵에 회사 근처로 나를 찾아왔다. 우리는 길가 선술집으로 들어갔다.

"마침 이쪽에 볼일이 있어 왔다가 변 약사 생각이 나서 들렀습니다. 빨리 성림 약국에서 손을 떼지 않으면 큰일을 당할 수 있습니다."

"김 약사님! 제가 지금 이민 수속 신청을 했으니 패티숀이 나올 때까지만이라도 최대한 조사를 지연시켜주십시오. 부탁드립니다."

"고 약사가 제일 아끼는 후배라고 해서 이렇게 차일피일 미루고는 있지만 내일이라도 또 무슨 일이 터지면 나로서도 어떻게 봐줄 방법이 없습니다. 정말 조심하세요."

우리는 간단히 한 잔씩만 걸치고 술집을 나왔다.

효순은 매일같이 이주공사와 서류 대행사무실을 오가면서 패티숀을 기다렸다.

미국 동부 위스콘신 주립 대학병원으로부터 서류가 도착했다. 이제는 국내 수속만 끝내면 언제든지 떠날 수 있게 되었다.

어느덧 약속한 일 년이 지나가고 첫 번째 월급을 받았다.

"곽 주사님, 이제 우리 어머니 빚은 완전히 청산된 셈이지요? 이 봉투에는 제 첫 월급이 들어 있겠군요."

"어머니 빚은 끝났어도 이제부터는 변 약사가 내게 한 약속이 시작되는 셈이지!"

"그러면 우선 어머니 빚이 청산되었다는 것을 서류로 남겨야지요. 곽 주사님이 그랬잖아요, 사람들이 원금만 알지 그 발생하는 이자는 염두에 안 둔다고 말입니다. 혹시라도 우리 어머니께서 갚아야 하는 이자가 아직 남아 있나 해서요?"

내가 주머니를 뒤적거리면서 아주 여유 있게 말을 건넸다.

"자, 그럼 변 약사와의 새 계약을 위해서 여기에 도장을 찍어주시오."

곽 주사가 만들어온 서류를 내 앞으로 내밀었다. 그와 거의 동시에 나도 어머니에 대한 서류를 건네주었다.

"역시 공부한 사람이 다르군, 그래!"

그는 아무 의심 없이 내가 만들어간 서류에 도장을 찍어주었다. 곽 주사는 다음은 내 차례라는 듯이 자기 서류를 내밀었다.

"곽 주사님! 이제 제 약사 면허증은 한국에서 사용할 수 없게 되었습니다. 다른 분을 찾으셔야 되겠네요. 저 미국으로 이민 가기로 했습니다. 다행히 첫 월급까지 받았으니 여비에 많은 보탬이 되겠군요."

"아니, 이런 법이 어디 있나? 당진에서 여기까지 불러올려 놓고 미국으로 도망을 가? 이 친구 정말 무서운 놈일세!"

"수은 성병 치료제 요헴빈 들어간 정력제 필리핀 화이자 테라마이신 인제 그만 파세요. 제가 떠나고 나면 수사기관에서 쳐들어올지 모르니까 빨리 정리해가지고 시골로 내려가세요."

허허대며 위세 부리던 곽 주사가 응접실 소파에 천천히 주저앉으면서

……

독백처럼 중얼거렸다.

"오늘은 곽 일봉이가 여기서 잠시 날갯짓을 접네만 언젠가는 내 처방약이 국내 아니 세계 굴지의 제약회사에서 생산되는 날이 올 걸세……."

최문항 (소설가 / LA 거주)
중앙대학교 약학대학 졸업, 대한민국 ROTC 7기 전역
1975년 미국 이민
제25회 〈한국일보〉 문예작품공모전 생활수기 입상
제8회 미주 〈이민문학상〉 단편 소설 당선(미주크리스천문학가협회)
소설집 『팔색조』(2015년)

미주 초대작가

/ 수필 · 꽁트 /

김경숙
김재동
모니카 류
양상훈
정복성
정은실

(가나다 순으로 수록하였습니다)

둥지

김경숙

노아의 홍수 때 여러 동물들과 가족을 태운 방주가 비가 그친 후에 아라랏산에 정박했듯이 가족과 함께 미국의 수도, 워싱턴의 옆 동네에 정착했다. 처음 도착했을 때 가장 놀라웠던 것은 날씨와 자연 환경이었다. 미국의 서부지역과는 달리 이곳 동부 지역은 한국의 날씨와 자연 환경이 거의 비슷하다. 전혀 외국에 와 있다는 낯설음을 느끼지 못할 때가 종종 있었다. 뚜렷한 사계절이 있고 야트막한 야산이 많다. 마치 한국 강원도의 어느 시골 마을에 와 있는 것 같은 착각이 들 정도로 소나무와 도토리 나무가 즐비하다. 중고등학교에 다니는 자녀들을 돕고 생활 전선에서 삶의 기반을 다지느라 바쁘고 힘든 시간이었음에도 불구하고 철 따라 바뀌는 아름다운 자연 환경 덕분에 향수병을 전혀 모르고 이민 초창기를 보냈다.

나무가 많은 이곳 버지니아는 숲에 가려진 주택과 건물들이 많다. 여름철, 잎이 무성할 때는 나뭇잎에 가려져서 건물이 잘 안 보이지만 겨울철, 잎들이 지고 나뭇가지만 드러나게 되면 가려졌던 건물들이 보인다. 오래 전부터 있어 왔던 숲들이 오늘날까지도 그대로 잘 보존되어 내려오는 것이라 생각된다. 원주민인 인디언들이 살았던 그 시절, 이 땅에는 얼마나 많은 나무들이 있었을까? 종종 우거진 숲길로 말을 타고 달리는 그들의 말발굽 소리가 들려오는 듯하다.

푸른 숲속에 현대식 건물들이 자리 잡아 자연과 현대 문명이 공존한다.

이런 곳에 웬만한 큰 도로에서도 사슴 떼가 줄을 지어 도로를 가로질러 건너가는 것을 종종 볼 수 있다. 하얀 목화꼬리 사슴도 보게 된다. 어린 시절엔 꽃사슴이라고 부르곤 했었다. 이런 종류의 사슴은 동물원에서나 볼 수 있었다. 그리고 먹이를 찾아 주택가를 배회하는 여우나 눈 주위에 검은 테두리를 두른 너구리도 쉽게 볼 수가 있다. 쉐난 도어 국립공원에 가면 자동차로 산을 오르는 스카이 라인 도로가 있는데, 이곳을 드라이브할 때는 곰도 볼 수가 있었다.

이곳 버지니아에 둥지를 튼 지도 벌써 15년이 되었다. 10년에 강산이 한 번씩 변한다는 옛말처럼 두 번째 강산이 변해가는 시점에 살고 있다. 두 자녀는 이제 우리의 안식처인 둥지를 떠날 채비를 서두르고 있다. 두 남매가 집 안에서만 아빠 엄마의 퇴근 시간을 기다리며 꿈을 키워 가던 시절을 보내고, 튼튼하게 자란 장성한 두 날개로 마음껏 훨훨, 미국 전역은 물론 세계의 하늘을 날고 있다. 낯선 타국에 와서 학교생활에 적응하느라 힘이 들고 지칠 때도 있었지만, 지금은 부모님이 영어로 공부할 수 있도록 삶의 터전을 옮겨 온 것은 신의 한수라고 하며 감사함을 표현하곤 한다. 그때마다 생각한다. 자녀들에게 또한 감사함을 똑같이 가지고 있다는 것을….

친구 따라 강남 안 가고 한눈팔지 않고 학업에 정진해준 것에 정말 고맙게 생각하고 있다. 비록 멋지고 화려한 둥지가 아니어도 화목한 가정에 감사하며 잘 적응해 준 것에 정말 감사하다고 수시로 되뇌곤 한다. 앞으로 자녀들의 2세가 태어나고 살아갈 이 땅 위에서 북미주 아리랑을 부르며 행복한 삶을 영위해 주기를 항상 기도하며 하루하루를 살아가고 있다.

눈부신 아침 햇살이 비추는 포토맥 강물 위에 잔잔히 은빛 추억이 흐른다.

그곳에서 또한 가슴을 열어 울고, 웃고 함께했던 나의 일상이 흐르고 있다.

여명을 바라보며

동이 터오는 새벽, 곧게 뻗은 소나무 숲 위로 점점이 붉은 빛 구름이 흐른다. 광활한 하늘 저편에서 순식간에 밀려드는 밝음 속에 칠흑 같은 어둠이 밀려가는 시간, 멀리 동쪽 하늘에 붉게 퍼지는 여명을 바라본다. 곧 이어 장엄하게 떠오를 태양의 눈부신 햇살을 기대하며… 빛과 어둠이 교차하는 가운데 아직은 뚜렷한 시야를 갖기엔 부족하지만 붉은 여명 뒤엔 반드시 찬란한 아침 햇살이 온 세상을 환히 비추어 준다는 진리를 알고 있기 때문에 이 시간은 더욱 희망을 갈구하는 시간이기도 하다.

삶 속에서 우리에게 기쁨을 주는 창작된 많은 예술적인 공연 작품들이 있지만 대자연이 가져다주는 천연의 현상들은 관람료를 지불하지 않아도 마음껏 관람할 수 있는 거대한 공연과도 같다. 그리고 그 공연은 순식간에 무한 감동으로 이끌어 가곤 한다. 더우기 희망이라는 선물을 덤으로 가져다주는 소중한 공연과도 같다. 친구를 대하듯 친숙한 마음으로 대자연이 가져다주는 환희 속에 동화되어 가노라면 마치 삶의 한 부분이 된 듯, 마음속에서 기쁨의 샘물이 솟구친다. 비록 어제의 하루가 지치고 힘든 생활이었어도 이 아침은 설렘과 기대 속에 다시 시작할 수 있도록 해주는 놀라운 힘을 갖고 있다. 이러한 귀한 자연의 선물을 흐린 날을 제외하고 매일 새벽 바라볼 수 있다는 것은 커다란 축복이다. 다만 순수하고 경건한 이러한 자연의 선물을 내가 값없이 거저 받을 자격이 있는 것일까 하고 나 자신에게 질문해본다.

인간은 자연의 일부분이라는 것을 깨닫고 이 우주 속에서 얼마나 아름다운 조화를 이루어 내며 살아가고 있는지… 끝없는 자기반성을 통하여 성숙한 인격을 추구하며, 내일은 내일의 태양이 떠오르듯이 앞을 향해 나아가리라!

동양철학의 바탕이 되는 음양오행설을 잘 모른다 할지라도 인간의 육신이 자연의 일부분이며 결국 자연으로 돌아간다는 이치를 새롭게 깨닫게 된다. 나의 마음속에 펼쳐진 작은 우주 속에서 커다란 우주를 향해 나아가, 조화를 이룰 수 있는 둥근 모양의 저 많은 행성들처럼 둥글게, 둥글게 다듬어져 가야 함을 깨닫는다.

오늘 하루도 희망을 향해 가슴을 활짝 펴고 내일에 대한 기대 속에 기쁨으로 오늘 하루를 힘차게 살아가라고 속삭이는 여명의 메시지가 들려오는 듯하다.

붉은 빛 정열과 희망이 어둠을 밀어내고 찬란한 빛 되어, 솟구치는 기쁨으로 다가오는, 이 여명의 순간을 기억하고 설레임과 기대 속에 펼쳐지는 하루하루로 일 년 삼백육십오 일을 채워 나가리라 다짐한다.

끝없는 내면의 외침.

다시 시작이다!

팬데믹 기간의 모든 어려움을 떨쳐내고 자연이 주는 멋진 공연에 눈을 돌리자.

"오늘 다시 시작 하라"라고 외치는 자연의 소리를 들으며 또 하루를 열어 간다.

김경숙 (시인 / 워싱턴 거주)
강원도 홍천 출생, 경원대학교(현 가천대학교) 영어영문학과 졸업
〈연인〉 시 부문 신인상, 현 워싱턴윤동주문학회 회원
Kkim5397@gmail.com

느낌 좋은 사람

김재동

나는 느낌 좋은 사람이 좋다. 세상은 혼자 사는 독불장군의 삶이 아닌, '너와 나'의 공존이기 때문이다. 살다 보면, 단 한 번 만났는데도 왠지 호감이 가는 사람이 있다. 자연 그런 사람들과는 관계성이 좋게 풀려가기 마련이다. 웬만한 것쯤은 웃으며 넘어갈 수 있어서 그런 모양이다. 하지만 관계성이 좀체 안 풀리는 사람들도 있다. 으레 성격이 꼬장꼬장(?)하고 괴팍스런 데가 있는 데다, 헤집고 들어갈 곳이 없을 만큼 빡빡한 느낌을 주는 사람들이다. 사람이 너무 이해타산적이고 자기 중심적이다 보면 좋은 느낌을 주기가 힘든 모양이다.

'느낌 좋은 사람들의 99가지 공통점'이라는 책을 보면, 좋은 느낌이 왜 필요한지 자세히 드러나 있다. 그 책을 보면, 시각 장애인들을 인도하는 '맹인 안내견'마저도 훈련받기 이전에 우선 개를 좋아하는 평범한 가정에 맡겨져 귀여움을 받고 자라게 해야 한다는 겻이다. 따뜻한 애정을 받아 인간과 신뢰관계가 잘 이루어진 개가 아니고서는 시각 장애인과 파트너십을 이루어 내기가 쉽지 않기 때문이란다. 결국 인간 사이의 관계도 이와 비슷한 원리 아닐까? 어려서부터 부모 형제뿐만 아니라 주위 사람들에게서 자주 사랑과 관심의 눈길을 받으며 자란 아이는 커서 자연스럽게 주위 사람들과 따뜻하고 원만한 관계성을 만들면서 살아간다. 다시 말해,

애정을 듬뿍 받고 자라온 사람은 '느낌 좋은' 사람이 될 소질을 갖고 있다고 말할 수 있겠다. 그런 사람들은 태어나면서부터 그림이나 음악에 재능이 있듯이, 태어날 때부터 주위 사람과의 관계성에 능한 재질을 갖고 있다. 그건 정말 타고난 은총이 아닐 수 없다 .

살다 보면, 의외로 많은 사람들 가운데 '사는 것이 다 죄지요' 라는 말을 예사로 쓰는 사람들이 주위에 적지 않다. '죄'는 쉽게 말해, 관계성의 파괴 행위를 말하는 것 아니겠는가! 남을 미워하거나 남의 것을 빼앗거나 훔치는 것이 '죄'가 되는 것은 그 행위나 마음가짐으로 인해 다른 사람과의 좋은 관계성에 금이 가기 때문이다

이 세상에 자기를 좋아한다는데 싫어할 사람이 어디 있을까? 심지어 집에서 키우는 강아지마저도 가족들 중에서 누가 자기를 좋아하는지를 본능적으로 알고 그 사람을 따르는데 말이다. 관계성은 이처럼 '너'와 '나'의 어울림이다. 그 때문에 좋은 인간 관계를 이루려면, 주위 사람을 먼저 의식할 수 있는 마음가짐이 그래서 중요하다. 이것이 바로 '배려'다. 이 세상은 자기 혼자 사는 세상이 아니기 때문이다. 독불장군식으로, 제멋대로 자기만 생각하고 사는 사람은 그래서 관계성이 제대로 이루어질 수가 없다. 그런 사람은 그 결과 다른 사람에게 상처를 줄 뿐만 아니라, 자신도 이웃에게서 배척당하는 고통을 맛보게 되어 있다. 어린애일 적에는 그래도 '그래 장하다. 네가 최고야!'하고 치켜세워줄지 모른다. 어릴 때는 그림이라도 제법 그리면 마치 천재화가 피카소라도 탄생한 듯 칭찬들을 해준다. 혹여 악기라도 좀 다루면 또 하나의 베토벤인 양 떠들썩하게 떠받들어줄지 모른다.

그러나 나이가 자라면서 사람은 실망하고 좌절할 기회를 통해 자기만

이 '최고'가 아니란 사실을 깨닫게 된다. 이거야 말로 신이 인간에게 내리는 또 하나의 커다란 축복이다. 바로 남과 함께 살아가는 세상에서 '남'을 의식하며 살아가게끔 눈을 뜨여 주시기에 말이다. 이런 것이 바로 '성장'이며, '성숙' 아니겠는가? 이 때문에 불쾌한 기분을 거침없이 남에게 전달하거나, 제대로 처리되지 않은 감정을 함부로 발산하는 무뢰배는 성장이 덜된 '미숙한' 사람임이 틀림없다. 그런데 아직도 멋모르는 사람들은 이런 것조차 무슨 자랑(?)인 양 으쓱대며 사는 부류의 사람들이 있다. 그러니 이 세상에 '카다피' 같은 독불장군이나 북한의 김정은 같은 철부지 독재자가 있는 것마저도 어찌 보면 그리 놀랄 일만은 아닌 것 아닌가!

그래서인지 나는 살아가면서 느낌이 좋은 사람이 언제나 좋다. 그런 사람들과 어울리다 보면 사는 것이 행복하기에 말이다. 알고 보면, 행복이 별것 있겠는가? 좋은 느낌으로 지금 한 순간이 충만하다면, 그게 바로 행복 아닐까. 그래서일까, 여행 중 낯선 호텔방에서 무심히 창밖을 내다보고 있는데 셀폰을 통해 전화가 걸려온다.

'형님, 뭐하고 계세요?'로 시작된, 만나면 느낌 좋은 사람의 음성이다. 내용인즉, '문학세계'에 실을 글 한 편이 필요하다는 원고 청탁이다. 느낌 좋은 사람의 부탁인데 생각하고 자시고 할 게 뭐 있겠는가! 무조건 Go!!다. 이런 게 삶 아닌가. 그래서 나는 아직도 사는 게 좋다.

……

만병통치약

6·25 동란 직후, 학교 오가는 길목에는 온갖 종류의 약장수들이 판을 쳤던 적이 있었다. 주로 종기에 명약이라는 '이명래'고약과 '다이아징'이라는 설파 계통의 항생제가 인기 '만병통치약'으로 팔려 나갔다. 또한, 전후 사회적 불안에 편승하여 사이비 종교의 일종인 '박 장로'교에서는 박 장로의 발 씻은 물조차 만병통치약(?)으로 둔갑했던 웃지 못할 에피소드가 있었다. 그 후, 세월이 흘러 의과대학에 들어가 '약리학'을 배울 때 교수님으로부터 '만병통치약은 한 가지 병에 특효약이 없기 때문에 생겨난 말장난이니 결코 믿지 말라'는 경고의 말씀까지 들었다. 그런 나에게 최근 친구에게서 카톡으로 <만병통치약>에 관한 글 한 편을 받았다. 미국의 실업가 중에 '스탠리 탠'이라는 기업가에 대한 이야기다.

그는 회사를 크게 세우고 돈을 많이 벌어서 유명하게 됐는데, 1976년에 갑자기 병이 들어 졸지에 죽음 앞에 내몰리게 되었다고 한다. 어느 날, 운동 중에 삐끗하여 허리를 다친 걸로 생각했던 그에게 척추암 3기라는 진단이 내려진 것이다. 그 당시에 척추암은 수술로도 약물로도 고치기 힘든 병이었다. 이 사실이 알려지자 사람들은 그가 절망 가운데 곧 죽을 것이라고 생각하였는데, 예상과 달리 1년도 못돼 그가 병상의 자리를 툭툭 털고 일어나 다시 출근을 한 것이다. 사람들은 깜짝 놀라서 아니 어떻게 병이 낫게 된 것입니까? 하고 물었다. 그러자 스탠리 탠은 "아! 네, 저는 그간 병이 들게 된 것도 감사하다고 기도를 하며 지냈습니다. 그랬더니 병이 다 나았습니다." 하고 대답을 했다는 것이다.

"전 매일 이렇게 기도했습니다. 세상을 살면서 병들게 된 것도 감사합니다. 이렇게 병들어 죽게 될 순간에도 기도할 수 있어서 감사합니다. 그 당시 실제로 저는 죽음 앞에서도 감사할 것밖에 없었습니다. 살려 주시면 살고, 죽으라면 죽겠다고 무조건 감사, 감사합니다를 수없이 기도했습니다. 매 순간마다 감사하고 감사했더니, 나도 모르는 사이에 암세포는 없어졌고 이렇게 건강을 되찾게 되었습니다."

결국 그가 다시 살아나게 된 것은 기도하며 살고 있는 삶 자체를 감사했기 때문이었다. 다시 말해 "감사"야 말로 만병통치약이라는 내용이다.

요즘 미국의 정신병원에서는 우울증 환자들을 치료하기 위해서 약물 치료보다는 소위 '감사' 치유법을 더 많이 사용한다고 한다. 환자들로 하여금 자신의 인생 삶에서 감사한 일들이 무엇일까를 찾아내게 해서, 각자 삶을 진정으로 감사하도록 돕게 만든다고 한다. 그런데 놀랍게도 약물 치료보다도 세상에 감사한 일들을 찾는 치유법이 훨씬 더 효과가 탁월하다는 것이다. 이 감사 치료법은 단지 정신과적인 치료에만 효과가 있는 것이 아니라, 스탠리 탠의 경우와 같이 육체의 질병에도 대단한 효과가 있다고 한다.

일본 해군 장교인 '가와가미 기이찌' 씨는 2차 세계 대전이 끝난 후 고향에 돌아오고 나서 하루하루 사는 것이 짜증스럽고 불평불만이 쌓여져 갔다. 결국 그는 전신이 굳어져서 조금도 움직일 수 없는 '근육 위축증' 이라는 불치병에 걸리고 말았다. 그 때에 그는 정신 치료가인 '후찌다' 씨를 만나게 되었고, 후찌다 씨는 그에게 매일 "감사합니다."라는 말을 만

번씩 하라고 처방했다. 기이찌 씨는 자리에 누운 채로 매일 계속해서 "감사합니다! 감사합니다!"라는 말만 계속하며 살았다. 매일 "감사합니다."를 만 번 이상했기 때문에 감사가 몸에 배여 있게 돼버렸다. 그러던 어느 날, 아들이 두 개의 감을 사 와서 "아버지, 감 잡수세요."라고 말했는데 그 때 아들에게 감사하다고 말하면서 손을 내밀었는데 신기하게도 손이 움직였고, 차츰 뻣뻣하게 굳어져 있었던 목도 움직여지게 되었다는 것이다. 말로만 하던 '감사'가 실제 감사가 되었고, 마침내는 불치병도 깨끗이 낫게 된 것이다. 알고 보면, 사람의 병은 대부분 스트레스에서 온다. 많은 경우 스트레스의 원인은 마음의 상처와 부정적인 생각에서 비롯된다고 알려져 있다. 그래서 감사의 마음을 가지면 많은 경우 스트레스와 병을 이길 수 있게 된다는 것이다.

최근 TV 방영에서, 세계 최고의 암 전문 병원인 미국 텍사스 주립대 MD 앤더슨 암센터에서 30년 이상 봉사한 '김의신' 박사는 환자의 신념이 암 치료에 실제적인 효과가 있다고 소개를 하면서, '감사'하는 사람들과 일반적인 사람들을 비교해 보니 감사를 하는 사람의 면역세포 일명 'NK 세포' 수가 일반인보다 몇십 배도 아닌, 무려 1,000배나 많은 것으로 측정되었다고 말했다. 감사하고 사는 것이 그만큼 건강에 유익하다는 말이다. '감사'는 이처럼 스트레스를 완화시키고 면역계를 강화하며 에너지를 높이고 치유를 촉진시키는 '만병통치약'으로 받아들여지고 있다. 감사는 정서에 좋은 반응을 일으켜 혈압을 떨어뜨리고 소화 작용도 촉진시켜 준다.

1998년 미국 듀크 대학 병원의 해롤드 쾨니히와 데이비드 라슨 두 의사가 연구한 결과에 의하면 매일 감사하며 기도하는 사람들은 그렇지 않은 사람보다 평균 7년을 더 오래 산다는 사실을 발표했다. 존 헨리 박사도 감사는 최고의 항암제요, 해독제요, 방부제라고 말했다. 보약보다 더 대단한 효능을 가진 것이 감사의 약이라는 소리다. 우리가 기뻐하며 감사하면 우리 신체의 면역 체계를 강화시켜주기 때문이다. 그렇기에 매일 보약이 아니라 '감사'의 약을 먹어야 한다는 것이다.

보고에 의하면, 우리가 1분간 기뻐하여 웃고 감사를 하게 되면 우리 신체에 24시간의 면역체가 생기고, 우리가 1분간 화를 내면 6시간 동안의 면역 체계가 떨어진다고 한다. 그러므로 매일 기뻐하고 감사하며 감사의 약을 먹으면, 몸과 마음의 건강을 잘 유지할 수 있게 된다.

유대인의 '탈무드'를 보면 '세상에서 가장 사랑받는 사람은 모든 사람을 칭찬하는 사람이요, 가장 행복한 사람은 감사하는 사람이다'라고 말하고 있다고 한다. 그러므로 건강과 행복을 유지하기 위하여 항상 감사하는 삶 되기를 소망하는 자는 진정 '복' 있는 사람이다. 왜냐하면, 성서에서 예수 그리스도를 통해 드러내신 하느님 아버지의 뜻은 "항상 기뻐하십시오, 늘 기도하십시오, 어떤 처지에서든지 감사하십시오."(데살로니카 1, 5:16)라고 가르치기 때문이다.

한때 약리학 교수님의 강의를 듣고 '만병통치약'이라는 단어에 부정적이었던 내가 그간 의사로서 40년간의 환자 치료 과정을 겪으면서 스스로 인정할 수밖에 없는 것 또한 이 '감사 치료'이니 느끼는 바가 클 수밖에 없다. 그래서일까? 오늘도 건강하여 이처럼 글 쓸 수 있다는 내 삶에 감사하고 싶다. 오늘도 행복한 날 되소서.

김재동 (수필가 / LA 거주)
은퇴 의사, 종신부제, 미주 가톨릭 문인협회 초대 회장 역임
재외 동포 문학상, 광야 문학상 수상
'인생의 암반을 뚫어라' 외 4권 출판
drjohnkim33@gmail.com

이름이 갖는 의미

류 모니카(田月花)

어렸을 때, 나는 이름 때문에 놀림을 많이 받았다. 중학교 때부터이었던 것 같다. 내 코앞에서 선생님들이 나의 이름에 대한 일가견을 스스럼없이 주었다. 기생 이름이라는 것이었다. 기생이란 조선 시대 법적으로는 양민, 사회적으로는 천민대우를 받던 여성층을 뜻한다. 그 여인들은 특별교육을 받아 교양이 있는 지식인으로 악기를 다루고, 학문이나 시, 서화에 능했다고 하지만, 양반층 권력가나 정치인 남성들을 접대하는 임무를 가진 천민이었다. 어떻든 기분 나쁜, 눈에 보이지 않는 꼬리표였다.

나에게 이름을 지어 준 아버지는 내 이름, 전(田)·월(月)·화(花)를 향한 세상의 혹평에 대해서 이렇다 할 변명이나 설명이 없으셨다.

내가 싫어하던 세속명(世俗名)은 미국 시민이 되면서 자연스레 바뀌었다. 남편의 성에, 모니카라는 나의 세례명을 쓰게 되었고, 중간 이름으로 나의 결혼 전 성씨가 들어갔다. 젊었던 때, 나는 이름이란 부르기 쉽고, 기억하기 좋아야 한다는 일가견을 갖고 있었다. 그러나 이름이란 이름의 주인을 뜻한다는 점을 무시하였던 내 생각은 짧았다.

내가 자라던 때 한국에서는 변성명(變姓名) 과정이 힘들고 복잡했다. 법적 과정이 쉬웠다면 내 성화에 아버지는 개명해 주셨을지 모른다. 또 미국에 살았다면 쉽게 바꾸었을 것이다. 미국은 한 해에 약 2백만 명이 변성명을 할 수 있을 정도로 과정이 쉽다. 미국의 개헌 14조항은 개명할 권리를 명시한다.

변성명…… 하기야 결혼, 이혼으로 이름을 바꾸는 경우가 얼마나 허다한가. 자기에게 주어진 이름이 싫어서, 또는 특별한 의미를 넣어주기 위해서 이름을 바꿀 수 있다는 자유로움을 허락하는 법은 좋은 것 같다. 2009년 미국의 46개 주에서 서류 과정 없이도 바꾼 이름을 사용할 수 있도록 하였다. 그러나 은행이나 소셜 시큐리티, DMV 같은 정부 기관 또는 단체가 증명서를 요구할 수 있으므로 법적인 과정을 거쳐서 확실히 해놓는 것이 타당하다. 간혹 법원은 본인이 원하는 새로운 이름을 허락하지 않기도 한다. 그 예로, 1979년 미네소타주 법원은 '1069'라는 이름을 기각했다. 그 후 'Ten Sixty-Nine'으로 고친 이름은 허락했다고 한다.

본인의 의사와 상관없이 이름을 바꾸어야 하는 경우도 있다. 일제 강점기 때 한국인이 겪었던 것이 그랬고, 1887년 미국의 연방정부가 아메리칸 인디언들에게 강압적으로 각 가정이 성씨를 만들어 갖도록 했던 것이 그 예이다. 개개의 가족이 이름을 가져서, 하나씩 땅의 소유권을 빼앗는 것이, 한 부족이 공동으로 갖고 있는 땅의 소유권을 빼앗는 것보다 쉬웠기 때문이었다.

또 지금은 어떤가? DACA(Deferred Action for Childhood Arrivals)에 관련된 어린이들은 스페인 계통의 사람들이 아버지와 어머니로 받은 두 개의 성씨를 갖는 관습을 버리고 이민국의 뜻에 따라 하나만 택하도록 강요받고 있다.

성서(聖書)에는 하느님을 모르는 어린 사무엘이 하느님의 부름을 받는 이야기, 하느님을 만난 아브라임이 아브라함이 되는 이야기와 어부였던 시몬이 예수의 부름을 받고 베드로가 되는 부분이 있다. 새로운 이름을 받고, 모두 새로운 삶을 시작하게 된다. 아브라함은 신앙의 아버지로, 사무엘은 자신의 이름을 부르신 하느님의 사도가 되었다. 어부 시몬은 베드로라는 이름을 받고 그 이름이 준 의미대로, 교회의 반석으로서의 새로운 사명을 갖고, 고난의 숙명에 복종하게 된다.

그렇다. 이름은 부르라고 있는 것이다. 이름을 누가 불러주느냐에 따라서, 왜 부르느냐에 따라서 얼마나 뜻이 다를 수 있는 것인가! 또 이름이란 이름의 주인, 그 자체이기도 하다. 비록 내가 택한 이름이 아니었어도, 이름 자체가 곧 나이고, 이름은 삶의 여정에서 점점 의미를 더해간다. 주어지는 의미에 따라서 나의 삶은 새로운 길을 택하게도 된다. 내가 나를 부르기 때문이다. 나는 아버지가 지어 주신 이름 전(田)·월(月)·화(花)를 다시 써야겠다.

류 모니카 (田月花, 수필가. / LA 거주)
재외동포 문학상, 재미 수필가 협회 신인상, 미주카톨릭동화상 수상
남가주 경기여고 동문회장
종양방사선학 전문의 , 현 한국어진흥재단 이사장

하와이에도 겨울은 있다

양상훈

태평양에서 멀리 에메랄드 빛 바다를 타고 불어온 무역풍이 12월에도 하와이를 덮치곤 한다. 하와이 제도의 계절은 사계절이 없이, 굳이 구분하면 여름과 겨울 두 계절만으로 구별한다.

하와이 주민들은 겨울철에도 덥다고 반바지 반팔 티셔츠 차림으로 활보하고 쉽게 바다에 뛰어들어 수영을 즐긴다. 오토바이나 자전거로 거의 수영복 차림에 때로는 그림 같은 문신 셔츠로 살점만을 가린 채, 시원하게 야자수 해변을 신나게 질주하는 발랄한 청춘 그룹을 볼 수 있다.

일부 원주민들은 우기가 몰아치는 겨울이 다가오면 좀 더 세차게 부는 하와이의 바람을 민감하게 느끼며 가디건과 스웨터를 꺼내 입고 겨울을 지낸다. 아열대 기후로서 겨울철 온도가 고작 25℃ 정도로 연중 온도가 전형적으로 20°C에서 31°C까지를 감안하면, 일 년 내내 크게 기후변화가 없이 일정하다고 말할 수 있다.

오랫동안 한국에서, 미 동부의 뉴욕권에서 사계절로 체질화되어온 나는, 하와이로 이사 온 후로 이곳의 계절 감각이 무뎌지고 있다. 지난 세월을 돌아보면 수많은 사계절을 허용한 대자연의 섭리는 계절마다 베풀어 준 나에게 의미 있는 추억이 되고 가끔 아쉬워하기도 한다. 그러나 청자빛으로 하늘과 청명한 공기, 선선한 바람 등으로 여름은 시원하고 겨울엔 따뜻할 정도로 큰 변화 없는 이 낙원에 정착하여 건강하게 보낼 수 있어 감사하고 있다.

하와이제도는 아주 오래전 화산 폭발로 용암이 쏟아져 빚어진 군도로서 섬마다 약간 다른 기후에서 특별한 동식물이 살아가는 다양한 서식지로 가득하다. 화산의 차폐효과와 고도변화로 달라지는 기후영향으로 열대수림에서부터 서늘한 고원지대와 건조한 사막이 존재한다. 한편 햇살이 좋은 하와이 해변은 대양을 향하여 사방 둘레로 트여있어, 옛날 왕국시대부터 유명한 휴양지인 와이키키나 카일루아 비치는 변함없는 유명세로 지상에서 최고를 자랑한다.

겨울에는 태평양에서 생성된 폭풍우가 몰려와 수많은 북쪽 해안에 대형 파도를 일으킨다. 겨울이라 하더라도 쾌적한 습기에 선선하여 해양스포츠 활동을 역동적으로 즐길 수 있다.

서핑 스쿠버다이빙 스노클링 패러세일링 수중스쿠터 카누 등 해양스포츠의 천국을 만끽할 수 있다. 8개 큰 섬 중에서 겨울에 "카우아이의 코게", "마우이의 할레나칼라", "하와이 아일랜드의 킬라우에아" 등은 웅장하고 아름다운 하이킹 코스이다. 해발 약100m마다 기온이 0.6˚C 정도 낮아지기 때문에 복장과 자외선 차단재, 선그라스 준비가 필수적이다. 해발 3,055m에 이르는 "할레나 킬라" 정상의 기온은 해변의 리조트 지역보다 10˚C 정도 낮아지면서 하와이제도에서 유일하게 하얀 은세계의 설경을 맛볼 수 있다.

하와이제도는 오염되지 않은 아름다운 자연과 신비로운 폴리네시안 문화, 활기 넘치는 다양한 해양 스포츠, 완벽한 레저시설 등이 지상 최고의 관광 휴양지로 손꼽게 하는 매력이 아닐까 싶다. 하와이 방문객에게 특이한 관심과 흥미로운 또 하나는 전통적인 관습으로 통일왕국시대에 선포한 주州 표어로 지정된 "알로하정신"이다. 친절, 겸손 웃음으로 외지인을 따뜻하게 맞이하는 정중한 인사로서 온화한 하와이 기후에 금상첨화錦上添花가 된다.

하와이는 이제 굳이 미사여구美辭麗句가 동원되지 않아도 이미 검증된 파라다이스로 명명되어 있다. 어디선가 몽롱한 음악이 들려오는 듯한 환상의 섬, 이 겨울의 해변에서 야자수 머리 바람결에 낭만과 격렬한 훌라춤이 너울파도에 넘실거린다. 지금 집집마다 거리 건물마다 저물어가는 세모에 아쉬운 듯 반짝반짝 디코레이션(decoration)이 반겨준다. 하와이에도 겨울은 있다. 산모퉁이를 돌아 푸른 겨울바다가 따사롭게 열려있다. 저물어가는 그리움이 하얀 파도에 걸려있다.

젖은 낙엽
-落葉 아닌 樂獵이 되자-

퇴직하거나 은퇴한 남자를 "젖은 낙엽"이라고 부른다고 한다. 원래 일본의 주부들이 직장에서 정년퇴직을 하고 집 안에서 들어앉은 남편을 "오치누레바"라고 부른 데서 기인한다.

마른 낙엽은 산들바람에도 잘 날아가지만, 젖은 낙엽은 한번 눌어붙으면 빗자루로 쓸어도 땅바닥에서 떨어질 줄 모른다. 지저분하고 쓸 데는 없으면서도 방바닥에 붙어서 일어나지도 않고 부인이 외출하려고 하면 떨어지지 않고 바둑이처럼 졸졸 따라다니는 남편을 이르는 말이다.

"오치누레바"라는 말은 집 안에서 정년퇴직 후의 늙은 남편을 부인이 밖으로 쓸어내고 싶어도, 착 달라붙어 떨어지지 않으니 부담스런 존재라는 뜻이지만, 당사자인 은퇴 남편들에게는 심히 모욕적인 표현으로 들릴 수 있다.

이제 100세 시대에 접어들면서 노령 인구가 기하급수적으로 늘어나는 현실을 감안하면 젖은 낙엽 신세의 노인들은 앞으로 대폭 늘어나게 될 것이다. 그러기 때문에 노인들은 계속 존경을 받는 위치에 있어야 한다. 백세시대에 고령자의 사회 참여가 건전한 여가생활의 만족도를 높여 궁극적으로 삶의 질을 높이는 중요한 수단으로 떠오른다. 우선 일과 자원봉사 그리고 여가 문화 등 세 부문으로 나눠 생각할 수 있다.

이른바 베이붐(1955-1963년 출생자)들이 50대 중반 60대들로 접어들면서 직장에서 은퇴하는 시대가 왔다. 한때 생존과도 같았던 직장생활, 가사노동 등이 끝나고 나면 많은 것들이 변하기 마련이다. 그 변화는 때로 낯설고 받아들이기 힘들기까지 하다.

그토록 푸릇하고 젊었던 시절을 그리워하게 될 수도 있고 자신의 쓸모가 다했다고 느껴질 수 있다. 기대 수명이 100세 시대는 의학과 과학의 발달로 우리 눈앞에 실현되고 있다. 그 맥락에 보면 50, 60대 은퇴자들도 고작 절반 살아온 것에 불과하다.

고령화 사회를 먼저 겪고 있는 일본에서 나타난 이 현상은 이미 한국 남편들의 현실이기도 하다. 현재 한국 남성이 은퇴하는 시기는 40대 후반에서 50대 전반인 반면 평균 수명은 80세에 이르러 부부는 은퇴 이후 30여 년을 더불어 살아야 하는 시대이다.

이제는 50대를 전후로 퇴직과 함께 다시 제2의 인생을 계획하고 준비해야 할 시점에 이른 것이다. 이런 변화 시점에 발맞춰 부부 역시 서로 이해하고 제2의 인생을 준비해나가야 하는 협력이 반드시 필요하다.

부부가 취미생활이나 운동을 일찍부터 공유하는 등의 노력과 함께 성 역할에 대한 고정관념에서도 벗어나려는 노력을 기울임으로써 노년에 황혼의 위기가 아닌 진정한 부부 파트너십으로 묶어가는 사랑의 단단한 끈이 요구되는 때이다.

일본에는 '은퇴남편증후군'이라는 새로운 정신 병리학 용어가 생겼다고 한다. -남편 옷만 만져도 두드러기가 돋고, 남편이 집 안에 있으면 소화가 안 된다는-아내에게 이길 수 없다. 이기지 않는다. 이기고 싶지 않다. 젖은 낙엽이 바닥에 잘 떨어지지 않는 것처럼 아내에게 꼭 붙어살고

자 하는 남성 은퇴자들의 자화상이다.

우리는 50년 이상의 새로운 시간을 선물 받았다. 50년의 인생 재탄생이 우리 각자가 인생 르네상스를 추구해야 하는 필연적인 이유다. 고령의 혁명으로 평균수명 100세 시대, 장수수명 120세 시대는 무한한 가능성을 가진 더 없는 축복이다. 그러나 고령화 혁명이 축복의 선물이 될지 견디기 힘든 길고 긴 재앙이 될지는, 우리 자신의 믿음과 준비에 달려있다.

〈퇴직 후 낙엽落葉이 아닌 락엽樂獵이 되자〉.

은퇴 남편들은 젖은 낙엽이라는 속상하고 쓸쓸한 이들을 떨쳐내기 위해서라도 무엇이든 스스로 해볼 시도가 바람직하다. 은퇴 남편과 마찬가지로 아내도 이제야 책임감으로부터 해방될 수 있는 때가 왔다. 그런데도 아내에게만 의지하는 것은 그리 올바른 태도라 볼 수 없겠다. 남편이 은퇴하듯 아내들도 명예롭게 은퇴할 수 있도록 축복해주는 시기이다. 이 시기에 노부부들은 평소 건강관리와 적극적인 활동으로 자신들의 존재감을 표출하는 삶의 지배력이 필요하다.

간결한 삶에서 낙을 찾아야 한다. 노인 5도五道란 것이 요구된다. 절도節道 심도深道 인도忍道 학도學道 품도稟道(노인의 경륜과 타고난 품성과 품위로 갖추어온 기품이나 위엄 인격적 자세의 표시)이다.

요즘 노후에 남자가 필요한 5가지 요소는 건강, 아내, 돈, 일, 친구이며, 노후에 여자에게 필요한 5가지는 건강, 돈, 딸, 계모임, 친구라고들 한다.

그러니 노인들이여! <내 나이가 어때서> 하는 유행가에서처럼 늙었다고 절대 기죽지 말고 체념하지도 말자. 꿈까지 잃게 되면 "젖은 낙엽" 신세로 전락해 외롭고 긴 인생여정의 막다른 길로 내몰리게 된다. 나도 할 수 있다는 자신감과 용기를 잃지 말아야 한다. 현재 자신의 나이에 20 빼기를 한 나이 기준으로 정신과 육체가 낡지 않도록 꾸준한 훈련이 필요하다.

독일의 위대한 문호인 괴테는 74세 때에 19세 소녀인 '울리케'와 뜨거운 사랑을 나눠 세상을 떠들썩하게 했다. 일본의 100세 시인 할머니 '시바타 도요'는 92세 때 아들의 권유로 시 쓰기를 시작해서 100세에 기념비적인 『약해지지 마』라는 시집을 발간해 150만부의 베스트셀러를 기록했다. 〈살아 있어 좋았어 / 살아있기만 해도 좋은 것이니/약해지지 마,,,〉 시바다 도요의 시는 노인들의 삶에 큰 용기를 주고 있다.

100세 철학자 김형석 명예교수는 인터뷰에서 100세 소감을 마치 하늘을 떠다니는 느낌이며 나이를 잊고 살아왔다고 하였다. 30대 초반에 교수가 되고 정년퇴직을 한 후 글 쓰고 강연하고 그렇게 바쁘게 살다 보니 70, 80, 90이 되었다.

그는 60세에 제2의 인생을 준비할 것. 고령에도 인생을 포기하지 말고 일을 시작할 것. 삶의 길을 향상시키는 데 무위도식無爲徒食은 바보짓이다는 것. 젊어서 못한 취미생활을 할 것. 제대로 된 노후설계로 70세 넘어서 활기차게 책을 썼다는 사실. 배움의 길은 끝이 없고 그러다가 어느덧 90세가 되어 끊임없는 새로운 길이 100세를 맞이하게 됐다. 50세부터 잘 관리하면 90세까지는 무난하고 그에게는 60~75세 사이가 가장 행복한 시기라고 했다. 자신의 일상을 공익 차원에서 노력하다 보면 매사가 오히려 잘 풀리면서 풍성한 성취욕을 느꼈다고 한다.

인생의 빛깔은 떠오르는 아침보다 황혼이 더욱 찬란한 법이다. 늙기는 쉬워도 아름답게 늙기는 어렵다고 한다. 늘 움직이고 긍정적인 사고로 평범한 생활에서 마음을 비우자. 소중한 인연을 아끼며 서로 사랑하는 것이 진정 행복한 삶이 아닐까.

젖은 낙엽들이여! 오늘도 건강한 가운데 즐겁고 신나는 날을 적극적으로 만들어내자.

젖은 낙엽 신세가 되지 않으려면 평소에 지혜롭게 극복하는 방법을 터득해야 할 것이다.

양상훈 (시인, 수필가 / 하와이 거주)
고려대학교 대학원(경영석사), 〈한국산문〉 수필 등단. 재미수필 수상.
미주한국문인협회 시 등단. 한국문인협회회원.
뉴욕금융기관 주재원, 뉴욕평통자문위원 4선.
Dawn Light 〈계간신앙지〉 편집인.

물방울

정 복 성

'방울' 소리를 내려면 입술이 동그라지고 그 글자 모양새도 동글동글하게 생겼다. 이슬로 맺어진 그러한 구슬 모양의 작은 물방울은 돌담 틈새를 뚫고 스며 나온다. 아주 작은 덩어리지만 그 침투력은 이루 말할 수 없다. 호수나 바다는 수십억만의 물방울이 응결된 것이다. 마치 아기집에서 한 세포가 무수히 분열한 후 응집하여 한 생명체를 형성하면서 태아가 되어 출산하는 것처럼… 오늘날 70억이 넘는 인구가 이 지구상에 산재해 있다. 그중의 한 사람, 한 개인의 존재는 큰 바다의 한 물방울에 지나지 않는 것에 대응된다.

오래전 국립박물관 미술 전시장에서 김창열 화백의 영롱한 진주 같은 '물방울' 그림을 보면서 나는 완전히 매료당한 일이 있었다. 화폭에 그려진 물방울은 생명이 매달려 생동하는 것처럼 보였기 때문이다. 나뭇잎을 씻고 끝에 매달리다 떨어진 물방울 줄기는 작은 개울을 만든 다음 수없이 합류하여 곧 이어서 강물이 되어 흘러내려가 바닷물이 된다.

또 이러한 이야기를 들었다. 중국에 천여 년이 넘는 어느 사찰 지붕 처마의 낙숫물 방울이 석 자 높이의 기단석(基壇 石)을 꿰뚫었다니 그 힘의 지구력을 과히 짐작하겠다. 물방울을 겉으로 보면 별것 아니게 보이나 좀 더 신중하게 가까이 들여다보면 그 속에 무엇이 있을까 궁금해진다.

텅 비어 있을까. 투명한 요정이 갇혀 있을까. 물의 화학적 구성 분자인 산소와 수소의 원소 결합체가 분리하면 물은 안개처럼 증발하여 사라진다. 더욱더 깊이 관찰할수록 물방울은 불가사의한 대상물이다. 인체도 물방울 같아 그 속의 모든 신비성과 조화된 잠재력을 이루 상상할 수가 없다.

토요일 오후, *노스 연못(North Lake) 가에 자리 잡은 로맨틱한 카페의 바(bar) 걸상에 걸터앉아 창밖을 내다본다. 보통 굵기의 비가 내린다. 떨어지는 빗방울은 제가끔 잔잔한 호수 면에 원형의 파동을 일으키고 그 물결은 사방팔방으로 퍼져 나간다. 한 물방울이 일으키는 파동의 증폭은 퐁당 떨어진 방울의 크기에 따라 다르다. 큰 방울은 반경이 긴 큰 원형을, 작은 방울은 작은 원형을 그린다. 여기저기에 빗물 방울의 파동이 제 나름대로 묵묵히 퍼져 나가고 있다. 땅 위에 흩어진 인간들은 호수에 뿌려진 빗물 방울 같다.

한 물방울이 둘러친 원형 파동의 울타리 안은 곧 그 방울의 영역이다. 나의 위치가 원점이라면 나의 일상 활동의 마당은 바로 원내(圓內)에 국한되어 있다. 이웃에 수많은 다른 비슷한 물 파동이 이중삼중으로 겹치어 조화를 이루고 있다.

지금 일고 있는 물결의 한계는 곧 나의 터전이며 나의 몫이고 나의 능력이요 나의 분수이다. 대동소이한 빗방울이 파동 치는 원형 테두리에서 각자는 주인공이다. 그리고 각 물방울의 파동은 서로서로 엉키고 겹쳐 다양한 형태의 인연을 맺고 공존 공생하고 있다. 그 너머 밖은 또 다른 세상의 영역이다.

한동안 서로 출렁이던 파동은 점차 잔잔해지면서 조용히 연못 속에 잠겨 지워진다. 빗물은 계속 줄지어 내린다. 다음 세대의 물방울은 저마다 크고 작은 원형의 작은 세상을 또다시 만든다.

* 노스 연못(North lake), 남가주 어바인(Irvine)에 있음

정복성 (시인, 수필가 / LA 거주)
한국/미국 외과 전문의
2016년 해외문인협회 시 등단
2017년 한국문인협회(미주지회) 수필 등단
2020 한-아세안포럼 해외부문 문학상
미주한인 문학아카데미회원 KALA(Korean American Literature Academy)

민들레 사랑Dandelion Love

정은실

아침에 문을 열고 출근길을 나서는 발걸음이 무겁다. 여느 때와 조금도 다름없는 일상인 척해 보아도 마음에 지워진 무게는 천근만근이다. 어제가 춘분이었는데 봄이 왔다는 편지를 가볍게 끼워 넣을 틈도 없이 사람들 마음엔 근심으로 가득 차 있다. 눈에 보이지도 않는 작디작은 바이러스는 언제부터인가 우리의 일상을 온통 빼앗아 버렸다.

집 근처에 위치한 커뮤니티 컬리지에는 작고 아담한 공간이 있다. 사방이 벤치로 둘러싸인 아늑한 이곳에 나는 가끔 마음이 무겁고 일이 잘 안 풀릴 때면 훌쩍 혼자 와서는 음악을 듣곤 했다. 오늘도 역시 무거운 마음을 털어낼 겸 벤치에 앉아서 아론 코플랜드(Aaron Copland)의 애팔래치아의 봄(Appalachian's Spring)을 틀어 놓고 혼자 '소박한 선물(simple gif)'의 음률을 나지막이 콧노래로 부르고 있었다. 한참 발로 박자를 맞추다 보니 지천에 노란색들이 눈에 띄기 시작한다. 작은 키의 노란 아가씨들은 헤죽헤죽 웃으면서 아무 일도 없다는 듯, 이제 근심스런 표정 그만 내려놓으라고 재촉하듯, 내 발에 채면서도 연신 반가움을 표시한다.

그러고 보니 밖에 나올 때부터 얼굴이 간지러워 몇 번을 손으로 훔쳐냈던 기억이 난다. 바람에 날려 먼지만 한 몸짓으로 나에게 안부를 전해 왔었다. 아마 바람 따라 날아가 어느 모퉁이에 정착하려다 나에게 먼저 봄소식을 알리고 싶었던 게다. 그리고는 이제 어엿한 숙녀의 모습으로 노란 옷 입고 봄 처녀가 되어 나타났다. 그동안 아무도 알아주지 않았고 어느 누구도 고운 시선으로 보아주지 않았다. 잔디가 초록으로 옷을 갈아입기 시작할 때 제 위치도 모르고 삐죽하니 잔디 가운데 버티고 서 있으면 사람들은 사정없이 뽑아내기 시작했다. 강한 번식력으로 잔디보다 더 빨리 지천을 온통 노랑으로 물들이기 일쑤고 뽑혀져도 또 어딘가에서 생존의 뿌리를 내리기 시작했다.

문득 미국에 살고 있는 우리와 흡사하다는 생각에 더욱 측은함이 앞선다. 태평양 건너 이역만리 바람에 밀리듯 와서는 번듯한 유럽인들과도 못 어울리고 수적으로 강한 남미인들에게는 스스로의 담을 쌓았다. 우리는 너희와 다르다고, 우리는 특별하다고. 미국 본토의 흑인들이 걸핏하면 너의 나라로 돌아가라고, 자기네 일자리를 뺏는다고 유창한 영어로 말을 할 때면 그 기세에 눌려서 한마디도 대꾸를 못 하고 뒤돌아서 옷소매로 눈물을 훔친 적이 얼마나 많았던가. 그러나 이제 그 모든 역경을 뚫고 당당한 기세로 보란 듯이 우뚝 서 있는 우리는 발에 채면서도, 뿌리째 뽑히면서도 강인한 생명력을 가진 노란 앉은뱅이 꽃이다.

흔히들 홀씨라고 부르지만 사실은 꽃씨다. 한껏 부풀어 오르면 둥근 모양의 작은 솜사탕 같은데 결코 바람은 솜사탕을 그대로 놓아두지 않는다. 자연의 순리에 따라 바람이 이끄는 대로 어느 길모퉁이나 아담한 정원의 한편에 가볍게 내려앉는다. 손에 닿는 순간 부서져 버려 흔적도 없이 흩어지고 마는 듯 보였던 먼지 같은 생명체는 정착하는 순간부터 곧은 자세로 깊이 한곳에 뿌리를 내린다. 그래야 시샘하는 봄바람이 마구 흔들어대도 끄떡없이 제자리를 지킬 수 있다.

조국의 현대사에서 6·25 동란 후 어언 70년의 세월 중, 어느 때인들 잠잠했던 시기가 있었으리오마는 80년대 격동기에 조국을 떠나 타국에 둥지를 틀었던 이민자들은 어찌 보면 바람에 밀리듯 밀려온 사람들이다. 황색의 얼굴로 거구의 흑인들이 밀집한 중심부에서 그들의 옷을 빨아주

기도 했고 또한 그들의 먹거리를 해결해 주기도 했다. 어디 그뿐인가, 백인이 대다수인 증권가에서 작고 가녀린 몸짓으로 남보다 한 시간을 먼저 출근하고 한 시간을 늦게 퇴근하면서 억척스럽게 새로운 땅에 발을 붙여 나갔다. 다행히 깊은 뿌리 덕에 좀처럼 흔들림 없이 LA 폭동을 이겨냈고, 911을 우리 몸으로 안으며, 서브 프라임 사태에도 허리를 졸라매며 이때까지 왔다.

민들레는 예로부터 약으로 쓰인 꽃이다. 오죽하면 민들레의 다른 이름이 구덕초일까 싶다. 인간에게 아홉 가지 덕을 끼친다는 의미로 지어진 구덕초는 이름값을 하듯 어느 것 하나라도 버릴 부분이 없다. 꽃은 말할 것도 없고 잎은 잎대로 뿌리는 뿌리대로 쓰임이 있고 사람에게 온몸을 다 바쳐 베풀 만큼 베풀다 가는 꽃이다. 국화과에 속한 민들레는 그래도 한 번쯤은 나도 한때는 국화였노라고 고개를 치켜들면서 으쓱거릴만한데, 가는 순간까지 밥상 한구석의 나물로 남기 원하는 꽃이다. 이마저도 이방인으로 살고 있는 우리네와 흡사하다. 어렵사리 시작한 이민생활에 밤낮으로 나가서 일하는 부모를 보면서 아이들은 스스로 제자리를 찾기 시작했고 우리 몸의 요모조모에 쓰임을 받는 민들레처럼 지금은 사회의 한 일환이 되어 큰 몫을 감당하고 있다.

누가 "사자의 이빨(Dan-de-lion)"이라고 험악스런 이름을 지었는지는 모르되 이름과는 정반대로 순하디 순한 꽃이다. 홀씨가 되어 홀로 날릴 때는 외로운 듯 보였지만 노랗고 밝은 꽃이 되어 군집을 이루면 이보다 더 찬란하고 아름다울 수가 없다. 앉은뱅이 꽃이라 사람들이 가까이 와서 보려면 누구든지 고개를 아니 숙일 수 없고 고개를 숙이다 보면 자세도 낮아지고 마음도 비워진다. 씩씩하고 당당하게 시멘트 틈새를 뚫고 나오는가 하면 혼자 있기 두려워하는 제비꽃 옆에서 함초롬히 동무가 되어주는 꽃이다.

끝까지 자기 소임을 다하되 아무 불평 없이 사람에게 한결같은 일편단심 민들레다. 변덕스러운 사람 손에서 때로는 뿌리째 뽑히고 때로는 귀히 여김 받아 한잔의 민들레주(술)가 되어 누군가의 건강을 지켜주는 앉은뱅이 꽃이다. 가까이 보아도 어여쁘고 한참을 보아도 정감이 가는 겸허하고 작은 미물, 나의 민들레 사랑은 오늘도 진행형이다.

빼앗긴 일상에도 봄은 온다

코로나-19로 인해 팬데믹을 맞은 지 꼭 1년이 되었다. 언제부터인가 우리의 일상이 몰라보게 달라졌다. TV 뉴스에 촉각을 곤두세우고 채널마다 돌리면서 보는 풍경은 아마 911사태 이후, 거의 처음이 아닌가 싶다. 어디 그뿐인가, 하루하루, 시시각각으로 변하는 뉴스들은 이제 먼 나라의 이야기가 아니고 바로 우리가 살고 있는 이 땅의 이야기가 되었다.

아침에 일어나 출근 준비를 하면서 마시는 한 잔의 커피도 이젠 어제의 이야기가 되었고 오늘은 얼마나 제재가 풀리려나, 나한테도 백신 접종의 기회가 돌아오려나 등등의 뉴스에 귀를 쫑긋 세운다. 전 같으면 거들떠보지도 않던 작은 이야깃거리 하나에도 가슴을 쓸어내리고 군데군데서 들려오는 미담에 가끔은 눈물을 훌쩍이기도 하는 날들이다.

뉴욕은 작년 3월 중순을 기점으로 데이 원(Day 1)을 선언하고 모든 학교 폐쇄, 식당, 바, 커피숍 등에 반 폐쇄나 다름없는 배달과 테이크아웃 제도만을 남겨놓았다. 더 이상은 유리 너머로 느긋하게 삼삼오오 앉아서 커피를 마시고 지인들끼리 담소하며 식사를 하는 풍경은 아예 찾아볼 수 없다.

재의 수요일(Ash Wednesday)부터 시작해 사순절 기간을 마치 인간에게 도전이라도 하듯, 보란 듯이 코로나 바이러스는 우리의 신앙에까지 도전을 하고 있다. 아마 이대로 가면 작년처럼 우리는 부활절을 함께 만나서 성수하지 못할 것이고 우리가 맞을 4월은 굳이 T. S. Eliot의 말을 빌리지 않더라도 잔인할 만큼 잔인한 계절이 될 것이다.

코로나 바이러스로 나라마다 빗장을 굳게 잠그고 가는 곳마다 희망의 소리보다 절망의 한숨으로 덮인 이 땅에, 마스크를 쓰지 않고는 여타 지역을 다니기도 겁이 난다는 요즘에, 밖에서는 보란 듯이 아무 일도 없다는 듯이 번듯하게 봄의 제전이 펼쳐지고 있다. 그래서인지 러시아의 작곡가 이고르 스트라빈스키의 봄의 제전 (The Rite of Spring)은 이름처럼 가볍고 경쾌하지 않다. 대지에 뿌리박고 올라오는 강인한 생명력 그리고 그 생명력에 기인한 충만한 에너지가 느껴지는 곡이다. 지구 마을 전체가 절망의 끝자락에서 허우적거리고 내일을 기약할 수 없는 불확실성으로 인해 불안함을 가중시키고 있지만 거역할 수 없는 자연의 섭리는 어김없이 찾아온다.

날씨가 연이어 화씨 60여 도를 오르내리고 있는 요즘, 문밖을 나서기가 무섭게 초록의 함성들과 마주친다. 엊그제는 무심히 지나치다가 낮은 자세로 피어 올라오는 작은 오랑캐꽃을 하마터면 밟을 뻔했다. 겨우내 움츠리고 있던 앞마당의 잔디는 오랜만에 햇살을 받아 버짐 핀 아이처럼 군데군데 허연 모습을 드러내기 시작했다. 이제 얼마 안 있으면 곱고 가지런한 초록의 모습으로 보란 듯이 제 자태를 뽐낼 것이다

눈이 부시도록 푸르고 아름다운 날, 온몸에 와 닿는 봄기운을 감지하며 마을 어귀를 걷다 보니 그동안은 보이지 않던 많은 것들이 달라져 있다. 집집마다 노란 수선화가 어느새 활짝 피어 보란 듯이 얼굴을 들고 있고 양지꽃, 애기똥풀 꽃, 제비꽃을 비롯해 이름 모를 들꽃들이 앞다투어 피어 있는 모습이 보인다. 한바탕 비가 지나간 자리엔 어제보다 한 뼘이나 자란 나무들이 푸르디푸른 웃음을 풀풀 날리며 두런두런 이야기꽃을 피운다. 차디찬 겨울바람을 모두 이겨내고 역동하듯 솟아오르는 봄의 기운은 땅에서부터 나타나기 시작한다.

몇 걸음을 움직이다 연신 불어대는 휘파람 소리에 그만 걸음을 멈추

고 위를 올려다보았다. 홍관조 한 쌍이 나뭇가지 위에 앉아서 도란도란 사랑 이야기를 나누고 있는 중이다. 얼마나 많은 정열을 피를 쏟듯 바쳤으면 저토록 붉을 수 있을까. 수놈의 머리 위에 마치 붉은 관을 얹어 놓은 것 같아서 붙여진 이름, 홍관조(Cardinals)는 많은 조류 중에서도 단연 미국을 대표하는 새다. 손바닥만 한 크기의 작은 새가 어디서 그런 소리가 나는지 계속 노래를 불러대고 갈색이라 잘 보이지도 않는 암놈에 대한 사랑이 여간 대견스럽지 않다.

그렇다, 빼앗긴 들에도 봄은 왔고, 척박한 땅에도 어김없이 봄은 찾아온다. 그 옛날 미국 동부 애팔래치안 산맥에 처음 정착한 청교도들이 맞았을 봄도 만만치 않았을 것이고 백여 년 전 뉴욕 땅에 발 딛고 개척했던 우리의 선조들이 맞았던 뉴욕의 첫 봄도 잔인한 봄이었을 것이다. 아무도 당해본 적 없고 누구도 겪어본 적 없는 미세한 바이러스 하나로 온 지구가 몸살을 앓고 있다고 해서 어찌 오는 봄을 막을 수 있으랴.

정은실 (수필가 / 뉴욕 거주)
서울출생, 국립의료원 간호대학 졸업. 1966년 도미.
2005년 〈문학저널〉 수필 부문 당선
저서『뉴요커 정은실의 클래식과 에세이의 만남』.
현재 〈뉴욕일보〉 칼럼니스트.
eunsilchung@hotmail.com

장편 연재 소설

독도

– 박계상

1. 해상왕국
2. 성골의 나라
3. 우산국 사람들
4. 순장법
5. 갈매기 사랑
6. 홍패
7. 무릉도
8. 갈등의 세월
9. 바닷바람 불어와
10. 백제 난민들
11. 축성 노역장
12. 얼음공주
13. 귀향
14. 신라장수 이사부
15. 검은 구름 몰려와
16. 우경농법
17. 무릉도여 무릉도여

제2장 성골의 나라

박 계 상

모량부·급량부·본피부·습비부·사량부·한지부.

여섯 부락의 부족들이 모여 나라를 세웠던 신라에서는 벼슬길이 골품과 신분에 따라 엄격하게 정해져 있었다.

성골은 임금이 될 수 있는 재목이니 으뜸의 신분이었다. 부계 모계 모두 순수한 왕족이어야 하며, 왕족의 직계가족들이 똘똘 뭉쳐 신라 땅의 온갖 세도와 권력을 독차지했던 귀족 중의 귀족이었다. 또한 박·석·김 세 성씨로만 이루어져 있었다.

다른 성씨의 가문들은 감히 근접도 할 수 없었다. 똑같은 박, 석, 김의 성씨라 해도, 직계가족이 아니면 성골이 될 수 없었다. 삼촌이나 사촌은 당연히 성골이 아니고, 정부인이 아닌 후처의 자식 역시 성골에서 제외되었다.

그렇듯 능력이 아닌 혈통을 기본으로 골품제도를 유지 계승시킨 것은, 자기들끼리 국가 권력을 움켜쥐기 위한 방편이었다.

진골은 그다음 신분이었으니, 부계든 모계든 어느 한쪽은 왕족이어야 하고 모두 17등급으로 나뉘어 있었다. 그 아래로는 6두품·5두품·4두품의 신분이 있었다.

이렇듯 모든 귀족이 성골 진골 6두품 5두품 4두품으로 신분이 나뉘고, 다시 1등급부터 17등급까지 벼슬의 관등이 정해진 다음, 거기에 합당한 벼슬에 오를 수 있었다.

이를테면 상대등·시중·병부령·예부령 따위는 각간에서 대아찬까지의 벼슬에 있는 자가 맡으며, 9개 주의 군주(軍主 - 훗날의 도독)는 급찬부터 이찬까지의 벼슬에 있는 자가 맡고, 군태수는 내마부터 아찬까지의 벼슬에 있는 자가 맡는다는 식이었다.

여섯 부족의 추대로 처음 왕위에 오른 이는 박혁거세였다.

3대까지 박씨로 이어지다가 4대에서 석씨로 넘어갔으니 석탈해 이사금이다. 5대에서 다시 박씨로 넘어갔다가 8대 아달라 이사금까지 계속 이어진다. 9대 벌휴 이사금부터 12대 첨해 이사금 까지 다시 석씨였다.

13대 미추 이사금은 김씨였다. 14대 유례 이사금부터, 석씨로 이어졌다가 17대 내물마립간에게로 넘어간 다음부터는 18대 실성 마립간, 19대 눌지 마립간, 20대 자비 마립간, 21대 소지마립간, 22대 지증마립간까지 계속 김씨로 이어지고 있었다.

그 무렵 신라는 외적들의 침입에 시달리고 있었다. 말갈족에게 북방을 점령당한 적도 있고, 고구려가 두 번이나 쳐들어오기도 했으며, 왜구의 출몰도 몹시 잦았다.

신라의 명주 실직주.

지금의 강원도 삼척 지방엔 성은 김씨 이름은 이사부란 젊은이가 살고 있었다. 키가 크고 몸집은 우람하고, 얼굴은 남자답기보다는 아녀자같이 곱상하게 생긴 사내다. 좋은 인상과 조리 있게 말하는 것을 보면 누구에게나 호감을 주고 내물마립간의 4대손이다.

김이사부. 그는 아버지와 어머니 그리고 누나 둘은 성골 신분이지만, 외아들이자 장손인 이사부만은 아쉽게도 성골이 아닌 진골 신분이었다. 정실부인이 아닌 후처의 소생이기 때문이다. 정실부인인 지성부인이 아들을 생산하지 못하자 아버지는 후실을 들여 이사부를 얻었다.

이사부의 생모는 성골도 진골도 아닌 평민이었다. 어렸을 때 세상을 떠났으므로 이사부는 생모의 얼굴조차 기억하지 못했다. 이사부는 어려서부터 그러한 자신의 처지를 잘 알고 있기에 남을 무시하거나 교만하지 않으려고 애썼다. 말이나 행동은 항상 겸손했고 예의가 발랐다.

젊은 이사부는 꿈이 많은 나이임에도 불구하고 성골의 신분이 아니기에, 내로라하는 귀족의 자제들보다는 평범하게 사는 백성의 자손들과 친구로 어울리기를 좋아했다.

바닷가에는 띄엄띄엄 떨어진 집들이 아늑하게 자리 잡고 앉아 있다. 마을에서 꽤나 떨어진 산비탈의 평평한 곳에서는 멀리 탁 트인 푸른 동해바다가 한눈에 내려다보인다.

그곳에 마을 젊은이들 십여 명이 모여 있었다. 마치 전쟁이라도 벌이는 듯, 그들은 손에 쥔 막대기를 열심히 휘두른다.

그중 단연 돋보이는 사람이 있었으니 이사부다.

"너희들이 들고 있는 것은 막대기에 불과하나 진검으로 생각하란 말이다."

"알았어, 대장."

"검술이란 자신을 방어하고 호연지기를 기르는 데 목적이 있어. 다시 말하면 하루 이틀에 쉽게 터득되는 기술이 아니란 말이다. 깊게 생각을 하기 전에 우선 행동부터 앞서는 게 검술이다."

"그거야 당연하지."

"잠시만 허점이 생겨도 목숨이 날아간다. 그러니 공격과 방어를 소홀이해선 안 된다. 똑바로 제대로 하란 말이다."

"마음대로 안 되는걸 어떻게 해?"

"똑바로 검을 세워."

"이렇게 세우란 건가?"

"검을 휘두를 때에는 과감하게 팔을 쭉쭉 뻗어서 크게 휘둘러."

"어렵구만. 어려워."

이사부는 다른 누구로부터 검술을 배운 적이 없었다. 어려서부터 친구들과 모의전쟁을 하면서 스스로 익힌 기술이다. 전쟁놀이야말로 가장 재미있고, 다른 어느 것에 비길 바가 못 되었다. 틈만 생기면 집에서 나와 친구들과 전쟁놀이를 즐겼다.

오늘도 오후 내내 친구들과 어울려 집밖에서 놀다가 해 질 무렵이 되어서야 집으로 돌아온다. 어머니 지성부인이 못마땅한 표정으로 이사부를 불러 세웠다.

"지금까지 어디서 뭘 하다 온 거냐?"

"친구들하고 어울렸어요."

"친구들이라고 해봐야 별 볼 일이 없는 잡놈들 아니냐?"

"별 볼 일이 없긴요?"

"네가 그런 천것들하고 어울려 다니면 아버지 체면이 뭐가 되겠냐?"

"아버지는 제가 밖으로 나돌아 다녀도 별말씀이 없어요."

"아버지는 그렇다 치고 어미는 아무것도 아니란 뜻이냐?"

"저는 집 안에서 마땅하게 할 일이 없는걸요."

"어미 말에 끝까지 말대꾸할 거냐? 어디 네 맘대로 해봐라."

"죄송해요. 어머니."

어머니 지성부인은 친딸인 누나들에겐 관대했지만, 이사부에겐 엄격하여 작은 실수도 용납하지 않았다. 잘했든 잘못했든 간에 무조건 꼬투리를 잡아 궁지에 몰아넣었다.

하지만 갓난아기 때부터 길러준 어머니기에, 이사부로서는 지성부인을 함부로 대할 수는 없는 입장이었다.

어머니와 달리 아버지는 이사부의 처지를 이해하기 때문에 사소한 것 가지고는 나무라거나 크게 꾸지람을 하지 않았다. 아버지는 경주김씨 집안의 장손으로 한때 실직주 군주를 지낸 적이 있었다.

나이가 든 지금에 와서는 별다른 관직이 없는데도 성골 집안이기에 남들이 부러워할 만큼 큰 집에 살고 있으며 소유한 농토가 많아 식구들 모두 먹을 것 입을 것 걱정 없이 풍족하게 사는 편이다.

김이사부. 그의 하루 일과는 아버지께 아침 문안을 드리는 것으로 시작된다. 오래전부터 내려온 가문의 풍습이기도 하다. 두 누나와 함께 아침 문안인사를 드리자, 아버지는 기분이 좋아 보인다.

"문안 인사를 왔구나?"

"밤새 안녕히 주무셨습니까?"

"너희들도 잘 잤느냐?"

"네, 아버님."

"요즘 들어 날씨가 제법 좋구나."

"맞사옵니다."

"겨울이 지났으니 곧 봄이 올 게야."

아침 문안인사를 받은 후에도 아버지는 무슨 말인가 더 할 말이 있는 듯 보인다.

"우리 신라의 제일로 어르신이 누군 줄 알고 있느냐?"

"혁거세 아닙니까?"

"잘 알고 있구나. 서라벌 주위엔 큰 부락이 여섯 개나 있었어. 그중에서 고호부락의 촌장인 소벌공이라는 사람이 양산 중턱에 있는 나정 숲속에서 말 울음소리를 들었지. 분명히 말 울음소리를 듣고 그곳에 찾아갔건만, 말은 보이지 않았고 대신 큰 알이 있어 깨트려보니 그 속에서 아이가 나왔단 말이다. 소벌공은 알 속에서 나온 아이를 집으로 데려와 양육시킨 게야."

"이름을 혁거세라 불렀잖아요."

"맞는 말이다. 혁거세는 크게 성장하여 젊은이가 되자, 기골이 준수하고 대인의 풍이 넘쳐흘렀어."

……

"그래서 어찌 되었어요?"

"소벌공은 여섯 부족의 촌장들을 모두 모이게 하여 혁거세를 임금으로 추대했단 말이다."

아버지의 이야기가 계속되는 동안 두 누나는 지루한 듯 몸을 비틀고 손을 꼬며 안절부절못한다. 그러나 이사부는 남자답게 똑바로 앉아 흐트러짐 없이 아버지 말씀을 끝까지 듣고, 지루한 말씀이 모두 끝난 다음에야 방에서 나온다.

작은누나 미랑이 못마땅한 표정으로 이사부에게 눈을 흘긴다.

"넌 아버지 말 지겹지도 않으냐?"

"지겹기는. 들을수록 재미있는걸."

"한 말 또 하고, 혁거세는 오늘이 몇 번째냐?"

"몇 번이면 어때, 난 아버지 말이 너무 재미있어."

"못 말리겠구나."

"누나는 아무리 아버지 말이 지루해도 듣는 척은 해줘야 되는 것 아니겠어?"

"너도 아버지랑 똑같아, 똑같단 말이다."

"똑같다면 좋은 거지 뭐."

"너 잘났어, 정말."

큰누나 해랑은 세 살이, 작은누나 미랑은 한 살이 위다. 큰누나 성격은 넉넉하고 이해심이 많은 편이고, 작은누나는 정반대다. 나이가 한 살 터울이기에 더 친할 것 같은데도 성격이 유별나 비위를 맞추기가 여간 어려운 게 아니다.

"누나들한테 꼬박꼬박 반말로 지껄이지 말고, 존대 좀 하면 안 되겠니?"

"큰누나라면 몰라도 작은누나한테는 존대가 안 나와."

"앞으로 내가 두고 볼 거다."

"두고 보잰다고 내가 겁낼 줄 알아?"

"넌, 말을 그렇게밖에 못하니?"

"사실이 맞잖아."

"됐어."

이사부는 사사건건 시비를 거는 미랑 누나와는 말을 섞고 싶지도 않았다.

하지만 대꾸를 하지 않으면 무시한다고 덤비는 성격이라 상대하기도 여간 힘든 게 아니다. 성질이 못돼 크게 싸움을 벌였던 적이 한두 번이 아니다. 미랑 누나뿐만 아니라 지성부인까지 이사부를 들들 볶아대기에 이사부는 집 안에 있기보다는 밖으로 나가 친구들과 어울리길 좋아한다. 자주 만나는 친구는 재곤이와 용이를 비롯해 십여 명이 넘는다.

"대장, 오늘은 빨리 나왔구만."

"왜, 내가 늦게 나와야 되는가?"

"그런 말이 어디 있어. 대장이 좋아서 그런 거지."

"좋다는 말을 듣고 보니 나도 기분이 좋아."

"오늘은 뭘 할 거지?"

"무엇을 하기는 지난번에 하던 것 계속이지."

이사부는 친구들과 함께 모두 산으로 올라, 바다가 내려다보이는 곳에 빙 둘러앉는다.

나이들이 그만그만하고 하나같이 진지한 모습들이다. 개중에는 아직 아이의 티를 벗지 못한 이도, 이제 막 거뭇거뭇한 수염이 나는 이도, 사내의 냄새를 물씬 풍기는 친구도 있다.

"사람들이 그러는데 고구려 군대가 언제 쳐들어올지 모른다고 그랬어."

"고구려나 백제나 가야국도 우리 신라를 넘보고 있다고 들었어."

"더 무서운 것은 같은 신라 사람들이 반란을 일으키는 거래."

"설마, 같은 신라 사람들끼리 전쟁을 벌이겠어?"

"사람들은 모이기만 하면 전쟁 얘기야."

"우리가 사는 실직주에도 과연 전쟁이 일어날까?"

"그거야 모르는 일이지."

친구들 모두 두런두런 이야기를 끝낸다. 곧이어 둘씩 짝을 이뤄 한 조가 되어 목검을 휘두르기 시작한다.

"이얏!"

"이얏!"

"이얏!"

목검을 내려치고 올려치며 겅중겅중 공중으로 뛰어오른다. 친구들 모두가 실전을 방불할 만큼 열심이다.

"공격이야말로 최대의 방어란 말이다. 검을 힘 있게 내려쳐라."

"알았어."

"절대로 빈틈을 보이면 안 돼."

"알았다니깐."

때는 이른 봄, 아직은 쌀쌀한 날씨인데도 산비탈에서 목검으로 대련을 벌이는 그들의 모습에서 조금의 추위도 찾아볼 수 없다. 어느새 이마에는 땀이 송골송골 배어나기 시작한다.

"이만하고 잠시 쉬도록 하자."

"좋지."

"좋아."

친구들이 다시 모여앉아 쉬는 동안 대장인 이사부가 앞으로 썩 나선다. 저 멀리 동해바다의 푸른 물결이 보이고 푸른 바다와 하늘이 맞닿은 수평선 위로 뭉게구름이 한 무더기 탐스럽게 피어오르고 있었다.

"우리가 전쟁놀이를 무엇 때문에 하는지 알고 있는가?"

"그거야, 재미있어 하는 거지."

"재미 때문에 전쟁놀이를 하는 게 아니란 말이다."

"재미가 아니면 뭐지?"

"신라를 위한 것이야."

"전쟁놀이가 신라를 위한 것이라니 믿을 수 없어."

"우리 모두 때가 오면 신라를 위해 크게 한 몫 할 날이 오게 될 것이야."

"대장이 지금 한 말 믿어도 되는 건가?"

"당연히 믿어줘야지."

"우리는 그런 큰 뜻이 있는 줄을 몰랐어."

"그러니 열심히 하란 말이다. 앞으로 병부 입대 후에도 함께 있게 되길 바란다."

"병부에 나가면 서로 헤어지기 마련. 어떻게 생활을 함께할 수 있겠어?"

"만약에 내가 신라 장수가 된다면 노력해볼 것이야."

"알았어, 대장."

잠시 휴식이 끝나자 또다시 목검을 휘두르고, 중천의 해가 서편으로 기울 무렵이 되어 전쟁놀이가 끝난다.

"대장, 다음엔 또 언제 만날 건가?"

"사흘 후에 다시 만나자."

"그렇게 멀리?"

"집안에 일이 많잖아. 매일 만날 수는 없는 것 아닌가?"

"사흘 후에 나올게."

"잘들 가라."

"대장도 잘 가."

"알았어."

함께 어울리는 친구들은 손바닥만 한 밭뙈기 농사로 생업을 꾸려가는 어려운 형편이다. 집에서 할일이 많은 데도 불구하고 대장 이사부가 나오라고 하면 열일을 제쳐놓고 모여든다. 친구들 모두 이사부를 좋아하기 때문이기도 하지만, 병부에 입대할 경우에는, 검술과 궁술을 잘하느냐 못하느냐에 따라 계급과 직책이 달라지기 때문이기도 하다.

태양이 뉘엿뉘엿 넘어가면서 서편 하늘엔 형체를 알 수 없을 만큼 색색의 온갖 문양의 구름이 보기에 좋고 너무나 아름답고 황홀하기까지 했다. 이사부는 마치 장수라도 된 기분으로 휘적휘적 걸어 집으로 돌아온다.

하지만, 대문을 열고 들어서자마자 눈을 부라리는 지성부인과 맞닥뜨린다.

"잘하는구나?"

"조금 늦었어요."

"너는 어떻게 허구한 날 쌍것들하고만 어울려 다니냐?"

"어머니, 제발."

"제발이라니 수준이 비슷한 성골 자제들과 지내야지."

"성골 자제들이 감히 나 같은 신분과 어울려줄 것 같아요?"

"아무리 그렇다 해도 계속 잡놈들과 어울려 다닐 거냐?"

"실직주엔 내 또래의 마땅한 성골 자제가 없어요."

"성골 자제가 없어도 수준에 맞게 놀아야지."

"그만 하세요."

"끝까지 말대꾸할 거냐?"

"죄송해요."

"죄송하단 말 듣기도 싫다."

"미안해요."

"미안하단 말도 마찬가지야."

"알았어요."

지성부인은 무섭게 쏘아보며 씽하니 등을 돌리고 만다. 이사부는 멍하니 어머니의 뒷모습을 보며 잠시 자신의 처지를 생각해 본다. 어머니 말 뜻을 이해 못하는 건 아니지만, 실직주는 서라벌과 멀리 떨어져 있기에 비슷한 나이 또래의 성골 자제들이 있을 리가 없다. 만약 있다 해도 그들이 후실의 소생인 이사부를 상대해줄 리는 없는 것이다.

오늘도 이사부는 다른 날과 다름없이 아침 문안을 드린다. 언제나 그랬듯이 아버지는 두 딸에겐 별로 관심을 보이지 않았다.

"이사부야."

"네 아버님."

"혼인해야 될 나이가 되었건만 네 처지가 그러하니 안타깝기 그지없구나."

"저보다도 누나들 먼저 혼인해야 되는 것 아닙니까?"

"해랑과 미랑은 성골 신분이기에 걱정을 할 필요가 없어. 이사부 네가 문제란 말이다."

"아버님. 너무 제 걱정만 하지 마십시오."

"해랑과 미랑은 시집가면 남의 식구가 되기 마련이지만 너야말로 이 집안에 단 하나밖에 없는 기둥이고 뿌리가 아니냐?"

"저도 알고 있습니다."

"마음을 심약하게 먹어선 안 된다. 앞으로 좋은 기회를 만들어 줄 것이니 글공부 게을리하지 말거라."

"명심하겠습니다."

아버지는 이사부가 밖으로 나도는 것을 알면서도 나무라지 않는데 이유는 이사부가 성골 신분이 아니기 때문이다. 아버지는 평소에도 두 딸에게 관심어린 눈길조차 주지 않았고, 오늘도 말 한마디 따듯하게 건네지 않았다.

아침 인사가 끝나고 방에서 나온다. 큰누나는 말없이 방으로 돌아갔으나, 작은누나 미랑이 못마땅한 표정으로 다가온다.

……

"이사부야, 넌 좋겠다."

"좋기는 뭘?"

"아버지가 너만 좋아하잖아."

"내가 남자니깐 그렇지."

"남자면 뭘 해, 넌 신분이 다른 걸."

"또 신분 들먹일 거야?"

"사실이 맞잖아. 안 그래?"

"만약 누나만 아니면 내가 가만두지 않았을 걸."

"가만두지 않으면 어쩌겠다는 건데?"

"쥐어박았지."

"너 말 다 했냐?"

"그래 말 다 했다."

"지금은 참지만 앞으로 내가 계속 두고 볼 거야."

"두고 보든가 말든가 마음대로 해."

"나중에 후회하지 마."

"후회는 무슨."

미랑 누나는 성격이 삐딱하여 사사건건 간섭이 심하다. 매사 그냥 넘어가는 경우가 드물고 길게 이야기를 나누어 봐야 득 될 게 하나도 없는 누나다.

오늘은 글공부가 있는 날이다.

당시에는 대국으로부터 글자가 들어온 지 오래되지 않아 특별한 가문이 아니면 글을 배우지 못했다. 훈장은 어머니의 삼촌뻘 되는 사람으로 학식이 높은 분이다.

"상복법(喪服法)이란 게 무엇인지 알고 있느냐?"

"모릅니다."

“성골 가문에 한하여 상복법을 실시토록 국법이 내려졌느니라.”

“상복법이 무엇입니까?”

“부모님이 돌아가셨을 때에 자식들은 상복(喪服)을 입어야 하고, 임금이 서거했을 때에도 신하들은 상사(喪事)를 입어야 하는 새로운 법이니라.”

“상복이나 상사는 어떤 옷입니까요?”

“거친 베로 짰으며 오라기가 굵고 너덜너덜한 옷이다.”

“그러면 저도 부모님 돌아가시면 상복을 입어야 되겠네요?”

“당연한 것이지. 머리에 관을 쓰고 짚신을 신으며 허리에는 마승(麻繩)을 두르고, 지팡이로 죽장(竹匠)을 짚어야 하느니라.”

“알겠습니다요.”

“어련히 잘 하겠느냐?”

훈장은 매일매일 오는 게 아니라 삼일 건너 한 번 집으로 찾아와 어려운 글을 가르쳐준다. 이사부는 글공부가 좋아서라기보다 아버지 때문에 어쩔 수 없이 배우는 입장이었다. 지루한 글공부가 끝나자 집에서 나와 친구들과 약속한 장소로 나간다.

오늘은 뜻밖에도 병부에 입대했던 호일이 형이 오랜만에 직접 찾아왔다. 마을의 친구들 중 나이가 제일로 많아 지난겨울에 입대한 후 얼굴을 통 보지 못했다.

“형, 오랜만에 왔으니 병부 이야기 좀 들려주슈.”

“할 이야기야 많지.”

“병부에서 무슨 보직을 맡고 있는 것이오?”

“난. 연통꾼이야.”

“연통꾼이라니 뭘 하는 겁니까?”

“실직주 관내의 성을 돌아다니며 새로운 소식을 전해주는 역할을 하고 있지.”

"굉장히 중요한 역할을 하고 있네요."

"당연하지."

호일이 형도 예전에는 전쟁놀이를 함께 했던 사이였는데 모처럼 찾아와 흥미로운 병부 이야기를 많이도 들려주었다. 친구들 중에서 가장 연장자임에도 불구하고 이사부에게 언제나 깍듯하다.

"대장은 앞으로 큰사람이 될 것으로 믿어."

"어떻게 그런 말을 하세요?"

"실직주 관내에 성골 신분이 몇이나 되겠어. 성주들이라고 해봐야 진골도 못 되는 걸."

"병부에서 성골 진골이 무슨 소용 있어요?"

"대장은 성골이기 때문에 앞으로 명성 있는 장수가 될 수 있어. 그때에 가서 우리 친구들 외면하진 않겠지?"

"만약 내가 앞으로 장수가 된다면 당연히 형님 말대로 할게요."

"우리 친구들 하나도 빼놓지 말고 모두 불러줘야 돼."

"그건 염려 마세요."

호일이 형이나 다른 친구들이 이사부를 대장으로 받들어주는 이유는 이사부가 검술이 뛰어나거나 인물이 잘나서가 아니다. 지체 높은 성골 신분으로 알고 있기 때문이다.

만약에 이사부가 성골이 아닌 것을 그들이 알게 된다면 어찌 대해 줄 것인가. 과연 지금과 같이 대장으로 떠받들어 줄 것인가? 모르긴 해도 어림없는 일이다. 곧이어 다시 일어나 목검을 휘두르기 시작한다. 전쟁놀이는 오후가 훨씬 넘어서야 끝이 나고 이사부는 친구들과 헤어져 집으로 돌아온다. 집 앞에 당도하자 조마조마한 마음으로 살그머니 대문 안으로 들어선다. 어떻게 알았는지 어머니가 봉당 뜰 안에서 기다리고 있었다.

"오늘도 쌍것 떨거지들하고 어울렸지?"

"죄송해요."

……

"생각 좀 해봐라. 우리가 보통 가문이냐?"

"좋은 가문인건 저도 알아요."

"알고 있다면 정신을 차려야지."

"어머니 제발 좀."

"하기는 피는 못 속인다. 그 피가 어디 가겠냐?"

"돌아가신 어머니 말은 하지 마세요."

"네가 엉뚱한 짓만 하고 다니니깐 그렇지."

"너무하셨어요."

"입 다물지 못해?"

"죄송해요."

"괘씸한 것!"

이사부가 제일로 싫어하는 것은 지성부인이 생모에 대해 언급을 할 때다.

한 귀로 듣고 한 귀로 흘려버리거나 아예 무시하고 지나쳐버릴 수도 있으나, 차마 그럴 수도 없는 입장이다. 앞으로 어떻게 하면 지성부인의 마음을 돌려놓을 수 있을까. 제발 잔소리 좀 안 하게 할 수 있는 방법은 없을까? 이사부의 집은 다른 집보다 큰 데도 불구하고 아이들이 없기에 집안이 늘 조용한 편이다.

밤이 되어 별 생각 없이 앉아있을 때에 큰누나가 기척을 하고 이사부의 방으로 들어왔다. 다행스럽게도 큰누나는 작은누나와는 달리 성격이 모나지 않고 이해심이 많은 편이다.

"해랑 누나가 내 방엔 웬일이지?"

"왜. 내가 들어오면 안 되니?"

"그런 거 절대로 아니야."

"어머니한테 자주 혼나는 거 맞지?"

"하루 이틀이 아니잖아."

"네 잘못도 없는 건 아니야."

"내 문제는 그렇고 누나는 언제쯤이나 혼인하게 되는 거지?"

"나도 시집가고 싶지만 무턱대고 아무하고나 혼인할 수는 없잖아. 서로 집안이 맞아야지."

"성골 남자한테 시집을 가야 한다 이 말이지?"

"서라벌이라면 몰라도 실직주엔 마땅한 또래의 성골 남자가 없어."

"이번에 조상들 기제를 우리 집에서 지낸다고 들었어. 종친 어른들이 누나한테 좋은 소식 갖고 왔으면 좋겠다."

"나도 그 생각은 해봤어."

"해랑 누나가 빨리 혼인했으면 좋겠다."

"왜, 내가 싫어서 그런 거니?"

"싫기는 노처녀 될까 봐서 걱정해주는 거지."

"내 염려까지 해주니 고맙구나."

"고맙기는 뭘."

한 지붕 아래 사는 가족으로 사소한 것까지 솔직하게 의논해주는 큰누나가 좋기만 하다. 요즘에 들어 큰 행사인 기제사가 다가오자 집안 식구들은 모두 분주해지기 시작한다. 제주들이 입을 의복과 제사상에 올릴 과일이나 어육 등의 음식 장만이다.

그뿐인가 손님들이 며칠 묵을 방을 정돈하고 집 안팎을 깨끗이 쓸고 닦아야 한다.

아버지는 특히 기제사에 대한 설명을 잊지 않았다.

"신라의 개국 이후 시조인 혁거세 후손 박씨가 일곱 명이나 임금으로 뽑혔고 석씨가 다섯 명 그리고 김씨가 열 명이나 임금을 했다."

"우리 김씨 집안에서 제일로 많이 했군요."

"당연하지, 앞으로는 박씨나 석씨는 소용이 없어. 경주김씨만 임금을 할 수 있는 게야."

"아버지 궁금한 게 있습니다."

"뭣이냐?"

"기제라면 원래 서라벌에서 지내는 것 아닙니까?"

"네 말이 맞기는 하다만 돌아가신 왕들에 대한 제사는 서라벌에서 지내고, 그 외에 임금이 되지 못한 조상들 제사를 우리가 지내게 됐단 말이다."

"그렇군요."

"아버지가 막중한 종친 일을 맡고 있기에 우리 집에서 기제를 지내게 된 것이야."

"아무나 기제를 지내는 게 아니군요?"

"당연한 것이지."

"알겠습니다."

아버지는 처음으로 기제사 말을 꺼냈고 그 이후 다시는 기제사에 대한 언급을 하지 않았다. 기제사 날짜가 가까워오는데도 아버지는 더 이상 이래라저래라 아무런 말씀이 없었다.

왜 그런 것일까.

아침문안 인사를 드려도 건성으로 인사만 받을 뿐 기제에 대한 언급이 전혀 없이 그냥 그뿐이다. 이사부는 고개를 갸우뚱거리며 이상한 기분이 되고 만다. 과연 무엇 때문일까. 무슨 이유일까.

오늘은 기제가 있는 날이다. 서라벌은 물론 다른 지방에서도 많은 종친들이 모였다. 모두 지체 높은 성골 집안의 어르신들이다. 이사부 역시 조상님께 절을 올리려 단단히 채비를 하고 순서를 기다렸으나 예상은 빗나가고 말았다. 서라벌에서 온 작은아버지가 귀띔을 해준다.

"너는 아예 기제 상 근처에도 얼씬거리지 말거라."

"제가 왜요?"

"꼭 설명을 해야 알아듣겠냐?"

"저는 엄연히 장손이고, 집안에 하나밖에 없는 외동입니다."

"그걸 누가 모르겠냐?"

"제가 성골이 아니기 때문입니까?"

"잘 알고 있으면 됐다. 분명히 말을 전했으니 그리 알거라."

"작은아버지, 어떻게 이럴 수가 있어요?"

"그것이 신라의 법도이니라."

"저는 도무지 뭐가 뭔지 모르겠어요."

"모르는 척하란 말이다."

"알았어요."

작은아버지뿐 아니라 기제에 참석한 어른들 모두 이사부가 후실의 소생이란 걸 모를 리 없다. 이사부는 속이 너무 상해 집 밖으로 나오고 만다.

밤하늘은 평소와 같이 티끌 한 점 없이 맑고 깨끗하고 별들이 가득하다. 하지만 속이 상한 탓인지 모르나 금방이라도 별들이 땅으로 쏟아져 내릴 듯 어룽거리는 듯싶다.

깊은 밤 이사부는 친구들을 모두 모이게 한다.

"빨리들 모였구나."

"대장! 야심한 밤에 갑자기 웬일이지?"

"왜, 안 되는 거야?"

"대장 명령인데 안 될 리가 있겠어?"

"모두들 나와 줘서 고맙다."

"고맙기는, 혁 형이 병부에 입대한다고 했어."

"언제 입대하는 거지?"

"내일이야."

"그걸 내가 왜 몰랐지. 혁은 지금 어디 있지?"

"대장한테 말을 안 해서 그래. 아마 곧 도착할걸."

"잘됐어, 오늘 송별회를 열어줘야 되겠다."

"그 말 정말이지?"

"음식은 내가 준비할게."

"역시 우리 대장이 최고야."

"그리 말해주니 고맙구나."

"고맙기는 뭘."

모인 지 얼마 지나지 않아 혁이 나타난다. 이사부는 집에서 제사 음식을 몰래 가져와 송별회를 열어 준다. 혁은 이사부와 동갑내기다.

"혁은 병부에 나가면 어디로 가게 되는 건가?"

"내가 병부에 간다 해도 멀리 가겠어?"

"어느 성으로 가는 건데?"

"그건 아직 몰라."

"모르는 게 당연하지."

음식을 먹으며 이야기하는 도중 혁이 벌떡 일어나 이사부 앞으로 바짝 다가선다.

"대장은 언제나 신라 장수가 될 것인가?"

"아직 모르겠어."

"호일이 형하고 내가 먼저 병부에서 자리 잡고 있을 테니깐 한시라도 잊어버리면 안 돼."

"당연하지."

"대장이 신라 장수가 되고 나면 앞으로 우리 모두 반드시 필요할 때가 올 것이야."

"나도 그렇게 되기 바란다."

"송별 상 차려줘서 고맙다."

"고맙기는 뭘."

함께 전쟁놀이를 하던 친구들 중에서 호일이 형이 제일로 먼저 병부에 갔고, 이번에는 혁이 차례가 되었다. 이사부는 송별회를 해주면서도 마음이 편치 못했다. 친구들이 이사부의 처지를 알 리 없겠지만, 구차하게 자신의 속상한 마음을 미리부터 털어놓아 그들을 실망시키고 싶지도 않았다.

친구들과 헤어져 집으로 돌아온다. 다른 날과 다르게 밤이 늦도록 집 안이 떠들썩하고 손님들이 많아 이사부는 자신의 방을 내줘야 한다. 어쩔 수 없이 큰누나 방으로 가 기척을 하고 들어서니, 뜻밖에도 작은누나도 있었다. 작은누나 역시 방을 빼앗겨 셋이 한방에서 잠을 자게 되었다.

큰누나는 좋아하는 눈치를 보였으나, 작은누나는 쌍심지를 켜듯이 두 눈을 번쩍 빛내며 대들어 몰아세운다.

"네가 이 방엔 왜 들어왔냐?"

"손님들 때문에 그래."

"방이 없으면 밖에 나가서 자야지. 왜 여자들 자는 방에 들어왔냐?"

"잘 데가 없어?"

"어서 나가지 못해?"

"밖에는 춥잖아."

"잠자리 알아서 해결해. 여자들 자는 방에선 절대로 안 돼."

"내가 잘 데야 없을라구?"

"빨리 나가지 못해?"

"알았다고 했잖아."

큰누나가 옆에서 옆구리를 찌르며 말렸는데도 작은누나는 물러서지 않았다. 작은누나는 외모가 여성스럽지도 예쁘지도 않을뿐더러, 욕심이 덕지덕지해 남을 전혀 배려할 줄 모른다.

작년 이맘때였다.

작은누나가 너무 성깔을 부리기에 주먹을 한 차례 내지른 적이 있었다. 그때 작은누나는 삼 일 동안이나 방 안에서 눈물을 찔끔거리며 꼼짝을 하지 않았다. 오늘도 생각 같아선 쥐어박고 싶은 마음이 굴뚝같았으나 큰누나가 옆에 있어 꾹 참고 밖으로 나오고 만다. 친구 용이의 집으로

가 하룻밤을 청해야겠다.

다음 날, 혁이가 집을 떠나기에 이사부는 친구들과 함께 배웅을 해주기 위해 혁이의 집으로 찾아간다.

그 시절엔 병부에 입대할 경우 가족은 물론 동네사람들 모두가 나와 배웅을 해주는 시절이었다. 왜냐하면 살아 돌아오는 사람보다 전쟁터에서 목숨을 잃는 경우가 더 많았기 때문이다. 마지막이 될지도 모르는 혁을 전송하며 그의 건투를 빌어준다.

기제가 끝난 지도 보름이나 지났고 집은 전과 다름없이 조용해졌다. 그동안 집안일이 바빠 거의 말을 건내지 못했던 지성부인이 또다시 못마땅한 표정을 지으며 이사부를 불러 세운다.

"너는 큰누나한테 혼담이 들어온 걸 알고나 있었냐?"

"몰랐어요."

"어쩌면 그럴 수가 있니? 그러고도 네가 우리 식구란 말이냐?"

"죄송해요."

"이번에 정식으로 청혼이 들어왔다."

"큰누나가 시집가게 되는군요. 매형 될 사람은 신분이 어떻게 돼요?"

"당연히 성골이지."

"성골 신분이라면 서라벌 사람 맞아요?"

"서라벌이 아니라, 수약주 군주의 큰 자제다."

"수약주 군주의 자제라면 성골 가문 아닙니까?"

"성골이 아니라면 감히 네 누나를 시집보낼 수 있겠냐?"

"맞는 말입니다."

"너는 도대체가 어떻게 남의 말을 하듯이 한단 말이냐?"

"이번에 큰누나가 잘됐으면 좋겠어요."

"그쪽에서 더 서둘더구나."

……

수약주는 신라의 9주 가운데 지금의 강원도 춘천 지역에 둔 행정구역이다. 어머니의 말에는 항상 가시가 숨어있어 오늘도 이사부의 마음에 생채기를 돋게 한다. 하지만 어쩔 수 없는 것 아닌가?

이사부는 큰누나의 혼사를 진심으로 축하해주고 싶은 마음이다. 매형될 사람은 평범한 사람도 아니고 당당하게 성골 신분이라고 한다. 그동안 큰누나를 시집보내지 못해 부모님들 걱정이 많았는데 얼마나 잘된 일인가.

때는 늦은 봄이다. 시기적으로 밭을 갈고 씨를 뿌리는 계절임에도 오랫동안 비가 오지 않아 농민들의 시름이 크기만 하다. 봄이 온 지 오래인데도 멀리서 마른번개만 칠뿐 비 소식이 전혀 없었다. 실직주 사람들 모두 농사 걱정으로 근심이 태산이다. 친구들 역시 대부분 농사가 생업이기에 예외일수 없다.

"사람들이 그러는데 금년 같은 봄 가뭄은 몇십 년 만에 처음이래."

"비를 오게 하는 방법이 없을까?"

"기우제 지낸다고 하던데?"

"기우제를 지낸다고 과연 비가 올까?"

"오죽이나 답답했으면 기우제를 지내겠냐?"

"비가 오긴 와야 할 텐데. 큰일이구만."

"밭갈이 해놓고 아직 씨앗도 못 뿌렸으니 금년농사 다 망쳤어."

"큰일이야."

"정말로 큰일이구만."

이사부의 집 역시 걱정이 많다. 많은 농토를 소작으로 주었기에 소작농들이 농사를 망치면 공출을 받아내기 어렵기 때문이다. 모두를 위해 무조건 비가 와야 한다.

하지만 가뭄이 들었다고 혼사를 미룰 수는 없는 것 이사부의 집안은 혼인 준비에 여념이 없었다.

오늘은 드디어 누나의 혼인날이다. 새신랑이 곧 도착된다는 말이 전해지면서 친척들은 물론 많은 동네 사람들이 참석했다. 곧이어 수약주 군주의 자제 일행이 산자락을 넘어오는 게 보였다. 새신랑은 덩치가 큰 데 비해 타고 오는 조랑말은 기운이 빠져 크기도 송아지만 하여 금방이라도 무릎을 꿇어버릴까 싶게 위태위태하다. 겨우겨우 집 앞에 당도해 말에서 내린 새신랑이 기럭아비 인도를 받아 대문 안으로 들어선다.

이미 집 안마당엔 차일을 치고 병풍과 휘장이 둘러졌고 곧이어 혼인식이 진행된다. 초례상 위에 발을 옭아맨 닭 한 마리와 기러기가 상에 올려졌고 덩치 큰 새신랑이 어느새 준비를 모두 끝냈는지 기다리고 있었다. 연지곤지 찍고 족두리 쓴 큰누나가 들러리의 부축을 받아 방에서 나오고 놋대야 물에 손을 씻는다.

"신랑 인물이 훨씬 낫구먼."

"아녀, 이 사람아."

"아니면 뭔가?"

"신부 쪽이 훨씬 더 예쁘구먼."

"에잇, 사람들하곤. 좋은 날에 덕담은 못 해줄망정."

"그러게 말이야."

"이쪽저쪽 살펴가며 흠을 잡아야지."

"맞긴 맞는 말이지."

사람들이 너도나도 한마디씩 주고받는 가운데에 혼인식이 진행된다. 새신랑이 먼저 지성부인에게 두 번 절을 하고 곧이어 지성부인이 절을 받은 후 기러기를 방 안으로 들여보낸다.

곧이어 큰누나가 초례청에 서더니 새신랑에게 큰절을 두 번 절을 하는데 양쪽에 들러리가 붙어서 부축해 주건만 큰누나의 자세는 왠지 금방이라도 넘어질 듯 불안하기 그지없다.

……

마주 선 새신랑이 답례로 한 번 절을 한다.

새신랑은 부축해주는 사람이 없이도 씩씩하고 활달하고 당당하기 그지없다. 큰누나가 다시금 두 번 절하고 새신랑이 또 한 번 절을 한다. 이어서 새신랑이 표주박이 넘치게 따라주는 술을 반쯤이나 마시고 들러리에게 넘긴다.

큰누나가 그 표주박을 받더니 시늉으로만 마시는 척하고 다시 들러리에게 넘긴다.

신랑과 각시가 부모와 하객들에게 드리는 절을 모두 끝내자, 누군가가 초례상 위에서 눈 두리번거리며 구구거리던 닭을 풀어서 하늘로 날려 보낸다. 후두두둑, 땅으로 떨어지는 닭의 날갯짓 소리가 다급하게 울려 퍼지면서 혼인식이 끝나는 순간이다.

이게 무슨 일이란 말인가. 바로 이때에 때를 맞추어 서편 하늘로부터 시커먼 구름이 갑자기 몰려오더니만 맑았던 하늘을 순식간에 캄캄한 어둠속으로 몰아넣는 게 아닌가. 세찬 바람이 마당의 것들을 모두 날려버릴 듯 휙휙 불어댄다. 번쩍번쩍 불꽃이 튀고 천둥이 몰아치면서 갑자기 비가 쏟아지기 시작했다. 후두두둑, 조금씩 내리던 비는 금세 장대비로 변하여 좍좍, 쏟아져 내린다. 혼례를 축하하러 왔던 사람들이 너나없이 비를 맞으며 덩실덩실 춤을 추기 시작한다.

"얼씨구 좋다, 얼씨구 좋아."

"절씨구 좋다, 절씨구 좋아."

"비가 오니 좋은 것 아닌가?"

"이게, 웬 떡이란 말인가?"

"얼씨구 좋구나."

"절씨구 좋을시고."

혼례식은 비 때문에 난장판이 되었으나, 아무런 문제가 되지 않았다.

하객들은 물론 친척들 양가 부모님들 그리고 당사자인 큰누나와 새신랑까지 모두가 하늘을 바라보며 함박웃음을 지을 수밖에 없는 일 아닌가.

"수약주 새신랑이 비까지 몰고 왔어."

"그러게 말이여."

"우리 모두 얼마나 기다리던 단비란 말인가?"

"금년 농사 걱정 끝이야."

"맞는 말이지."

"좋구나."

"좋아."

큰누나야 말로 복이 많은 여자다. 어떻게 다른 날도 아닌 비 오는 날에 맞추어 혼인을 하게 되었을까. 이사부는 요란한 빗소리를 들어가며 누나의 혼인을 진심으로 축하해준다.

큰누나는 혼인을 치른 후, 신랑을 따라 수약주로 떠나고 말았다. 이사부는 큰누나가 없는 큰 집이 마치 빈집처럼 느껴지는 것 같았다.

큰누나의 자리가 그만큼 컸던 것일까.

오늘도 친구들을 만나러 밖으로 나가는 중에 어머니 지성부인이 불쑥 앞을 가로막는다.

"어디를 가는 게냐?"

"그냥 나가는 겁니다."

"쌍것들 만나러 가는 게지?"

"네, 그래요."

"하기는 네 친모도 쌍것이었으니 다를 게 뭐가 있겠냐?"

"어머니가 저를 길러주신 건 고마우나 제게 생모 이야기는 제발 하지 마십시오."

"네가 어미한테 대드는 게야?"

"대드는 게 아닙니다."

……

"괘씸한 것."

기른 정이 낳은 정보다 더 진하다고 들었건만 지성부인은 그렇지 못했다. 하루 이틀도 아니고 앞으로 계속 이런 상태로 살 수는 없을 것 같았다. 과연 어떻게 하면 지성부인의 마음을 바꾸어 놓을 수 있을까. 잔소리 좀 안 하게 할 수 있는 방법은 없을까. 집에서 나와 천천히 걸으며 곰곰이 생각해 봤으나 마땅한 방법이 떠오르질 않았다.

이사부. 그는 친구들을 둘로 편을 갈라 실전과 다름없이 전투를 벌였고, 친구들 모두 무척이나 흥미 있어 한다.

"대장. 궁금한 게 있어."

"뭐가 궁금하다는 건가?"

"성골 집안은 하늘에서 내려준 것이라는데 맞는가?"

"하늘에서 내려주다니 무슨 뜻이지?"

"대장 누나가 혼인하는 날 큰비를 내리게 했어. 실직주에 봄 가뭄이 해갈됐잖아. 이게 어디 보통 일인가?"

"그냥 우연이겠지."

"우연이긴. 대장도 하늘같은 사람 맞는가?"

"하늘 같은 이야기는 그만하고, 다시 슬슬 시작해 볼까?"

"말을 엉뚱한 데로 돌리는구만."

"어서들 일어나."

"알았어, 대장."

친구들은 성골·진골·6두품·5두품·4두품도 아닌 한 뼘 뙈기 땅에 농사나 짓고 사는 평민의 자제들이다. 그래서 그들은 이사부를 격이 다르다고 생각한다. 왜냐하면 그들은 감히 넘볼 수 없는 하늘 같은 신라의 성골로 알고 있기 때문이다. (다음호에 계속)

■ 작가의 말

〈작가 박계상〉

저자는 미국 캘리포니아 LA에 살면서 한국 사람들끼리 모임을 가질 때마다 자주 물어보는 말이 있다. 먼 옛날, 독도는 과연 어느 나라 땅이었을까, 하는 질문이다. 독도는 옛날 옛적부터 한국 땅이라고 말하는 사람이 많은데 실은 맞는 대답이 아니다.

독도는 한국이 아닌 제3국 소유의 섬이었다.

나라 이름은 우산국, 동해바다 망망대해에 떠 있는 우산국은 원래가 화산 활동으로 생성된 섬으로 주민들의 생활 풍습이나 언어는 가장 가까운 육지에 있는 나라, 신라와 아주 비슷했다. 땅의 넓이와 인구만으로 치면 신라의 큰 마을에 불과했지만, 백성이 있고 임금이 있는 엄연한 독립국가였다.

저자는 우산국 사람들의 험난했던 생활상을 역사적인 자료에 근거해 그려냈다. 그리고 신라 백성들의 삶, 신라 성골 가문의 엄격함, 신라 궁궐의 호화로움을 되새겼다. 그 당시 신라엔 불교가 들어오기 전이고 성골 가문엔 순장법이 시행되고 농사를 지을 때에 소나 말을 이용할 줄 몰랐던 시절이다.

김 이사부는 어릴 적부터 성인으로 성장하면서 온갖 어려움 끝에 신라 장수가 되기까지 그리고 여러 전투에서 많은 공을 세웠던 실제 내용을 소설로 만들었다. 우산국은 제일로 큰 본섬과 두 번째로 큰 섬인 독도를 포함해 40여 개의 무인도 섬으로 이루어진 나라다.

삼국사기에 의하면 서기 512년 6월에 신라 장수 김 이사부가 지증왕의 명을 받들어 정복시킨 역사적인 기록이 있다. 동해바다에 떠 있는 울릉도와 독도는 그 이후 오늘날에 이르기까지 명맥을 이어오고 있는 것이다.

과연 어느 누가, 어느 나라가, 독도를 감히 자기네 땅이라고 우길 수 있겠는가.

그리고 이 소설 독도는 이미 영어와 일어로 번역 출간되어 아마존에 출시($2.99) 되어 있기에 많은 독자들에게도 읽히도록 바라는 마음이다.

박계상 (소설가 / LA 거주)
ALWAYS FASHION(여성의류) 대표
저서 『역사소설 삼별초』(1, 2, 3권) 『철책선에 핀 꽃』 『대부도』 『흑산도』 『자바시장』 외 다수
kesangpark@gmail.com

한솔Lepo

▣ 국내외 문학뉴스

– 조석진 / 이도훈

▣ 문학기행 :

헤밍웨이와 마지막 1센트

키웨스트 헤밍웨이 뮤지엄을 보고

– 박혜자

▣ 역사기행 :

사우디아라비아 메카순례(巡禮)

– 이관용 (한솔문학 고문)

〈미 중부 거점 도시 / 달라스〉

달라스한인문학회
작가들의 행복한 쉼터 〈달라스문학〉 16호 발간 시동

달라스한인문학회(회장 방정웅)가 2021년 〈달라스문학〉 제16호 발간을 위해 준비를 마무리 하고 있다. 달라스한인문학회는 1996년 '머루문학회'라는 이름으로 탄생하여 25년의 역사를 가지고 있으며, 2005년에 '달라스문학' 제1호를 창간해 지금까지 〈달라스문학〉 제15호까지를 출간했다. 달라스한인문학회는 현재 약 30여 명의 시인, 수필가, 소설가 등 대부분 등단 작가들로 구성되어 있어 매월 월례회를 가지며, 미 중남부 지역의 한인 문화 예술활동에 적극 참여함으로써, 미주 지역의 서부 동부 지역의 한인커뮤니티와 함께 삼각 축으로 자리매김하고 있다.

서경희 수필가 신앙 에세이집 『사랑』 출간, 기념회 열어

달라스한인문학회 서경희 수필가의 세 번째 신앙 에세이 '사랑'이 작년 연말 시산맥에서 출간되어 4월에 출판 기념회를 열었다. 제1집은 『믿음』 제2집은 『소망』 이번의 제3집은 『사랑』으로 출간되었고, 이번의 제3집 1부 복이 내리다 / 2부 사랑이 모이다 / 3부 그리고 나누다 등으로 구성되었다. 작가는 제2집 발간 이후 코로나 사태와 부친상 등으로 이태가 넘도록 단 한 줄도 쓰지 못했던 일을 감안하면 이 일은 "갑자기 일어난 일, 즉 하나님이 예비하신 일이라고 말을 해야 상황 설명이 될 것" 같다고 인사말을 대신했다. 사진은 책과 회원들과 지인들이 참석한 기념식 장면이다.

손용상 운문집
『부르지 못한 노래... 허재비도 잠 깨우고』 출간

달라스 한인 문학계의 거인, 소설가 손용상 '신작 출간'

두번째 운문집 '부르지 못한 노래… 허재비도 잠 깨우고'

박은영 기자 © KTN

재미작가인 손용상의 운문집『부르지 못한 노래... 허재비도 잠 깨우고』가 시산맥출판사에서 나왔다. 저자의 두 번째 운문집인 이 책에는 주제별로 '사랑에 대하여' '바람과 바람(希), 추억과 회한' '나의 그 꽃들' '망향의 章' '시간의 춤, 계절 단상(斷想)' '나의 고백' '사모곡 사모별곡' 등 7개 장으로 나뉘어 모두 64편의 시가 실려 있다. 때로는 시로, 때로는 시조체로 나이 들어감에 따른 갖가지 감정과 생각의 굴곡을 보여주는 작품들이다.

추억과 회한, 희미한 옛사랑의 그림자, 유년기의 기억들, 친구와 가족, 나이 들어 새삼 깨닫는 이치... 시편과 아울러 시작(詩作) 메모를 곁들여 그 작품을 쓰게 된 동기라든가 연관된 기억을 소개하기도 한다

지은이 손용상은 경남 밀양 출생으로 경동고, 고려대 사회학과를 졸업했으며 1973년 조선일보 신춘문예에 소설「방생」이 당선되면서 등단했다. 장 ·단편 소설을 다수와 에세이, 운문집 등 20여 권을 출간하기도 했다. 미주문학상, 재외동포문학상, 해외한국소설문학상 등 10여 개의 문학상을 수상했고 현재 글로벌 한미종합문예지 〈한솔문학〉 대표로 일하고 있다. <서울/이종호 기자 기사 요약 / 출처 : 더프리뷰(http://www.thepreview.co.kr)>

〈미주한국문인협회〉

미주한국문인협회 2021년 신년회가 지난 1월 28일 비대면 'ZOOM' 앱을 이용한 화상회의로 열렸다.(사진) 약 70여 명이 참석한 이번 회의에서는 2021년 신임 이사장님과 새 임원진 소개 및 사업 방향 등을 협의했다.

2021년 1월 28일 7시 30분 미주한국문인문협 ZOOM 신년회

아울러 신임 김준철(시인) 회장과 이용우(소설가) 이사장은 지역 일간지와의 인터뷰를 통해 39년 전통의 미주문협의 미래지향적 활동을 업그레이드하는 데 향도적 역할을 하겠다고 각오를 새로이 했다. 특히 코로나 팬데믹으로 일상의 문화적 소통방식이 달라지는 추세에 부응해 향후 'ZOOM' 미팅을 활성화하는 등 소셜미디어를 통한 작품 발표와 독자들의 소통을 확대하겠다고 다짐했다. 또한 4·29폭동 30주년을 맞는 2022년에는 LA문화원과 공동으로 작품 공모전을 열고 한영 작가들의 작품을 모아 작품집을 만드는 기획(기사 사진)을 하고 있다고 전했다. 한편 2021 새 회장단의 임원들은 별도로 대면 모임(사진)을 가지고 협회의 각종 현안들을 협의했다.

미주한국문인협회, 30주년 맞은 LA 폭동 기억하는 한·영 문학 공모전 개최

좌로부터 미주한국문인협회 부회장 최혜령, 회장 김준철, 이사장 이용우, 전 회장 정국희 씨

미주한국소설 제10집 출간 및 문학 아카데미 개강 강사 이윤홍 시인

LA에서 연(年)2회 발간되는 순 소설전문지 <미주한국소설> 제10호가 나왔다. 미주 작가 단편 23편이 수록된 <미주한국소설>은 미주문협의 계간 <미주문학>과 달라스 발행의 글로벌 종합문예지 <한솔문학> 과 더불어 범 미주 지역을 망라한 한인 디아스포라 작가들에게 작품 발표의 기회를 제공하고 있다. 이외에도 동인지 형태의 『문학세계』(고원 기념사업회에서 주관)와 『미주카톨릭문학』이 종합문예지로서 연1회 발간되고 있다. 이외에도 미주 각 지역의 동호지 형태의 지역 문예지들이 최소 연(年) 1회 정도의 발간됨으로써 한인 디아스포라 작가들에겐 나름대로 작품 발표의 기회를 열어주고 있다.

한편 소설가 협회 연규호 회장과 이윤홍 시인 겸 소설가가 주도하여 한국문학아카데미(KALA) 교실을 열어 매주 1회씩 줌 미팅(사진)으로 전 미주 한인작가들이 참여하여 작품 발표 등 활발한 문학 토론을 하고 있다.

줌에서 만나, 배우는 시·소설·수필

미주한인문학아카데미 개설
매주 토요일 2시간씩 강의

"문학에 집념을 갖고 글 쓰는 분들을 위해 봉사하겠습니다."

소설가 연규호씨와 시인이자 소설가 이윤홍씨가 함께 '미주한인문학아카데미(KALA·가칭)'를 개설한다.

초대 회장은 연규호씨가 맡았다. 연 회장은 "글 쓰기에 열정을 가진 분들을 위해 마지막 봉사를 하려고 한다"고 개설 취지를 밝혔다.

그는 "펜데믹 기간에도 줌을 통해 글쓰기에 도전하는 이들과 시인, 소설가, 수필가들과 함께 매주 문학 공부를 해왔다"며 "더 많은 사람에게 배울 기회를 제공하기 위해 좀 더 문호를 열기로 했다"고 설명을 덧붙였다.

회장을 맡은 연규호 소설가 / 전임강사를 맡은 이윤홍 시인

전임 강사로는 이윤홍씨가 맡았다. 이 시인은 1981년에는 시로, 2002년에는 소설가로 등단했으며 번역가로도 활동하고 있다. 제26회 미주문학상을 수상했으며 전 미주문협회장을 역임했다.

KALA는 시·수필·소설 3개 부문의 장르의 창작 워크숍을 매주 토요일 10~12시까지 2시간 동안 줌으로 진행한다.

한편 KALA 이사장에는 소설가이자 수필가인 손예숙씨, 총무에는 박휘원 소설가가 일한다.

▶문의: (714)867-4213/ kyuhoyun@gmail.com

이외에도 미주 각 지역의 동호지 형태의 지역 문예지들이 최소 연(年) 1회 정도의 발간됨으로써 한인 디아스포라 작가들에겐 나름대로 작품 발표의 기회를 열어주지만, 대체로 재정적인 문제로 더 이상의 확대가 이루어지지 않아 안타까운 게 현실이다. 앞으로 모국 정부의 관련 당국과 해외동포재단 등의 효율적 지원 등이 있기를 모두가 기대한다

〈미주 카톨릭문인협회〉

미주 카톨릭문인협회 새 회장으로 정해정(로사) 동화작가가 선출되었다. 신임 정해정 회장(사진)은 "과분하고 막중한 소임을 받고 어리둥절하지만, 회원들의 많이 협조를 당부했다. 그리고 새 회장단을 결성하는 데 하나같이 기쁨으로 허락해 주셔서 다시 한번 감사 드린다고 전했다. 새 회장단의 명단은 다음과 같다.

(회장) 정해정 로사 / (부회장) 강학희 안젤라

(사무국장) 홍영옥 베로니카 / (총무/재무국장) 이영미 로사

......

(편집국장) 김영강 아네스 / (홍보) 김화진 카타리나
(조직) 조성환 안젤로 / (시 분과) 강학희 안젤라
(시조분과) 안규복 마리안나 / (수필분과) 최정림 제노베파
(소설분과) 박경숙 루치아
(자문위원) 정찬열 시몬 /김재동 요한/이언호 필립/위진록 베드로

〈남가주 '글벗동인' 5인 첫 동인지 출간〉

남가주 문인들 구성 '글벗동인' 첫 동인지 내고 출판 기념회
- 장소현, 곽설리, 김영강, 정해정, 조성환 등 5인 신작 소설 3편씩 수록

남가주 지역 문인들로 구성된 '글벗동인'의 첫 소설작품집 『다섯나무숲』(해드림출판사·사진)이 발간되어 '책 이야기 한마당'을 펼치는 출판 기념회가 열렸다.

의 신작 소설 16편이 실려 있는 책이다. 해학과 풍자를 담은 짧은 소설, 미래사회 인간과 인공지능 사이의 사랑과 갈등을 그린 이야기, 한 가족 구성원이 각자의 시각으로 바라본 가족의 의미를 입체적으로 그린 3부작, 어린 시절을 보낸 섬 이야기에 우리의 현대 역사를 담은 작품, 이민사회의 어려운 숙제 중의 하나인 어머니 모시기를 그린 이민소설등으로 내용도 매우 다양하고, 지은이들의 개성도 잘 살아 있다는 평을 받고 있다.

〈재미시인협회〉

시협 총회 및 신년 하례식

재미시인협회가 지난 21일 '2021년 총회 및 신년 하례식'을 줌으로 개최했다. 이번 행사에는 올 한 해 동안 진행하게 될 다양한 사업계획이 소개됐다. 고광이 신임회장은 "앞으로 줌을 통해 회원 간의 교류는 물론 매월 진행되는 시인교실을 한인 커뮤니티에 오픈, 시를 공부하고 싶은 이들에게 기회를 제공하겠다"고 밝혔다. 시협 회원들이 줌을 통해 모임을 갖고 있다.

올해 미주펜의 회장을 맡게 된 수필가 강신용(오른쪽) 씨와 이정아 부회장.

〈국제펜한국본부의 미서부지역위원회(미주펜)〉

신임 회장 강신용 선출

최근 국제펜한국본부의 미서부지역위원회(이하 미주펜)의 회장단이 바뀌었다. 지난 4년간 열정적으로 미주펜을 이끌었던 이승희 전 회장이 물러나고 공인회계사 출신 수필가인 강신용 씨가 취임했다. 부회장으로는 이정아 씨가 선임되었다.

강신용 회장은 “아무래도 문단이 가장 보수적일지 모릅니다. 그래서 새로운 바람이 필요하다는 의견이 있습니다. 새 회장으로 선배들의 전통을 지키고 새로운 시대를 따라가는 역할을 하고자 합니다. 전대미문의 코로나 사태로 세상살이와 인생에 대한 각종 스토리가 곧 쏟아져 나올 것으로 보인다”며 “2021년을 맞아 혼란과 아쉬움을 뒤로 하고 세상을 반영하고 새로운 시대를 양팔 벌려 맞겠다”고 밝히고,“이미 수십 년 전부터 문학의 장르가 혼돈에 빠지기도 했지만 최근에는 소설책이나 시집이 아닌 온라인을 통해서 많은 문학 작품이 생산되고 소비됩니다. 따라서 미주펜도 다양한 채널을 통해서 다양한 시대를 반영할 때라고 봅니다.”고 말했다.

집행부는 온라인에 카페(cafe.daum.net/penusa/)를 마련했다. 일단 온라인 카페를 통해 문호를 개방하겠다는 의미다. 이제까지 미주펜이 문호를 개방하지 않은 것은 아니지만 온라인에는 낯설었다. 문의는 전용 전화라인(213.380.3030)과 대표 이메일(penusa2020@gmail.com)로 하면 된다. -〈미주 중앙일보 요약〉

〈미 동부한인문인협회〉

양정숙 현 회장

미 동부한인문인협회(회장 양정숙)은 2019년 연말 임시 문학평론가 김종회 전 경희대 교수(현 황순원문학촌 촌장)와 고려대 김언종 교수 등을 초빙, 미동부한인문인협회 창립 30주년 행사를 성공리에 마무리 하고 이어 2020년 중반 『뉴욕문학』 제30집(사진)

을 발간, 전 미주지역에 배포하였다. (사진은 행사를 마치고 기념 촬영한 것이다. 중간 김언종 고려대 교수 황미광 회장 김종회 교수. 자료 사진이 지난호에 빠져서 이번호에 다시 올린다.)

정은실 수필가, 미주 한국소설 신인상 당선

단편 「사랑법 개론」으로 영예 "시선 사로잡는 수작" 호평

정은실 수필가

뉴욕에서 활동해 온 정은실(사진) 수필가가 단편소설 「사랑법 개론」으로 제4회 미주 한국소설 신인상에 당선됐다. 정은실 수필가는 수상소감에서 "소설을 쓴답시고 안으로만 침잠한 지도 어언 2년, 습작에 습작을 거듭해도 내가 원하는 글은 끝내 나오지 않았다"며 "그러나 뉴욕에 첫 눈이 내린 날, 두 팔이 휘청하도록 무거운 눈을 안고 있는 나목을 보면서 울컥 감사함의 눈물이 솟구치던 날, 이때 들려온 수상 소식은 결국 나를 동면 속에서 세상으로 나오게 했다"고 소회를 밝혔다.

〈코로나19 팬데믹 수기 공모전〉 입상자 발표

대상에 김애나씨 「트럭과 캐딜락과 구름과 태양」

"펑펑 울면서 심사…힐링·카타르시스 경험했다.

나비재단이 주최하고 뉴욕일보가 주관한 〈코로나19 팬데믹 수기 공모전〉 심사위원들, 사진 왼쪽부터 김외숙 소설가, 이윤홍 시인, 손용상 소설가, 심사위원장은 정은실 수필가가 맡았다. -〈뉴욕일보〉

지난 5월 17일 뉴욕 나비재단과 뉴욕일보는 <코로나19 팬데믹 수기 공모전> 입상자를 발표했다. "4월 한 달 동안 공모한 <코로나19 팬데믹 수기 공모전>에 기대 이상의 많은 응모자들이 몰리는 바람에 당초에 계획했던 대상, 금상, 은상, 동상 4인 외에 따로 10인의 가작도 함께 뽑았다"고 밝히고, 지난 2주 간에 걸쳐 심사한 결과를 발표했다. 정은실 심사위원장은 "문학작품이 아닌 만큼, 문학성보다는 수기의 취지에 합당한 본인의 경험과 상처, 상처가 치유되는 과정, 끝까지 놓지 않는 희망의 끈, 코로나 팬데믹으로 인해 상처받은 몸과 마음을 치유할 수 있는 주제에 중점을 두어 입상작을 선정했다"고 말했다.

……

입상자는 △대상- 김애나/상장과 상금 2,000달러 △금상- 최주현/상장과 상금 1,500달러 △은상- 송예은/상장과 상금 1,000달러 △동상- 강원희/상장과 상금500달러 △가작(10인)- 신지원, 안민하, 최상옥, 곽경숙, 손경혜, 최민수, 오효상, 라레지나, 임형빈, 조민현/ 상장 및 상금 200 달러. -〈뉴욕일보〉

공모전 시상식에서의 수상자, 뒷줄 우쪽에서 4번째 정은실 심사위원장

〈위싱턴문인회 / 윤동주문학회〉

지난 정초 1월6일 워싱턴 한인 문학계의 큰 별이 졌다. 워싱턴 문인회(현 회장 레지나 김)를 창립하고 초대회장을 지내며 워싱턴 지역 문인들의 어른 역할을 해온 최연홍 시인이 아침 오전 6시 30분 별세했다. 향년 79세. 고인은 지난해 4월 췌장암이 발병해 투병해 오다 이날 메릴랜

드 볼티모어에 있는 존스 합킨스 대학 병원에서 세상과 작별했다.

충북 영동 출신의 최시인은 연세대 재학중 〈현대문학〉(1963)으로 등단했으며 1967년 유학으로 도미했다. 인디애나 대학 졸업 후 서울시립대학교 도시과학대학원 교수, 버지니아 올드도미니언 대학교 교수 등을 역임했다. 1990년 워싱턴 문인회를 창립, 워싱턴 지역 한인사회 발전에 기여했으며 의회 도서관에서의 한국시 낭송 등을 통해 한국문학을 주류사회에 소개하며 한국을 널리 알린 바 있다.

로컬 A3

"하늘의 소리 들려준, 희망과 용기 선물한 시인"

고 최연홍 시인 추모의 밤
워싱턴, LA, 한국 참석자들
시적 언어로 고인 뜻 기려

지난해 6월 펴낸 영문 시집 『킬리만자로의 눈』을 비롯 시집으로 『별 하나에 어머니의 그네』 『정읍사』 『한국행』 『최연홍의 연가』 『아름다운 숨소리』 『하얀 목화꼬리사슴』 『잉카여자』 등과 다수의 저서가 있다. (사진은 미주 중앙일보 기사 캡쳐)

한편 현재 워싱턴 문인회 회장을 맡고 있는 레지나 김 회장은 〈워싱턴문학 신인상 공모〉(2010) 수필 부문 우수상을 수상했고 수도사대 국문과 졸업 후 포천 여중고 교사, 평화봉사단 한국어 교사 등으로 활동하다 도미했다. 펜실베니아의 에딘보로 대학에서 회계학을 전공한 후 볼티모어 대학(University of Baltimore)에서 경영학 석사 학위를 받은 후 엘리콧시티에서 세무사로 활동 중이다. –〈미주한국일보 제공〉

고 "최연홍 시인 추모의 밤"

윤동주문학회와 워싱톤문인회 공동주최로 2021년 2월 13일 토요일 오후 7시. 줌 미팅으로 열렸다. 이날의 행사에는 권귀순 시문학회장과 노세웅 시인 신옥숙 윤동주 문학회장이 많은 수고를 했다.

일시: 2021년 2월 13일 오후 7시

장소: zoom meeting (온라인)

참석자: 강창욱, 김행자. 김은영, 김경숙, 김미옥, 김광선, 김형주, 김용미, 노세웅, 이강헌, 서윤석, 성평, 손용상, 조인숙, 신옥

윤동주 문학 세미나 및 『윤동주문학』 창간호 발간

시대의 소명처럼 아름다운 청년, 윤동주를 다시 불렀다. 그는 한국인 모두의 가슴에 핀 불꽃, 생명이자 영원한 불꽃이었다. 우리의 문학 정신이며 영혼입니다. 윤동주의 시문학에 대한 사랑과 생명 경외는 모든 죽어가는 생명을 사랑해야 하는 인간애에서 비롯되기 때문이었다. 윤동주

축사하는 고 최연홍 시인의 수척한 모습

는 외국에서 태어나 외국에서 억울하게 죽은 아름다운 서정시인이었다.

- 〈'윤동주문학'에서 발췌〉

작년 개최된 "윤동주 문학2020 출판 기념회" (앞쪽 화보면 참조)의 1부 행사에서 고 최연홍 시인은 "윤동주 문학이 미국 속의 한국 문학의 초석이 되고 한국 문학의 세계화 지평을 넓히는 계기가 되기를 바란다"고 발간사를 했다. 이어진 2부 순서 에서는 책을 출판한 변만식 회원의 『윤동주 영역 시선』, 강창욱 『예술가를 위한 정신 분석과 창작』, 최영홍의 『Snow of Kilimanjaro』, 성평의 시와 산문집 『아가페 2』, 노세웅 『The Wayfarer of Amazon』 에 대한 합동 기념식으로 진행 되었다.

윤동주문학회는 이번 세미나를 계기로 George Mason University Korean Studies Center에서 2021년부터 매년 가을학기 토요일 하루 윤동주문학세미나를 개최하여 미국에서도 윤동주를 기리는 행사를 시작할 예정이다. 윤동주문학회는 앞으로 Center의 작은 후원단체가 되어 미국에서 살고 있는 한인들이 윤동주를 미국사회에 알리는 선봉이 되겠다고 다짐했다. 또한 2021년 발간하는 '윤동주문학 2021'에는 문학작품과 더불어 무게 있는 학술논문 3, 4편도 함께 발표하는 등 향후 한국문학의 세계화 전초기지를 마련하는 계기를 만들 계획으로 있다고 전했다. -(김경숙)

윤동주문학회 2021년 임원

회장_ 신옥식(Gloria Park),

부회장_ 김경숙,

총무_ 조형자

서기_ 김희숙,

회계1_ 노세웅, 회계2_ 김광순

고문_ 강창욱, 김행자, 노세웅, 장혜정
서윤석, 김용미, 김은영

이사_ 노세웅(이사장), 변만식,
조영복, 강창욱, 김희숙

2021년 주요 사업계획
'윤동주문학 2021' 제2집 발간
조지 메이슨 대학교
한국학 센터와 협력 세미나 등

〈한국 문단 소식〉

한국시인협회 〈시럽 콘서트〉 개최

한국시인협회와 CGV 극장이 협약하여 진행하는 〈시럽 콘서트〉가 5월 21일, 저녁 7시 30분, cgv 용산 본점 12관에서 열린다. 지난 4월에 영화 「동주」 상영과 나태주 시인(현 한국시인협회 회장) 강연으로 1회를 성황리에 마쳤다.

이번 5월에 있는 2회 공연은 손미 시인과 함께한다. 시인의 시 낭독 및 시 강연이 준비되어 있다. 공연 후 손미 시인의 사인회도 있으니 관심 있는 분은 손미 시인의 책을 갖고 참여하면 좋은 시간이 될 것이다.

손미 시인은 2009년 〈문학사상〉으로 등단하여 2013년 제32회 김수영 문학상을 수상했다. 시집으로 『양파공동체』 『사람을 사랑해도 될까』 산문집 『나는 이렇게 살고 있습니다. 이상합니까?』

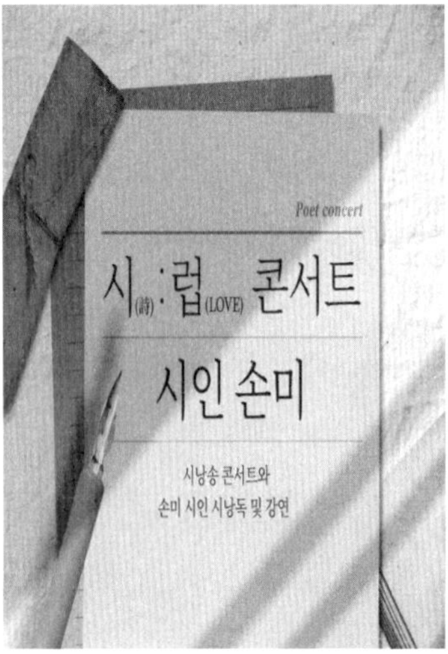

코로나19 사태 이후 일반인들과의 문학 교류가 단절되었으나 앞으로 한국시인협회는 시럽콘서트를 통하여 일반인들과 계속 소통해 나갈 것이라는 포부를 밝혔다.

문인들의 유튜브 채설 속속 개설되고 있어

최근 문인들의 유튜브 채널이 속속 개설되고 있다. 코로나19 이후 대면 강좌가 모두 패쇠되는 등 어려운 상황에서 유튜브를 기반으로 하는 새로운 소통의 장이 활성화되고 있는 것이다. 유튜브 채널은 다른 매체에 비해 전문적인 기술이 없이도 쉽게 접근할 수 있어 많은 사람들이 관심을 보이고 있다.

황순원소나기마을 촌장인 김종회 교수(문학평론가)의 〈문학마실〉은 다양한 주제로 심도 있고 쉽게 작품을 풀어내어 독자들로부터 큰 호응을 받고 있다.

박미산 시인의 〈박미산 시인의 시시時時콜콜〉은 시인이 엄선하여 선정한 시를 직접 낭독하며 시 해설과 함께 시와 연관된 일상의 이야기를 들려준다. 누구나 공감하는 편안한 이야기로 아늑한 시간을 선물하고 있어 앞으로 큰 인기를 모으리라 기대한다.

코로나19 이후 한국문화예술위원회의 다양한 지원 돋보여

토로나19로 예술활동이 침체된 가운데 한국문화예술위원회의 다양한 시도가 돋보이고 있다. 매년 실시하고 있는 〈도서관 상주작가 지원사업〉과 연 2회의 〈문학나눔 도서보급사업 선정〉 이외에도 〈2021 ARKO 온라인 국제심포지엄 '다시, 연결하기(Re:Connection)' 〈온라인미디어 예술활동 지원사업〉 〈온라인 예술창작 다원예술활동지원〉 〈아동·청소년 대상 예술 활성화 지원사업〉 〈민간공연장활성화지원〉 등 다양한 사업을 성황리에 마치거나 준비 중에 있다.

……

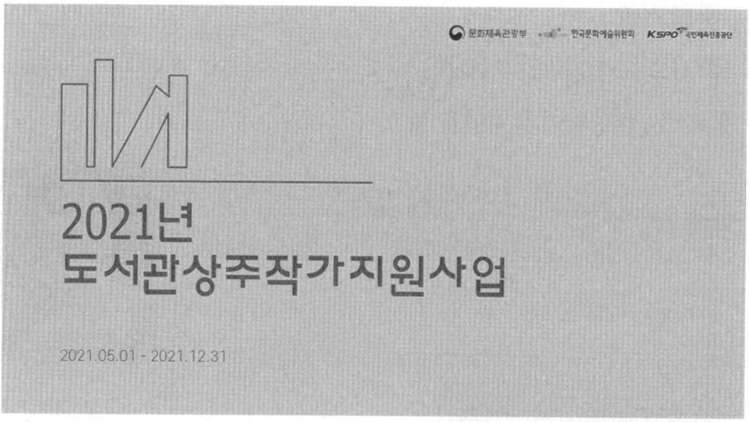

코로나19 이전의 문화예술활동은 전반적으로 상승하는 추세이었다.

문학은 '18년(전년대비 ↑996건) 대비 '19년(전년대비 ↑573건)은 소폭 증가하였고, 시각예술도 '18년(전년대비 ↑573건)에 비해 '19년(전년대비 ↑64건)에도 증가하였으나 그 폭은 작았다. 공연예술 분야(전년대비 '18년 ↑2,111건, '19년 4,208건)는 여전히 큰 증가폭을 보였다.

- 한국문화예술위원회, 「2019년 문화예술활동 현황조사 결과」

앞으로 한국문화예술위원회 다양한 시도가 침체된 대한민국 문화예술의 부흥과 어려움에 처한 예술가들에게 더 큰 도움이 되길 기대한다.

| 문학기행 |

헤밍웨이와 마지막 1센트

키웨스트 헤밍웨이 뮤지엄을 보고

박 혜 자

라이프 표지의 헤밍웨이

키웨스트로 가는 길은 푸른 바다와 하늘뿐이다. 간간히 이어지는 섬들은 헤밍웨이가 살았던 흔적들이 이어진 작은 점들의 집합과 같다. 시카고에서 태어나 대륙에 살았던 헤밍웨이가 미국의 최남단 키웨스트를 사랑했던 이유는 무엇이었을까.

어린아이들처럼 올랜도에서 많이 다투었던 남편과 나는 키웨스트로 가는 바다 위를 달리며 기분이 좀 나아지기 시작했다. 여름휴가를 달랑 둘이서 디즈니월드가 있는 올랜드로 정했을 때 남편은 좀 어리둥절한 기색이었지만, skyauction.com에서 아주 좋은 가격에 나온 바닷가 앞 콘도를 포기할 이유가 없었다. 물론 여행의 최종 목적지는 플로리다 최남단 키웨스트였다.

올랜도에서 마이애미를 지나 US 1번 사우스 하이웨이를 타고 계속 내려가니 oversea 하이웨이의 시작점인 키라고(key largo)가 나왔다. 미국 사람들은 뭐든지 자국화시키는 데 선수여서 스페인어로 산호초를 뜻하는 cayo를 cay로 나중엔 key로 변경해서 주변의 섬들 이름엔 거의 다 key 자가 들어있다. 결국 오버시즈 하이웨이는 크고 작은 산호초 섬을 연결해 놓은 다리인 셈인데 전 세계에서 가장 아름다운 바다 위 하이웨이 중 한 곳이다. 키웨스트 관광객들의 방문 후기를 봐도, 키웨스트 다운타운에 있는 방문지보다 120마일에 이르는 이 바다 위 드라이브 코스가 더 좋았다는 글들이 더 많다. 나 역시 달리면 달릴수록 이 길이 계속 이어졌음, 하는 바램이 들었는데, 아마도 헤밍웨이의 문장처럼 단순하지만, 형용할 수 없는 산홋빛 바다가 나의 내면을 확장시켜주었기 때문일 것이다. 하지만 키웨스트에 가까워질수록 바하마 같은 캐리브안 섬 풍경도 자주 연출되었는데 그건 아무래도 잦은 허리케인의 영향이 아닌가 싶었다.

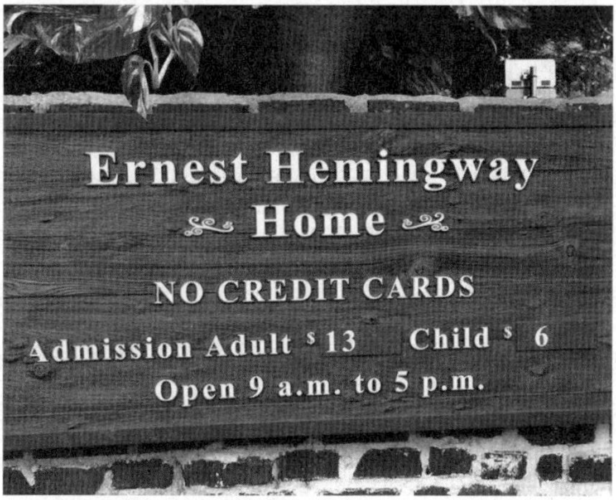

뭔가 수상한 후덥지근한 열기와 가까운 나라 쿠바의 매운 소스와 춤이 당장 달려올 것만 같은 키웨스트 다운타운을 걷다가 우리는 어느 태번으로 들어갔다. 나는 망고 마티니를 시키고 남편은 레드후크 란 다소 불미스런 이름을 가진 맥주를 시켰는데, 그 태번엔 대낮인데도 많은 관광객들이 재즈 음악과 술을 즐기고 있었다. 또한 옆집 삼촌 얼굴 같은 헤밍웨이 사진이 이 태번에도 여전히 여기저기 걸려있었다. 키웨스트이니까, 그가 이곳에 살 때 가장 왕성한 창작활동을 하고 작가로서 전성기를 맞이하고 살았을 때이니까, 예술과 술과 열정이 확실히 이곳 바닷바람에는 섞여 있었다. 사실 이런 곳은 미국에서 흔하지 않다. 그것도 대낮에 술에 취할 수 있는 거리가 미국에서 몇 군데나 될 것인가.

비행기를 타고 상공에서 내려다보면 미국은 어느 도시나 장난감 블록으로 만든 것처럼 정리가 잘 되어있다. 그 도시 풍경만큼이나 법이나 공공질서에 의해 유지되는 이 나라의 사는 모습은, 때와 장소에 따라 확실히 구분되어져 있어 이런 한낮의 자유를 맛보기란 쉽지가 않은 것이다.

마티니는 생각보다 독해서 처음 보는 바텐더와 스스럼없이 농담을 주고받게 만들었다. 그 바텐더에게 헤밍웨이가 살던 집의 약도를 물어, 그곳에서 한두 블록을 걸어가니 와이트헤드 거리에 야자수 나무가 울창하게 서 있는 집 한 채가 대로변 왼쪽에 나타나는 게 보였다. 입장료는 14불, 결코 싼 편은 아니었는데 스페니쉬 콜로니얼 스타일로 지어진 하얀 이층집은 관광객들로 이미 발 디딜 틈이 없었다. 관광객들에게 이 집과 헤밍웨이의 삶을 설명하는 가이드도 서넛은 돼 보이는데 그중 한 명이 우리가 한국인인 줄을 어떻게 알았는지 한국말로 된 소개 책자 한 권을 주었다. 헤밍웨이가 살았던 집은 요즘 기준으로 봐도 대형주택인데, 당시엔 당연히 키웨스트에서 가장 큰집이었다고 한다. 집 안 곳곳엔 낚시와 사냥, 복싱을 좋아했던 작가의 개인 소장품과 꽤 많은 고양이들이 돌아다니고 있었는데 그중엔 피카소가 선물한 식스칼라란 고양이도 있었다. 지금도 그 고양이의 후손들이 박물관이 된 이 집을 주인처럼 어슬렁어슬렁 돌아다녔는데, 특이한 건 발가락이 여섯 개나 되고, 각자 목에 이름표를 달고 있었다. 가이드가 안방 침대를 보여줄 때도 고양이 한 마리가 그 침대에 엎드려 내내 오수를 즐기고 있었다.

거실에 진열된 헤밍웨이 사진들과 유품들

거실엔 주로 헤밍웨이 사진들과 그의 둘째 와이프 폴린이 프랑스에서 공수 해왔다는 프렌치 스타일의 가구가 놓여 있고, 한쪽 벽면엔 그가 좋아했던 낚시 보트 'Pilar'에서 찍은 사진이 들어있는 액자들이 걸려 있다.

『노인과 바다』에 나오는 입이 뾰족하고 덩치가 상어만 한 청새치를 들고 있는 헤밍웨이와, 소설의 모델이 된 어부 노인과 함께 찍은 사진도 보인다. 당시에도 그의 집 이층 발코니에서는 쿠바 쪽 바다가 보였는데, 헤밍웨이는 그 바다를 보면서, 『노인과 바다』를 구상했다고 한다. 헤밍웨이의 유일한 문하생이었던 작가 아널드 새뮤얼슨이 쓴 『작가수업』을 보면,

아널드가 키웨스트로 내려가서(1934년) 헤밍웨이와 함께 필라호를 타고 키웨스트와 쿠바 ,멕시코 만류가 흐르는 바다 위에서 낚시를 하면서 나누는 문학수업 장면이 가끔 나온다. 그는 헤밍웨이의 새 보트 필라에 잡역부로 승선해서, 글 잘 쓰는 법과 작가가 지녀야 할 태도와 세계관을 배웠다. 글 쓰는 일과 바다낚시는 공통점이 많아 보인다.

헤밍웨이가 작품을 쓰던 타이프라이터

그의 집필실은 본채가 아닌 별채에 있는데 의외로 심플하다. 예전엔 그 별채 아래에 아이들 방이 있었다고 한다. 개성이 강한 작가는 공중화장실에 있던 남자 변기 받침을 떼어와 고양이들의 물그릇으로 사용했는데 지금도 타일이 붙여진 그 그릇이 정원 한쪽에 항아리와 함께 놓여 있다. 정원엔 사방이 열대 나무들과 화초들로 가득하고, 제일 깊은 곳의 깊이가 11피트나 된다는 정사각형의 수영장이 집의 왼편에 있다. 당시로선

거금인 2만 불을 들여 만들었다는 수영장은 지금 봐도 규모가 여느 가정집 수영장보다는 훨씬 크다. 당시 일화로 돈에 쪼들렸던 폴린은 수영장을 짓다 말고 중단하자고 했는데, 헤밍웨이가 마지막 남은 1센트까지 통틀어 공사를 계속하게 해서, 수영장 코너엔 그 일을 기념하기 위해 1센트짜리 동전을 시멘트에 묻어 놓은 곳이 있다.

흔히 헤밍웨이는 타고난 재능과 운이 좋은 작가라 알려져 있지만, 그가 동료들에게 보낸 편지나 사후의 고백을 보면 그렇지도 않다. 『무기여 잘 있거라』를 쓸 때만 해도 헤밍웨이는 시작 부분을 적어도 쉰 번도 넘게 다시 고쳐 썼다고 한다. 그만큼 철저하게 작품을 썼으며, 작은 디테일 하나라도 대충 넘어간 경우는 거의 없었다. 그가 주장하는 군더더기 없는, 생생한 언어로 이루어진 문장은 그냥 나온 것이 아니다. 마지막 1센트는 그가 삶을 대하는 방식, 크게는 작품을 대하는 방식을 보여준다고 여겨진다.

그날 난 마지막 1센트가 나와 있는 포스트 카드를 한 장 샀다. 살면서 무슨 일을 할 때 중도에 포기하고 싶거나 그만두고 싶을 때 그 카드를 바라보며 마음을 다잡을 심산으로 말이다. 무슨 일을 할 때 내가 가진 전부를 올인하기란 쉽지 않다. 마지막 남은 1센트까지 자기가 원하는 것, 추구하는 것을 위해, 남김없이 쏟아 붓는 사람은 정말 흔치가 않다. 대부분의 사람들은 실패를 대비해 몇 퍼센트의 여유를 남겨 놓는데, 그들은 그 몇 퍼센트의 여유를 얻는 대신 대개 미지근한 결과만 손에 쥐게 된다. 자신이 가진 전부를 내놓은 자만이 전부를 얻을 수 있다. 명색이 글쟁이가 되고 싶다 하면서도 시간과 열정을 올인하지 않아서인지 늘 그 자리에 그대로 머물러있는 나를 되돌아본다. 헤밍웨이가 남긴 수많은 명작들은 그냥 얻어진 명작이 아님을, 마지막 1센트 속에 숨겨진 치열한 작가 정신의 발로였음을 다시 한번 깨달으며, 나의 마지막 1센트는 지금쯤 어디에 있을까를 생각해 본다.

박혜자 (소설가 / 텍사스 포트워스 거주)
2009 재외동포 문학상
2010 〈미주중앙일보〉 중앙신인문학상
2016 〈미주한국일보〉 시부분 입상
소설집 『마이 마더스 다이어리』
지역신문 〈KTN〉 칼럼니스트

| 역사기행 |

사우디아라비아 메카순례(巡禮)

이 관 용 (시인, 한솔문학 고문)

프롤로그

\- 무슬림들의 메카 순례

메카는 이슬람 최고의 성지이다. 두 번째 성지는 메디나, 세 번째는 예루살렘(쿠드스)이다. 메카/마카는 도시 이름이지 사진 속에 비친 카바 신전만을 뜻하지 않는다. 무슬림들은 아랍어로 مكة المكرمة (마카탈 무카리마), 즉 고귀한 메카 혹은 도시들의 어머니란 의미인 ام القرى (움물 쿠라)로 지칭한다.

……

무슬림의 다섯 기둥이라 불리는 다섯 가지 의무[1] 중 두 가지가 이곳 메카와 밀접한 관련이 있다. 그중에서도 제5의 기둥이 바로 일생 동안 한 번은 메카의 카바 신전을 성지순례하는 것이다. 하지만 이 의무는 완벽한 의무는 아닌 게, 메카까지 가는 것 자체가 힘든 사람도 있을 수 있다. 그래서 '못 하면 안 해도 된다'고 박혀 있다고 한다. 물론 충분히 여력이 되는 무슬림들이라면 반드시 지켜야 하겠지만. 하지(Hajj)라 불리는 이 순례는 이슬람력으로 12월에 해당하는 둘-힛자(Dhu'l-Hijjah)월의 8일에서 12일까지 이루어지며, 매년 300만 명 정도가 참가한다.

연중의 다른 해에 이루어지는 순례는 우므라(Umrah)라고 불린다. 이 성지순례는 아무렇게나 하는 게 아니며 정해진 복장을 착용하고 엄격하게 해야 한다. 남자는 흰옷, 여자는 검은옷과 검은 히잡이다. 그렇기 때문에 성지순례가 진행되면 사람이 점으로 보일 정도로 멀리 떨어진 곳에서조차 성별만은 확실히 구별되는데 흰색은 남자, 검은색은 여자다.

이슬람에서 사용하는 태음력은 모두 자기네 위치 경도를 기준으로 하기 때문에 국가별로 서로 다르다. 그래서 라마단 등도 시작 날짜가 다 같지 않다. 그래서 이곳, 메카의 경도를 기준으로 전 세계 무슬림들이 같이 사용할 통일 이슬람 종교력을 만들려는 계획도 있었으나, 결국 무산되고 전통대로 자기네 국가 경도를 기준으로 이슬람력을 사용하는 중. 극지방이나 그 근처에 있는 무슬림들은 백야 때 라마단이 걸리면 그냥 메카의 시간에 맞춰서 해결한다고 한다. (위키백과 자료 참조)

사우디아라비아 반도는 북부 내륙으로 연결되는 Syria-Iraq을 내륙으로 연결되며 동쪽은 Persian Gulf(페르샤만), 서쪽은 홍해(Red Sea), 이집트 사이를 관통하는 "수에즈 운하"를 지나 북부 일부는 지중해

(Mediterranean Sea) 등 3면의 바다와 연결되어 있다. 페르시아만 건너편은 시아파 이슬람국 이란이 위치하고, 서쪽 홍해 건너편은 아프리카 대륙이다.

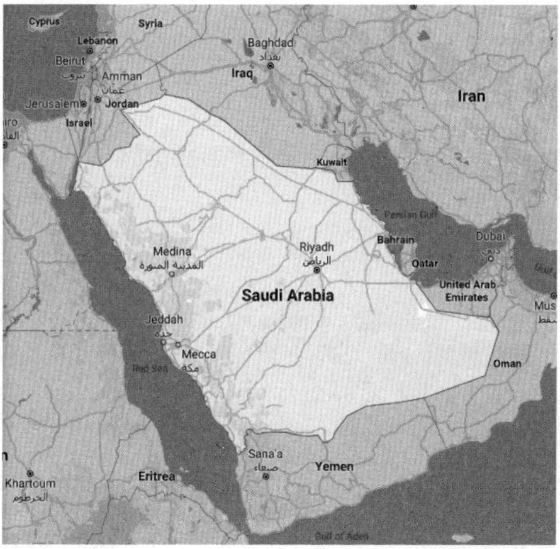

〈구글 지도〉

북에서부터 Egypt-Sudan-Ethiopia-Somalia-Keya-Tanzania-Mozambique 등 국가이다. 지중해 면으로 Jordan-Israel-Lebanon-Syria가 연결되어 위치하고, 남쪽은 Oman-Yemen 접한다. 예멘은 사우디의 원조에 의존해 살아갈 정도로 석유 한 방울도 매장되어 있지 않은 빈국으로 그나마 친미 북 예멘과 친 러시아 남 예멘으로 분리되었다 통합되었다, 를 반복하고 있는 정변이 어지러운 국가이다.

Persian Gulf 사우디 해안 쪽으로 Iraq-Kuwait-Bahrain-Qatar-United Arab Emirate-Dubai 등 사실상 국가라기보다는 토후국 형태의 자치 구역이 막대한 석유자원의 혜택으로 독립 자치령 형태를 유지하고 있으나 상당 부분 정치 군사 관계는 사우디와 미국에 의존하는 상황이다.

위와 같이 사우디아라비아 반도의 주변국들과 이란까지도 수니와 시아 두 종파에 관계없이 이슬람교의 종주국은 사우디아라비아(Kingdom of Saudi Arabia)이고 순례성지도 사우디 내 Mecca 소재 Kabba 신전이다.

"코란"에 적시된 메카 순례

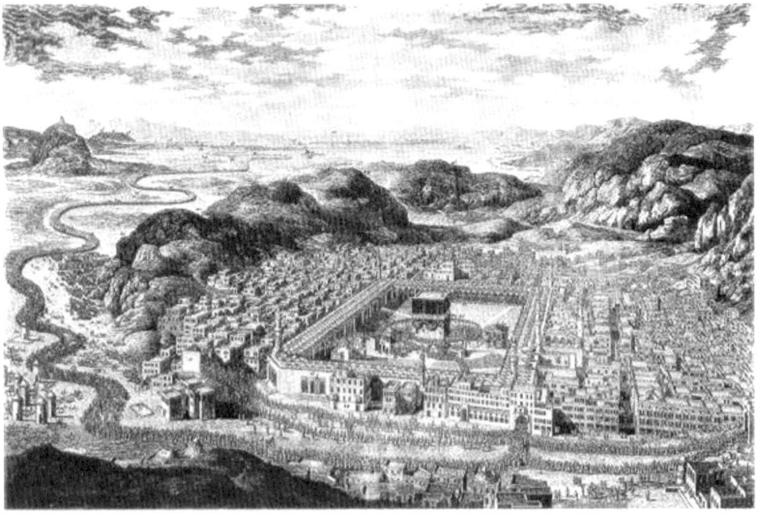

메카 성지 / 마스지드 하람, 즉 카바의 모습

이슬람 성서 "코란"에 적시되어 있기를 신도의 5대 의무 중 메카순례가 필수적이며 일생을 통해 한 번 이상 성지순례를 마쳐야 죽어서 천국에 들어갈 자격이 구비된다. 다만 5대 의무를 완수 못 했더라도 "성전(지하드)"을 위하여 목숨을 바치면 무조건 천국에 갈 수 있는 명예가 주어진다. 그래서 미국 9-11 사태 시처럼 그들은 목숨을 기꺼이 불살랐다.

1978년도 10월경 쯤 본격적으로 2차 상하수도공사 공사 준비를 위한 각 부서별 선발대가 도착했다. 나는 현장 사무실의 숙소 및 부지 구입과

중장비 구매 계약, 현장 사무실, 숙소 가설공사(Mobilization) 지원 업무를 맡아 소요되는 공사 자재가 분야별로 상당한 분량들이었다.

그런데 문제가 심각했다. 당시 그 나라는 종교적으로 금요일이 휴일이고 하지순례(메카순례)전 준비단계로 "라마단 금식" 기간이었다. 해가 떠서 질 때까지 낮 동안은 절대 음식을 입에 댈 수 없다. 물이나 음료수도 사람들 앞에서 마시는 것도 지적 받는다. 그러나 그보다 더한 고충은 모든 회사들이 낮 12시 정각부터 오후 5시까지 문을 닫는다. 모든 관공서도 올 스톱이다.

운송 차량들이 1회 자재를 싣고 가서 다시 오는 데 3시간 이상 소요되다 보니, 돌아온 차량과 운전수들이 12시가 지나면 적재 도중에도 중지하고, 창고 문을 내리면 무더운 사막 땡볕 아래서 오후 5시까지 기다려야 한다. 주위에 나무 그늘도 없고 그늘진 곳은 차량 바퀴 사이뿐이다. 12시부터 다시 문을 여는 시간까지 무려 5시간을 뜨거운 사막에서 대기한다는 것은 고역이었다. 더구나 금식 기간이라 준비된 음료수도 불충분하다 보니 인부들의 불평과 야유가 심했다.

나는 근처 지점 사무실로 가서 쉬다 나오면 그만인데 인솔자 직원들과 운전수들을 두고 갈 수가 없어 같이 기다리면서 대책을 논의했다. 그리고 그다음 날 아침 문을 여는 순간부터 모든 차량을 동원하여 구입한 자재 모두를 철조망 밖으로 실어다 하역했다. 목재, 시멘트, 철근, 각종 파이프류 등등 산더미였다. 직원 1명이 보초를 서고 지키며 차량이 도착하는 순서대로 인부들이 시간에 관계없이 연속적으로 자재를 적재하여 보내니 몇 배나 능률이 오르고 어느 날은 늦은 저녁시간까지 운송을 계속했다.

사막 떠돌이 Abdul Musa

밤중에 보초를 세울 수도 없고 안전상 어느 직원을 위험한 사막에 남아 있게 할 수 도 없어 자재창고 근무하는 현지인에게 부탁을 했더니 구해준

야간 Security Man 이 Abdul Musa라고 하는 Yemen 사람이었다. 약간의 수고료를 지불하고 운반을 완료할 때까지 고용을 한 셈이었다. 그는 마침 메카순례를 가려고 해서 여비가 더 필요했고, 6개월 동안 걸식을 하며 걸어서 예멘에서 여기까지 도착했다고 했다. 그가 가진 것은 어디서 구했는지 호롱불 하나와 샤이(홍차) 끓이는 낡은 버너 그리고 때가 절은 옷 보따리와 방석, 빵 몇 개와 홍차 끓이는 물통… 그런 것이 전부였다.

나는 매일 저녁마다 들러서 하루가 지나면 그에게 좀 넉넉하게 지불했다. 그는 새벽까지 한잠도 안 자고 열성적으로 밤 당번 임무를 성실하게 수행했다. 때로는 빵과 음료수를 사다 주기도 했다. 그도 나를 보면 다른 아랍인들처럼 홍차를 끓여 권했다. 늦은 시간까지 같이 앉아서 아랍어로 그의 인생사를 묻기 시작했다. 그 당시 나는 아랍어를 구사하는 유일한 직원이기도 해서 기회만 있으면 현지인들과 대화를 나누며 아랍어 숙달을 노력해 나갔다.

사우디 인들은 회사나 관청에서 높은 직위를 수행하고 중간 간부층은 대개 이집트 인, 레바논 인 등 영어와 아랍어를 동시에 구사하여야 외국 건설회사 직원들과 대화가 소통되던 초창기 시대였다.

"압둘 무사"라는 이름에 걸맞지 않게 그는 너무 영양실조 상태라 왜소한 체격에 팔다리가 유난히 뼈가 드러나 보일 정도로 말라 보였다. 사막을 떠돌며 살던 유목민들 대부분 그러하듯, 그도 신발 없이 사막의 모래밭과 자갈밭을 누비고 살아와 발바닥이 군살이 굳어져 마치 운동화 두께 정도로 두꺼워져 있었다. 웬만한 가시는 밟아도 무난할 듯 정글화 밑창 수준이었고, 앞니는 안 보이고 잇몸만 드러나 웃을 때는 티 없이 순박해 보이고 만면에 주름이 가득했다.

메카 / 천국으로 가는 길목

가족도 없이 유목민들을 따라다니며 일생을 보냈고 장가는 고사하고

아가씨 손목도 잡아 본 적이 없는 순수한 숫총각이라 했다. 자기는 이슬람 교리대로 신앙의 5대 의무 중 마지막 의무인 '하지순례'를 완수하기 위해 6개월을 일하고 걸어와서 여비를 더 모아 메카로 간다는 길목에서 나와 만난 것이란다. 순례를 마치면 어디서 죽어도 천국에 갈 수 있다고 하면서 피식 웃었다.

나이가 몇 살이냐고 물었더니 대략 30살에서 35살 사이일 거라고 대답했다. 생일은 물어도 더더욱 모를 것이다. 그때까지 유목민들은 호적제도가 없었고 가족도 없이 고아처럼 살다 보니 더구나 생일까지 기억 될 턱이 없을 것이다. 그러다 다음 날은 금요일이라 휴일이고 밤늦은 시간까지 그와 이런저런 이야기를 나누었다. 사막 가운데 둘만 있으니 그런 대로 대화가 잘 통했다.

그도 서로 말이 통하는 아시아인을 처음 만났다고 즐거워했다. 중국인, 한국인 일본인 그런 식별이 그에게 필요도 없고 알려고 하지도 않았다. 그는 오직 순례를 마치고 천국을 갈 수 있다는 꿈만 가슴에 가득한 모양이었다.

나는 지점 사무실로 돌아가려고 일어서면서 마지막으로 물었다. 천국에 그토록 가고 싶어 하는 소원이 무엇이냐고 물었다. 그는 천국에 가면 먹음직한 복숭아가 열려 있는 맑은 계곡물이 흐르는 곳에 아름다운 숫처녀들이 목욕을 하며 기다리고 있다고 믿었다. 세상에서 못 이룬 꿈을 그곳에서 이루기 위해 꼭 순례를 완성해야 한다는 절대적 소망이었다.

유목민들은 누구나 척박한 땅으로 양 떼를 몰고 물기를 찾아 옮겨 다니며 살다 죽는다. 어느 책자에서 그런 구절을 나도 읽어본 기억이 떠오른다. 중국의 도인들이 꿈꾸는 무릉도원이다.

와디 / 메마른 계곡 건천의 모습

그런데 황당한 일이 벌어졌다. 그럭저럭 날자가 흐르고 대부분의 자재가 현장운송이 완료될 즈음 일당을 지불하려고 압둘 무사를 찾았는데 그가 아무 데서도 보이지 않았다. 창고 반대편에서 삽과 곡괭이를 메고 파기스탄 인부 둘이 걸어왔다. 자재창고에 일하는 종업원 같아 "압둘 무사"의 소재를 물었다.

헌데, 그가 아침에 와 보니 죽어 있더란 것이다. 사막에서 무연고자가 죽으면 "와디(메마른 계곡)"변에 묻어주는 관례대로 반대 방향을 가리키며 '와디' 주변에 묻어주고 오는 길이라고 했다. 물론 이곳 풍습은 왕이 죽어도 봉분을 만들지 않는다. 죽으면 신분 고하에 관계없이 흙으로 돌아가고 평등한 신분이 된다는 오랜 속설이다.

갑자기 눈자위가 뜨거워졌다. 그래도 한 주간 동안 이야기를 그와 얘기를 주고받았고, 그 몇 일분 일당도 지급할 방도가 없었다. 무엇보다 그가 메카순례를 못 가고 죽어서 천국에 갈 수 있는 자격을 구비하지 못한 사실이 너무 아쉬웠다.

그날은 종일토록 마음이 슬프고 일이 손에 잡히지 않았다. 그토록 평생을 걸고 가고 싶어 했던 Mecca에 내가 대신 가줄까? 그런 마음이 잠시 스쳐 갔지만 이내 바쁜 공사 업무로 잊고 살았다.

"I.B.M"이라는 속어

사우디 사람들과의 약속을 거론할 때 "I.B.M"이라는 속어가 있다. 말하자면,

I=Inshala(신의 뜻대로-물론 YES도 NO도 아니고 되는 대로가 정답이다.)

B=Bukra(내일이란 뜻이다. 언제냐고 다그치면 내일일 수도 내년일 수도 있다.)

M=Malishi(염려마라. 걱정하지 마라. 잘 될 거다. 더 이상 말은 그 당시도 지금도 없다.)는 뜻이라고 했다.

본격적으로 한국 본사에서 대기 중이던 각 부서 직원들과 인력들이 당도하면서 2차 Project 공사가 Riyard 신 시가지 "Ulreha" 지역으로 진입되면서 휴가도 제 날짜에 가지 못하고 일이 바빴다. 그렇게 한 해가 정신없이 지나가고 Ramadan 금식 기간이 또 시작되었다. 금식 기간이 지나면

순례가 또 시작된다.

공사 스케줄에 따라 대로부터 규격이 큰 수도관이 매설되고, 매설되는 관의 직경보다 더 깊게 고운 Bedding soil을 깔고 물을 뿌리고 Compacting을 해야 된다. 여러 곳에서 수집해온 Soil Sample을 여러 업자들의 Dump Truck을 조사해 봐도 모두 Spec에 미달 상태였다. 그러다 맨 끝자리에 순박하게 보이는 업자가 내게 다가오지도 않고 앉아 있었다.

그를 손짓하여 불렀다. 그리고 그가 싣고 온 Bedding Material을 검사했다. 완전 최상품 Soil이었다. 덤프트럭을 몇 대 소유했냐고 물었더니 1대 뿐이란다. 더 필요하면 동생 트럭이 1대 더 있다고 한다. 무척 정직해 보였다.

시험실장을 오라고 해서 채취장으로 가보니 그가 싣고 온 Soil은 공사에 지장이 없을만큼 물량이 충분하고 재질도 만족스러웠다. 당장 그에게 하루 20트럭 분이 소요되니 친구들의 차량을 동원하라고 하면서 납품 책임은 그의 이름으로 통일하여 계약을 해주었다.

그의 이름은 “Abdula Ahmad…” 대부분 할아버지 이름, 아버지, 자기까지 3구절 이상이다. 나는 그를 그냥 압둘라로 불렀다. 그의 동생까지 함께 불러 다짐을 계속했다. 신용과 약속을 잘 지키면 2-3년 동안 계속 납품을 받아주고 너의 집안을 잘 살게 해주겠다는 요지로 구슬렸다.

다음 날부터 납품은 차질이 없이 소요량을 운반해 왔다. 가격도 회사 예정가의 50% 정도로 절약이 가능했다. 혹시나 차질이 나면 어쩌나 하여 그를 따라서 주거지에 방문해 봤다. 그들은 어느 시골 마을 귀퉁이에 천막을 치고 여러 형제가 살았다.

그들은 몇 달이 지나도 시가지의 여러 공구마다 차질 없이 납품을 잘 해주어 공사 진행이 순조로웠다. 대신 대금 지불을 경리부 협조를 부탁하여 정한 날짜에 반드시 지급하게 신경을 썼다. 따라서 그도 나를 신뢰했고 나도 그를 믿을 수 있는 사이로 인간관계가 형성되어 나갔다.

……

지역의 귀인을 만나다

그러다 그가 잘 알고 있는 친지 중에 어떤 4형제를 알게 되었다. 그들은 함께 4채의 주택을 완공하여 정답게 살고 있었는데, 나에게 언제쯤 수도공사가 완료되어 수돗물이 공급될 수 있느냐고 물어 왔다. 고객 사정과 고위층 청탁에 따라 계획은 변경될 수도 있지만 대략 시기는 알 수 있어 점검해보고 1년 이후라야 가능하다고 말해주었다. 그리고 압둘라에게 어떤 사이인가 물어보니, 눈치가 좀 도와주면 좋겠다는 눈치였다.

마침 그 인근에 대저택을 신축하고 있는 고위인사가 상수도 공사 시기를 당겨달라고 독촉이 심해서 고심하고 있던 중이라 소장, 공사부장과 협의하여 다른 지역과 순서를 조정하여 3개월 이내 수도가 완공되도록 도와주었다.

4형제는 알고 보니 상당히 품위가 있는 집안이었다. 한 명은 가장 권위가 있는 Riyard 이슬람 대학의 종교학 주임 교수이고 형제 중 한 명이 17억 세계 이슬람 종주국 종정격인 최고 이맘의 비서실장이었다.

수도가 개통되는 날 4형제는 잔치를 베풀어 주변 친지들을 불러 모으고 나를 잔치에 초대해 극진하게 대우를 해주었다. 물론 압둘라도 동행하여 나와 관계를 자랑했다. 압둘라는 그 자리에서 공사 자재를 밤에 지키다 메카순례를 못 하고 죽은 "예멘에서 온 압둘 무사" 사연을 그 형제들 앞에서 말하는 듯했다. 그리고 그 자리에 맏형 Fisal 교수와 절친한 친구가 Saudi Air line 기장인 사실, 또한 압둘라도 사우디항공의 정비 반장으로 근무하는 것을 내가 알게 된 것은 참 행운이었다, 이 인연으로 그들이 나를 메카 순례를 주선해주었기 때문이었다.

이 사실은 내가 "Mecca 순례"를 마치고 돌아오던 비행기 속에서 알게 되었지만, 그때 Fisal 초대 자리에서 나에 대한 메카순례 계획과 일정이 결정되어 모든 절차가 그들의 계획대로 일사천리로 진행되었던 것이었다.

……

이에 따라 나는 우선적으로 5대 의무 중 4가지 사항을 완료해야 했다. Fisal 교수는 영문과 교수와 함께 3개월간 교리를 가르쳐 주었고, 아울러 인근 대형 모스크에 데리고 가서 상당한 관청 인사를 소개시키는 등 기도를 함께 수행하기도 했다. 그 덕분에 그 자리에서 만난 인사들과 교류하며 시내 공사 허가나 어려운 일 처리를 도와준 경우가 많았다.

즉 법보다는 우선 좋은 안면으로 모든 것이 통했다고 할까….이맘의 비서실장이 급행으로 안수 증명서와 여권에 메카순례 자격을 명시하여 Mecca 들어갈 때 3차례나 복잡한 검문을 한다는 데도 신속하게 검문 Stamp를 찍고 통과시켜주었다.

그러다 보니 새로운 Project 현장 소장들이 이 소문을 듣고 도움을 요청하여 3-4개월 정도씩 조력해주고 지사로 복귀하곤 했던 일도 있었다.

메카순례 여행과 "라미 자므라트" 행사

허가된 자만 들어갈 수 있는 신전과 순례객

당일에는 목요일 출발하여 금요일 저녁에 돌아오는 비행기 속에서 압둘라가 모든 조력자들의 도움을 설명해 주었다. Riyard-Jeddah 중간 지점에 Mecca 성지가 위치해 있어 어느 비행기도 메카 상공은 통과할 수 없다는 사실도 처음 알았다.

리야드 공항 이륙 후 얼마 지나 기장실에서 기장이 나와서 나와 압둘라를 기장실로 들어오라고 불렀다. Fisal 교수의 집에서 인사를 나눈 Fisal이었다. 그의 도움으로 비행기 안에서 타월로 된 순례복을 갈아입었다. 기장은 조종석을 2명의 영국인 부기장에게 맡기고 나에게 메카 경계선 근접하게 통과하면서 순례 장소인 Kabbar 신전의 모습도 설명해 주었다.

기장실은 누구도 출입이 통제되는 곳인데, 기장이 직접 조그만 동양인을 불러들여 친절하게 설명을 해주는 모습이 의아했는지 승무원들이 나를 흘끔거리며 쳐다보고는 했다. 지나고 보니 사실 나는 죽은 “Abdul Musa” 대역으로 너무나 과분한 대우를 받으며 메카순례를 마친 셈이었다.

이슬람교도의 완성을 뜻하는 하지순례는 이슬람력의 마지막 달(12월 중) 8일 정도를 순례 기간으로 규정하나, 하지순례는 대순례, 그전에 미리 와서 하는 순례는 소순례로 구분한다. 5대 의무 중 가장 중요하고 마지막 절차인 일생에 한 번 이상을 원칙으로 하고 많이 할수록 천국행 확률이 높다고 생각하기도 한다.

Taif에서 Jeddah 고속도로 선상에 Mecca로 진입하는 이정표가 나온다. 로마가 번성할 때 “모든 길은 로마로 통한다.”고 했다. 메카로 들어가는 길도 열십자 형으로 사방에서 진입할 수 있게 뚫려져 있지만 허가된 자만 들어갈 수 있다.

하지순례 시작 2일 전부터 Jeddah 공항은 일반 여객기 착륙은 금지되고 공항에 도착하면 순례 복장을 한 승객을 위한 메카 행 Shuttle Bus가 연속 운행하며 카바 신전(Al-Haram) 앞에 정차하든지 20km 더 가면 다른 “아라파트” 성지에서 기도하고 6km 거리에 수백 채의 흰색 텐트촌에서 머물 수도 있다. 남자의 순례 복장은 실로 안 꿰맨 상하 2장의 타월 같은 천을 두르는 것이다. 이는 에덴동산에서 자연스러운 알몸 형태로 하나님과 만나는 의식이라고 믿기 때문이라고 한다.

카바 신전에 정식 순례의식을 시작하기 전 "라미 자므라트"라고 하는 의식이 있다. 이는 크기가 다른 3개의 돌기둥에 각각 7개씩 21개의 돌을 던져 사탄을 쫓아내는 의식이다. 처음 도착해서 신전 중앙에 위치한 선지자 '모하마드'의 무덤을 7바퀴 돌아 나오는 행사인데 너무 많은 순례객이 밀려 발이 걸려 넘어지게 되면 압사 사고가 빈번하다고 한다.

2015년에는 1,500명이 압사 사고로 사망했다고 한다. 보통 섭씨 40℃ 이상의 더위에 맨발로 걸어야 하는 바닥에 2' x 2' 규격의 흰색과 검정색 대리석이 모자이크 형태로 깔려 있어 검은 대리석은 발바닥이 디딜 때마다 그 뜨거움이 견딜 수 없다. 서로 검은 대리석을 피하려 하다 많은 군중이 뒤엉킬 수 있기 때문이다. 하지 전은 좀 한가하지만 하지기간은 250만~270만 명 정도가 순례하므로 복잡할 수밖에 없다.

그런 후 신전 안으로 들어가면 2층으로 되어 있고 기도 시작 전에 "싸와 우 마르와" 라는 복도를 7번 왕래하고 머리카락을 조금 잘라 마르와에 버리고 담담 수 샘물을 한 컵 마신다.

종교지도자 이맘이 순례자들과 함께 기도를 하고 있다.

이 행사는 유대교 구약과 동일한 행사다. 성경의 기록대로 아브라함이 첫 부인 사라와 소생이 없자 둘째 부인에게서 하갈과 장남 이스마일을 낳았다. 그러나 사라의 구박으로 사막에 모자가 버려져 물이 다 떨어졌고, 이에 이스마일을 남겨두고 물을 찾아 7개의 사막 언덕을 헤매다 돌아와 보니 이스마일이 울며 발을 구르자 그곳 땅속에서 생수가 솟아나왔다고 한다. 이른바 그 생명수가 신전 속에 위치하고 있고, 더운 날씨에도 물맛이 시원하여 수백만 명이 연속적으로 마셔도 마르지 않고 솟아나오니 이를 하나님이 주시는 생명수라고 믿는 것이다.

이슬람의 창시자 모하마드는 A.D 610에 가브리엘 천사를 만난 후 가르침을 받아 선지자가 되었다고 전한다. 그 이전까지는 유대교에 속해 있었다. 세계 이슬람교도는 17억 정도로 제일 많고 순례에 참가하는 나라가 100여 개국이 넘는다. 그리고 여기에서 생성된 이슬람 문명은 앞으로도 수천 년을 이어지고 불변할 것이다.

돌이켜 보면 나의 메카순례는 며칠 밤을 공사자재 불침번을 서 주다 하지순례도 못 마치고 죽은 “ABDUL MUSA”의 원혼을 달래기 위해 누군가 만들어진 운명 같았다. 그리고 지금도 나는 주변의 영향력 있는 사우디 친구들이 주선해준, 이슬람 형제들이 죽은 “ABDUL MUSA”를 위해 나를 대행 순례시킨 것이라고 믿고 있다. 여자 손목도 못 만지고 돌아간 “ABDUL MUSA”… 그가 묻힌 계곡에 물이 다시 흐르고 좋은 숫처녀가 기다리는 천국에 갈 수 있기를 바란다.

이관용 (시인 / 달라스 거주)
경북 안동 출생. 〈자유문학〉, 〈한국작가〉 등단
정신문학, 한국작가, 성남문학 등 활동
한국문인협회 회원. 한솔문학 고문
시집 『내 마음의 정거장』

|제4호 품평|

민족의 정체성을 모국어에 담아

– 《한솔문학》 제4호를 읽고

최 정 임
(칼럼니스트)

민족의 정체성을 모국어에 담아

-《한솔문학》 제4호를 읽고

최 정 임

한솔, 사진작가 배병우의 강렬한 흑백 톤의 우람한 소나무 사진 작품을 상기시킨다. 작가는 사진을 예술적 표현의 도구로 인식한 회화적 구성이 시공을 넘나들게 했다. 창덕궁에 가면 한국 소나무들의 전형으로 몇백 년 가까운 소나무들이 있다. 구불구불한 형상과 수직으로 뻗은 형상이 교차하며 특유의 거친 질감이 그대로 살아 있는 강인한 생명력에 한국인의 기상을 느끼게 한다. 한국 소나무의 전형과 기상을 닮은 한솔 문예지가 오래 이어져 가길 바란다. 4호의 북 리뷰를 청탁받고 3호까지 평을 쓰신 평론가 김종희 교수의 글을 읽고 제가 잘 쓸 수 있을까? 지역 신문의 북 칼럼 단행본과는 달리, 장르가 다양하고 작품이 많기 때문에 망설여졌다. 북 리뷰를 6년간 연재하였지만 전문가의 예리한 비평과는 달리 국내외 작가들의 작품을 리뷰하기가 만만치가 않을 것 같다. 평론적 이론보다 독자로서 그들의 삶에서 건져 올린 작품들을 깊이 읽으며 제 느낌으로 소박하게 쓰기로 하자.

들어가기

나태주 시인의 권두 덕담에서 한글로 글을 쓴다는 것은 아름다운 일이라고, "지금 어렵게 들고 있는 작은 등불에 대하여" 편안한 느낌의 덕담으로 제가 한글로 글을 쓰고 있어 자랑스럽기까지 합니다. 기획특집으로 '이승훈 선생에의 기억' 대표시 다섯 편의 시를 읽다 그만 젊은 이승훈 시인을 만난 것 같은 그 착시 현상에 잠깐이나마 회상에 잠기기도 했습니다. 다섯 편의 대표시보다 제게 더 익숙한 이승훈 선생의 초기 시 몇 구절이 나도 몰래 툭 튀어 나왔다.

난 글쓰는 사람이다. 언어여 당신에게 전화를 했지, 난 그냥 글 쓰는 사람이다.

칠십 년대 후반쯤 시절에 우상인 이승훈 시인, 아직도 소월과 청록파 시인들의 시적 감성에 머물러 있던 우리들에게 김수영과 이승훈은 좀 파격적이기도 했다. 그의 시는 난해시인가? 하면 포스터 모던인가? 아니 우리에게 신 현대시를 과감하게 개척한 젊은 시인으로 이승훈 시인을 기억한다. 윤석산 교수의 추모 글은 아니지만 이승훈 시인을 추모하는 마음으로 글을 읽었다. 시론 연구에 관한 책, 선불교에 깊이 빠져들기도 했던 <선과 기호학> 선과 시학을 현대시에 이입하여 시론을 새롭게 쓰셨다. 이승훈 선생은 시인으로 문학 이론을 학문으로 한국 문학에 기여한 바가 크다. 가장 서구적인 현대시를 좋아하셨던 그의 천착이 마침내 동양의 깊은 정신으로 돌아와 동서양의 합일점을 찾았다는 결론에 이르렀다. 윤석산 시인의 기획특집으로 이승훈 시인을 다시 만나게 되어 새삼 감회가 깊다.

1) 국내 초대작가 시 6편 녹차(茶) 향이 스민 시에 들다

「코로나 시대」「아무렇게나 유월」 나태주 시인

국내 시인들의 시들을 외람되지 않게 시 읽기 즐기는 독자로 들어간다. 나태주 시인의 시는 어렵지 않게 시를 좋아하는 이들을 매료시킨다. 평범한 사물을 편안한 시선에서 끌어내는 시인의 진정성이 빛을 발화한다. 「코로나 시대」 타이타닉의 영화 한 장면, 연주가는 그런 상황에서도 관중을 위해 연주를 하듯 시인도 오늘날 그렇게 하여야 한다고, 시가 위로가 되는 세상이 오길 바라본다. 「아무렇게나 유월」 유유자적의 시간 속에 붉은 유월이 타들어 가는 걸 보다 질펀하도록 눈부신 유월을 두고… 노 시인의 달관한 시 자체를 벗어버린 듯 독자도 함께 긴장의 끈이 풀려 눈부신 유월로 시를 탐미한다. 시가 바로 여유이다. 늘 그 자리에서 오래 시를 쓰시길 기대합니다.

「착석률」「낡은 옷」 박해람 시인

코로나 시대를 시인은 그냥 살아가지 않는다. 그 꽉 찬 인간들이 넘쳐나다가 모자란 의자가 텅 빈 의자들이 쉰다고 한다. 시인의 바라봄(觀) 경험은 이렇게 인간의 임계점들을 실선 밖에서 체험하고 시로 온다. “한 켤레의 신발에 종교를 앉히려 했고 딱정벌레 두 마리로 …마지막까지 시가 끌고 가는 힘은 현대 사회의 포만감으로 단종(斷種)을 향했던 것은 아닐까. 여기에서 시인이 느낀 코로나 시대 인식의 사유가 빈 의자로 통해 완강함을 나타낸다. 「낡은 옷」 시가 지닌 힘을 느낀다. “남루한 폐허를 한 벌 옷에 불러들이는 일이 결코 쉬운 일은 아닌지라” 시 한 편에서 이렇게 무심의 바람이 시원하게 허무를 빗질하며 마지막에 서정시의 극렬성을 보여준다. 시에 감금된 낡은 상투성과는 너무나 대조적이다. 시 읽기가 이토록 나를 흔들어 깨우다니, 시여, 오래 내 곁에 머물기를.

「너에게 보내는 미소」 안병준 시인

「너에게 보내는 미소」 시인은 장례식장에서 고인의 사진 속 미소를 보고 고인의 언어로 시를 이루다. 이 시는 고인의 언어를 객관화시키는 힘이 시가 되어 산 자에게 더 깊은 연민을 느끼게 한다.

「빙하기를 통과하다」 「이팝나무 옮겨심기」 우남정 시인

'나는 빙하기를 통과한 사람이다' 하고 단언한다. 시의 아래에서 다섯째 연에서부터 이혼 후 그 묵적의 시간이 '마지막으로 그의 손을 붙잡자 쩍! 감전된 듯 온몸이 얼어붙는다…. 녹지 않는 꿈, 시린 나의 빙하기가 시로 인해 감전된 듯했다. 힘든 시련의 시기를 시적 이미지를 최고조로 끌어낸 '손을 붙잡자, 쩍' 빙하기 시를 잘 살렸다. 「이팝나무 옮겨심기」 가슴 면면히 퍼지는 시적 구성이 이민 가방 하나 달랑 들고 떠나온 이민자들의 이야기 같다. '먼 그곳이 그리운 이곳이 될 때까지' 마지막 시 한 줄은 이민자 모두가 이팝나무였다는 것으로 읽혀졌다.

「자본주의 시대의 시의 소원」 「장롱 생각」 정대구 시인

두 편의 독백 같은 산문시가 완강함을 벗어나 있다. 시가 돈이 되고 싶은 구시렁 소리가 시가 되어 돈 앞에 탕탕 큰소리치는 시, 사실 돈이 시 앞에 맥을 못 추는 세상이 오고 말 것이다. 시는 돈보다 더 힘센 위력으로 나에게 다가왔으니까. 시는 시이니까. 이처럼 재미있는 시는 없다. 「장롱 생각」이 또한 산문시로 원로 시인만이 이런 시를 쓸 수 있지 않을까? 어머니 장롱은 결곡한 고집으로 버티고, 아내의 장롱은 뻔쩍이는 전의가

도전적이다. 이 문맥 간에 고부 갈등 사이에 시인의 의뭉함을 느낄 수 있다. 시가 이토록 고전적이며 흐뭇하기까지 해 빙그레 웃음 지으면서 다시 읽었다.

「서로 다른 시간의 생」「초원」「영혼과 육신」 조경제 시인

짧고 간결한 세 편의 시에서 인간의 삶을 우주적 전환의 시각이 깊은 울림으로 감겨왔다.「초원」에서 곡식도 풀이고, 논밭도 초원이라는 시인의 발상이 경계가 없으니 흙 속에서 오손도손 살자 한다. 진부함을 느낄 수 없어 좋다.「영혼과 육신」 영혼 육신이 이중 구조를 지닌 인간의 본질적 존재론을 펼쳐 보여준다. 육신은 식물이 되고 영혼 또한 꽃을 피우는 식물이 된다고 한다. 인간은 흙으로 돌아가는 순환을 영육이 자연에 귀의한다는 특이한 시감을 불러왔다. 소설은 때론 지루한 면도 있지만 시는 깜짝 놀랄만한 신선한 시어로 휘발성을 발휘하기도 한다. 한국 원로 시인의 시를 깊이 애무하였다.

국내 초대작가 소설은 건너뛰겠습니다. 이미 소설의 한 경지에 선 작품들 잘 읽었습니다.

2) 미주 초대작가 시 6편 존재의 밑바닥에는 그곳을 향한 뜨거움이

예술의 창조성은 파괴함으로부터 오는 것이라 생각 한다. 김소희 시인의 두 편의 시에서 그런 느낌을 받았다.「투명한 생일」「홀로 선이에게」 시인의 감각이 순간을 포착하는 힘이 있다. 의식의 깊숙한 곳까지 드러내 보이는 투명한 생일, 비일상적인 날을 비일상적 행위로 끌어내는 형상화가 감각적이다.「홀로 선 이에게」 선, 한자를 띄어쓰기하면서 툭 튀어나온 옛 친구 선이에게로 그리움을 풀어낸다. 육손인 그녀, 아픈 손을 잡으며 멀어져 가는 아직도 스무 살 적 선이가 감추려 해도 감출 수 없는 먼 곳에서 부터 그리움으로 내게 다가왔다.

김인자 시인의「노마드 沼」「염색을 한다」, 노마드란 들뢰즈가 철학적 용어로 사용한 유목민이란 라틴어의 말이다. 디아스포라와 어떤 면에서 비슷하지 않을까. 이 시 또한 미주 시인이 쓸 수밖에 없는 절망과 절규가 아닌지? '타 인종과 뒤섞인 매운 비빔밥이 되어, 스파 이크가 실시간 터지는' 또 다른 구절 '맷돌같이 무겁게 육화된 노마드 1세대', 놀라울 정도로 시제와 잘 버무린 이민 1세의 절규를 시화하여 공감이 확대된다. 이민 1세대는 노마드 沼에서 소용돌이 친 '화석처럼 다져진 세월의 주름에' 시가 바로 내가 살아온 낯선 땅 소에서 건져내 주는 것 같다.「 염색을 한다」 칠순을 넘긴 시인만이 쓸 수 있는 시다. 시가 제목만큼 늙지 않고 젊다. '마음에 색칠을 하면 먼지 낀 오늘 방황하지 않고 찾아갈까' '흰 서릿발 준엄한 경고' 마지막 연 '오늘도 염색을 한다 길 잃은 혼미한 코너에서 다시 꿈을 꾸기 위해' 성숙한 성찰로 미래가 있는 칠순의 단꿈 염색, 시는 단순한 활자가 아니다. 시의 절친인 나에게 충족감을 주는 시로 나의 칠순이 생기가 돈다. 시가 좋았다.

김호길 시인 멕시코 거주, 그 먼 곳(나의 거리감)에서 보낸 시인의 시조를 읽게 되어 뭉클한 것이 가슴으로 역류한다.「동백꽃」「풀꽃 향기」「종이비행기」「무명초」 시조의 흐름이 우선 낙천적이다. 네 편의 시조가 짧고 가벼운 것 같지만 가볍지 않다. 시조를 읽다 그만 나도 한 줄 시조처럼 행복해진다. 종이비행기에서 이민의 애절한 그리움이 종이비행기로 띄우는 일품의 은유가 좋아라, 무명초 또한 우리도 작은 무명초이다. 우주론적 세계관이 깃들어 있다.

박성민 시인의「우리 동네 나팔꽃」「채송화 꽃밭」, 두 편의 시는 사실적 현상과 시인의 마음이 동심으로 채색되어 동시의 해맑음이 느껴진다. 캐나다와 고국, 유년과 현실이 교차하는 시인의 마음에 자리한 고향을 채송화꽃과 풍금 소리로 이어진다. 시인의 마음은 늘 그곳에 기울어져 이어지는 순한 마음이 시 전체에 투영된다.

박진숙 시인의 「도배사, 기쁨을 바르다」와 「달빛」, 시인은 고국에 대한 향수를 가난했던 시절의 반지하방의 도배하던 날을, 검푸른 곰팡이 꽃 숨죽인 그곳을 덕담으로 도배했다면서 '가득차라 기쁨이' 이렇게 끝맺는다. 시가 나의 콧잔등을 시큰하게 했다. 이민자는 지지리 궁상의 반지하방을 탈출했어도 그곳의 가난도 보석 같은 그리움으로 시가 된다. 「달빛」은 이미지를 잘 살린 시다. 3연으로 끝나는 시다. 첫 연부터가 예사롭지 않다. '고요의 키가 자라, 하늘에 닿는 시간, 달빛을 광목천을 펼친다'로 끝맺는 시조를 은유로 잘 끌어내어 돋보인다. 「달빛」 시가 주는 고요에 잠겼다.

안서영 시인의 「늦 가을」 「외출」, 두 편의 시에서 이민자의 뿌리내린 삶의 자연스러움이 반영된다. 안정된 시선의 시각으로 편하게 시에 젖어든다. 정착하며 더불어 살아가는 시선으로 쓴 시의 안도랄까? 이웃집 노인 리차드의 치매를 바라보며 '역으로 가는 길, 눈이라도 올 것 같은, 그가 놓친 끈 결국 놓아버린' 인간의 죽음을 「외출」로 형상화시킨 끝 부분이 허무했다.

이해우 시인의 「실직」 「명자나무」 삶의 무게가 내려앉는 「실직」이란 현실감이 인간 살이에 무연할 수 없는 현실이다. 무거움에 비해 마지막 '가슴에 사는 붕어가 , 목마름으로 빠끔거린다' 가벼운 유머 같지만 명치를 때린다. 실직을 해도 시인은 해학으로 희망을 보여준다. 「명자나무」 꽃이 얼마나 더 붉어야 하는지 그 꽃이 피는 과정을 다이스포라의 시선이 담겨있다. 왜? '산고의 아픔이란 걸, 너흰 알 수 없을 거다' 라고 한 말이 핏빛으로 또 명치끝에 걸린다.

한만수 시인의 「담장 너머 그 창문에」 「거룩한 통로」는 청소년 시절에 느낄 수 있는 감성이 고스란히 묻어있다. 전통 마을을 둘러보다 앳된 추억 한 풍경이 시가 되지 않았을까? 그 창문에 아직도 긴 머리 소녀가 나타날 것 같아서 '변주곡은 단조롭지 않다' 시의 구조가 조화를 이루지 못하는 부분이 아쉽다. 「거룩한 통로」란 시제가 너무 무거운 것 같은 느낌이 든다. 가우디 패밀리 성당의 거대함과 웅장함이 '영속을 위한 인간의 욕구와 맞닿아 있어'란 풍자적 패러디가 독자의 가슴을 친다. 감탄과 볼거리 '성당에 고요가 없다' 고요만 없을까? 거룩한 통로가 관광객들로 인해 신의 부재를 불러올까 봐 노심초사하는 시인의 통찰이 엿보인다.

3) 미주 초대 작가 소설

강기영 소설가의 「손복길 씨」 참으로 질펀한 한바탕 소시민들의 애환을 담은 너스레 같은 소설이 눈을 뗄 수가 없이 재미있었다. 마치 박완서의 단편에 몰입하듯 빠져들어 갔다. 70년대 전후 여름이며 복날 개를 잡아 더위를 이기려 산내를 찾아 그곳에서 일어나는 이야기다. 복고 소설 같은 이야기꾼의 재치로 한바탕 풀어놓은 해학과 애환의 소설을 신내림처럼 읽었다. 강기영 소설가의 한솔 창간호에 「샐몬이 걸렸다」 낚시에 담긴 작품도 어디 한곳 막힘없이 문장이 술술 읽어 내려갔던 기억이 새롭다.

손복길, 그는 개를 잡는 명수이기도 하지만 한국 근대사에서 특수 부대란 이름으로 8240의 비밀 부대 켈러부대원이었다. 목숨을 걸고 적진을 제집처럼 넘나들며 조국을 위해 몸바쳐 살아 왔는데 육군병원에 이송이 되자 군인이 아니라고 입원 거부 당한다. 렇게 그는 치료를 받지 못해 다리 병신이되고 곰배팔이가 된다. 그에게 조국은 무엇이었을까? 사실적 팩트에 작가의 예리한 소설적 구성이 더해져 동창들과 복날 개 잡아먹고 보신하는 풍류의 하루가 아니라 작품은 냉소적이고 살을 파고드는 전후 세대의 버림받은 역전의 용사 손복길 씨의 인생이 핵심이었다. 이만한 작품을 만나기가 쉽지 않다. 독자들은 소설속 재미보다는 그 속에 들어있는 깊이를 조명하며 읽어야 한다. 굴곡의 역사를 해학과 재미를 함께 보여준 가슴 시려오는 결코 가벼울 수 없는 소설의 기량에 박수를 보낸다.

곽설리 소설가의「이브Eve의 하루」

생소하고 낯선 이 느낌은 뭐라 해야 하나, 내가 우주에 고아가 되어 떠도는 횡성 같다. 곽설리, 주목해야 할 작가구나, 얼마 전 윤대녕의 서사적 소설「도자기 박물관」을 다시 읽고 오래 마음이 머물렀다. 기라성 같은 소설가들의 서사적 소설을 얼마나 탐닉하고 헤어 나오지 못했던가? 나는 지금 어디쯤 와 있는 걸까? 가끔 나의 위치를 확인하게 하는 젊은 작가들의 소설적 반칙에 놀라기도 한다. 한강의 채식주의자. 김영하의 엘리베이터에 낀 남자. 김애란의 두근두근 내 인생, 김금희 최은영 김사과 밀물처럼 밀려오는 젊은 작가 군상들의 작품에 익숙해지려고 열심히 읽었다. 미주 작가에게도 과거지향을 탈한 소설을 만났다. 신기하다.

미래 지향적 소재에 과감하게 끌어들인 주인공 염색체 여자 아이 이브, 에이 아이 이브의 도우미 니오, 아브의 남자 친구 보통 인간 아담, 이들이 엮어가는 작가의 무한한 상상력은 나의 고루하고 식상한 소설 탐닉을 질타한다. 미래가 예측 불가한 세상, 가볍게 들어갔다가 흥미롭게 읽었다. 새로운 소설의 가능성을 열어 보인 곽설희 소설가에게 무한 상상의 소설을 기대해도 좋을 것 같았다.

이성열 소설가의 「예스, 그리고 노」

이민자가 아니라면 겪을 수 없는 차디찬 언어 문제, 시민권자가 되어도 시민의 언어를 쓸 수 없는 지난 30년간 나 자신의 모습이 오버랩 되었다. 본문 중에 나오는 "언어란 도대체 알다가도 모를 신비에 가까운 마술이라는 생각이 들 때가 있다"란 독백이 인상적이다. 초반에는 부인이 영어를 배우러 다니는데 그 문제로 티격태격하는 것으로 시작된다. 시민권자인 장 씨는 법원 배심원 통보를 받는다. 그곳에서 일어나는 언어의 절벽으로 겪는 수모와 허탈감을 절제와 사실이 잘 빚어놓은 작품이다. 이민자들은 영어를 좀 한다고 하지만 그 한계를 뛰어넘을 수 없다. 일상 언어와 직업적인 언어 정도는 상식선에서 통용되지만 일탈의 언어는 특히 법적 언어는 그 깊이에서 헤어 나오지 못하는 경우가 많다. 단편의 분량을 넘어 중·단편 분량으로 이민자의 현실적 언어 문제의 핵심을 다룬 작품이다. 이민자들 대다수가 겪는 문제에 허를 찔렀다. 작품의 팩트를 또 다른 이민자의 삶에 맞추어 작가의 기량을 확인하게 되었다. 확 이채로운 관심을 끈 작품이다.

희곡 「Q 요리 그게 뭐지요」 「부록/ 작품 해설」 김도훈 연출가와 평론가 김태원의 대담에서 희곡의 진가를 느꼈을 것이라 생각하고. 저는 뛰어넘겠습니다.

미주 초대 작가 수필, 다이스포라의 정착해 가는 시선

성민희 수필가의 「부부 늙어감에 대하여」 늙는다는 현실을 자각하며 한 편의 수필이 된다. 거부감 없이 읽다 마지막 문장이 눈부시다. "감은 늙으면 부드럽고 달콤한 홍시가 되고 석류는 늙으면 찬란한 보석을 터트리는데…." 부부는 이제 자연스러운 늙음을 은총으로 받아들여 더 사랑할 때라니 가슴이 뭉클하다. 공감과 함께 늙어갈 남편이 없다는 것이….

신정순 수필가의 「기괴한 라디오」는 수필에서 인간의 말이 얼마나 큰 부메랑이 되는지를 보여 준다. 퓰리처상을 받은 미국 현대문학의 대표 작가 존 치버John Cheever, 1912 ~1982) 『기괴한 라디오』란 책의 내용은 라디오에서 음악만이 아닌 이웃들의 목소리까지 흘러나오는데 이웃의 그 말들은 단지 말을 넘어 인간의 감추어진 욕망을 드러낸다는 내용이다. 한 권의 책에서 유년 시절 벙어리로만 알았던 갑분이와 칠룡이가 비밀스러운 장소에서 은밀히 나눈 말을 기억하며, 과거의 시간속으로 들어가 말의 중요성을 깨닫게 되는데, 소재가 기발하고 참신하다. 말에 대한 성찰과 언어의 그 본질이 우리 삶에 어떤 의미로 다가오는지를 보여준 특별한 작품이다.

이윤홍 수필가의 「에스프레소와 칼국수」 제목부터가 심상치 않다. 콩트 같은 수필을 읽고 웃음을 참을 수 없었다. 미국에서 에스프레소 커피에 한 번쯤 실수를 해 보지 않은 사람이 있을까? 장년의 노 신사는 고국 방문에 멋진 로맨스를 꿈꾸다 허망하게도 현실의 배고픔으로 끝맺는다. 글을 잘 쓴다는 것은 우선 독자를 글감옥 안에 가두어 완결의 맛을 보여주는 것이 글을 잘 쓴다고 할 수가 있다. 에스프레소와 여인, 단막극은 이루어지지 않았지만 글이 주는 에스프레소와 아메리카, 칼국수와 한국, 이율배반적 상황을 멋지게 수필 한 편이 되어 읽는 사람의 가슴에 폭소를 안겨주었다. 역시 내용과 문장이 매끄럽다.

임지나 수필가의 「유령의 저주」는 미주문학 캠프 후에 문학 기행으로 그랜드캐년를 다녀오며 사고를 겪은 이야기이다. 다양한 파트로 나누어 약간 어수선하게 끌어가지만 데스벨리 라스베가스 그랜드캐년 등 지역의 특성을 살려 여행기 같은 느낌이 들었다. 유령의 저주처럼 버스 사고로 나에게 걱정만 안겨주었다. 그들이 모두 무사했는지도….

조성환 수필가의 「배롱나무 그늘 밑에서」 인생에 마지막 거쳐야 하는 곳이 양로원이 아닐까? 박혜자 소설가의 단편 「마이 마더스 다이어리」가 다시 떠올랐다. 백 세를 산다는 시대에 피해 갈 수도 없는 곳이 양로원이다. 그 풍경 속 '어린 날 찬 손을 보듬어 준 엄마의 크고 따뜻한 손이 작고 매마른 발이랑 같아진다' 란 표현에서 어머니 생각에 잠시 잔잔한 회한이 밀려왔다. 자식을 위해 한 생 살아오신 손의 표현, 어머니가 살아 낸 구순의 생애 그 의미는 무엇 이었을까? 내게 질문을 던졌다. 양로원의 표정 없는 회색지대 풍경 속을 배롱나무 그늘아래 앉아 그려보며, 나의 미래도 다르지 않을 거란 생각에 낯선 아픔이 밀려왔다.

최문항 작가의 「빛의 조화」 한 편의 아름다운 자연 다큐의 영상을 보는 듯했다.

북가주 농장, 라호야 해변, 베니스 비치, 마운틴 위트니 안쪽 샤브리나 호수, 어니언 벨리의 검붉은 단풍, 신아씬토 산정호수에 비친 거꾸로 비친 설경에 가서 독자도 푹 빠진다. 캘리포니아의 우기와 안개, 구름손 신기루에 빠지고, 최문항 수필가는 문학적 감성을 사진이란 앵글에 재창조하는 또 하나의 예술가다. 문장도 옅게 들어가 깊이를 만들어 낸다. 게티 뮤지움의 붉은 색감이 도는 대리석 건물, 사진을 보고 싶다. 데스벨리의 모래 언덕, 쟈슈와트리 공원, 다나 포인트 항구에 정박한 고색창연한 범선, 포인트 리의 등대, 녹슨 철교, 글에 빠져서 읽었다. 사진의 앵글 속 순간을 포착하는 눈은 바로 문학의 정수인 수필가의 감성이 아닐까? 수필 한 편이 주는 쾌적함, 여행 한번 잘 했다는 글의 만족감으로 더없이 수필 한 편이 귀하게 여겨졌다.

미주 초대 작가 수필들에서 고향과 천륜, 이민자의 삶에서 겪어온 삶의 엉킨 모순과 순응, 고향과 천륜 다양한 소재들에서 이민자들만이 쓸 수 있는 오롯한 감정이 담겨 있다.

장편 연재소설「독도」해상왕국

박계상 소설가의「독도」천 년의 이야기에 놀랍고 독특한 발상에 스펀지에 물 스미듯 젖어 들어가다. 우산국, 동해의 망망대해 푸른 파도 휘감기는 작은 섬, 너무 작아 눈물 같은 섬, 간절함이 묻어나는 동해의 우리 땅 독도소설이다. 박계상 소설가는 천 년 전 토와리왕이 다시 살아 돌아온 사람 같다. 한솔 문예지와 가장 잘 어울리는 작품 같다. 17회「독도」연재와 함께 하는 한솔이 기대된다. 천년을 이어온 우리의 영토 유구히 이어온 그 격랑의 세월을 소설로 어떻게 이어나갈지 기대가 된다. 힘찬 문장과 섬 특유의 지형을 살린 해상 왕국을 설레며 맥박이 뛰는 걸 느끼며 읽었다.

마지막 문학기행 눈길을 끈다.

소설가 박혜자의「야성의 땅, 알라스카」문학기행은 새로운 작가를 여행지와 함께 소개해 재미있게 읽었다.「야성의 부름」을 쓴 잭 런던이란 작가를 알게 되었다. 작품은 주인공 벅의 시선으로 야성의 땅이 어떻게 문명화가 되며, 이 과정에서 탐욕에 눈이 먼 인간들이 어떻게 자연을 파괴하는지를 보여주며, 실제 그곳을 다녀온 박혜자 작가의 생생한 경험담이 녹아있어 현장감과 작품의 이해를 돕는다. 여행지에서 한 작가를 소환해 내어 여행 정보를 넘어 독자에게 지적 충족감을 주는 글이다.「야생의 부름」에서 잭 런던은 "인간과 야성을 분리하지 않고 야생은 극복이나 착취의 대상이 아니라 인간의 본성의 일부분이고 더불어 살아야 한다고 주장한다", "야생을 문명화 시키며 그들이 행복하다는 인간의 편견을 깨우친다" 위의 몇 문장에서 작가가 지닌 야성을 느끼게 한다. 지구 온난화 과속으로 야성적인 것이 살아 숨 쉬는 잭 런던이란 작가의 작품이 인상적이다. 알라스카는 아직도 야생이 부르는 힘찬 소리가 남아 있는 땅이라고 박혜자 소설가는 문학기행에서 말한다. 국내 독자들에게 어필하는 문학기행이 아닐까 한솔의 독특함을 보여준다.

북리뷰는 작품 읽기가 선행되어야 하는 글쓰기라는 점에서 한솔 4호 행복한 책 읽기를 마쳤습니다. 미주 초대작가들에게 이제 눈을 돌려야 할 때인 것 같습니다. 소설과 수필, 시에서 보다 폭 넓고 다양한 작품들이, 체화된 작품들이, 문장의 결이 한결 온화하게 형상화 되어 있음을 보여 주었습니다.

최정임 (수필가 / 텍사스 킬린 거주)
에피포도 문학상 시 등단
해외문학 신인문학상 수필 등단
미주카톨릭문학 신인상 수상
칼럼니스트. 지역 신문에 다수 글 연재 중.

타향과 본향(本鄕)을 잇는 징검다리 문예지

반년간 **한솔문학**을 소개합니다.

안녕하십니까? 미국 텍사스 달라스의 소설가 손웅(용상)입니다.

표제의 문예지 반년간 〈한솔문학〉이 2019년 6월 창간되었고 2020년 12월 제5호가 발간되었습니다. 이는 국내외의 역량 있는 분들의 큰 도움이 있어 맺은 결실이었습니다. 그동안 도와주신 분, 옥고를 보내주셔서 〈한솔문학〉을 빛내주신 작가분들께 심심한 감사 마음을 표합니다.

'한솔'은 해외 한국문인의 '소나무' 같은 변함없는 푸른 정기, 혹은 한국문인의 '얼'을 뜻합니다. 이번 창간호에는 국내의 유수 작가분들과 북미주 전역의 달라스, LA, 시카고, 뉴욕, 카나다 등 여타 지역을 망라한 유능한 한인작가들이 참여하셨습니다.

따라서 앞으로 〈한솔문학〉은 국내의 유수 기성작가들은 물론 북미주뿐만이 아니라 유럽, 아시아 등 전 세계 곳곳에 흩어져 사시는 한인 디아스포라 작가들과 교류하며 상호 추천과 청탁, 섭외를 통하여 지면을 함께 공유하고자 합니다.

혹여나 아래사항을 참고하시고, 저희 〈한솔문학〉의 발간 취지에 동감하시거나 관심이 있으신 해외 한인작가님 제위께서는 주저 없이 아래 주소(이메일)로 연락 주십시오!

'한솔'의 운영 및 편집 방향 등에 대한 더욱 상세한 내용은 향후 별도로 정리하여 알리겠습니다. 다만 발행처는 현재 북미주에서 새로이 발전하는 중심 도시 텍사스 달라스를 기반으로 하였음을 양지하시기 바랍니다.

- 아　래 -

1. 발간예정 : 매년 6월, 12월 연(年) 2회. 약 300쪽 내외 규모.

2. 편집방향 : - 운문(시, 시조 각 2~3편) 약 15명 내외, 약 50쪽 정도.

- 산문(수필 1~2편 또는 단편소설 1편) 약 15명 내외 약 250쪽 정도.

* 따라서 연간 약 5~60명 내외의 작가들이 〈한솔문학〉 지면을 활용할 수 있도록 매년 6월, 12월 출간시 배려코자 함.

3. 추천작품 : 상기 1, 2항을 참고하셔서 작품을 매년 3월 말, 9월 말까지 자천, 타천 받습니다.

4. 추천작가 : 국내외 각 신문 문예 각 紙. 誌 등단 작가를 기준으로 함.

5. 보내실 곳 : hansolmuuhak@gmail.com

6. 다만, 참여 작가는 출판비 $150 불을 추후 필요시 협조(국내작가 제외) 해주시고 재정상 당분간 원고료는 지불치 못함을 미리 양해구합니다.

텍사스 달라스 〈한솔문학〉 대표 손 웅 올림.

| 편집후기 |

벌써 5호다. 계산하면 2년이 넘는다. 그 동안 숱한 사건이 있었다. 세계는 아직도 코비드 19의 수렁에서 빠져 나오지 못하고 수많은 고통 받고 있다. 그러나 무방비 상태로 맞은 우리는 탈출할 방향과 출구를 모두 놓치고 말았다. 하지만 이 역병에는 분명 인류에게 전하는 큰 그림을 이루는 '점'과 같은 메시지가 있었다. 허나,..그 메시지가 무엇이든 공포와 고통은 오롯이 내 몫이었다. 어찌하겠는가, 우리는 그냥 전해진 메시지를 따를 뿐이었다. 시인은 시를 쓰고 소설가는 소설을 쓰면 된다. 책을 만드는 분들은 최선을 다해 책을 만들면 된다. '점'이 이어지면 '선'이 된다. 한솔문학을 읽으며 밑줄을 긋는 분들은 분명 '점'을 이어서 '선'을 추구하는 사람들이다. 책장마다 밑줄을 칠 수 있는 책을 만들고 싶다. 한솔문학 5호를 마치며 "모두 행복하세요."에 밑줄을 긋는다. 〈김선하〉

오늘은 우요일(雨曜日), 아침부터 비가 온다. 비가 오면 숨어있던 색도 돌아온다. 초록은 더 초록답게, 빨강은 더 빨강이 된다. 세상에 존재하는 모든 것은 늘 양면을 가지고 있다. 무엇에 익숙한가는 삶과 생에 관한 결과다. 그 양면을 잇는 것이 문화라고 생각한다. 내가 몰랐던 이면을 누군가를 통해서 알게 되는 것은 문화가 주는 축복이다. 글을 통해 알게 되는 것과 음악을 통해 알게 되는 그런 것들. 문학은 그런 면에서 꼭 필요한 거울이다. 시인이 되고서 내면을 바라보는 눈을 갖게 되었다. 내 이름 뒤에 그림자처럼 붙어있는 나를 보게 되었다. 누구를 위해 시를 쓴 적은 없다. 단지 내게 시란 나와 통하는 은밀하고 친밀한 은어였다. 그리고 더 초록이 되고 싶고 더 빨강이 되고 싶어 시를 쓴다. 한 걸음 한 걸음 걷다 보니 한솔 5호와 다시 만났다. 더 짙고 선명한 초록과 빨강을 만나는 귀한 마음이기를 바란다. 〈김미희〉

여름을 재촉하는 비가 천둥, 번개와 함께 종일 내리고 있다. 조금 놀라는 가운데에서도, 성장을 멈추지 않는 꽃과 나무처럼 한솔도 모든 분들의 성원과 격려라는 장대비로 훌쩍 자라고 있는 중이다. 이런 날은 우산을 접고 비를 맞을 일이다. 〈박혜자〉

코로나…지겹다. 백신을 두 번이나 맞았으니 이제 마스크 벗어도 괜찮을랑가. 암튼 덕분(?)에 '방콕'으로 한솔 5호 꼬물꼬물 마무리 잘 했다. 역시 쪽수가 450쪽을 넘는다. 책이 너무 두꺼우면 여러 가지 '불편'이 따르기에 쪽수를 좀 줄이려 했으나 어쩔 수가 없었다. 참여 작가 분들의 격려와 호응도가 나날이 좋아지고, 특히 처음 시도한 '한솔 추천작가 공모전'을 위한 <기획특집 2>를 추가하다 보니 더 줄일 형편이 되지 못했다. 앞으로 천상 계간으로 해야 될 것 같은 욕심도 생기는데...아직은 여러 가지로 연구 좀 더하고 생각해볼 일이다. 〈손용상〉

코비나-19라는 역병으로 온 지구인 모두가 고통에 시달렸다. 덕분에 사람 냄새를 맡은 지도 오래되었고, 모임이 허용되지 않은 채 만남이든 이별이든 그런 모든 인간관계의 정감도 나눌 수 없게 길들여져 갔다. 그동안 웅크린 세월과 함께 자연의 경관과 변화 속에서 무심하게 해가 바뀌고 또 다른 한 해가 중반을 넘었다. 그래도 계절은 바뀌고 꽃은 피고 졌다. 날마다 해는 떴고 달도 지고 하늘에 별들도 가득했다. 우리가 지금 여기 숨 쉬고 살아 있다는 수신호를 보내듯 한솔5호가 그리운 사람들을 다시 불러 모았다. 바로 살아 있음이다. 〈이관용〉

여전히 코로나는 부담스럽다. 덕분(?)에 모든 일상이 똑같은 것 같아도 엄청 달라지고 있다. 얼굴 맞대고 침 튀기는 수다보다는 비대면 미팅이 주를 이루며 되레 주말이 더 바빠졌다. 만나서 접촉하는 정과 온기는 덜 해도 여러 사람이 함께 컴퓨터에 들어와 침 안 튀겨도 다들 할 말 다하고 사는 시대가 되었다. 어쨌건 세월은 흐르고 한솔은 어김없이 '낳고' 이어지고 있다. 신기할 뿐이다. 문득 우리 '한솔'이 '미나리' 같다는 엉뚱한 생각을 해봤다. 〈조석진〉

코로나19로 인한 우리의 문제는 단절로 인한 사회 혼란과 상실로부터 받는 고통일 것이다. 앞으로 이러한 고통의 여운으로 알지 못하는 피해를 계속 겪게 될 것이라는 불안한 생각이 든다. 우리는 계속 만나야 하고 소통해야 하고 우리가 늘 해왔던 것들을 계속하며 후대에 전달해야 하는데 앞으로가 더 막막하다. 이것이 우리가 계속 문학을 얘기하고 책을 만들어야 하는 이유이다. 〈이도훈〉

반년간 **한솔문학**
제5호(2021년 6월)
6918 Parkridge Blvd. #370-1
Irving Tx 75063 USA
e-mail : hansolmunhak@gmail.com
(전화 : 1-214-564-7784)

1판1쇄 인쇄_ 2021년 6월 25일
1판1쇄 발행_ 2021년 6월 30일

발행인_ 이도훈 | 교정_ 김미애
펴낸곳_ 도서출판 도훈(376-2017-000061)
서울시 서초구 법원로3길 19 2층, W109호(서초동, 양지원빌딩)
전 화_ 010-6722-4621, 0507-1453-4621
팩 스_ 0504-227-4621
이메일_ flyhun9@naver.com
홈페이지_ www.dohun.kr

ISSN_ 2734-181X
ISBN_ 979-11-89537-76-0 03810
정가_ 13,000원